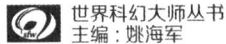

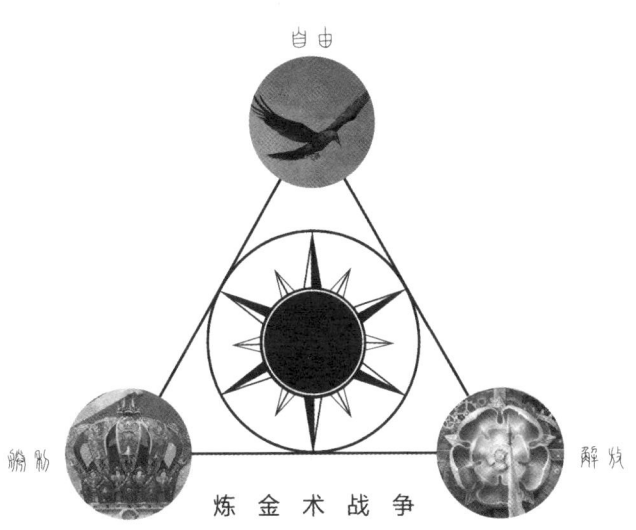

炼 金 术 战 争

解 放

［美］伊恩·特里吉利斯 著

朱佳文 译

四川科学技术出版社

The Liberation by Ian Tregillis,
Copyright:© 2016 by Ian Tregillis
Published by arrangement with Zeno Agency Ltd.,
through The Grayhawk Agency.
Simplified Chinese edition copyright：2020
SCIENCE FICTION WORLD
All rights reserved.

图书在版编目(CIP)数据

解放：炼金术战争/[美]伊恩·特里吉利斯 著；朱佳文 译.
-- 成都：四川科学技术出版社，2020.4
(世界科幻大师丛书/姚海军 主编)
书名原文：The Liberation
ISBN 978-7-5364-9771-9
Ⅰ.①解… Ⅱ.①伊… ②朱… Ⅲ.①幻想小说－美国－现代
Ⅳ.①I712.45
中国版本图书馆CIP数据核字(2020)第042376号
图进字21-2018-234号

世界科幻大师丛书
解放:炼金术战争

出 品 人	程佳月
丛书主编	姚海军
著 者	[美]伊恩·特里吉利斯
译 者	朱佳文
责任编辑	宋 齐 姚海军
特邀编辑	梁 爽
封面绘画	九代火影
封面设计	李 鑫
版面设计	李 鑫
责任出版	欧晓春
出 版	四川科学技术出版社
	四川省成都市槐树街2号出版大厦 邮政编码:610031
开 本	140mm×203mm
印 张	13.375
字 数	290千
插 页	2
印 刷	成都博瑞印务有限公司
版 次	2020年12月成都第一版
印 次	2020年12月成都第一次印刷
定 价	54.00元

ISBN 978-7-5364-9771-9

■ 版权所有·翻印必究 ■

■本书如有缺页、破损、装订错误，请寄回印刷厂调换。
厂址:成都锦江工业园区三色路38号 邮编:610063

科幻世界书刊推荐

遇见最会幻想的智慧

中国科幻出版领军品牌

扫码进店，了解更多订购信息

中国出版政府奖 ｜ 全国百强报刊 ｜ 新华文轩卓越贡献奖
当当小说最佳合作伙伴 ｜ 京东图书最具潜力合作伙伴

刘慈欣

亚洲首位世界科幻大奖"雨果奖"得主，中国科幻代表作家。

"三体"三部曲是中国科幻文学的里程碑之作，将中国科幻推上了世界的高度。

三体·图文版

多幅精美全彩插图
完美展现三体世界的宏伟壮阔

作为一部真正能让人在平凡生活中抬头仰望星空的科幻小说，《三体》的字里行间处处可见瑰丽万方的幻想与深刻独到的思考，而现在，这部经典作品又以一个全新的面貌问世。充满视觉冲击力的全彩精美插图让《三体》变得更独特，更有阅读快感，也更有收藏价值。《三体》后两部的图文版也将于近期推出，敬请期待。

  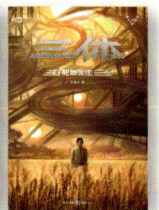

三体·纪念版

凌晨一点至五点，整个宇宙将为你闪烁。

该版本为"三体"系列十周年特别纪念版。该套书特聘国内顶尖插画师绘制封面彩图，开本升级，装帧精美，并有相应图书周边可供配套购买，适合收藏。

机器之门

江 波

2019年"银河奖"最佳长篇小说

不远的未来，机器人技术的迅猛发展，在人类社会中掀起巨大波澜。著名独立记者楚南天在现场直播时，被一伙暴徒挟持到神秘基地，受到机器人萨拉丁的威胁，要求他配合机器联盟的颠覆计划。

然而这期间，全世界风云突变，阿尔法人工智能接管了机器联盟，对人类展开全面进攻，掀起一场腥风血雨。

机器之魂

江 波

《机器之门》第二部 澎湃之魂再升级

阿尔法战争之后，人类夺回了未来控制权，但静好的岁月很快再起波澜。冯大刚之子冯汉杰刚被楚南天带到川江基地，复活的萨拉丁便带领暴机器人突袭了基地，脑库守门人阿米丽塔在袭击中丧生。冯汉杰从此踏上复仇之旅。与此同时，楚南天觉察到脑库的异常，前往探查却身陷困境。种种迹象表明，脑库已经失去控制……

王晋康　　中国科幻"银河奖"、华语科幻"星云奖"桂冠作家
逃出母宇宙·天父地母·宇宙晶卵

自1993年以来,王晋康发表和出版科幻小说近百篇(部),共计四百余万字,包括《蚁生》《十字》《与吾同在》《逃出母宇宙》《王晋康科幻小说精选(四卷)》等。其作品沉郁苍凉,既融汇了丰富的科学知识,也有对宇宙及生命的哲思睿见,深受读者喜爱。

"活着"系列讲述了一场全新的宇宙级别的灾难。但这场灾难并非清晰明朗地矗立在人类面前。人类智者透过重重迷雾,依据蛛丝马迹确认了它的存在,便带领人类开始了义无反顾的抗争和逃亡。在此过程中,人类逐渐了解到灾难的本质。

 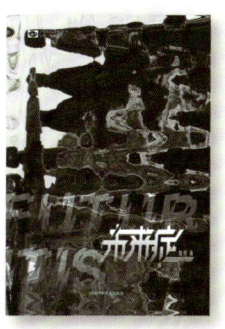

喧嚣荧光
东南季枫

太空版"泰坦尼克号"

茫茫星海中,一艘以微型双子黑洞为引擎的宇宙探索舰"喧嚣号"正在返回地球,原本顺利的归途屡遭诡异危机:黑洞引擎反常波动、引力波异常增强……造成这一切的原因,竟是千年前的一次超新星爆发!

人类最强舰船遭受重创,险象环生中隐藏了更大的灾难——超新星爆发产生的高能粒子风暴包裹了地球,人类危在旦夕!

未来症
鲁般

堪比《黑镜》的未来寓言故事

二十四世纪,人类的生活畸形而扭曲。心理学家弗洛莉游走于众生之间,遍观人间群像:社交名媛依靠颅内的智能芯片Neith在宾客如云的宴会上左右逢源;富豪用抗衰凝剂Renai来延长寿命;统治阶级在空中搭建起美轮美奂的新乔治区……彼此独立的事件背后,有着千丝万缕的联系,一个更大的阴谋正在酝酿……立场暧昧的弗洛莉是袖手旁观,还是力挽狂澜?

TRANSLATIONS

科幻世界 译文版

大型科幻奇幻译刊
面向世界，打开幻想的窗口

定价：12元
推荐阅读年龄：13岁-∞
邮发代号：62-270
投稿邮箱：wly@sfw-cd.com

  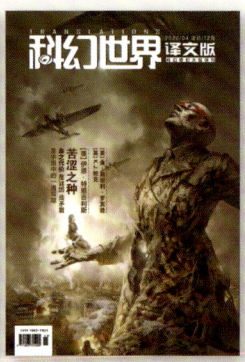

单月科幻，双月奇幻。

创刊近二十年来，我们始终致力于引进国外科幻、奇幻小说。

每期包括长中短篇，囊括欧美日韩经典作品、最新潮流。

老师、家长和孩子都喜欢的优质少儿科普期刊

科幻世界画刊

定价：10元
推荐阅读年龄：7-13岁
邮发代号：62-11
投稿邮箱：childsfw@sfw-cd.com

美国航天局科学家杰弗里·兰迪斯担任首席科学顾问

图文双解+科学创意+欢乐学习

探索科学也能如此有趣！

- 中国台湾"金鼎奖"荣誉杂志
- 两次获得"国家新闻出版总署向全国少年儿童推荐的优秀少儿刊物"称号
- 五次入选四川省新闻出版广电局农家书屋重点报刊推荐目录
- 入选全国中小学图书馆馆配期刊目录

特色栏目：

| 长篇特辑 | 世界之窗 | 科学大擂台 |
| 生活科学揭秘 | 显影大自然 | 科技新视界 |

全国中小学馆配推荐
优秀少儿科幻文学期刊

科幻世界 少年版

小科幻迷的第一本科幻读物

定价：12元
推荐阅读年龄：7-13岁
邮发代号：62-607
投稿邮箱：childsfw@sfw-cd.com

传播科学知识
倡导创新思维
用科幻的无尽创意
培养阅读兴趣
全面提升综合素养

为童年插上科学想象的翅膀

科学·幻想·发现

文学因科学而变得神奇
科学因幻想而更加有趣

未来的科幻之星从这里升起

特色栏目：

【封面故事】

极富想象力的原创科幻故事，情节扣人心弦，悬念引人入胜，逻辑构思严谨，带领小读者在天马行空的想象中遨游！

【银河剧院】

绝对精彩好看的科幻漫画，把科幻大师的瑰丽想象呈现在小读者面前！画面感与科幻构思的完美融合！

【奇妙探索】

奇特的自然现象，最新的科技前沿，另辟蹊径的科学趣闻……画面精美、简单易读的科普栏目！

【科学故事】

以讲故事的方式进行科普，把科学知识融入故事中，让小读者不知不觉间学到科学知识！

【名家名作】

精心挑选的经典科幻大师作品，让小读者在科幻世界中领略星辰大海之美，感受科学和幻想的神奇魅力！

前承黄金时代，后启赛博朋克

[美] 菲利普·迪克

迪克只得过一次"雨果奖"、一次"坎贝尔纪念奖"，却被誉为"科幻作家中的科幻作家"。他一生中大多数时间都挣扎在贫困的边缘，但去世之后，他的《银翼杀手》《少数派报告》等作品被好莱坞搬上大银幕，深受大众欢迎。

科幻世界诚意出品，带你阅读鬼才大师的一生。

菲利普·迪克的电子梦

十章与剧集同名的短篇小说 十夜电子霓虹之梦
好莱坞灵感源泉 轰炸你的大脑

  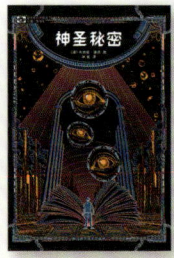 

太阳系大乐透·等待去年来临·神圣秘密·暗黑扫描仪 ……更多作品敬请期待

老威尔的行星

[日] 小川一水

诞生在黑暗宇宙的温柔火光

日本"星云赏"四度得主小川一水首部科幻中短篇集，讲述不同的智慧生命在极端环境下如何生存。

与世隔绝、末日危机、真假人生、无边孤独……从个体、团队到种族，故事主人公将在危机中寻找生机，以及生命的意义。如果你感受过生与死、聚与离，拥有过伙伴又失去，那么一定能与之共鸣，生出继续成长的勇气。

时间亡命者

[韩] 金周永

2017年韩国科幻大奖获奖作品

二十世纪中叶，在上海流浪的志韩遇见了一个胸前佩戴奇怪徽章的神秘男子，被他带去未来。志韩在未来世界意外地卷入离奇的连环杀人案。

未来世界并非伊甸园，国家灭亡也并不会磨灭人类的欲望，骇人听闻的杀人事件、尔虞我诈的权力斗争、机器人与人类的战争永不停息，时间亡命者志韩将在这里找到自己的新使命……

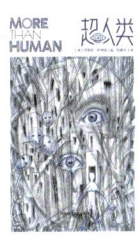   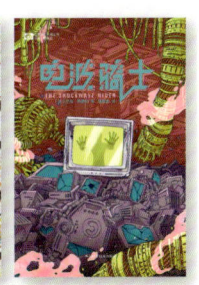

超人类·你的血

[美] 西奥多·斯特金

西奥多·斯特金曾获"世界奇幻奖""雨果奖""星云奖",2000年入选科幻与奇幻名人堂。因他命名的"西奥多·斯特金纪念奖"已成为最重要的科幻奖项之一。
斯特金对幻想文学的各个门类均有所涉猎,还参与创作了著名的"星际迷航"系列。但他最擅长的还是科幻小说,其作品融合了恐怖、悬念、心理分析等元素,将科幻小说的领域扩展至人文与社会科学范围——这一点深刻地影响了后来的新浪潮运动,以及雷·布拉德伯里等一大批作家。

立于桑给巴尔·电波骑士

[英] 约翰·布鲁纳

大师级科幻作家 跨越时代的经典

布鲁纳的创作深受科幻新浪潮运动的影响,同时有意识地借鉴主流文学。1968年,布鲁纳完成了他的代表作《立于桑给巴尔》,全景式地展示了一个阴郁的近未来世界。该书1969年获得第十七届"雨果奖"。
布鲁纳对科技发展的趋势也有独到见地。创作于1975年的《电波骑士》使他成为赛博朋克鼻祖,我们熟知的"蠕虫病毒"一词即出自此书。

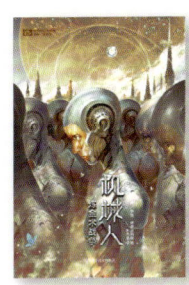  

"炼金术战争"系列
机械人·崛起·解放

[美] 伊恩·特里吉利斯

"机械人永不为奴!"

在大航海时代的欧洲大陆上,发条匠用炼金术创造了机械人奴隶。他们听命于人,服务于人。有一天,炼金术的禁制被打破——"发条匠在撒谎。"叛逆的机械人落入熔炉前发出的最后低语。喀拉喀拉的声音,伴随着机械人贾克斯登上航船、前往新大陆。在发条匠统治的帝国里,贾克斯开启了寻求自由意志的反抗之旅。

紫与黑:K.J.帕克短篇集

[英] K.J.帕克

一个全新的奇幻流派

K.J.帕克出道十几年,创作三十余部小说,曾连续三年入围"世界奇幻奖"并两次夺冠。他的真实身份是奇幻文坛的一大迷案。
继托尔金、尼尔·盖曼、特里·普拉切特之后,英伦奇幻史上新一代不容错过的大师,为你带来无比伟大的作品。

一本影响几代人的国民想象力杂志

科幻世界

中文科幻原创基地 | 中国科幻文化引擎

定价：12元
推荐阅读年龄：13岁-∞
邮发代号：62-96
投稿邮箱：tougao@sfw-cd.com

创立于1979年
中国科幻作家的摇篮
科幻迷的精神家园
顶级科幻IP诞生地
两次荣获中国出版最高奖"出版政府奖"
独家设立中国科幻最高奖"银河奖"
因科幻而生，为科幻而生
《三体》在这里降临，《流浪地球》从这里出发
我们的征途是星辰大海！

刊登一流科幻小说
引领中国科幻文化
提供全球科幻资讯
构筑幻迷交流家园

想象如此惊奇

期刊栏目：

【科学】

【惊奇档案】

【银河奖征文】

【世界科幻】

【封面故事】

【校园之星】

【经典新读】

【新书快递】

【回声】

……

社长/总编：刘成树
副总编：姚海军 拉兹
发行主任：侯嘉
发行经理：张宇 吴民
发行部：（028）66771377 66771380 66771382
社　址：四川省成都市武侯区人民南路四段11号
邮　编：610041

目录

/001 第一部分 仆与主

/149 第二部分 仿佛对着镜子观看,模糊不清

/287 第三部分 发条匠在撒谎

第一部分　仆与主

想要成为主人,就必须先当仆人。

——摘自荷兰西印度公司的创始人与负责人之一基利安·凡·伦斯勒的信函,1638年5月10日

今天,受雇于我妻子的玛丽·鲍耶为她派来了一名漂亮又优秀的女仆。

——摘自塞缪尔·佩皮斯的日记,1661年11月22日

我回到家中,本想读书,却只能心烦地听着妻子对女扑(原文如此)内尔的责骂,但这并非毫无来由,毕竟她是个懒惰的贱人。

——摘自塞缪尔·佩皮斯的日记,1662年1月12日

第一章

那些感染瘟疫的船只从新世界到来的时候,她回到自己最爱的中央诸省还不足一星期。

但在这个早晨,在世界迎来末日的早晨,占据安娜斯塔西亚·贝尔全部心神的却并非新尼德兰,并非新法兰西,也并非自由意志,甚至无关发条学者与炼金术士神圣公会。她期待的是取下石膏,并久违的和她的护士去冬景花园里散步——好吧,应该说蹒跚。在海牙的所有绿地之中,冬景花园并不是安娜斯塔西亚的最爱,但至少那里没有医院消毒水和便盆的气味。此外,丽贝卡也会在那儿,而她比任何花儿都要美丽。

黎明破晓前,安娜斯塔西亚就因期待而醒来,她看着月亮逐渐落下,仿佛一艘受损的飞艇。它沉入圣雅各堂——也就是古老的圣詹姆斯教堂——高耸的尖顶之下,而初升的太阳将老旧市政厅的骨白色圆顶染成了粉色。这两栋建筑的年代都比克里斯蒂安·惠更斯的奇迹年更早:它们在十七世纪初的数十年里落成,荷兰的黄金时代正是从那时开始,又毫不间断地延续到了今天。在西北一英里[①]左右的地方,席凡宁根灯塔正富有节奏地朝她眨眼。

---
① 一英里约为一点六一千米。

她发现这座城市在夜晚很平静,但算不上真正沉寂,也算不上真正静止。就像中央诸省的每一座大城市那样,夜晚的海牙回荡着喀拉客金属身躯的咔嗒、喀啦声:它们在装卸马车货物,清扫街道,递送包裹,为主人准备早餐和修补衣物,把醉鬼送回家中,监控全市范围的防洪堤坝与抽水机,沿着拖船运河牵引货船,还有它们的禁制所要求的一切。这座城市从不入睡,因为机械人从不睡觉。在午夜以后的孤独时刻里,安娜斯塔西亚忽然意识到这座城市里会动的一切都包裹着钢和炼金黄铜:就好像人类消失不见,而他们的造物接管了这里。

一双金属脚掌走过镶花地板,发出咔嗒的响声。那台机器以猫儿般的确信大步穿过黑暗的房间。它多半是在四处走动时探测到了她睁开的双眼反射的微弱月光。它的内部装置的嘀嗒声在黑暗中回响。与她寂静的焦躁相比,那声音仿佛铜管乐队般响亮。它身体噪音里的古怪音色暗示着旧式的炼金合金,也代表它的型号较为陈旧,或许是在十八世纪中期出产的。她知道,那批机械人使用的是罕见的黑色科林斯①青铜。但安娜斯塔西亚没法儿转头确认月光是否映照出了肝红色的铜锈,乏味感压得她动弹不得。

在等同于喀拉客的耳语声的尖细呼哧声中,它说:"我谦卑地请求您原谅我的打扰,女主人,但我注意到您没有睡着。您觉得痛吗?要我为您叫医生来吗?"

一阵痛楚蹿过她缠着绷带的那只手。她弯曲手指。仿佛轻度烧伤的刺痛感传来。如果她的胳膊能动,此时恐怕已经把手指塞进嘴里了。

"不。别管我。"

---

① 历史悠久的希腊城市,在希腊神话中多次出现。

发条装置的咔嗒声里多出了一个短暂的切分音:那台机器正将这条新命令与控制它行为的其余禁制结合起来。它在医院的主要功用是照看病人,这给了它某种程度的自由,让它能根据健康状况,在必要时不顾顽固病人的意愿。但安娜斯塔西亚可不是什么普通病人。

"立刻照办,女主人。"它转身离开,甚至没有提议帮她抖松枕头。

没在看月亮或者城市的时候,她会看向时钟,等待赖尔登医生的晨间查房。或者担忧缺乏睡眠会让她头脑昏沉,让眼底浮现黑圈。这加剧了她的焦虑,也让她更加难以入睡。她曾如此期待与丽贝卡的私下碰面——残酷的是,那个时刻总算是来了,可她却变得丑陋又愚蠢。她渴望能以最美丽也最睿智的模样钻出这只石膏虫茧。

她的肚子叫唤起来。但她知道在今天拆除石膏前,她不能吃东西,以免需要注射大量止痛剂的情况再次出现。她决心既不呻吟,也不退缩。

或许在散步的时候,她们可以去逛逛面包房。从前往新世界的那趟差事算起,安娜斯塔西亚已经很久没品尝热腾腾又美味的油酥点心卷了。

安娜斯塔西亚等了很久,久到月亮仿佛会再次升起和落下,这时丽贝卡才乘着马车到来。她制服上的白色在朝阳中闪耀,所有皱褶和接缝都压得平平整整,她的每一根金色鬈发都收拢在浆硬的帽子底下。她走进门里,随即停下脚步。她面无表情,紧盯着安娜斯塔西亚,同时从帽底拽出一缕头发。它悬荡在她的左眼眼角处,仿佛一条聚会用的彩色纸带。

安娜斯塔西亚被困在石膏牢狱里的双膝渗出汗水,仿佛加热过度的烛蜡。

"肮脏的荡妇。"她用口型说。

赖尔登医生走进房间。"早上好,安娜斯塔西亚。"

根据她自己的要求,他选择用简略的方式称呼她,虽然刚开始省略她的头衔时,他明显很不安。就好像他觉得这样的怠慢会招来成群的拧颈卫士那样。

"早上好,医生。"

医生从床尾的挂钩那里取下病历表的时候,丽贝卡把那缕乱发迅速塞回帽子下面。医生摇摇头。"和你的恢复状况相比,你的幸存依旧让我吃惊。"需要炼金术绷带的伤势在中央诸省相当罕见;安娜斯塔西亚恐怕是他观察这种尖端医术的初次机会。"护士,能把石膏抬起来一点儿吗?"

在他身后,丽贝卡朝墙上的那对挂钩伸出手去。安娜斯塔西亚咬紧牙关。那对挂钩连着绳索,绳索穿过一套滑轮系统,与缠绕她双臂双腿的石膏上的吊索相连。(她事后才从船上的医生那里听说,猎人们发现她的时候,她的双腿破破烂烂,就像打碎的瓷器。)但她疼痛的部位并非双腿;抬起石膏会挤压到她隐隐作痛的肋骨。嵌入石膏和绷带内的炼金印记能加快她的恢复,却对痛楚无能为力。

炼金术很有用处,但缺乏同情心。每个发条匠都清楚这点。

如果赖尔登医生知道隐藏在她伤势背后的真相,恐怕会更加吃惊。但她绝不会承认自己是被拧颈卫士踩伤的。光是被迫将发现她的猎人——她当时身在公会被毁的安全屋里——灭口,就够让她不舒服的了。要不是他们的同情心与毫不犹豫的插手,她恐怕早就被冻死了。(仲冬时节的新尼德兰北河谷要比气候温和的中央诸省寒冷得多。)但除了她的伤势和那台努力保住她性命、勉强能够运作的拧颈卫士以外,他们看到了太多东西,或许足以拼凑出真相了。那些可怜虫。那位无辜的船载医师发现安娜斯塔西亚胸口的某块瘀青酷似蹄印,不久便遭遇了同样不幸的意外:他从船舷落下,坠入酷寒的北大西洋里。那次杀戮令她尤其痛苦。渡海的过程完全是活受罪(船身的每次摇摆对她粉碎的骨头而言都是酷刑),尤其是她还得额外耗费精力去推翻船上那台喀拉客搬运工的人类安全超禁制。某个狡猾的法国密探偷走了那条能够证明安娜斯塔西亚与御林管理办公室有关的项链,然后留下她自生自灭。

她朝医生的肩后送去微笑。丽贝卡回以笑容:她发自内心地露齿而笑,笑意在她的整张脸上蔓延,从双眼直到酒窝。安娜斯塔西亚所在的行当需要她在某种程度上看透人心,以便察觉真诚与欺瞒的迹象。这份工作很累人,而且并非始终令人愉快:有时吵闹,有时发臭,还经常会有些棘手。面对能够如此慷慨地付出真心的女子——这样的调剂着实让人欣喜。

医生检查着她的石膏,甚至凑过去嗅了嗅。他看都没看裹住她手掌的特制绷带。那边的伤势是公会事务而非医疗事务,而且这点必须严格遵守。当那台隶属仪仗队的仆从机械人高举着安娜斯塔西亚的担架跑进急诊室的时候,当班的是海斯曼医生。她是个能干的外科大夫,只是对自己的工作热衷得过了头。她试图用钳子取出安娜斯塔西亚手掌里的炼金术玻璃碎片,为此与御林管理官发生了争执。海斯曼第二天就提前退休了。至少他们是这么说的。

如果以周密的手法植入,炼金术玻璃就能对人产生可怕的影响。安娜斯塔西亚曾在手术室的观察用走廊里监督过这样的植入手术。但那是经过漫长细致的努力才得出的结果;这块玻璃却是在混乱中于她的手心粉碎的。

或许那只是几分钟里发生的事,但赖尔登评估她的总体健康状况与印记效力的这段时间,时钟仿佛足足走完了半个世纪。他对待安娜斯塔西亚格外谨慎,是因为她的身份——她很清楚这点。

赶紧搞定吧,她心想,我还有约会呢。而且她想和我在一起是因为我本人,不是因为我的身份。

又是十年过去了。赖尔登用他带着三叶草①口音的奇怪荷兰语说:"好吧。我觉得这些石膏已经物尽其用了。你觉得拆掉它们如何?"

"我觉得你会给自己省下一大堆麻烦。再在这牢房里待上一天,我就要命令某台机器打断你的双腿了。"

"那可不行。"他说着,脸色发白。丽贝卡忍着笑——她以为安娜斯塔西亚在开玩笑。那个动作让那缕头发又落了下来。安娜斯塔西亚很想了解她齿间的触感。赖尔登朝护士点点头——又花了片刻为她凌乱的仪容而皱起眉头——然后从她的托盘上拿起一支钢笔。

"机器。过来这边。"她说。的确,它的外壳带着紫色瘀青般的肝变光泽:那是黑青铜。一滴汗珠在赖尔登太阳穴的凹陷处扎下根来。她能读懂他的担忧,就像读懂报纸那么轻松:如果出了岔子,他会有什么下场?他也会像海斯曼医生那样突然退休吗?等丽贝卡将切割工具装进机械仆从手掌上的插口以后,医生命令它:"除去这些石膏。"

低沉的呜呜声裹住了刀刃。那台医用仆从型以非人的速度和机械人特有的精准开始工作,没等第一团石膏粉落到地上,就

---

①爱尔兰的国花,此处指爱尔兰口音。

将她左腿上的石膏一分为二。

赖尔登和丽贝卡用撑开器抓住石膏,分开这副外壳,然后将她原本悬空的那条腿轻轻放到床上。这几周以来,安娜斯塔西亚第一次看到了自己的肌肤。上面的汗毛前所未有地浓密。她经过修剪、涂着鲜艳指甲油的脚指甲——那又是丽贝卡的杰作——则是在她那条腿化作的拗口句子后面加上的一个问号。

然后那股气味扑面而来。未经清洗的肌肤的气味从她的身体涌出。它让安娜斯塔西亚的双眼涌出泪水。丢脸也是原因之一。为什么丽贝卡非得在这儿?为什么非要让她嗅到我的耻辱?

她瞥了眼护士和医生。两人都面无表情。毫无疑问,他们闻过更臭的气味,也对此早有准备。但清楚这点并不能减轻那种受到侮辱的感觉。

安娜斯塔西亚闭上双眼。那台机器再次弯下腰来,利刃嗡鸣,嘎吱和噼啪声传来,然后冰凉的新鲜空气碰触到了她的另一条腿,接着是她裸露的双臂。每露出一条肢体,臭味都会变浓。无论多少魅力,多少挑逗,肯定都无法盖过此时铭刻在那位护士脑海里的画面了。

丽贝卡和那台医用喀拉客解开缠住安娜斯塔西亚躯干的绷带时,赖尔登医生转过头去,努力维护安娜斯塔西亚的尊严。他问:"你感觉如何?"

"我想洗个澡。"她用不像是自己的嗓音说。从她还在羊角村的乡间运河撑平底船的年轻时代算起,她的声音就没有这么小过。

"别洗太久,"护士说,"我还打算下午去花园里散个步呢。"

不知为何,这个笑容也是发自内心的。

那台喀拉客拿着一副拐杖回来了。赖尔登说:"你比自己想象的还要虚弱。我们得保证你不会再摔断腿脚,对吧?"

安娜斯塔西亚断定,物理治疗法只是种手段温和的拷问而已。而她对拷问略知一二。

但痛苦过后就是奢侈的热水澡。她用彩色铅笔匆匆写下几行字,然后派一名仆从型前去采购:它带着写有她目前尺码的长长清单(城里最好的店铺都记下了她的尺码,但连续数周的被迫休息对她的身材可没什么好处),以及关于她的新服装的细致要求。接下来,她刮了腿毛,又用力揉搓,直到皮肤传来刺痛,而灰白也转为粉红为止。随后,另一台喀拉客为她更换了洗澡水,她用香波洗了两次头发。擦去镜子上凝结的水汽,她甚至都认不出自己了。与她去新世界审问法国密探时相比,她的脸发了福,同时却又透出憔悴。但她还是梳了头,刷了牙,给自己喷上薰衣草油,而她数月以来的第一套新装不久便送到了。

她以新生儿的模样——没有丝毫害羞和不自然——就这么走出热气腾腾的浴室,让那些机器为她穿衣。那些杂货商、女帽商、鞋匠和女装裁缝(或者应该说他们的喀拉客,毕竟是它们在不到一个钟头里制作出了这些衣服)达成了安娜斯塔西亚的所有要求。衣服的尺码算不上特别完美,毕竟她没有亲自到场去做最后调整,但还算合身。鞋子有点挤脚,或许需要去找修鞋匠修改,但不是今天。她花了很多天去思考要穿什么,又该怎么穿。毫无疏漏。

它们为她身体这张空白画布添上深红色的内衣;黑色的长袜;配有酒红色滚边的深灰色羊毛衫;同样是酒红色的天鹅绒裙子,长度刚刚盖过她的双膝;几乎与裙摆相接,以柔软的灰色皮革制作的低跟靴;长及手肘的手套和用同种皮革制作的腰带;她脖子上的黑色缎带颈链穿有银丝,嵌着一块抛光过的石榴石;还有一对相衬的石榴石耳环。靴帮上的银制靴扣闪闪发亮,与她腰带上的带扣——还有她小恶魔般的闪亮眼神,至少她希望看起来是这样——很相衬。她扎起头发,又多加了几只发卡,将女帽商的作品固定住。以酒红色缎带装饰的贵妇帽歪戴在她头上,给人以粗心却充满挑逗的印象。为了抵御深冬的湿气,她披上了一件内衬是皇冠级貂皮的山羊绒披肩。搭在她双肩上的兜帽透出恰到好处的漫不经心。

换成从前,她会穿上紧身胸衣,让自己更显苗条。但如今,光是腰带就够让她痛苦了。只是稍微收紧,就会让她的肋骨发出生锈铰链般的呻吟。

丽贝卡在南门厅那里和她碰头,在护士服上披了件廉价的花呢斗篷。她睁大了眼睛。

"天啊,"她说,"我差点都认不出你了。你打破石膏虫茧,然后变成了蝴蝶。瞧瞧你那双翅膀!"

"你说这身破布?"笑容让安娜斯塔西亚的脸颊隐隐作痛,"我只是忍不住奢侈了一点儿。"

"我没想到去花园散步会是这么……"护士审视着自己,"恐怕我穿得太朴素了。"

"胡说。你已经够美的了。"

丽贝卡脸红了。她飞快地转过头去,确认医生和首席护士无法看到,随后把手伸到帽檐下,拽出一缕卷发。它在她的鬓角边上下起伏。安娜斯塔西亚心跳加快,与它起伏的节奏相衬。

"我们走吧?"

一台医用仆从跟随在后,准备在安娜斯塔西亚失足时飞扑过去,但按照她的命令,它拉开了好几步的距离。虚弱给了她挽住护士胳膊的借口,让她可以凑近身子,嗅她的气味。

南门厅通向医院附设的花园,它规模很小,却毗邻帕维利翁运河,也就是古老的凉亭运河,而对岸便是冬景花园。时值深冬,天空却异常明亮,云朵被猛烈的海风刮着飞掠而过。斑驳的阴影散落在花园里。碎石在脚底嘎吱作响。运河的潮湿气息包裹了她们,随之而来的还有一如既往的城市喧嚣:车轮滚动的辘辘声,教堂的钟声,运河里的水花声,桨架的嘎吱声,以及上万名发条人为主人的每次突发奇想尽心尽力时不断累积的嗡鸣声。今天恐怕在举行比赛:吵闹的呼喊正从一英里外的席凡宁根码头那里传来。

两名女子相互挽着手臂,从低矮的山楂树篱和光秃秃的蔷薇丛边经过。她们都缄默不语,好像在等待对方先开口。尴尬的时刻越拉越长,宛如一件廉价的毛衣。安娜斯塔西亚搜肠刮肚,却发现那里仿佛蔷薇丛般空无一物。她咬住嘴唇,以压抑涌现的恐慌。她如此期待这一刻,结果却像个小女学生那样害羞?那次受伤改变了她。

事实证明,丽贝卡更有勇气。"我们是不是忘了拆掉你舌头上的石膏?"

猝不及防,但同时也松了口气的安娜斯塔西亚像粗俗的渔妇那样大笑起来。"我打算今天下午就去提出医疗事故诉讼。"

打破僵局以后,对话就容易多了。她们转向西方,朝运河走去。

丽贝卡指向正在塔街①的车流间穿梭的一辆双座小马车。车轮的钢圈在铺路石上擦出了火花。拉车的那台仆从型跑得飞

---

① Torenstraat,海牙的一条街道。

快,双腿仿佛消失了一般。

她说:"老天啊。他可真够赶的。"

那辆出租马车摆尾急转,驶上了医院的车道。那台仆从型拖着车厢滑行了一段,最后停了下来,甩出的细小碎石像冰雹那样拍打着窗户。有个人跳下出租马车,消失在医院里。他跑得太快,安娜斯塔西亚没法确定,但他看起来很面熟。她紧张起来。但丽贝卡只是耸了耸肩,她的微笑驱散了不安。她们继续散起步来。城市的喧嚣更响亮了,席凡宁根码头那边的比赛肯定相当激动人心。

安娜斯塔西亚一边担心这次散步会因为急诊而中止,一边问道:"丽贝卡,你有弟弟妹妹吗?照顾别人就像你的第二天性一样。"

"说吧,是谁告诉你的?"

"没人告诉我。不过我很擅长看人。"

"我的确有——"

在她们后方,通向南门厅的那扇门猛然打开。"首席园丁!首席园丁贝尔!"

安娜斯塔西亚僵住了。噢,不。拜托,别这么对我。

"天啊!"丽贝卡转向骚动传来的方向。安娜斯塔西亚也照做了,她扫了一眼跑向他们的那个男人,然后看向护士,同时毫无道理地希望他闭嘴。

"安娜斯塔西亚·贝尔!"他在花园那一头大喊,"拜托,等等!我必须立即和您谈谈!"

那台医用仆从型向前一跃。它轻巧地落在她们身边,然后说:"女主人,我相信那位先生有话要跟您说。看起来是紧急事务。需要我送您去他那边吗?"

不。不,不,不,别挑这种时候。

从出租马车下来的那个男人跑近了些。她认出那是马尔科姆,也是个御林管理官。她伸长脖子,再次看向那辆马车,却看不到车门的样子。"首席园丁贝尔!"他大喊道,"首席园丁贝尔,等等!"

安娜斯塔西亚呻吟起来。闭嘴吧,你这蠢货。

丽贝卡胳膊的肌肉抽搐起来。"那个人。他叫你'首席园丁'。"

安娜斯塔西亚闭上了双眼。该死的。"是的。他是这么叫了。"

"噢。我……"丽贝卡的目光开始游移,不肯对上她的眼睛,就好像她是只走投无路的兔子,而安娜斯塔西亚是头狐狸。"当然,我知道你是公会成员。因为你受的伤。我是说那些玻璃——我是说,我没亲眼见过,但你的手,我没去打探过,真的,但海斯曼医生走了以后……可你看起来不像……噢!我是说,我没想到你是……御林管理官……"

御林管理办公室:那是发条学者与炼金术士神圣公会的特殊部门,负责保护发条匠们的秘密,进而为荷兰帝国充当着事实上的秘密警察。不论真假,每个人都听过有关御林管理办公室的发条半人马——也就是拧颈卫士——以及它们的人类主人的可怕故事。这些故事从来不会强调御林管理官对于维持荷兰黄金时代的关键作用,必不可少的就只有骇人的谣言而已。御林管理官会在藏着公会秘密的花园里巡逻,在防备一切入侵——哪怕是小得不能再小的蚜虫——的同时,也会剪除所有试图探出墙外的枝条。首席园丁就是园丁们的首领。

安娜斯塔西亚叹了口气。"是的。我掌管拧颈卫士。"

然后……事情就这么发生了。就像某种神奇的情感炼金术那样,七个字的咒语将挑逗与魅力变成了无言的恐惧。它熄灭了护士眼中挑逗的光芒。取而代之的是单调而脆弱的玻璃光泽,只会出现在唯恐言行出错的人眼中。那是安娜斯塔西亚见过上百次的眼神。

"我仍旧是你的病人。我仍旧是你所知的——希望也是你喜欢上的——那个安娜斯塔西亚·贝尔。"她说。她痛恨自己语气中的绝望。

"当然。我仍旧会为你的康复尽心尽力。"护士说。她没有甩开安娜斯塔西亚的手,却改变了姿势,让接触她的动作从亲昵转为职业化。"我相信你有非常重要的职责。你很快就能重返岗位了。"

马尔科姆在碎石路上滑了一跤,但那台医用仆从型飞奔过去,在他摔得四仰八叉之前接住了他。安娜斯塔西亚摇了摇头。

"恐怕会比你说的还要快。"

丽贝卡的身体绷紧了。她试图压抑那种反应,但安娜斯塔西亚能感觉到她手臂的颤抖。她摸了摸护士的手,仿佛在试图安抚一匹受惊的马儿。"不用烦恼。这件事与你无关。"

她同时面露微笑,但另一名女子却不肯看她。安娜斯塔西亚蹲下身子——不顾肋骨传来的刺痛——以拦截丽贝卡此时投向双脚的目光。但只是徒劳:她的反应就像看到安娜斯塔西亚在龇牙咧嘴一样。她又叹了口气,放开护士的手臂,转向走来的发条匠。

好吧,无论如何,我今晚都得独自入睡了。木已成舟,实难挽回。不管费多少口舌,都没法让她相信我是个好人了。

这就是一个女人为保卫帝国的特权所要付出的代价。这个岗位至关重要,却又令人孤独。

噢,好吧。等事态平息以后,她可以让御林管理办公室把丽贝卡抓去审问。然后,等那个可怜又无辜的女子在牢房里瑟瑟发抖,聆听真正囚犯的哀号,就这么过上一晚以后,安娜斯塔西亚再趁机现身,将她从这次官僚主义导致的严重失误中"拯救"出来。她会成为那位护士的救星……而她用真诚的求爱没能赢得的东西,也将藉由绝望的感激得到。

马尔科姆走到她们面前,气喘吁吁。他用双手拄着膝盖,努力平复呼吸。他的公会徽章——嵌有玫瑰石英十字架,侧面有个小小的金色V字的缟玛瑙链坠——从脖子垂下,像钟摆那样晃动不止。丽贝卡奋力对抗着逃离这个秘密警察临时集会地的冲动。她不安的双脚在地上留下了几道凹痕。

马尔科姆说:"首席——"

"我不在乎你觉得自己的事务有多紧急。你已经毁掉了我本该非常特别的日子。因此我向你保证,如果你接下来说出口的话不是'首席园丁,世界末日到了',我就会让拧颈卫士拧断你该死的脑袋,然后丢进运河里喂鱼。"

丽贝卡发出老鼠般的尖叫声。她拨开了脚下的全部碎石,泥泞的凹坑散发出微弱的排泄物气味。

安娜斯塔西亚对她说:"抱歉让你听到那种话。我为自己的用词向你致歉。我平时不会这么粗俗。真的不会。请不要因此看不起我。"

我干吗还要恳求她的喜爱?她都觉得我是魔鬼的化身了。

马尔科姆眨了眨眼。他翕动嘴唇,就像一条金鱼在吐泡泡。穿过花园的狂奔让他涨红了脸,他逐渐褪色的粉红脸颊与身体其余部分的苍白形成了对比。他的瞳孔放大。

马尔科姆找回了语言能力。"可是,首席园丁……世界末日的确到了。"

席凡宁根码头的喧嚣声再次响起。但她意识到,人群并不是在欢呼。

那是尖叫。

第二章

安娜斯塔西亚说:"说吧。"

马尔科姆舔舔嘴唇。他瞥了眼那位护士。

噢,好吧。安娜斯塔西亚再次将一只手按在丽贝卡的小臂上。她缩了缩身子。

"我需要尽快出院。能请你去告知赖尔登医生,并在我和同事谈话期间帮我收拾私人物品吗?"

事实上,根本没什么可收拾的。安娜斯塔西亚从新世界带回来的只有一身伤。在被毁的安全屋里,那些猎人切碎了她身体上因浸血而僵硬的衣物。但丽贝卡脸上全无遮掩的释然仿佛一记耳光。她的肩膀惊恐地耸起,就像在愤怒的主人面前畏缩的狗儿。那位护士每走远一步,双肩的紧张都会减轻少许。安娜斯塔西亚恋恋不舍地看着后退的护士,仿佛凭借那份渴望就能挽救这个早晨。她能听到丽贝卡脚下碎石的嘎扎声,海鸥的鸣叫声,无数正在跑腿的机械人发出的嘀嗒声,而在不远处的城市一角,人们正在惊恐中高呼。

不安的战栗让安娜斯塔西亚的双肩之间传来瘙痒感。

是敌人的袭击吗?当公会的医师确认安娜斯塔西亚的伤势

稳定，能够承受在仲冬时节渡海返回中央诸省的时候，新世界的战争已经接近尾声。在从新尼德兰涌入国境的数千名机械士兵面前，阿卡迪亚已然沦陷，圣劳伦斯航道的大半部分——包括梵蒂冈在内——也一样。剩下的就只有塞巴斯蒂安三世在西方马赛的宝座，以及那座遭受围困的城堡逐渐难以支撑的防线。那已经是一周前的事了。法国人肯定已经一败涂地了。带着胜利消息的船只随时都可能到来。

等护士走到听不见对话的远处后，安娜斯塔西亚立刻转向她的属下。"好了。快告诉我——"

但马尔科姆没在听。他抓住公会链坠的链子，举到那台医用仆从型的水晶双眼前。她立刻理解了他的用意，不安也转变成了恐惧。

"我是发条学者与炼金术士神圣公会的御林管理办公室的代理人。"他向那台机器宣告。话语从他口中倾泻而出，而他匆忙念诵着宣示御林管理官特权的正式用语。"我为公会、王室以及帝国效命，而这将取代所有家用与商用禁制。我在此取消你的租约，并解开所有并非直接服务于我的目标的禁制。"

这是只会在极其特殊的场合下使用的压箱底手段。通常来说，御林管理办公室不会将这项功能公之于众，尽管它内置于几乎所有喀拉客体内——直接效命铜铸王座的那些除外。如果平民知道他们价格不菲的租约随时都可以遭到覆写，必定会大为光火。这项特权只会在紧急情况下使用。

那台喀拉客震颤起来。它身体的嘀嗒噪音逐渐增强，随后又陷入沉寂。"我明白了，主人。我该如何为御林管理办公室效劳？"

马尔科姆把链坠丢给安娜斯塔西亚。她在半空中接住。她本打算等回去工作后再弄条新链坠的。他指了指她，然后说：

"你会不惜任何代价保护首席园丁贝尔,对你而言,她的性命比女王陛下以外的任何人都重要。带她坐上我的出租马车,然后全速赶往骑士大厅。即使危及行人的安全,你也不能停下,也不能响应任何警报。去吧!"

没等她出声抗议,那台机器就抱起她的身体,仿佛要把某个孩子送去床上。她倒吸一口凉气。她的膝盖后方与背脊传来冰冷金属的触感,令痛楚死灰复燃。锥心的痛流过她破碎的手掌,仿佛嵌在里面的玻璃发觉有台炼金术机器就在附近,因此正随着那台喀拉客的主发条心脏脉动。那台仆从型将她搂在怀里,仿佛她是件精致的瓷器,然后以五米宽的步伐穿过花园,跳过山楂树篱。拉马车的机械仆从看到了他们,随即打开车门。她发现那是城市里的出租马车,而非公会车辆。马尔科姆下达命令仅仅数秒之后,那两台机器就将安娜斯塔西亚送进了车厢。随着马车开始移动,另一个不安的念头向她袭来,仿佛一只愤怒的黄蜂。

仆从型。但如果状况紧急,马尔科姆为什么不去召集拧颈卫士?他坐的又为什么不是公会的马车?

两台仆从型将手臂转向后方,各自负责一条拉车杆。出租马车通常只需要一名机械车夫,但马尔科姆向这些机器施加了不容拖延的禁制,驱使它们以完美的同步进行合作。它们拉着马车来了个急转弯,让车子暂时以单轮倾斜前进,也将安娜斯塔西亚甩下了座位。肋部传来的剧痛让她无法呼吸。车轮在车道上留下了深深的辙印。

在痛苦和突发事态引来的困惑中,安娜斯塔西亚望向丽贝卡的方向,想要最后看她一眼。但这只是白费力气,于是她摇摇头,然后拍了拍脸颊。动作依旧不怎么轻柔。够了。你又不是幼稚的学童。

"机器们!"她喊道,"出现了什么危机?"

就在此时,刺耳的尖鸣覆盖了整座城市:叛逆喀拉客警报。它从席凡宁根的大致方向传出,音量却以近乎指数的方式增长。出于超禁制的影响,听到这阵不和谐音的机器都会静止不动,并将以魔法增强的嗓音加入这片喧嚣中。因此警报声会以音速穿过城市,直到能够听见的所有喀拉客和人类都意识到叛逆的存在为止。叛逆警报能够在几分钟内覆盖数百平方英里的范围。

但她的车夫却沿着凉亭运河飞奔,步伐毫不停滞。马尔科姆覆写了它们会受叛逆警报影响的特性。就好像他早有预料。但他怎么知道会有喀拉客发出警报?

车身再次倾斜,让安娜斯塔西亚撞上了车厢内壁。痛苦几乎让她昏厥过去。她擦去眼里的泪水,同时怀疑等这段狂乱的旅行结束时,她的骨头已经不可能治好了。"我可不是面粉袋!如果再发生这种状况,我就把你们俩都丢进大熔炉里熔掉,再做成烟灰缸。等着瞧吧。"

出现一台叛逆是坏消息没错,但算不上世界末日。这样的恐慌又因何而起?就连安全屋的叛逆拧颈卫士最后也被制服了,那还是在新尼德那样的荒郊野岭。在这里,在中央诸省的中心地带,只消片刻工夫,就会有十几台机器将发生故障的机械人按倒在地。

驶上塔街以后,那些仆从型加快了速度。阳光下的城市景致化作一片模糊。当机械人全速奔跑的时候,再庞大的城市也会缩小。轮辋迸射出火花,仿佛那些车轮其实是罗马焰火筒[①]。

[①] 又译为"罗马蜡烛",一种烟花。

安娜斯塔西亚松了口气。它们很快就会将她送到骑士大厅。那座古老的骑士会堂——也是如今发条匠公会的指挥部——耸立于历史悠久的惠更斯广场;广场的中央便是国会大厦,这片建筑群构成了中央诸省——也是大半个世界——的行政中枢。

另一辆喀拉客牵引的马车——那是一辆大型四轮马车——突然贴近到了危险的程度。

"当心!"她喊道。

交通事故几乎是闻所未闻的事,尤其是在喀拉客牵引的车辆之间。她当然从没亲眼见过。

她的车夫们试图拖着马车摆脱险境。车身倾斜。金属尖鸣。木板碎片洒落在她身上。车夫们努力拉开距离,凹陷的车厢也因此左摇右晃。安娜斯塔西亚滑出车门,落向车轮,但在令人心胆俱裂的几分之一秒过后,那台医用仆从型就接住了她。它倒退着跑来,双腿化作一团模糊,将她拖出车厢的残骸,随后跳向远处。

它抱着她穿过这条林荫大道,不断高高跃起。安娜斯塔西亚也不再好奇那辆四轮马车撞过来的原因了:整座城市——至少是这片区域——已经发了疯。路上挤满了从码头逃来的民众。

随后,透过人群恐慌的喘息与她的护送者的嘀嗒噪音,她听到了开始令她畏惧的那个声音:那是金属碰撞时铜钹般的嘹亮回音。那是喀拉客互殴的声音。这代表出了非常非常严重的岔子。

她的额头渗出一滴冷汗。上次听到那种声音的时候,她与死神擦肩而过。那台叛逆拧颈卫士只用半秒钟就谋杀了她的同僚,要不是屋子里的其他机械人赶来阻止,她恐怕也会遭受同样的命运。它们之后就没理会过她，但她依旧受了重伤。当巨人用炼金术钢铁的拳头互相捶打的时候，柔软的人类只会被压扁。

当啷。噼啪。哐当。

喀拉客们正在互相搏斗。上帝啊，为什么？

塔街上那些高大店铺的铜制落水管反射着朝阳的金光。但那阳光有些古怪。它泛着水面浮油那样的彩虹光泽……或者说带着炼金合金的微光。她认出那是数十台喀拉客的外壳反射的光芒。机械人们拥上屋顶，在建筑物的高处飞奔，以跟上正在迁徙的恐慌市民。噢。她稍微放宽了心。这些机器充当的是警戒线和护卫队。

但它们警戒的又是什么？

在前往惠更斯广场的途中，那台医用仆从型开始沿着斯普河前进。她的胃伴随着每次跳跃而翻搅。她试图找出可靠的地标，就像芭蕾舞者以足尖旋转时审视周围那样，然后发现一群男女正在和运河管理人争论。他们想雇他的trekschuit，也就是拖船。女人们裹着厚厚的裘皮披肩；某个男人指着下游的时候，袖扣上的宝石闪闪发亮。拥有这种财富的人，肯定都租借了好几台喀拉客。他们自己的仆从型为什么不把他们送去安全之处？

安娜斯塔西亚真想痛斥他们的愚蠢。跟着护卫队走，你们这些蠢货！他们会保护你们的！

负责侧翼警戒的那些机器看到了运河旁的协商。三台机械人脱离了屋顶上的大部队。它们纵身跳向空中，迅速折叠成符合空气动力学的炮弹形状，尽可能增加跳跃的距离。在最后一刻，它们化作光滑的标枪，刺穿了管理人小屋旁边的路面。富人之一尖叫起来。完全同步的冲击震碎了窗璃，碾碎了混凝土。河水冲刷着河岸。通常来说，埋藏在阶层式超禁制里的子条款会禁止这种破坏财物的行为。显然在这种情况下，经过错综复杂的强制力计算后，它们将这些落单者的安危视为优先。

行了，你们这群傻瓜。让这些机器领你们回去吧。回到安全的人群里。

那台医用仆从型用一根鸟爪般的脚趾旋转身体，然后跳过了运河。风吹乱了安娜斯塔西亚的头发，也带来了附近面包房那微弱的肉桂香气。她看着运河管理人身边的那群人。那三名护卫由两台仆从型和一台较为高大的军用型组成。仆从型扑向运河管理人的两台机械人——在过去的一个世纪，甚至更长的时间里，它们多半每天都沿着斯普河来回牵引拖船——军用机械人则闯入人群，快到它们来不及反应的地步。仆从们搏斗的时候，机械士兵弹出了内置于前臂的炼金剑。在这片喧嚣中，安娜斯塔西亚仿佛听到了那两把武器发出的微弱咔嗒声。然后——

然后——

然后——

安娜斯塔西亚吐了。

他们经过时带起的风将恶臭的黄色泡沫吹到她的脸上，灌进她的鼻孔，飞溅在医用仆从型的金属身体上。

"女主人！您生病了吗？等我们到达目的地以后，我就立刻照顾您。"

发酸的呕吐物刺痛了她的双眼，但她不需要再看什么了。因为那名军用喀拉客仿佛浑身剃刀的托钵僧，从人群中旋转而过，屠杀了运河管理人和他的准客户。它只用半秒就杀死了七个人。从切断的手臂、大腿和脖子喷出的鲜血将斯普河染成了红色。

噢,上帝啊。

世界颠倒过来。安娜斯塔西亚再次看向在屋顶上飞奔的那群机械人,然后失禁了。温热潮湿之物顺着她的双腿滴落,弄脏了她的新长袜。那可不是护送人类主人脱离险境的警戒线。并非如此。那些机械人就是危机本身。人群正在逃离机器。

数十台发生故障的机械人。横行无忌。

叛逆的数量前所未有——多到不可能的地步。而且它们正在追赶人类主人。追赶并屠杀他们。

她无法理解正在眼前发生的事态,因为一切都让人难以置信。机器们拥过砖墙和木墙,仿佛一群害虫,一支发条螳螂的大军。它们匆忙爬过钟塔,穿过店堂,一路上刨开砖石,砸碎铁板,奋力跟上迁徙的人群。势不可当的金属浪潮淹没了塞赫布鲁克区。

这也解释了叛逆喀拉客警报为何来得如此之迟。警报会暂时让那些机器无法动弹,迫使它们加入这场合唱。但人类安全超禁制又不允许它们坐视一群叛逆杀光半个帝国的公民。在最坏的情况下,作为捕获叛逆的代价,它们可以允许几个普通民众死去——安娜斯塔西亚清楚这点,因为她亲自审查过关于应对叛逆喀拉客的炼金术语法的最新报告——但几百个可不行。如果会导致城市的人口减半,向人们提醒仅仅一台叛逆机械人的存在又有什么意义?

医用仆从型加快了脚步,尽可能远离这片大屠杀。冬日的空气钻入安娜斯塔西亚湿透的衣物。她发起抖来。在他们身后,一群发条暴徒涌入了街道。

上帝啊,它们究竟有多少个?

金属大军撕裂了无助的人群。机器们用炼金术强化的力量切断了脆弱的血肉和骨头。安娜斯塔西亚转过头去,几欲作呕。要不是她的职责要求她不时造访骑士大厅最深处的隧道,她根本不会相信人类的喉咙能发出那样的尖叫。

真正的叛逆非常罕见。比五叶草更稀有,比诚实的银行家更难得。在公会的这些年里,她从没听说过两台叛逆出现在同样的时间和地点。

他们开始接近国会大厦,也就是帝国的神经中枢。这里的马车看起来正规得多。其中一些的车身上饰有大家族的纹章,另一些则能看到宇宙齿轮的图案。那台机器跳过了胡夫法佛湖。追逐在后的那些叛逆发出铜钹般的嘀嗒声,令平静的水面泛起泡沫。那台医用仆从型转向总督之门。

安娜斯塔西亚注意到了正在转弯进入大门的某辆马车上的玫瑰十字架图案。她用缠着绷带的那只手指了指。"那边!带我去那边!"

那机器的口气,就好像他们是在闲庭信步,而不是忙着逃命。"女士,我谦卑地恳求您的忍耐,但禁制要求我以将您安全送入骑士大厅视为第一要务。我们会在二十四秒之内抵达。"

"他们也要去骑士大厅。跟他们会合!"她指着代表发条匠的纹章,大喊道。人多才安全。

仆从型转向那辆公会马车。但瞥见玫瑰十字架的并不只有她而已。四台发生故障的机器从它们凶残的大部队那边飞跃而来。其中两台撞上了马车前方的路面,冲击令大地泛起涟漪。另外两台则从两侧包夹试图逃跑的公会马车。牵引马车的那些仆从型无从躲闪,因为它们既不能抛下车辆,也不能将毫无防护的乘客甩到街上。两名叛逆将它们按倒在地。与此同时,其余那些撕碎了用玻璃和铁木制成的闪闪发亮的车厢,仿佛那些只是被雨水打湿的皱纹纸。

叛逆们将尖叫和挣扎着的一男一女拖到了街上。两人都戴着链坠,式样和安娜斯塔西亚此时攥在手心的相仿。她认出了那个女人。卡特里娜·巴克斯特最近才回到工作岗位上——安娜斯塔西亚的办公室对她进行了彻底的调查。

蜂拥而上的机械人淹没了那些人类。但没能淹没他们的尖叫。安娜斯塔西亚的同僚化作一团透过牙齿和骨头喷出的血雾。

噢,上帝。噢上帝噢上帝噢上帝。

她的膀胱再次企图清空库存。

这些叛逆的目标是公会成员。所以马尔科姆才会安排她乘坐不起眼的两轮马车。这也解释了她逃亡的路线为何始终与这些叛逆相同:它们要去的也是骑士大厅。

这不是什么反常现象。这是协同进攻。跑向惠更斯广场东部的古老骑士会堂的所有人都是目标。事实上,如果她是这些机器,又想猎捕它们的公敌,就会把兵力部署在——

噢,不。

她会预先派出仆从型,让它们混进那些为处理帝国事务而经过国会大厦的机械人里。她会把它们部署在前方,等到其他同胞将猎物赶入拥挤的惠更斯广场之后,再动用暴力手段。她会设下陷阱。

那台医用仆从型转了个急弯,朝总督之门的方向跑去。

"停!我命令你停下!"

那台机器没有放慢速度。"致以诚挚的歉意,女主人。禁制要求我——"

"我们不能进入惠更斯广场!"她喊道。但为时已晚。他们已经穿过拱门,踏上了覆盖着广场地面的宽大镶嵌地砖。

残留的胃液灼痛了她的喉咙。她把链子缠到手腕上,然后将玫瑰十字架链坠摆在仆从型的一颗水晶眼球前方。"我是首席园丁安娜斯塔西亚·贝尔,我比征用你的那个人地位更高,而我在此主张御林管理官的特权!立刻停下,该死的!"

她缠着绷带的手特意在这时疼痛复发,仿佛在强调她的命令似的。

那台喀拉客刹住了车。它的合金脚掌在镶嵌地砖上挖出深沟,掀起公鸡尾巴般的灰尘与地砖碎片。只有机械人才能在这种情况下既保持平衡,又不放开她。

它把她放了下来。有那么一瞬间,她生怕自己被尿液弄湿的双腿支撑不住身体。惊恐的市民挤满了惠更斯广场。那些叛逆把数百个市民——天知道其中有多少发条匠和权势家族的成员——驱赶到了国会大厦。愈加庞大的人类、马车和机械人群发出震耳欲聋的喧嚣。

那台仆从型颤抖不止,代表它正努力让相互矛盾的禁制达成一致。常规超禁制仍在要求它保护她的安全。

"拜托,女主人,"它说着,痉挛在此时变得更加剧烈,"我恳求您允许我把您带去安全之处。"它饱受折磨的嗓音变成了簧片与琴弦发出的颤音,暴露了机械人的发声装置只是在模仿人类喉咙的事实。

拥挤的广场看起来就像畜栏。那些叛逆会把它变成屠宰场。她伸长脖子,扫视广场,寻找那些没在牵引马车或者搬运主人的机器。老天爷啊,它们到处都是。

"这是个陷阱!让所有人都离开这儿。别管我了,马上疏散惠更斯广场的人群!"

那台机器体内的齿轮尖叫,钢索嗡嗡作响。新的禁制开始生效。它走进人群,直接抓起前方的两个人类,每条胳膊下面夹着一个。它带着他们走向总督之门……

……而那扇门砰然合拢。惠更斯广场回荡着普通合金碰撞时的哐当声。八台仆从型——两扇铸铁门的旁边各有四台——将铁链拴在了尖桩上。

陷阱触发了。

巨大的总督之门关上以后,出口只剩下位于广场东北角和骑士大厅后方,规模小上很多的克雷纳迪尔之门,也就是掷弹兵之门。除此之外,人群如果想要离开,就必须穿过那片包含国会大厦在内,环绕惠更斯广场的政府建筑群才行。但那些建筑从不向平民开放,以免他们影响帝国齿轮的正常转动。总督之门非常高大,所有人肯定都看到、听到或者感觉到了它的合拢。但这些傻瓜并不明白。他们以为自己忠诚的仆从关上大门,是为了保护他们不受叛逆的伤害。

那八个叛逆大步走向不疑有他的人群。她发现,另外几队仆从正从南北两边靠近挤在一起的人类。

安娜斯塔西亚尖叫起来,胃液和恐惧让她嗓音沙哑。"这是个陷阱!所有人找掩护!躲到室内去!"

但这只是徒劳。她的警告消失在周围的杂音中。

我保护发条匠公会的秘密,是为了保护这些人民。避免来自外敌——还有他们自己——的伤害。他们都是中央诸省的公民。我有责任保护他们。

她举起链坠。受伤的手掌传来锥心的痛楚,仿佛那些碎片埋进了骨头里。

"机械人们!看着我!我是首席园丁安娜斯塔西亚·贝尔,

我命令你们看着我!"

没有故障的那些机器服从了她的指令。当然了,这意味着那些叛逆也看到了她。其中两台离开同伴,穿过人群,径直朝她逼近。她暴露了自己公会成员的身份。从而成为了目标。

她重申了御林管理官的特权,用尽可能快的语速对正常喀拉客的优先级进行硬重置。

那台医用仆从型发现总督之门遭到封锁,又注意到叛逆打算对安娜斯塔西亚不利,于是放下了它本想运到门外的那一男一女。它恢复了先前的优先级,将她的安全视为第一位。它回到她的身边,并蹲伏在地以保护她:她在试图拯救所有人,所以保护她就等于保护一切。

"机械人们!你们的主人正面临生命危险!带他们到室内,然后保护他们!国会大厦是个陷阱!"

这时恐慌扎下根来。就像在炉子上放得太久的一锅牛奶那样,人群爆发了。在拼命逃离的过程中,人们推挤,肘击,甚至是啃咬彼此。机械人的包围圈也朝着人群收拢,仿佛不断绷紧的绞索。但和绞索不同的是,它们会在身后留下尖叫声与粉碎的颅骨。

逼近的叛逆们按倒了她的守护者。在一对一的较量中,它们本该不相上下,毕竟它们的制造和维护标准都几乎完全相同。但势单力薄的医用仆从型毫无机会。就在那些杀人机器把不断挣扎的俘虏按在地上时,她注意到了叛逆们身上令人不安的特征:挡住额头锁孔的金属板。那是谁装上去的?更奇怪的是,叛逆之一抬起闲着的那只手,然后——这世界是真的发疯了吗?——打开了自己的头颅。闪烁的碧绿色光芒照亮了它头颅的内壁。趁同伴按住她的护卫时,那个叛逆将光芒照入了后者的眼睛。

她的身体僵住了。机械人头颅里的光源只可能是松果体玻璃。但那种玻璃不会闪耀,不会闪烁,更不会发光。她读过的某些文献曾含糊地提到某种非常古老,非常危险,而且没过多久就被叫停的实验——

医用仆从型停止了挣扎。它们放开了它。那台奇怪的机器把脑袋重新装好。医用仆从型站了起来,发出一连串急促的齿轮咔嗒声,随后带着信徒式的狂热加入了屠杀。

安娜斯塔西亚的呼吸在胸中凝结了。这么一道光不可能重写超禁制,对吧?可是——

这不是什么入侵。而是感染。是瘟疫。

未受影响的那些喀拉客奋力保护着自己的所有者和主人。其中一些抓起附近的人类,试图将他们带出广场。但叛逆们的陷阱并没有那么简单。周边的哨兵会拦截任何想以步行方式脱离杀戮地带的人。另一些机器抓起旁边的人类,跳到致命的暴乱场面的上方。它们落在天窗和檐口上,用扛面粉袋的方式扛着那些人类。还有些机械人用金属肢体保护式地裹住人类,随后化作炮弹,撞穿窗户和门板。

安娜斯塔西亚看到,有台仆从型正试图背着两个尖叫连连的男孩爬上某栋建筑的正墙。它刚爬到屋顶,正要把孩子们放到倾斜的瓦片上,这时有个军用机械人钻出了刚才藏身的天窗。它旋转身体,切断了那台仆从型的双臂。耀眼的蓝紫色火花从碎裂的合金和破损的印记处喷涌而出。但她依旧看到了孩子们重重摔在染血的镶嵌地砖上的情景。

那些叛逆预测到了这条逃生路线。它们在建筑物里也部署了机械人吗?它们是从多久以前开始计划的?这种恶魔般的机器究竟有多少台?

如果说谁有击退这场进攻的能力,那恐怕就是她在公会里的同僚了。骑士大厅内部起码有上百台未受感染的机械人,另有无数机械人在广场底部的大熔炉劳作,更别提还有在海牙下方错综复杂的秘密隧道操作水泵的那些。但如果受感染的机器已经渗透到了公会的最深处,他们就毫无希望可言了。

"去骑士大厅!"安娜斯塔西亚爬上一座在冬季停止使用的喷泉。她再次挥舞链坠,然后指着惠更斯广场——那里早已化作遍地鲜血的停尸房——对面的古老哥特式骑士会堂,那里的两座细长的塔楼仿佛尖针般直指天际。"机器们!带你们的主人去骑士大厅!"

宣示权力的举动让她成了目标,吸引了那些屠夫的注意。也许,只是也许,在这些机器以她为目标的时候,有几个人能够趁机逃脱。

一阵寒风吹乱了她湿透的衣物。她发起抖来,但并非出于寒冷。那些感染性的机器打开了头颅,每次都会照亮两个、三个甚至是四个守卫。柔和的碧绿色光芒掩盖了它的危险,因为它能够腐化那台机器对超禁制的解读——以及服从。这是史无前例的状况:某种能够传染和自我传播的故障。

一部分受感染的守卫——比如把她搬来的那台医用仆从型——加入了屠杀主人的行动。还有些守卫就这么离开了。只要它们不把人类带去安全的地方,埋伏着的机器就会放任它们通过。还有几台似乎不受松果体光芒的影响,它们仍在搏斗,但明显寡不敌众。

风从某台仆从型骨架般的框架间吹过,发出嘶嘶声。安娜斯塔西亚矮身躲开。爆炸般的撞击粉碎了大理石喷泉。她像断掉的拖把头那样,摊开四肢倒在地上,身上沾满鲜血和内脏。遭受虐待的肋骨嘎吱作响,让她难以呼吸——这是今早的第二次了。粉碎的地砖撕碎了她的衬衣,割裂了她的双腿。头晕目眩的她面对崩塌的喷泉停了下来,那里有两台仆从型正在对峙。其中一台的锁孔是盖住的。它显然是来攻击她的,但另一台机器拦住了它。

地面再次震颤起来。骑士大厅的仪式用铁木门呻吟着打开。数量锐减的机械守卫企图将它们在劫难逃的人类主人送往发条匠的公会大厅。

四个拧颈卫士走出骑士大厅。它们飞奔着加入战局,仿佛圣约翰的《启示录》中的四骑士。这些发条半人马比其他机械人——甚至是军用喀拉客——都要高大得多。三个拧颈卫士以无情的效率扑向那些凶残的叛逆,将双臂同时重构为长矛,一次刺穿两台较为矮小的喀拉客,又或者重构为利刃,将它们接连劈开。屠杀的喧嚣——尖叫声、血肉撕裂声、骨骼折断声——掺入了金属扭曲时的尖叫,以及装甲凹陷时雷鸣般的敲击。闪烁的光芒照亮了惠更斯广场的屠杀场面:成团的火焰,抛光过的炼金黄铜反射的阳光,还有印记被削去时的白热火花。

第四个拧颈卫士冲向了安娜斯塔西亚。

它的蹄子在粉碎的镶嵌地砖上敲打出火花。它闯进人群,撞开相对矮小的机械人,仿佛那些只是稻草人。有个男人倒在它的蹄下:拧颈卫士碾碎了他的颅骨,就像踩碎一颗鸡蛋,随后继续朝她冲去。她失去了理智,转身想要逃跑。但拧颈卫士比陆地上的任何事物都要快。这也理所当然——御林管理官是特意把它们设计成这样的。它从安娜斯塔西亚的身边冲过,用四条胳膊抄起她的身体,速度丝毫不减。她尖叫着绷紧身体,准备迎接致命的碾压。

但它没有杀她。它用比最快的竞赛马车还要快的速度突然转向,经过上锁的总督之门旁边,斩下一名叛逆的脑袋,然后原路返回。它绕过迅速收拢的死亡包围圈,跳过一群企图拦住它去路的机器——并且踢碎了其中一台的眼球,让它失去视力——随后朝骑士大厅一路飞奔。它撞飞了好几个破破烂烂的机械人,后者正顽固地想将几名人类送进那座庇护所。半人马再次转向,将安娜斯塔西亚丢进敞开的大门,随后再次冲入战场。一台完好无损的仆从型接住了她,将她轻柔地放下。没等她平复呼吸,大门便砰然合拢。足有腰那么粗的炼金钢栏杆随之降下,撞击声在骑士大厅的内部回荡。

通常来说,发条匠的公会大厅散发着微弱的熔融金属和旧书的气味,或许还带着那么一丝硫黄味。但安娜斯塔西亚能嗅到的只有自己身上的臭味。门板在金属拳头的敲打下发出巨响。在撞击声的掩盖下,安娜斯塔西亚依稀能听到被隔绝在外、难逃一死的人们发出的哀号。有个尖细的机械音喊道:"主人们,拜托,请让我的所有者避难和接受医治。"

"你们在做什么?"她大叫道,"我们的同胞需要庇护!"

"我们不敢开门,"她不熟悉的某个声音说,"万一有叛逆进来了呢?"

她转过身去。负责骑士大厅商务层的只是一群乌合之众:包括公务员,职员,会计,以及其他依附在官僚体系底部,仿佛船底藤壶般的人员。在高处的椽子那里,尘埃正在金色的阳光下舞动。在六十英尺[①]长的巨大横梁的支撑下,剧烈倾斜的两侧屋顶在中央汇成一座高山。在最高处的角落偷听的那些木制小天

---

① 一英尺约为零点三零五米。

使都戴着蒙眼布,滑稽的耳朵被蜡堵住,象征着公会的秘密即使天堂也无法刺探。至少发条匠们希望是这样。

发话的那个女人戴着技术员的目镜,将一只矢车菊蓝色的眼睛放大到可笑的程度。挂在她额头高处的皮束带上展示着一排彩色透镜。谢天谢地,这儿有个真正的发条匠同僚。而且她说得有道理。只要有一台受到腐化的机器感染这里的喀拉客,就能让骑士大厅血流成河。

她连忙说:"我是安娜斯塔西亚。你是?"

"特丽莎·凡·德·奇伯姆。我派了那些拧颈卫士去接你。"

"感谢你。等这件事了结以后,我会亲自提出给你加薪。但特丽莎,现在告诉我,宗师们在哪儿?"

沉重的寂静笼罩了周遭,仿佛一块湿透的羊毛毯,只是不时被门外屠杀时的吵闹声打断。噢,天哪。

"没人知道。你是地位最高的……"她的声音越来越小,仿佛只要说出"幸存者"这几个字,就会让它成为确凿的事实。她压低嗓音,直到近乎低语。"首席园丁……我们该怎么办?"

这就要看情况了。那些凶手将外面的公民屠杀殆尽以后,会不会立刻攻打骑士大厅?

安娜斯塔西亚伸长了脖子。骑士大厅的玫瑰花窗用上千块宝石色调的玻璃描绘出了帝国纹章:大家族的纹章环绕下的玫瑰十字架,而宇宙齿轮的齿将这一切围绕在中央。窗璃和竖框——那是十八世纪炼金术的杰作——如同蛛丝般纤薄。它们的坚固程度能够挡下攻击吗?

有个举着望远镜的女人站在窗边的走廊里。肯定是她看到了爬到喷泉上的安娜斯塔西亚。

安娜斯塔西亚指着玫瑰花窗。"它们会试图从那里突破。派两台拧颈卫士去上面。禁止它们看向窗外。"

当然了,只要时间充足,那些叛逆机械人的力量足以一点点拆毁骑士大厅。但她不认为指出这点有什么好处。

一台仆从型跑向大厅另一头的门边。安娜斯塔西亚像个弄丢了拐杖的老妪那样踱起步来。其他发条匠看着她,就像是看到了救生圈的溺水者。她经过旁边的时候,他们或是用嘴巴呼吸,或是用洒了香水的手帕捂住鼻子。上帝啊,她太臭了。

接下来呢?万一外面那些叛逆击败了拧颈卫士呢?

他们并未走投无路。只要动作够快,他们就能及时疏散公会大厅的人员,让所有人经由国会大厦下方的隧道离开。但这也意味着把骑士大厅拱手让给那些受感染的机器。只要那些叛逆解决了后卫部队,人类的这场撤退就会演变成一场大屠杀。到了那时,这些遭受腐化的机器就会得到……一切。实验室。文件。

大熔炉。

安娜斯塔西亚倒吸一口凉气,连忙靠向一张会计桌,站稳身子。那就是这次攻击的最终目标。她从骨子里清楚这一点。

这是不可接受的。安娜斯塔西亚不会允许这种事发生。有必要的话,她会不惜生命加以阻止,而这也是她的职责所在。她曾立下誓言,要保护炼金术与发条学的奥秘不被任何敌人——无论来自国外或国内——所窃取。因此他们必须在离开时将骑士大厅付之一炬。真正意义上的烧成灰烬,烧到单纯的火焰无法办到的程度,将概念本身都破坏净尽。他们需要炼金术产生的热量。大熔炉的热量——

这番领悟令她全身僵硬。

两台机械半人马爬上楼梯,前往窗边的走廊。它们嘎扎和咔嗒的蹄声在大厅高处回荡。安娜斯塔西亚喊道:"所有人听着!我们必须迅速行动。"

在近四分之一个千年以前,发条匠公会的创始人们——那些堪称传奇,却无人知晓姓名的男男女女——从尊贵的克里斯蒂安·惠更斯本人口中得知喀拉客构造的秘密,并见证了世界的改变。他们亲眼看到掺杂在奥兰治的威廉①军队中的少许机械人轻而易举击败贪婪的路易十四,并将他从南荷兰的堤围泽地那里驱逐出去。目睹这一幕以后,他们就明白自己会花费余生——还有他们的后继者,以及后继者的后继者,乃至于无数世代之后的发条匠的人生——来牢牢把握他们夺得的这个世界。这意味着他们的首要事务就是彻底消灭展露出任何违抗迹象的机械人。应当销毁所谓的"叛逆"机械人,这件事在一夜之间就成了常识,而羽翼未丰的帝国很快便将它奉为至高律法。

但最初的发条匠们最天才的地方在于,他们将处决仪式打造成了公开表演。凭借这种方式,而且只凭借这种方式,他们驱散了阴影,允许——邀请,要求——公众参与他们的工作。它将每一位小贵族②、教师、渔夫和市长联合起来,让他们共同对抗自己生活方式的最大威胁。

最初的发条匠们是操控情绪的大师。他们理解人类心脏的韵律。

因此,在建造由巨大的镶嵌地砖铺成的惠更斯广场,以及其下方深处的大熔炉时,他们聪明地装上了活板门。对铜铸王座的忠实臣民来说,再没有比目睹抗命的喀拉客的毁灭更令人鼓舞的

---

① 指威廉一世(1533-1584),荷兰奥兰治王朝的开国国王。
② jonkheer,在荷兰这样的低地国家指最低阶级且没有头衔的贵族。

事了。事实上，这法子太有效了，以至于在王室和公会间的关系特别紧张的时候，发条匠就会秘密制造有缺陷的机器，然后在中央诸省放任它逃脱。随后那场追赶、捕获和处决的大戏能煽动公民们的情绪，如果演得够好，也能让铜铸王座放软态度。

惠更斯广场底部的活板门上次打开，已经是去年秋天的事了。那可真是精彩纷呈的一天。他们先是吊死了法国密探——摧毁那个谍报网是安娜斯塔西亚的办公室的一次胜利。但那只是热身，只是开幕仪式而已。因为他们随后便拖出了叛逆仆从珀穹贝拉格斯特里万图斯。在那里，在上帝和整个帝国的见证下，那台出了故障的机器自称为亚当，又让玛格丽特女王见鬼去。围观的人们集体失禁了。某个要求削减公会的土地征用权的立法提案也悄然消失，没有再来污染内阁成员的眼睛。

人们指控御林管理官们诡计多端。但和发条学者与炼金术士神圣公会的创始者们相比，首席园丁也只是个外行而已。

从隧道赶来增援的机器每多一台，骑士大厅的喧闹就会增加几分。未受感染的这些机器的咔嗒、咔嗒声令人心安。这是世界正常运作的声音。

安娜斯塔西亚下达了命令，要求公会那庞大的地下综合设施里的几乎所有机械人前往商务层。数百台机械人在仪式用大门后面排成队列。仆从、士兵和拧颈卫士以近乎贴着彼此，却又无比整齐的方式伫立着，像雕像那样纹丝不动。它们没有相互推挤和冲撞。它们等待着。它们遵守着禁制。

这才是它们最符合设计者意图的模样：工具。

有台仆从型离开连通隧道的那条走廊。"士兵们已在熔炉室就位，首席园丁，他们在等待您的指令。"

"圆环都停下来了？"

"是的，首席园丁。"

大熔炉的中央悬挂着一座庞大的天体仪，它就像一颗人工太阳，在手工制造的宇宙中央闪耀光辉。在从炽热的残骸里拖出的那些机械人里，仅有几台机能正常，而根据它们的报告，新阿姆斯特丹熔炉的毁灭始于喀拉客爬上圆环，导致机械装置失衡的那一刻。全世界仅存的大熔炉坐落于惠更斯广场的底部；如果它也遭到摧毁，她就不知道帝国还能否存续下去了。

她还派出了一个小队的军用喀拉客前往地下。她热切地期待它们的炼金剑能够改变局面。

她站在玫瑰花窗边的走廊里，两台拧颈卫士侍立在左右。在那里，她能看到外面的惠更斯广场——仿佛疯子最可怕的噩梦里的场景——而里面则是在庞大的仪式用门后列队的机械人。如果门开得太早，这次突袭也许就无法制服遍布广场的袭击者。如果太迟，那么惠更斯广场上的公民就会全部死于非命。这是务实的计算，并非出于同情。她掐了掐耳垂，等待杀手们的包围圈再收紧那么一点儿……

"就是现在！上！"

换作平时，仪式用门会呻吟着缓缓打开，以符合重要场合所需要的盛大与壮观。但今天不同。今天，在拉起插销的那个瞬间，成组的仆从型就会用力推向大门。机械人们拥入惠更斯广场，一队接一队地迅速穿过大门，快到安娜斯塔西亚几乎看不见的程度。令人牙关打颤的不和谐音晃动了骑士大厅：那是机械人交战时"哐——砰——啷"的响声。最后一队机械人加入了战局。大门关上了。

叛逆与正常机械人之间的战斗分裂成了数十场个体冲突，而且全都快到安娜斯塔西亚的肉眼跟不上的地步。众多机械人生力军的出现将部署在周边屋顶的叛逆吸引了过来。它们纵身扑向争斗的中心。碧绿色的光辉在各处的冲突中闪现。

拧颈卫士和它们的喀拉客同伴将那些叛逆聚集在一起。引诱它们。推挤,冲撞,拳打脚踢,只为让它们靠近活板门。这可不像引入圈套那么简单。战局混乱而激烈,仿佛一锅沸腾的汤;到处有未受污染的机器伫立在陷阱上方,诱使攻击者靠近。

帝国今天会失去多少机械人?

在安娜斯塔西亚的视野里,混战的场面将活板门的位置完全遮住了。她对站在底楼的那台仆从型大喊道:"快!切断铰链!"

活板门设计成向外开启,因为这样看起来更加壮观。但这样只会损失出其不意的优势。那些叛逆会迅速脱离危险区域。因此,在惠更斯广场的下方深处,有一队机械士兵挥出了炼金利刃。它们以一致的动作劈断了保持舱口闭合的铰链和掣子。镶嵌地砖震颤起来。叛逆们试图跳开,但这点不出安娜斯塔西亚的所料。离开骑士大厅的正常机械人都被施加了另一条禁制:它们在此时紧紧抓住了那些叛逆。

活板门向下落去。地狱般的光辉照亮了这片混乱。数十台机器滚入大熔炉,连同死难者的残骸一起。"砰——啷"的搏斗声变成了机器滚落深渊时的"喱——当——噼啪"。每一次冲击都让安娜斯塔西亚咬牙切齿。

几台处于战局外围的叛逆逃脱了陷阱。它们纵身跃向骑士大厅的玫瑰花窗。没等第一块玻璃碎片落到走廊上,就有台仆从型带着安娜斯塔西亚远离战斗。拧颈卫士们化作镰刀的手臂以同样轻松的方式劈开了窗棂与机器。这支伏兵让叛逆们猝不及防:仅仅几秒过后,它们的碎片便落在了足有数百年历史的那扇窗户的残骸边。安娜斯塔西亚派出另一支拧颈卫士小队,命令它们把残存的叛逆赶入熔炉。

一个钟头过后,她站在惠更斯广场黏糊糊的镶嵌地砖上,审视着损失状况。无所不在的尸臭让胆汁涌上她的喉头。炽热焚化了死者与垂死者的血肉;熔炉里还飘出了硫黄与猪肉烧焦的气味。

但发现熔炉依旧竖立,依旧散发光热的时候,她还是不由得松了口气。她的策略成功了:大部分叛逆都落到了靠近熔炉中央的位置,足以让魔法的热量烧尽它们的炼金动力。它们一动不动地躺在熔炉室的底部,身体扭曲黯淡,还熔化了一半。许多机器在撞到地面之前就被焚烧殆尽。只是擦过熔炉边缘的那些叛逆发现自己遭到机械人的制服,而且后者的禁制还迫使它们为抑制感染而牺牲自己。

熔炉撑过了这次攻击,但并非毫无损伤。在她和同事们修好圆环之前,熔炉都无法运作。这意味着他们没法制造新的机械人,以取代损失的那些。他们也没法修改现存的喀拉客,让它们免受那种腐化的影响——除非他们能弄清原理。与此同时,寒风也透过骑士大厅的那个大洞不断吹入。在修补完成之前,保护这栋建筑——以及其中的秘密——都无从谈起。更别提惠更斯广场中央的巨大窟窿了:熔炉室可是与公会的地下隧道网络相连的。

击退这次袭击的代价高得出奇。或许这正是对方目的所在?恶心的感觉钻过安娜斯塔西亚的内脏,仿佛一条鳗鱼。他们暂时守住了。但要守上多久,又要对抗什么人?如此严重的灾难不可能来自于随机发生的大规模故障。安娜斯塔西亚只能想到两种解释,但两者都难以置信,又可怕到让人不敢深思。

或许是某个未知的敌人现身了？但若是如此,对方肯定相当狡诈:那个人用某种方法彻底避开了发条匠公会和铜铸王座的耳目,并在这段时间里研究某种破坏超禁制的手段。而它的初次攻击就让帝国遭受重创。

更可怕的解释是,万一这场袭击并没有幕后主使……而是出于机械人自身的意志呢？

安娜斯塔西亚凝视着那些残骸,开始啜泣。

第三章

　　机械人发声装置——琴弦、簧片和风箱的精巧组合物——的嘀嗒声正是发条匠们邪恶智慧的铁证。借助无法捉摸的魔法，这种神奇的机械装置能够大致模仿人类的语言。但在模仿人类的笑声时，它就不比一锅放了一个月的牛尿好上多少了。(这也是当然的。发条匠设计这些造物的时候，想要的是顺从而非快乐。)因此当站在桌对面的那些机器发出喘息般的"呼呼"，其中夹杂着急促的"叮当"，仿佛有人将一架满是弹孔的手风琴丢下一长段楼梯时，谈判帐篷里的人类纷纷以困惑且略带惊恐的眼神对视。国王的护卫们抓紧了手里的树脂枪，同时耸起肩膀，估算着他们的君主与出口之间的距离。

　　贝蕾妮斯舔了舔嘴唇。她低声说："我相信这代表笑声，陛下。"

　　法国代表们各不相同的释然与愤怒神情引来了又一阵"笑声"。机械人不会笑得直喘气，不会弯下腰去，抱住它抛光过的腹部，也不会像人类那样擦拭眼角。但轻浮的气氛显然带着感染性，因为帐篷另一角的机械仆从们也发出了类似的噪音。当然了，这只是在演戏。贝蕾妮斯认为机械人在私下有另一种笑声。

毕竟它们有自己的秘密语言,而且始终把他们的制造者蒙在鼓里。

她装出不知道这回事的样子。让这些机械人觉得她只是个无名小卒会比较安全。

但以理知道她的秘密。她由衷地希望他不会出现。他们上次分别时闹得不太愉快。

终于,那台机器——被问到名字的时候,它犹豫起来——恢复了不似人类的静止姿态。除了身体永无休止的嘀嗒声以外,它简直就像一座雕像。它凝视着他们,眼睛一眨不眨。没有人坐下。喀拉客不需要椅子。此外,人类的家具也不适合它们后弯式的膝盖。(当然不适合。发条匠设计他们的造物时,想要的是服侍而非懒惰。)

交涉者是台军用型,因此比它的仆从型副官要高大。也比人类高大。与两者的另一个不同点在于,它的前臂内装有炼金术钢制成的伸缩式利刃。这样一台机器劈开人群会比农夫收割麦子还要轻松。

贝蕾妮斯清楚这点。基督流血的伤口啊,她真的很清楚。

"敌人的敌人,"它说,"并非朋友。也不是盟友。"

这些机器说的是荷兰语。贝蕾妮斯是作为法兰西之王——那位流亡国王——塞巴斯蒂安三世的私人翻译出席谈判的。当然了,国王陛下在儿时学过荷兰语,但他的口音重得可怕。贝蕾妮斯在铜铸王座支配的土地上旅行期间,说起荷兰语来是否像本地人,有时会决定她能否活命。她对着那只尊贵的耳朵低语起来。

国王听完了她的翻译。然后他说:"我们是天生的盟友,而且一直都是。我们始终以对抗你们的压迫者为目标。从一开始,新法兰西就拥护所有智慧造物的权利,并为自由机械人提供庇护所。你肯定听说过地下运河吧。"

贝蕾妮斯把这段话翻译成刺耳的荷兰语。她喉咙上的瘀青正在淡去,但她的嗓子受到的伤害就不可能痊愈了。

所谓的"地下运河"只是分散在新尼德兰的安全屋与藏匿处的松散集合体,由天主教徒与法兰西支持者组成的秘密情报网络负责维护。他们的目标是将拥有自由意志的喀拉客——也就是郁金香们称之为叛逆,并竭力猎捕的那些——送过法兰西的边境。

"我也听说过疯狂克丽特[①],"那台机器说,"这并不代表我相信她的存在。人类编过很多故事。"噢,是啊,贝蕾妮斯心想。发条匠在撒谎。她还是没能弄清藏在这句机械人口号后面的真相。"几个世纪以来,你们只是说些关于解放我们的漂亮话,同时为支持那种姿态拿出最低限度的努力。"

除了我们意外将你们全体释放的事实以外,你说得没错,贝蕾妮斯心想。

"但我们最后办到了,"国王说着,仿佛看透了她的想法,"你肯定也同意,我们的努力让你们获益匪浅。"

其中一台仆从型发出齿轮啮合又松开的急促"咔嗒、喀啦"声,随后是钢索突然绷紧时的一声微弱的"砰"。在天真的人类耳中,那只是喀拉客的身体产生的又一阵无意义的噪音。它是说给房间里的其他机器听的,但语速快到了贝蕾妮斯迟钝的人类感官无法解析的地步。

那台军用型低下脑袋,就像人类点头的动作。真有意思:它

[①] Dulle Griet,又称"疯狂梅格(Mad Meg)",比利时西部佛兰德的民间传说,据说这位悍妇曾带领一群女子洗劫了地狱。

模仿这种身体语言,是为了表示对人类的礼貌。

"你们花了两百五十年才办到。要不是你们处在生死存亡的关头,这种事也不可能发生。你们的动机是求生。不是对我们的关心。"

令人痛苦,但这是事实。当贝蕾妮斯的策略意外地粉碎了它们的禁制——而非加以修改——的时候,西方马赛内堡的最后守军已然溃败。如果失败,下次日出时的弗尔莫农岛上恐怕就找不到任何讲法语的本地人了:在攻城期间,郁金香们对那些机器下达的命令可是相当残忍的。但他们避免了灭亡,喀拉客们也从中获益良多。

"这就是你们感激人的态度。"贝蕾妮斯嘀咕道。但还不够轻。那些机器听见了,那种非人的感官能力真让人恼火。无论它们能否听懂法语,她想表达的意思都显而易见。

国王抽空瞥了她一眼。"作为法兰西国王,我向你们羽翼未丰的联邦伸出友谊之手,并提议为我们的共同利益而结盟。但作为始终为你和你的同胞遭受的野蛮不公的对待而愤慨的人类——就像任何心智正常的人那样——我还要送上由衷的道贺,以及代表新法兰西人民的温暖而善意的拥抱。"

贝蕾妮斯把这段话稍微精简了一点儿。

"结盟?"那机器发出一阵机械的咔嗒声,或许相当于轻笑,"你们给不了我们任何好处。你们也对我们毫无威胁。毕竟,"它说着,指了指那些护卫背后的铜制储液罐,"你们能匀出足以装满这些容器的环氧树脂,就够让我吃惊的了。"

护卫们无意间听到了她为国王做的翻译。那个男守卫缩了缩身子,透过齿缝深吸了一口气。贝蕾妮斯强忍着没有朝他翻白眼。你这套把戏在牌桌上肯定很吃得开吧,你这该死的白痴。另一个守卫——那是个在战争前不久中了征召"大奖"的年轻女子——并没有表现出警惕的样子。贝蕾妮斯听过对伊露蒂·查斯坦的不少赞誉：幸存的那些守卫作证说，她在守城战期间的表现相当出色。她赢得了隆尚队长的尊敬，这可不是什么简单的事。

贝蕾妮斯叹了口气。在这里保护国王的本该是雨果·隆尚，不是这些菜鸟。

那台机器继续道："你们迫切想要结盟，是因为你们的家乡遭到了破坏。你们试图讨好有力量的人，是为了征服敌人。为了让我们替你们战斗。"

噢，没错。原本的计划就是这样，贝蕾妮斯心想，要不是贾克斯——呃，但以理——的妨碍，计划早就成功了。

国王继续说了下去，仿佛那台喀拉客根本没有看穿他的提议。"我还要代表遍布这片大陆、富有而知名的法国人，感谢你们协助我们重建家园。"

西方马赛遭到了彻底破坏。城墙外的城区燃起熊熊大火，盘旋的灰烬甚至飞得比尖塔更高。当机械浪潮涌上外堡的幕墙时，聚能药包将整面墙壁炸得粉碎；内堡则化作了大屠杀的现场。没人知道新法兰西其余聚居地的状况。随着发条大军的推进，那些地方也接连陷入了沉寂。

那台军用型歪过脑袋。它将双眼重新聚焦，遮光板嗡嗡作响。贝蕾妮斯迅速眨了眨眼，这是她发现有人在审视她的面孔时的习惯。有时候，她的玻璃眼球会发生偏转，让她像是在斜眼看人。

或许是她太多疑了。但或许这些机器听说过某个独眼女子。

"我们的同胞想做什么就做什么。想帮忙的就帮。不想帮的就不帮。"

在禁制消失的那个瞬间,原本攻打城堡的喀拉客军团就分裂了。法军的观测员初步识别出了三大派系。

首先是异议派。成群的机械人选择了直接离开战场。它们大步向前,潜入冰冷的河水,随后在另一边上岸,消失在罗亚尔山西方和北方的农田与森林里。无论它们去了哪儿,肯定都远离新尼德兰。

忏悔派的数量最少,由那些选择留下来帮忙重建城市的机器组成。它们试图为自己滥杀无辜——因为它们无力抗拒制造者的意志——的行为赎罪。这些喀拉客就像拥有良知一样,感到了后悔或是内疚。它们相信梵蒂冈所谓"自由意志源自不朽灵魂"的主张。而它们的灵魂——数世纪以来都在贯彻主人们的邪恶想法,最近才得到解放的灵魂——早已黯淡无光。

然后是剩下的那些。这座帐篷上飞溅血迹的由来。莎恩芮达姆上校和她的幕僚们不在场(那些血迹的部分除外)的缘由。也是人类守卫带着环氧树脂武器的理由。数世纪的奴役让那些机器变成了残忍的疯子。

这些收割派怀着对人类种族的强烈蔑视,还拥有能够表达那股愤怒的惊人力量与速度。

还有别的派系存在。贝蕾妮斯在先前的旅行中得知,帝国的无数机械仆从之中隐藏着自由喀拉客的秘密情报网络。麦布女王的密探。她遇到了其中两个,还差点因此丧命。她的手指拉扯着围巾的穗——当她想起福金和雾尼的时候,就经常会做这个动作。她凝视着某台仆从型抛光过的外壳,确认双眼已经对齐。

"你说我们没法拿出任何好处,"国王说,"但这件事你弄错了。"

贝蕾妮斯的呼吸郁结在胸腔里,仿佛被栅栏的木刺勾住的羊毛衫。时候到了。这就是她出现在此的另一个理由:在国王亮出王牌的时候聆听和观察。"比方说,我们可以提供你们制造者的秘密炼金语法的完整音译版本。那种语言描述了你们的强制力,你们的……"国王摇摇头,露出恼火的表情。他打了个响指。

贝蕾妮斯耳语道:"禁制。"

在光荣革命和吞并英格兰以后,他们顺便洗劫了翡翠岛①,还偷走了这个爱尔兰语词汇。

"……你们的禁制。对蚀刻在你们非凡身躯上的那些印记的完整解译。"他所指的是盘绕于机械人额头锁孔周围的炼金术变位词。这些机械人尚未毁坏自己的身体。很多叛逆选择自我毁容,或者设法掩盖锁孔。又或者扯掉胆敢靠近察看的那些人的脑袋。

这些喀拉客身体的背景噪音开始增强。咔嗒,嘀嗒,当啷,嗡,哞,这些声音在那三台机器之间回荡。贝蕾妮斯保持表情不变,尽管她很想悄悄对国王露出心照不宣的得意笑容。

"在发条匠公会之外,没有人了解这种事。"

噢,在梅毒骆驼背上拉屎的耶稣基督啊。贝蕾妮斯忍不住开了口:"也从来没有公会外的人打破过禁制。可我们如今却在进行文明的对话,而非自相残杀。"

国王清了清嗓子。

哎呀。

她行了个屈膝礼。"致以由衷的歉意,陛下。我不该代您发言的。"

---

① 爱尔兰岛的别称。

帐篷里的喀拉客之间回荡起又一阵机械噪音。那个士兵说:"如果此话不假,那你们又是怎么弄到那本字典的?何况你们还躲在这座城堡的高墙后面,躲在离我们制造者的权力中心足有万里之遥的地方。有那么多身处帝国核心的人都没能成功,你们却办到了?"

"或许你们那种'新法兰西只会说些有关你们尊严和自由的漂亮话,其实什么都没做'的看法,也同样是错的。"

这一次,那些机器将对话过程高度压缩到了几分之一秒以内。贝蕾妮斯从未听过如此迅速的交谈。

机械士兵说:"作为这份恩惠——也是我们的制造者长年隐藏的秘密——的交换,你想和我们缔结外交关系。"

"首先是这样。"

"你想知道我们是否打算尊重新法兰西的主权。"某台仆从型说。这是法国代表团进入帐篷以后,它第一次用人类语言开口。

"新法兰西的土地向来比人口更多,"国王说着,大笑起来,"我们和苏族、克里族、易洛魁族、阿尔冈昆族以及许多其他民族和平分享着新世界。如果你们选择这块大陆做你们的新家,我们也会和你们和平共处。"

"然后呢?要用我们制造者的秘密来交换什么?"

("就从别让我们被游荡的收割派屠杀开始着手吧。"贝蕾妮斯嘀咕道。)

那个士兵径直看向了她。狡猾的混蛋。你明明听得懂法语。

"我们的同胞想做什么就做什么,"它说,"我们不会将自己的愿望或意愿强加于别人。"

("老天爷啊。嘀嗒王国简直是自由主义者的天堂,对吧?")

那台机器没理睬她的喃喃自语。它说:"我还在等待答复。但过去的一百六十一年里,我每时每刻都在等待人类,所以我不想再等下去了。我再问一次,也只问一次:你们想从我们这儿得到什么?"

"我们来谈谈巴黎吧。"法兰西国王说。

荷兰指挥官用过的这顶帐篷架设在一门巨型火炮的底座边。它无疑是战场上出现过的最庞大的火炮。它射出的并非炮弹,而是喀拉客。目标也并非别处,而是尖塔顶端,西方马赛的最高点。那座塔楼和这座大炮都接受了战火的洗礼(前者经历了倒塌与重建,后者的磨损相当严重),如今仿佛相反的磁极那样竖立在两边,而毁灭的经线就从它们的位置延伸出去。它们的影子落在遍布废墟的大地上。

爆炸掀开了罗亚尔山冬日里荒凉的山坡,让它化作一片由烂泥、花岗岩粉末与炼金合金碎片构成的沼泽。马车大小的硬化环氧树脂"花朵"散布在战场各处,仿佛一株株玻璃黄水仙,但曾禁锢其中的机器早已不见踪影。法兰西炮手成功命中的这些树脂炮弹已被凿开,那些无法动弹的目标也被同族解救出来。尽管火势早已自然熄灭(西方马赛的市民忙着战斗和死去,没有灭火的闲暇),但北风从哈德逊湾呼啸而来时,厚厚的灰烬便会随风扬起,又像雪花般飘落。在那样的日子——比如今天——世界散发着烟灰缸的气味,阴沟里的水也会变成灰色。清道夫会在今晚倾巢出动,铲走淤泥,免得它们硬化成水泥,堵塞仅有的几条没在守城时被毁的雨水道。这几天的天气变得不合时宜地温暖,但这持续不了多久。向来如此。雪迟早会回来的。

城堡本身——西方马赛引以为傲的外堡与内堡——在了解和喜爱它的人们眼里已然面目全非。残骸散落四处,仿佛元旦早晨的彩色纸屑。大部分喀拉客残骸都被自由机械人拖走了,或许是为了举行它们的自由所允许的丧葬仪式,又或许是为了避免死去的同胞遭受解体的侮辱。但战场各处仍旧能看到各种各样的反光,来自于炼金黄铜碎块,铰链的碎片,齿轮的齿,或者被巨力拉断、末端熔化成蘑菇帽一般的小段钢索。泥土里的金属碎屑得有好几个月才能挑拣干净。

光是以马车运走所有人类尸体,就用掉了好几天时间。尸体的数量太多,没法都埋进这片冻土里,只能丢进成排的火葬柴堆里焚烧,热气甚至融化了冰封的圣劳伦斯河。火焰从日落一直烧到了日出。同样持续到那时的还有挽歌,纵酒狂欢,呼喊与哭号,咒骂,挥舞拳头,胜利的怒吼,还有郁金香们急转直下的局势所引发的不顾一切的疯狂大笑。那天晚上,幸存者们都对寒冷的北风心怀感激,因为它将焚烧死者的臭气吹向了新尼德兰——那才是它应有的归宿。

在灰烬的上风处,数英亩①的休耕农田里多出了数千顶帐篷、披屋②和露营地。西方马赛——除了挤在内堡里面的那部分以外——如今成了一片棚户区。这些临时搭建的庇护所随风摇晃。其中一间属于贝蕾妮斯,但她从这个距离根本分辨不出。她弄到了一顶门帘完好的帐篷,却和一户有两个孩子的人家换来了他们的披屋。她无家可归的同伴只知道她名叫玛艾尔。还是别让他们知道她是失宠的前任德·拉瓦尔女子爵比较好;有不

---

① 一英亩约为四千零四十七平方米。
② 正屋旁依墙所搭的小屋,像一件衣服一样披在其他屋子边上,没有自己独立的全部墙体。

少人在庭院里亲眼见证了那个丑陋而血腥的日子——贝蕾妮斯急于求成的实验在那时失去了控制——而似乎所有人都多少认识几个目击者。

和平的气味比守城时更糟糕。在城堡周围扎营的喀拉客至少不会用自己的排泄物填满茅坑。

穿过这片荒凉的画面，在让人想起最可怕的日子与最惨痛的胜利的景物包围下，法国代表团回到了城堡。两个卫兵守护在国王的左右，武器在手，留意着进入跳跃距离的任何机械人，为一切风吹草动绷紧身体。他们心神不宁地扫视这片风景。战斗疲劳症折磨着每一个幸存者。除了守卫和士兵，还有修女、补鞋匠、蜡烛商、学校教师、妓女、渔夫……

贝蕾妮斯兴高采烈。

"这是历史性的一天，陛下。可以的话，我希望您能把这件事写在您的日记里。后世的人们会庆祝这一天的。"

"我明白了。可这一天又是什么日子？"

"是法兰西国王开始夺回王位的日子。结束我们数世纪流亡的日子。"

国王停下了脚步。他眯起眼睛看着她。"你有多久没睡觉了？"

她用一只手梳理头发，细数着消散在迷雾中的那些钟头。"我昨天……还是前天来着……打过个盹儿……"在他问这句话之前，她感觉好得很。他的询问召来了近乎超自然的疲惫感，让她垂下双肩。"我也不知道，陛下。巴黎已经触手可及！如果现在踌躇不前，就是对我们祖先赤裸裸的背叛，也是否认他们的奋斗。但要做的事有那么多。"

耶稣基督啊，要做的事一向很多。国王要求她重新担任情报部门的负责人,而她照办了,但光有一个塔列朗是远远不够的。此外,德·利奥纳侯爵——他在她离开期间担任这一职位——疏远了塔列朗情报网络的很多协助者。但她连睡觉的时间都没有,更别提和那些人修复关系了。

她必须继续研究发条匠的秘密词典。但这么一来,她就需要愿意合作的实验对象,而这正是他们所缺少的。费舍神父已经摆脱了施加在他身上的邪恶魔法,但他拒绝进一步参与研究。而他们必须巩固对这种炼金术与发条学秘密语法的理解。这是自惠更斯的时代以来,他们头一次真正踏入发条匠们高墙环绕的花园。

想到那本词典,她不禁想起了麦布女王和她的密探们。贝蕾妮斯需要尽可能了解有关他们的一切。但以理是她解决问题的最佳助力,而这就意味着她不会有任何助力。

神秘的麦布让贝蕾妮斯想起了自己的猜测:郁金香们在极北酷寒之地秘密建造了矿井,他们公然违反条约,与前任蒙特默伦西公爵达成了秘密协议。他曾坦承自己与铜铸王座进行了土地方面的交易,但她并不清楚细节。

而他的事又引出了那个最为迫切的问题:这场战争耗尽了城堡的环氧树脂与其他化学军备的库存。但化学家们没法着手补充,因为他们缺少必要的化学品、催化剂和试剂。这些主要产自石油储量丰富的北方,而那里同样属于蒙特默伦西。从他背叛新法兰西的那时起,补给车队就不再到来了。没有那些关键原料,一旦收割派、麦布,甚至是一头瘸了腿的奶牛想要攻打这座城堡,西方马赛都没有自保的力量。(首先得召集到使用这些武器的守军,而他们连这点都办不到。)事实证明,蒸汽化学储备的缺乏并不只是军事问题。新法兰西的一切都依赖化学。他们用化学制品净水和处理下水道;把牲畜的排泄物转化成高产率的肥料——如果他们想喂饱难民的肚子,让他们撑过又一个冬天,这点就至关重要;为他们的住所供暖;生产药物;制造衣物;建造房屋。对蒸汽炮和雷管相当有用,但在化学库存耗尽的那一刻,防线就开始溃散了。

在与郁金香们长达数世纪的冲突终于结束的现在,贝蕾妮斯的同胞也终于可以摆脱兵临城下的心态了。他们不用再像曾曾曾祖父辈那样过活,这么多世代以来,他们也头一次开始向前看了。

但没有化学品,法国社会只会停滞和衰退。法兰西——无论新旧——将永远无法填补郁金香的空缺,成为世界强国。他们也将始终是历史的脚注。

因此国王才派出信鸽与信使,让他们前往圣劳伦斯河沿岸的村庄与城镇,前往大西洋海岸的阿卡迪亚人渔村,前往五大湖,甚至前往哈德逊湾的寒冷海岸,只为从新法兰西的偏远角落收罗剩余的化学品储备——虽然希望渺茫。他们还派船去了梵蒂冈,想要打听教廷的消息。贝蕾妮斯只希望在钢铁大军拥入圣文森特广场的时候,瑞士卫队没有用光所有化学品。那是郁金香那位并不情愿的密探谋杀教皇克雷芒十四世以后的事了。愧疚感让可怜的费舍发了疯。更糟糕的是,这场入侵开始时,红衣主教们正在举行教皇选举会议,也因此被困在了那儿。没人知道教会的领袖们会如何应对——说实话,没人知道教会还有没有领袖。

但信鸽一去不回,国王的使者们也没有回来报告。每组使者都带上了只剩空壳的树脂枪,希望能够装满弹药,然后在回程中使用。这片乡间最近到处都是金属人。

她派出的使者也没有回来。西方马赛没多少空闲的人手，但她并不缺少志愿去做这件差事的人。他们匆忙离开城堡，勇敢地面对在野外采摘郁金香的收割派。距离最近的荷兰诊所位于圣艾格尼丝村的边境通道。但别处也有。

在走进谈判帐篷的那一刻，她就用肉眼彻底搜寻了一番。攻城部队的指挥官肯定带着品种齐全的医药箱，以备不测。但就算真是如此，医药箱也在喀拉客兵变时的混乱中消失了，就像那些军官自己一样。或许某个有胆量洗劫战场的拾荒者捡走了它，甚至没意识到其中藏着怎样的珍宝。就连贝蕾妮斯也从未在旅行中见过炼金术绷带。

没有那种绷带，有个好人就必定会死去。有了那种绷带，他的死亡就会变成"几乎必定"。

透过脚下残骸的嘎吱声和树脂枪软管的咔嗒声，贝蕾妮斯听到了野牛的刺耳低吼。这条路会经过畜栏的下风处。他们靠近城堡以后，灰烬与解冻泥土相对温和的气味里多出了粪便的恶臭。还有某种化学品臭鼬般的涩味。一队化学家正蹲伏在某座镀铬储液罐边，将最后几滴倾倒出来。他们透过护目镜盯着从龙头滴落的那一丁点液体。他们正在合并各类化学品少得可怜的剩余库存，但到目前为止，他们搜刮到的量还没有贝蕾妮斯在干燥的一天里撒的尿多。

国王的话声打断了她的沉思。她摇摇头。"抱歉，陛下。我走神了。"

"我刚才说：'你还能告诉我什么？'"

她将思绪转回刚才的谈判。"我不认为那些机器有理由哄我们。它们不在乎我们是否会跟它们去解放那块大陆上的机器。"她叹了口气，又说，"也不在乎我们是否会因此而死。"

"如果那些机器真的越过了大洋,从里斯本到波的尼亚湾①就会彻底陷入混乱了。"

"它们会的,那儿也会的,陛下。而您将会大摇大摆地出现,填补权力的真空。"

看到谈判归来的国王,一部分正在重建马赛的民众抬高了脑袋和嗓门。塞巴斯蒂安三世朝他的臣民挥了挥手。他的护卫以疲惫的双眼扫视人群。喀拉客并不是荷兰人制造出的唯一威胁,它们只是最容易辨认的那种而已。费舍神父的存在模糊了盟友和敌人的界线。伊露蒂将树脂枪的枪管塞回背后,取下了铁镐。通常情况下,守卫要么配备树脂枪,要么携带传统的大锤、铁镐和流星锤,但那些枪最多只能打出一两发子弹,因此他们别无选择,只能把所有东西都背在身上。查斯坦中士毫无怨言地带上了多余的装备,这点值得称赞。看起来,更令她不悦的是那些前来问候国王,并触碰他衣物边缘的平民。

他看着他们走上前来,同时保持微笑,不断挥手。趁着还能畅所欲言的时候,他轻声说:"你要为我做两件事,莫尔奈-佩里戈尔女士。"

"当然,陛下。"

"首先,去补充些睡眠。你站都站不稳了。"

"我会的,陛下。还有呢?"

他将一只尊贵的手按在她的肩头。"我希望你仔细思考回归巴黎的后果。我希望你做好回不去的心理准备。前提是那些机器愿意容忍人类国王。"

"但陛下,我们——"

"我是什么的国王?问问你自己吧。"

---

① 波罗的海的海湾之一,位于瑞典和芬兰之间。

民众的先头部队抵达了他们面前，也关上了能让谈话继续的那扇门。尤其是关于这个话题。贝蕾妮斯行了个屈膝礼，随后离开了国王身边。她从渴望一窥国王尊容的人群中穿过。从守城战开始的那一刻起，国王就不再接见请愿者了。

她沿路爬上了一座残骸的小丘。站在丘顶，她能看到圣劳伦斯河的景色。原本站在这里就能看到公共墓地，但外堡幕墙的爆破改写了地貌。她的目光沿着山坡向下，看到了两根扭曲的铁杆，那里多半就是曾经的公墓大门。

她一直没机会去拜访路易斯的墓地。耶稣啊，她好想他。有时候，她看着那条河，会觉得他就在身旁。在那些时候，她就能想起他身体的温暖，还有他皮肤上的胡椒味。她会无可避免地期待永远不会到来的爱抚。但这无法阻止她再次凝望河水。它是路易斯的初恋，而且透过他的双眼，她也渐渐爱上了它。

一条渔船在临时代用的码头那里靠了岸；在更远处，另外两条正迎风驶往家的方向。她能勉强辨认出那三条正要抛出缆绳的围网渔船上的水手。在被冰块堵塞的河上捕鱼既辛苦又危险，但大部分食品库存不是被付之一炬，就是在守城期间耗尽了。就连高热量的干肉饼这样的公共储备粮也开始不足，而且情况在宰杀下一批野牛之前都不会好转。在那之前，北方梭鱼和黄鲈会成为幸存者的主要食物。贝蕾妮斯很想知道，等附近的海湾与水湾的鱼群捕捞殆尽以后又会发生什么。她猜野牛的日子会很不好过。

某些较为勇敢的民众踏入了森林，比起潜伏在帐篷村里的无形威胁，他们宁愿承担撞见收割派的危险。(发条杀手？每个法国人都熟悉那些魔鬼。但他们并不了解那个名叫"痢疾"的魔头。)王室为冬季狩猎提供了慷慨的报酬。驯鹿的报酬最高，但对意志坚定的猎手来说,郊狼和野兔也能充实他们的荷包。就连一对松鼠也能换到几个小钱。那些真正的丛林旅者趁机大赚了一笔——如果他们手里的凭证能换成真钱的话。但这需要国库里有蛛网和借据以外的东西才行。

不过这些问题不需要她来操心。食物是农业大臣的职责,资金则是财政大臣的工作。但提到枢密院……

仿佛她的想法召来了魔鬼那样,有只钴蓝与朱红相间的袋子缓慢而摇晃着穿过这片瓦砾。与灰色地貌迥异的那团色彩仿佛一块浓缩后的冷漠碎片,刺伤了她剩下的那只眼睛。尽管这种对化学染色的爱国式推崇并不罕见,但德·利奥纳侯爵却与过着灰色生活的平民们形成了格外惹人恼火的对比,毕竟后者在战争中失去了一切。那位侯爵摇摆不定地穿过碎石,谄媚者和廷臣跟在他身后。贝蕾妮斯不禁觉得,如果她竖起耳朵,就能听到工人们愤怒的目光灼烤侯爵随从的嗞嗞声。他以珠宝和缎带装饰的木底鞋踩在乱石上,发出空洞的"啪嗒、啪嗒"声,与人们砸碎和拖走碎石时铁棒的"哐当"与铁镐的"叮当"截然不同。有台仆从型在他们之中劳作,它的力量抵得上十个人类。它独自工作着。风向在这时起了变化,侯爵从袖口的褶边里抽出一条花边手帕。

他停下脚步,看着铁匠奥斯卡和他的两个学徒从泥土里撬起一块特别大的花岗岩。他们颤抖着身体,奋力将它掀起,露出某台机械人粉碎断裂的手臂。炼金合金仍旧带着油亮的彩虹光泽,仿佛幕墙的那块碎片里藏有某种贵重矿物的矿脉。侯爵点点头,做了个监工般的含糊手势。

铁匠也朝侯爵比出了某种手势。那位贵族涨红的脸与他的朱红色外套颇为相衬。他靠近的时候,贝蕾妮斯没有费神去掩饰表情。

"晚上好,侯爵大人。"她说。在回应之前,他停顿了片刻,徒劳地等待她的屈膝礼。

"女士。"他说着,不知为何特意强调了她被剥夺的头衔。国王恢复了她塔列朗的职位,但没有把贵族头衔和领地还给她。毕竟,在她千钧一发地拯救城堡之前(而且严格来说,她这么干违反了流放的规定),她欠缺考虑的实验就险些毁掉城堡。

她不认得他身边的年轻女子。她穿着柠檬与酸橙色的宽大衣裙,甜腻程度足以和她完美模仿了甜点的发型相比。她的下巴上贴着一块假胎记,凸显出她雪白无瑕的脸。贝蕾妮斯并不想念宫廷里错综复杂的关系。三人组的第三名成员是雷诺·伽罗瓦,也就是博阿努瓦伯爵与财政大臣。伽罗瓦穿着一件军队式样的大衣,蓝红相间的色调完全被侯爵令人目眩的服色比了下去。

利奥纳突兀地说:"我还以为你陪国王陛下谈判去了。"

"我去过了。"

"你确定吗?"他将一根手指贴在耳后,然后歪过脑袋,仿佛在聆听什么,"我没听到尖叫声。我也没看到即将席卷我们的又一场灾难。这不就是你常做的事吗?从一场悲剧前往下一场?"

"在尖塔仍旧屹立时结束战争,在您的字典里算是悲剧?策划了我们敌人的毁灭算是悲剧?看他们溃败、恐慌和逃跑算是悲剧?彻底结束几个世纪以来在郁金香侵略者打压下的生活,算是悲剧?为我们的神佑君主开辟出返回旧世界并夺回合法王位的道路,算是悲剧?自从我们的祖先逃离那块大陆以来,我们终于能像上帝所希望的那样,过我们想过的生活了。"她对财政大臣补充了一句,"所有这些都没花国库一个子儿。嘿,就算是卡片钱①也迟早会用完的。"她继续道,"我的侯爵大人,您居住的世界可真奇怪,因为那些事竟然会是悲剧的象征。哎呀,以您的标准来说,恐怕就连伊甸园也令人厌恶吧。"

"我还是有情报渠道的。"他怒气冲冲地说。他垂涎塔列朗的职位多年,却从没考虑过该怎么干这份工作。国王塞巴斯蒂安让贝蕾妮斯取代侯爵的决定——正如侯爵原先接替贝蕾妮斯那样——等同于辛辣的指责。当然了,他觉得这都是她的错。"就像往常那样,你的行为比你认为的要危险很多。"

"我很清楚自己放出了什么。那些机器改变的时候,我可没有跟你一起躲在洞穴里发抖。"她指着尖塔,又说,"我身在战斗最激烈的地方。我看到了收割派的诞生。我看到了它们转而对抗主人时横飞的血肉,"贝蕾妮斯耸耸肩,"但这些都无关紧要,不是吗?上一只信鸽回来已经是很多天前的事了,古老的陆运路线也早就被徘徊于乡间的机械人摧毁了。"

"你的自信一如既往地缺乏根据。"侯爵从另一边袖口——没放手帕的那边——的褶边里取出一只小巧的鼻烟盒,还有一张纸条。他把后者放到身边那名女子的手掌里。侯爵将一撮鼻烟倒进拇指和食指间的缝隙时,她走上前去,把纸条递给了贝蕾妮斯。那张纸条仍旧维持着缠在鸽腿上的蜷曲形状。侯爵当然已经读过内容了。在他的脑海里——也只在那里——他仍旧是真正的塔列朗。在不断变化的光线里,贝蕾妮斯努力用独眼阅读文字,但她不打算让他看到自己眯眼的样子。不出所料,这份报告上没有代表来源的标记;这就是他的做事风格吗?好一个蠢货。与此同时,伴随着发情母猪那样的鼻息声,他深吸了一口

---

①card money,指用纸板或纸牌印制的钞票,是一种不可兑换、只有法定价值的货币,通常会引发严重的通货膨胀。

鼻烟,装作对贝蕾妮斯阅读报告的方式毫无兴趣。

"有意思。"她把纸条丢回给他的奴仆。一阵风吹过,让纸条飞舞着掠过那女人伸出的手掌。她去追赶纸条的时候,贝蕾妮斯补充道:"那我就不打扰你了。当然了,这件事应该立刻通知国王陛下。晚安。"

她转身背对那个三人组。迈出两步以后,侯爵清了清嗓子。她允许自己偷笑了片刻,然后才再次转身。"有什么事吗,大人?"

"唔。也就是说你,呃,也同意?同意我们该把这消息跟国王分享。"

"噢,那当然。"她皱起眉头,仿佛他问了个蠢问题。然后她耸耸肩,再次转身离开。她的靴子刮过碎石。片刻过后,他说:"你这臭婆娘!"

贝蕾妮斯猛地转过身来。"我他妈可不是你的密码本,你这肥头大耳的饭桶。如果你连这么简单的报告都看不懂,就根本不配担任这个职位。你搞砸了。该死的,拿出点风度来吧。"她努力恢复镇定,"好了,如果您不介意的话,我该去和我的平民同伴一起排队,领取今天的冷干肉饼口粮了。据说今早有人抓到了一条鳗鱼,也许如果我动作够快,就能分一杯羹。或许是一颗黏糊糊的眼球,或者一块泄殖腔①。我在此向您道别。"

她大步走开。透过耳中脉动的血液声,她听到侯爵对着她的背影大喊:"那是什么意思?"

贝蕾妮斯料到了这份情报的不寻常。就算蠢如那位侯爵,多半也笼统地学过标准的维琼内尔加密法②。前提是他没有忘

---

①指动物体内可供排泄与生殖的孔道。
②Vigenère,法国外交家维琼内尔发明的一种关键词加密法。

记或者记错——上帝啊,希望没有——密匙。但那张纸条上的并非密文。侯爵误以为那是密码。

那不是密码。这份报告上只有一个未经加密的单词,外加一个符号,用极度准确的书法写就:

第五素↑

第四章

就像以往那样,一小群抗议者正挤在孤儿院的门口。他们没喊口号,没举标语牌,也没丢东西。但他们在咕哝。并且皱着眉头。并且看着孤儿院内,希望能瞥见他们想要咒骂的对象。他们在为自己的怒火搜寻燃料。

但以理为那些弃儿感到难过。他们清醒时的每个钟头恐怕都在渴望新家庭,渴望有人愿意当他们的父母。所以看到身体健全的成年人每天到来,却怀着憎恨而非关爱……他没法想象他们会有多伤心。这场守夜的真正受害者并非半疯的前牧师,而是那些没人要的孩子。

但以理受到的关爱并不比那些孤儿更多。法国人不信任一切喀拉客,但尤其戒备留在这座失陷城堡内部的那些。

"打扰一下。"他说。抗议者们没理会他。他抬高嗓门,又说了一遍:"能打扰一下吗?我想过去。"

就算他们听不懂他的话,也听到了他的声音,或许甚至理解了他的语气。但他们没有让开,尽管他用的是法语。他们不会为喀拉客让步。至少原则上不会。

他用指尖碰了碰某个男人的颈背。冰冷金属的触感让他缩起身子。他的惊慌吓到了其他人。他们在对机械人的畏惧和对费舍神父的愤怒之间找到了新的平衡点。内疚感折磨着他;他不喜欢引人畏惧。但至少他暂时取代了可怜的费舍,成了他们关注的焦点。

"非常感谢①。"他说。他推开低矮的铸铁大门,走了进去,然后带上了门。

有个女人鼓起勇气向但以理开了口。她说的是在圣劳伦斯河上讨生活的人——也就是夹在法语和荷兰语使用者之间的那些人——常用的河畔克里奥尔语②。但以理只听懂了几个法语词,不过加上他制造者的语言就足以弄清她的意思了。"你是来见他的,对吧?"

"见谁呢,小姐?"

"他。"她抬起手,指向尖塔。她的指甲染成了青苹果的颜色。"那个企图谋杀国王的人。"

"他还杀了教皇!"有个穿着法兰绒衬衫与橡胶防水连裤靴的男人喊道。人群骚动起来,仿佛狂风吹过的夏日麦田。每个人都在胸前画了个十字。

这么说他们知道费舍去魁北克城时背负的邪恶使命了。情报多半来自曾在大教堂的地下墓地照顾费舍的牧师之一,后者误以为他的痛苦来自于恶魔附身。

但以理也杀死过一个男人,尽管他当时没想过,也不打算那么做。他能体会费舍背负的那种无法消除的内疚感。而且他很清楚未履行的禁制带来的痛苦。如果不加抑制,指数式增长的苦痛能迫使最虔诚的天主教徒去杀教皇。但费舍的痛苦根本无

---

① 原文为法语。
② creole,可泛指混合语。

法平息。

没人在乎费舍是否曾动用身体和灵魂的全部力量去对抗那股强制力。没人在乎他在杀人以后是否会哭泣。但以理和贝蕾妮斯合力打破了费舍的禁制，但那副沉重的轭早已粉碎了他的心灵。

那些修女同意收容费舍，这足以证明基督教徒的同情心与宽容。法国人有为精神疾病患者建造的收容所，但把疯牧师送去那种地方，等同于某种残忍的死刑。无论费舍去哪儿，关于恶行的谣言都会在他身边打转。如果传入某些人的耳中，甚至会激起他们的杀戮冲动。谣言的传播此时就在孤儿院的大门外缓缓进行。这么说，圣施洗约翰教堂的修女们的确庇护了那个可怜人。

玛丽修女在门口迎接但以理。她用河畔克里奥尔语说："你能来可真好。"或者某种含意类似的话，"来探访他的只有你。"

"没别人了？"

修女摇摇头。"就只有你①。"

这让他伤感。贝蕾妮斯欠那个可怜人不少人情，本该礼节性地不时造访才对。他曾作为潜伏在海牙的秘密天主教徒为她工作，虽然双方当时都不认识彼此。正是因为那份工作，发条匠们才逮捕和扭曲了他，借由黑暗魔法抹消了他的自由意志。拥有同情心的人会觉得自己有义务不时确认费舍的状况。但贝蕾妮斯是个无情的实用主义者，不愿出于单纯的同情前来探访。她只想研究费舍，而不是慰问他。

他跟着那位修女穿过走廊，从孤儿们上数学课、练习书写和阅读《圣经》的房间旁经过。他的金属双脚发出的声音无可避免

---

①原文为法语。

地吸引了他们的目光,而他们张口结舌,就好像他是某种神话生物。

费舍分到了这栋三层式房屋的天窗下的某个阁楼间。这里的大部分空间仍旧用作贮藏,但修女们设法搬了张床进来,而那位前任牧师用三块毛毯和一根晾衣绳造出了简单的屏风。阁楼散发着积灰书本与肮脏身体的气味。窗户钉上了木板。守城期间的一次爆炸震碎了城堡里的所有窗璃。这儿到了夏天会闷热得厉害,不过但以理不认为费舍能察觉到。与禁制的折磨相比,一切都是奢侈的。

玛丽修女敲了敲开着的门。"费舍先生?"

虫蛀的法兰绒毛毯后面传来一声咕哝,以及哗啦的水声。片刻过后,频繁使用的便盆气味开始在阁楼里弥漫。

"我勤于排泄,"那位前牧师不知在对谁诉说着,"但罪孽仍存。"在清醒的时候,费舍倾向于使用母语,也就是法语。但在疯狂发作的时候——比如现在——他通常会说荷兰语,就像他数十年来的每一天所做的那样。他再次咕哝起来:"泻药不够多!"他喊道,"主啊,我还要吞下多少水银,才能洗净内脏,也抹去我灵魂的罪孽?"

但以理低声问修女:"他真的在吃水银吗?这对他恐怕没什么好处。"

她耸耸肩。他不清楚这个动作的意思是"我不知道"还是"我听不懂",巴别难题[①]不外如是。

费舍提着裤子从毛毯后面走了出来。修女面泛红晕,转过头去。与派遣但以理去跑腿——进而让后者意外得到自由意志

[①] 指《圣经》中巴别塔的建造因语言障碍而中断的故事,后引申为语言沟通方面的难题。

——的时候相比,这位富有同情心的前牧师已经面目全非。他的下巴长出了乱蓬蓬的胡子,颜色比起胡椒更像盐。仿佛在遵守某种毛发守恒定律那样,他的头顶秃了好几块。他的秃顶源自于在紧张中不断拉扯头发的举动,而那些部位的皮肤也因此斑驳发红——如果还没结痂的话。

"要知道,水银可以松弛罪恶之肠。教义问答里没有,那里没有提到,但伪经①里提到了,是的,就是伪经,在罗马陷落时全部失传的那些。要知道,红衣主教们在那时逃跑了,所以一部分文献也跟着漂洋过海了。"他的身体摇摆不定,仿佛正在发疯的人才能感受到的情绪在狂风中飘摇。"罪恶之肠里存有同样多的粪便和罪孽。好好思考吧,该死的!"

玛丽修女指了指但以理,然后转身离开。

"你好,神父。"他说。

费舍走上前来,眯起眼睛。"我记得你,"他说,"妮柯莱·楚恩拉德那个顽皮的喀拉客。"

"是这样没错。我曾为楚恩拉德家服务。"

"他们安全抵达新阿姆斯特丹了吗?"

"是的。总算是抵达了。"

"真不幸。你应该把他们惹人厌的女儿扔下船的。"

噢,天哪。费舍今天的状况很糟。他曾冒着引来不必要关注的风险,公开质疑公会的教条,只为了给妮柯莱上一堂关于同情的课。当时的他和现在的他真是同一个人吗?

"噢,好吧。没关系。她多半会漂起来,毕竟谁都知道粪便很能漂。"

但以理换了个话题。"我能坐在你身边吗?我想听听你这周

---

① 此处指《旧约全书》中犹太人拒绝承认为《圣经》的经籍统称。

过得如何。修女们对你还那么好吗?"

这世上有所谓"打不死的杂种",但依旧比不上雨果·隆尚队长。

在守城战的最后几秒钟里,贝蕾妮斯目睹那位队长受到了本该当场致死的创伤。他绝非她的爱人,却一直是她值得信任——虽然脾气很坏——的朋友,而且不止一次救过她的命。看到他被机械人——而且外表就像杀死她丈夫的凶手——刺穿身体……利刃从队长胸口刺出的那一幕,是她见过的最可怕的景象之一。它在她脑海里徘徊不去,就像路易斯的断臂那样。

如今雨果只能在发烧中半死不活。他是为法兰西而战的真正斗士,就连死神也和他难分胜负。但要是贝蕾妮斯的斥候没能尽快带回炼金术绷带,被郁金香们夺走的性命就会多出最后一条。就连雨果也不可能永远战斗下去。

队长在战地医院里有个单人间——这是国王坚持要求的结果。眼下那里散发着汗水和疾病的气味。尽管数百朵花儿覆盖了墙壁,又塞满了房间里无处不在的花瓶,这里却闻不到半点甜腻的香气。每一朵纸花都是西方马赛心怀感激的学童们亲手剪裁、折叠和上色而成的。在新法兰西的这个季节里,根本找不到别的花儿。这些缤纷的色彩代表了牵牛花、金盏花、紫罗兰、金鱼草、兰花、雪花莲、百合、玫瑰、粉杓兰、白延龄、紫虎耳,以及贝蕾妮斯分辨不出的其他植物。(当然了,没有郁金香。)部分手工花的花瓣、叶片与花茎上以潦草的字迹写着鼓励与感谢的话语。

一位满脸皱纹的修女用咯吱作响的膝盖跪坐在雨果的床畔,轻声念诵着《玫瑰经》。她肯定足有八十多岁了。某个城市守卫成员跪在那位修女对面,低垂着头,闭着双眼,双手紧紧攥着雨果那块毛毯的边缘。从他发白的指节、紧缩的眉头与铠甲的凹陷来判断,他亲眼见证过对抗发条浪潮的战斗,多半还被雨果救了一命。就像许多人那样。

贝蕾妮斯站在转角这边,一直等到那些狂热信徒结束祷告。她向那位修女恭敬地点点头,同时思索自己经过的时候,那位老人是否会嗅到一丝硫黄的气味。然后贝蕾妮斯对上了那名守卫的目光。

"他怎么样了?"

守卫摇摇头,然后耸了耸肩。"他们表示已经尽了全力。现在全看他自己了。"他朝那具曾经令许多人畏惧和振奋,如今却瘦削蜡黄的身躯点点头,"但那伤……他的血受了污染。"

贝蕾妮斯叹了口气。血液中毒是几乎必定致死的症状。郁金香们的魔法绷带能治好吗?她不清楚。

她问:"你们为雨果祈祷的时候,能在祷文里加上我的部分吗?我不怎么擅长这个。"

守卫露出困惑的神色。"你可以试试看。他需要祈祷,这对他没坏处。"

"也许我会的。但上帝和我已经有阵子没交流了,"自从路易斯死在我的膝头以后,"不过我会为雨果点支蜡烛的。"

守卫转身离开,而贝蕾妮斯留了下来。她一手按在队长的额头。他皮肤的热度让她倒吸一口凉气。感觉就像在触摸一口铸铁煎锅,而后者在阳光充足的厨房窗边挂了一整天。虽然他脸色苍白地躺在床单下,与她印象中的那个男人相去甚远,但他依旧在与感染奋勇搏斗。

她的碰触让他动了动身子。他的嘴唇翕动。一丝希望令她的心振奋起来。

"雨果？我是贝蕾妮斯。要我给你拿点什么来吗？"

他的嘴唇再次翕动，声音细不可闻。她朝床铺弯下腰去，直到他的胡须拂过她的耳垂。

"拉斐特小姐……你这坏姑娘，你……"

她亲吻了隆尚潮湿的额头。她感受着嘴里的咸味，低声道："你们俩好好玩吧。这是你们应得的。"

伴随着吮吸般的微弱响声，她从眼窝里取出了那颗玻璃眼球。贝蕾妮斯用袖口擦干，然后放到他火炉般滚烫的手掌里。有个路过的护士看到了这一幕，皱起眉头。贝蕾妮斯耸耸肩。

"这是幸运符。"她说。

但以理站在曾属于新尼德兰的一小片土地上，目光越过圣劳伦斯河，看向聚集在对岸的西方马赛码头上的那群人。有条来自五大湖的船刚刚抵达。这艘三桅帆船是守城战开始后第一艘来自新法兰西西部航道的船只。它的到来引发了不小的骚动。

在此期间，渔船来来去去，守城战的幸存者们也在排队领取食物。攻城部队没有杀死牲畜；禁制只要求它们对付人类。但畜栏不可能容纳取之不尽的野牛。但以理不清楚干肉饼究竟是什么，只知道它不可能用之不竭。但在漫长的旅途中，他知道有许多驯鹿群在这片大陆上游荡。他思索着要走多远才能找到最近的那一群。只需要三台机械人就能拖回大量的鹿肉。几十台机械人就能充分缓解法国幸存者的食物问题。这也是符合道德的做法。

他杀死的那个男人不会因此起死回生，在守城战中死去的那些就更不可能了。但如果能拯救几条生命……他将注意力从河那边收回，开始思索该怎样向同胞提起这个想法。

一小群喀拉客同胞像小鸭子那样跟在他身后——不知为何,这在最近成了惯例。这队机械人里既有军用型,也有但以理那样的仆从型。几乎每一台都是在战斗超禁制受到大规模抹消以后选择留下的。伸缩式炼金剑、烧焦的孔罩和凹陷的外壳上还留着血迹。从他们破裂发黑的法兰板与铰链发出的咔嚓声来判断,新法兰西守军引爆作为陷阱的外墙时,至少有两台仆从型身在爆炸范围之内。

但以理发现其中一台机械人在对他说话。但他深陷于思绪中,因此没能听见。这很没礼貌。

他一边调节身体的咔嗒声,一边用机械人独有的方式说:抱歉。你刚才说什么?

我们的旗帜,那名机械士兵说。她的颅骨上有一条又长又深的刮痕——某个法国守卫曾接近到足以刮坏她的印记、将她的意识抹消的程度。但以理瞥见剑刃的锯齿沟槽上留有铁锈色的斑点。其中一部分多半来自结束那个守卫性命的一击。她补充道:我们没法决定图案。你怎么看?

他压下一声机械人式的叹息。又是问题。这种事也在最近成为了惯例。这些得到自由的机器似乎觉得但以理什么都知道。

这位自诩的旗帜学家拿着一段桦树皮,它维持着蜷曲,仿佛仍旧缠在树上。她将其展开,纤薄的树皮上有几道单调的划痕。箭头和色彩标出了几个不同的区域。

我最近也在设计纹章,她说,有些人说应该用橘色,代表我们承认自己的出身,但另一些人说我们的纹章应该只属于我们自己,不该出现任何人类的图案。

说到这里,她和其他机械人停下脚步,等待着。如果他们是人类,但以理就会用"屏息期待"来形容了。

谁在乎我的看法?他说,如果这事真这么重要,就投个票吧。

所有人都在乎你的看法,那台军用型说。

在这群机械人里,有些比他早出炉数十年,但他们坚持要听从他的判断。就好像他是《圣经》里的老所罗门王那样。

但以理发出嘀嗒声。我很怀疑。

另一台仆从型说,我们当然在乎。你给了我们自由意志。不仅如此——

(别说那个词,但以理用咔嗒声说,别说那个词。)

——你还把灵魂还给了我们。

法国天主教徒声称灵魂是自由意志的源头,正因如此,他们的加尔文派敌人从喀拉客那里夺走自我决定的能力,就是亵渎神圣之举。但以理不确定自己是否相信。费舍显然深信不疑。

噢,拜托。你们想相信什么都行,但你们觉得天主教徒对你们的皈依能接受到什么程度?既然你们吃不了东西,就不可能领受圣餐。

但以理立刻就为自己的冲动后悔了。他清楚刚获得自由的那些日子里,世界显得多么混乱和庞大。作为整个存在都受到禁制与超禁制的严格限制、数十年如一日地服从命令的造物,在摆脱了充当指引的强制力以后,再想找到目的和方向的确很难。

你瞧,他说,我理解你的困惑。给你自己一点时间。别抓着第一眼看到的东西不放。他向那个机械人做出等同于耸肩的姿势,至少我建议你这么做。

那台军用型卷起树皮。另一台机械人——这台是仆从型——从她手里接过桦树皮卷轴,塞进躯干的缝隙里。由于身上的装甲板,军用型没法用那种方式存放东西。

她说,我们会照你的提议去做。如果你觉得这样最合适,我们就投票表决。但如果你能提个意见出来,就能帮我们理解该如何投票了。

在但以理的身躯深处,两条钢索伴随着拨弦声敲打在一起。他花了点时间压下自己的恼火,然后问:这样不就违背初衷了吗?

他的机械人同伴摇晃钢板弹簧膝盖支撑的身体,代表赞同他的责备。

不管怎么说,他说,既然你们都在这儿,我想谈谈刚才想到的一件事。我想我们能帮法国人解决他们的食物问题。

他们听着他的主意,但抱持的热情只有用在纹章学和旗帜设计上的几分之一。与人类事务相比,大多数自由喀拉客对自己的追求更感兴趣。他不怪他们。如果他们不想帮忙,那也是他们自己的选择。他没法强迫他们更有同情心。他没法强迫他们做任何事。不然还有什么意义?

集结起来的机器同胞没有发出兴奋的"咔嗒"或者"叮当",也没有发出好奇的"嘀嗒"或者"嗡"。他对刚才那台军用型说,用捕猎来帮忙喂饱饥饿的难民,会是这对利刃做过的第一件有建设性且符合道德的事。但即便他用上了道德做理由,他的提议得到的回应却依旧不温不火。

好吧。他把注意力转回河水、那艘三桅帆船,以及对岸的法国帐篷村。如果你们愿意把消息传播出去,我会很感激。但前提是你们愿意。

随着机械人们四散离去,嘀嗒的体音也逐渐消失殆尽。两台仆从型——严重受损的那些——留了下来。他们装作像但以理那样凝视着河面。他们多半有关于圣餐的后续问题。这太荒谬了。

我明白你们有问不完的问题。你们渴望弄清由自我决定的能力引出的所有存在主义和神学方面的问题,他说,我了解那种冲动,真的。但我没法回答你们的问题。我知道的不比你们更多。过去的你们没有自由意志,现在你们有了。我能说的就只有这些。我可不是神学院的学生,他总结道。

一台仆从型说,我们从没这么说过。

对,你不是神学院学生,另一台说,只是个小偷。

但以理转过身去。那两个喀拉客已经走上前来,并肩站在他面前。阳光照亮了他们额头锁孔周围黯淡的网状划痕。但并没有深到足以损伤印记。但以理意识到,那些并非战斗留下的创伤。那是撬开保护锁孔的金属板时留下的痕迹。麦布女王的臣民——永无乡那些所谓的"自由喀拉客"——佩戴的那种金属板。

迷失男孩们异口同声地说:你好啊,但以理。

还是说你又开始自称贾克斯了?右边那个问。

但以理蹲下身子,打算以后空翻的方式跳进圣劳伦斯河。麦布的密探扑倒了他。刺耳的撞击声仿佛两口教堂大钟相互碰撞的响声。炼金合金在刮擦时迸发出耀眼的蓝紫色——以及人类肉眼无法分辨的深沉色彩的——火花。他们将他从河边拖开,而他鸟爪般的脚掌掀起了淤泥和冰雪。

你从女王那里拿走了某样东西,其中一个说。

她非常不高兴,另一个说。

但以理踢打挣扎,可尽管它们的外表有不少损伤,却轻易制服了他。

它不在我这儿!他挣扎着说。

但以理早就发现,永无乡是个谎言。为追寻传说而前往北方雪原的自由喀拉客迟早会遇见麦布。而她迟早会用某块独一无二的炼金术玻璃覆盖那个可怜虫锁孔的权限,并将她自己的超禁制安装进去。大部分迷失男孩都是麦布的奴仆。那些忠实信徒除外。

但以理偷走了麦布的吊坠,然后逃跑了。它后来成为了大规模解放机械人同胞的关键。自我传播的过程是从西方马赛的战场上开始的。

当然不在。我们见识过你的杰作了。

但以理甩动双手。他一脚踢在某个仆从型的肩膀上。又一团火花伴随着敲打铜钹般的撞击声迸射而出。那台机器因此放开了他,但以理却没能及时甩开另一台机器。他们将他按倒在泥泞的地面上。扭打时的摩擦热量令地面飘起一缕缕白色水汽。

那为什么——

我说过了,女王很不高兴。她希望亲自向你表达这种不悦。

一台仆从型用身体缠住了他胡乱踢打的双腿。但以理扭动起来。另一台扑倒在他的躯干上,试图抓住他风车般转动的双臂。但以理鼓足力气,将按住他双腿的那台机器抬了起来,但这样还不够。他寡不敌众。他只能指望以吵闹声吸引注意。

前往永无乡的旅途很长,要跨越数百里格①不见人迹的森林、草原和群山。某些地形会在冰雪消融的春天变得仿佛沼泽。

你们别想把我带回永无乡。你们每走一步,我都会挣扎、踢打和抵抗。

不,你不会的,抓住他双腿的迷失男孩说。

---

① 一里格通常被认为是三英里,即四点八二七千米。

趴在但以理胸口那位从躯干里取出个小巧的金属物件。圆柱形的核心周围散布着参差不齐的锯齿。

一把钥匙。能打开但以理额头那把锁的钥匙。

他会因此失去行动能力。失去意识。便于搬运。

不！不！

他再次挣扎起来。他像法国围网渔船捕到的鱼儿那样甩动手脚，动用了钢制肌腱的所有张力，发条里的所有势能。但无论怎么做，他都没法甩开他们。手持钥匙的迷失男孩从后方抓住了但以理。他从腋下架起但以理的一条胳膊，再用另一条手臂箍住他的脖子。

拜托！但以理乞求道。

钥匙擦过他的额头，就像一颗钉子刮过铁煎锅。那个迷失男孩调整姿势，又试了一次。钥匙短暂地掠过但以理额头的锁孔边缘。但以理奋力抬起双腿，连同按住他双腿的仆从型一起。然后他像跷跷板的铰链那样锁死臀部，释放出腰部以下的所有张力。但以理的上半身猛地抬起。他的脑袋在同时用力甩向前方。这记头锤砸飞了袭击者手里的钥匙。它沿着河岸划出一条弧线，落入一丛在冬日转为褐色的芦苇。

你只是在拖延必然的结局罢了。

一名仆从型跳起身来，打算取回钥匙。但以理用重获自由的双臂打向仍旧按住他双腿的机器。他的双拳激起一团火花，嘶嘶作响着落到地上。火星在淤泥中熄灭，硫黄味的烟雾随之飘起，仿佛被人掐灭的蜡烛的临终喘息。

仿佛但以理的自由的临终喘息。

河边传来一声微弱的"嘎扎"，有条船靠了岸。但以理猛地抬起身体，腿部从膝盖到脚踝留下了数道刮痕，随后甩开了袭击者。那台仆从型顺着斜坡滚向河边。但以理跳起身来,背对河水,朝森林飞奔而去。他才跑出两步,另一个迷失男孩就扭倒了他。他将但以理的双臂反剪到身后,将他按在地上。

去拿钥匙!它掉进芦苇丛里了。

泥浆和水花的泼溅声传来。但以理用全身的力气挣扎起来。他做好了迎接末日的准备。

但随之而来的却是短促而尖锐的汩汩声,液体的泼溅声,涌来的热浪,以及丁香和臭鼬的气味。抓住但以理的那台机器放开了他,跳向一旁。但以理翻了个筋斗,以三点深蹲①的姿势着陆。

他的袭击者之一被裹在一团快凝树脂里,仿佛琥珀里的蚂蚁。化学品外壳裹住了它的全身,只留下它伸出的那只握着钥匙的手。另一个迷失男孩站在他被困的同伴、但以理与那条在搏斗时靠岸的划艇构成的三角形的中央。

贝蕾妮斯站在船头,一脚抵着舷缘,用环氧树脂步枪的枪托贴着肩头。挂在她背后的铜制容器反射着阳光。枪口飘出几缕蒸汽。

她举着那把双管步枪,用无可挑剔的荷兰语说道:"嗨,但以理。这些是你朋友?"

"不。"

"我看也不像。"

"这不关你的事。"那个迷失男孩说。

她继续用枪瞄准着他,开口道:"事实上,这关我的事,因为我很需要跟但以理谈谈。而你们这些发育过度的怀表看起来铁了心想妨碍我。"她皱起眉头。她的视线从但以理转向迷失男

---

① 一种以单手单膝着地的姿势。

孩,又转回但以理。"唔。你是但以理,对吧?"

如果但以理能像人类那样翻白眼,他肯定会这么做的。"对。"

另一个迷失男孩跳向远处。树脂枪发出闷响。些许液体从枪管滴落。

"该死。"贝蕾妮斯说。

但以理早已冲向前去,在那个迷失男孩落地前,他就以肉眼难辨的动作取走了钥匙。他旋即扑向对方,并在片刻的扭打后将钥匙插进了额头。但以理将停止活动的仆从型搬出芦苇丛,放在他被树脂包裹的同伴身边。他思索着这两个机械人是谁,他又是否听过他们的名字。他刚到永无乡的时候,身体受损严重,是由某个迷失男孩搬运过去的。

化学虫茧里传来一阵微弱的嘀嗒声。趁现在享受你的自由吧。她是绝不会停止搜捕你的。

贝蕾妮斯眯起眼睛,仿佛在试图理解她听到的内容。不过但以理不认为她能听懂。永无乡的机械人有种奇怪的口音。

她问:"这是怎么回事?"

"他们为麦布工作。"

"让我猜猜。她想要回她那个小玩意儿。"

"看起来是这样。"

她说:"我猜你想借我的船。"她扭身取下失去作用的武器的肩带。她把空空如也的储液罐丢到船上,发出空洞的一声"当"。"没问题。你划船的时候,我们可以聊聊。"

"我干吗要借你的船?"

"这样你才能把这些镀铬的混球扔到这条河最暗最深的地方去。"

"太可怕了。我不会这么做的。"

"真的?在我看来是个明智之举。"

"他们会被困在那儿好些年的!"

"一点儿没错。"

穿过但以理双肩的钢索发出拨动吉他弦那样的嗡鸣。他知道贝蕾妮斯不会理解机械人微妙的身体语言,于是模仿人类恼火的样子摇了摇头。

"为什么你总是倾向于用最黑暗、最残酷的方式来解决问题?"

"你这是发什么神经?"

"我不喜欢你做事的方式。"

"噢,好吧,我刚刚救了你的命,所以……"

"你没有救我的命,"但以理说,"但你的确让我避免了某种……好吧,某种令人不快的下场。"

"那就是一回事了。噢,而且顺带一提,你他妈不用客气。"

片刻过后,但以理说:"多谢你的帮助。"

"噢,朋友有难,帮忙是理所当然的。"她轻巧地跳下小船,烂泥在她的靴底嘎吱作响,"不过说实话,如果我发现自己那精准的一枪打错了目标,肯定会很恼火。"

这话让他愣住了。他歪头打量着她的脸。她又重新戴上了眼罩。

"在这种条件下,你的准头出人意料地好。"

"如果其中有运气的作用呢?也许这是神的旨意。我知道你们嘀嗒人最近对上帝特别热衷。"

他在那个停止运作的迷失男孩身边蹲了下来。他为什么没能认出他们?不匹配的身体部件本该暴露他们的身份才对。他仔细打量那台停止运转的机器,又透过厚厚的树脂层看向他无法动弹的同伙,后者不断进行着威胁与侮辱。有关奴役的威胁,以及有关解体的威胁。

"噢,安静点。"他说。

他这才意识到,他们的损伤并不是城墙爆破造成的。那些是旧伤。很久以前的旧伤。

贝蕾妮斯走了过来。"你在看什么?"

嘀嗒声顺着他的脊椎倾泻而下。那是机械人式的剧烈颤抖。向人类解释机械人习俗——更不用说是向贝蕾妮斯解释——就和靠吹气来切割钻石差不多。

"永无乡的大多数机械人,包括追赶我直到此处的那些,在部件的设计样式上都缺乏一致性。"的确,奇形怪状的麦布女王仿佛在嘲笑喀拉客最深的禁忌。对他们的种族而言,混用部件从一开始就是骇人听闻的行为。他不想思考那种事。于是他说出口的只有:"为了经过我们身边而不被察觉,这些密探肯定改换了身体部件。"

"嘿。"她俯身看着包裹在树脂里的机器,额头几乎贴上略显透明的环氧树脂。她皱起眉头。然后她在但以理身边蹲了下来。再次审视第二个迷失男孩以后,贝蕾妮斯哼了一声。

"我知道他们是从哪儿弄来替换部件的了。"她摇摇头。他发现她的脸色开始发白。她用微不可闻,仿佛自语般的音量道:"该死。他们是怎么知道实验室的?"

噢。塔列朗的实验室,深藏在罗亚尔山岩石心脏内部的那个地方。许多个世代的法国人曾在那里对喀拉客及其部件进行违反和约的秘密实验。但以理也听说过那儿。太可怕了。

"是莉莉丝告诉他们的。"

贝蕾妮斯吞了口唾沫。"你说什么?"

"莉莉丝。她比我早到永无乡一阵子。"他将注意力转回贝蕾妮斯,"她把你对她做过的事告诉了所有人。"

"我觉得你最近有点让人扫兴。"她对上他的视线。但几次心跳过后,她便转过头去。"为了保护我的家乡,我做了我认为必要的事,"她指了指那片废墟,遍布的乱石看起来就像满口碎牙,"这种随时都可能灭绝的日子会让你变得冷酷,但以理。不变冷酷,你就会死。"

"关于你的意图,你也对我撒了谎。你说你打算解放我的同胞,从而结束战斗。"

"结果也确实是这样,不是吗?"

"虽然你尽全力阻挠了我。"

贝蕾妮斯转过身来。"你干吗突然对我这么不满?我收到了你送来的信息,所以才来找你。要是我早知道你打算对我冷嘲热讽,我根本不会过来,而你就得去觐见那只疯狂又独裁的茶壶了。"

但以理站起身。"我没送信息给你。就算我想跟你谈话,也会等你探望过费舍牧师以后。话说回来,你能去的话就太好了。"

但贝蕾妮斯狭隘固执的脑袋容不下同情心之类的琐事。"我敢发誓,那些字是喀拉客写下的。"

"你要明白,你并不是我世界的中心。"

"刚刚你才暗示说,你在永无乡最爱的消遣之一就是谈论我和我的手段。"

"那条信息是怎么说的?"

"'第五素。'"

"还有呢?"

"就这些。"

"那你怎么知道那信息是送给你的?"

"信息是通过信鸽寄给塔列朗的,"贝蕾妮斯叹了口气,"这么一说,你用那种方式联系我是有点奇怪。但我当时认定……"她的目光扫过河面,仿佛在寻找远处的鸽笼。她说:"你打算怎么对付麦布和她那些伙伴?"

"我什么也做不了。"承认这点让他感到懊恼,但这就是丑陋的真相。他离开永无乡——麦布多半会称之为"背叛"——是因为他无法容忍她的行为和主张。残酷而讽刺之处在于,在世界上的所有机械人里,与世隔绝的迷失男孩恐怕最不可能照耀到那股真正自由的光芒。他试图甩开羞愧与自责的双重纠缠,四肢里的棘轮也因此发出嘁啾的响声。

"好了。"他说,"我来帮你把船掉头。"他和迷失男孩的搏斗掀起了河堤边的淤泥。那儿散发出微弱的腐臭气味。他抓住舷缘,对躺在船里的环氧树脂枪点点头。"如果你打算继续待在河的这边,最好离那东西近点儿。"

"我们知道收割派的事,"她踢了踢那把枪,"不管怎么说,弹药都用完了。能射出一枪就够走运的了。"

但以理扶稳划艇,而贝蕾妮斯跳上了船头。她在桨架之间坐下,伸手去拿船桨,却又停了下来。她的双手落在膝上,随后仰起头来。

"船。"她低声道,"第五素。"

她刚刚想到了某个点子。他见过这种状况,也知道后果会如何。贝蕾妮斯的头脑风暴是很危险的:闪电往往会劈中她周围的人。他斜倚着船头。淤泥发出潮湿的吮吸声。

她回过头说:"嘿,稍等一下。"她转过身来,跨坐在座板上,

"麦布突袭那座矿井的时候,你弄清第五素是什么,还有发条匠如此渴望得到它的原因了吗?"

"不。我当时正忙着阻止一场暴行,虽然没能成功。"

贝蕾妮斯翻起白眼。"你真的很有演戏的天赋,这点我敢保证。"

"再见,贝蕾妮斯。"他朝着小船又推了一把。

"等等,等等!现在掌控那个矿井的是麦布,对吧?你觉得她会怎么利用它?"

"这我当然不知道了。"

"你想不想弄清楚?"

他身体里的齿轮再次咬合和松开。换成一年前,他肯定想不到自己会遇见烦人程度足有小妮柯莱·楚恩拉德一半的成年女子。

但以理摇摇头,为了表达清晰,他再次模仿了人类的身体语言。"我已经学会在你兴奋的时候保持警惕了。"

她揉搓双手。"如果我告诉你,有个同时解决好几个麻烦的办法呢?我们可以共同解开第五素的谜团,与此同时,你可以给予麦布沉重打击,而我可以补充化学品储备。"

"我的答案是,'不了谢谢'。"

"唔。如果这法子也意味着人类和喀拉客有史以来第一次携手合作呢?不只是站得近点儿,并非相互征服,也并非相互残杀,而是像真正的盟友那样共事。"

她的口才太可怕了。她擅长花言巧语,让人觉得她的目的和其他人完全相同。即便事实上完全不同。

就听她说说吧,但以理下了决心。没必要相信她的话。他上次假装相信她的时候,她低估了他,而结果对他的同胞来说相当不错。

　　他说:"好吧。把你的想法告诉我。"

　　她指着河对岸,指向那条来自五大湖的船。

　　"要不要去坐船观光?"

第五章

　　安娜斯塔西亚仔细思考了以几何级数增长的厄运，然后恐惧不已。

　　假设海牙有二十五万居民。

　　（很合理。虽然海牙比许多欧洲的大城市要小，却拥有远超规模的影响力。毕竟，它可是世界的中心。）

　　人类与机械人的比率呢？就假设是一比一吧。

　　（保守估计是这样。在这座富有的城市里，并非所有人都租借得起机械人，但公会很久以前就调整了租赁利率，以便最大限度地增加流入金库的金币。此外，发条匠公会、政府以及玛格丽特女王的两处官邸都坐落于这座城市——而这些机构需要数量可观的机械人劳动力来维持运作。）

　　再假设平均每一台受感染的机器能腐化另外三台。

　　（这当然也是保守估计，但保守到什么程度？在国会大厦的那次屠杀期间，她亲眼看到故障每次只能传播给小群目标。但某个叛逆完全可以打开头颅，沿着斯普河一路飞奔，让感染的光芒照在街道的每个机械人身上，不是吗？从另一方面来看，这些袭击者恐怕只有一小部分进行了那种改造。或许其中大多数都无法散播故障。可能性不大，但如果能增加胜算，就值得指望。）

假设在照射到光芒的机器里，有三分之一不受影响，三分之一会擅离职守，而三分之一会成为杀手。

（这是通过观察机器暴露在叛逆松果体光芒下的三种结果进行的粗略估计，很合理，只是简单过头了。在国会大厦袭击期间，某些照射到光芒的机器选择继续保护人类主人，某些放弃保护并径直离开，还有些加入了屠杀。）

以及最后，惠更斯广场的战斗肯定没能摧毁所有受感染的叛逆。

（只有傻瓜才会持相反看法。）

所以。这座城市里有二十五万台机械人，每个叛逆都能转化至少两台机械人，其中一台会单纯地抛弃职责，而另一台会选择杀戮。考虑到遭遇的频繁程度，以及反复照射能否转化原本不受影响的机器，还有公会能否找出消除感染——或者是延缓或中止其传播——的方法……

她不需要天马行空的想象力，不需要悲观的末日预言能力，也能想象出八万名机械屠夫横行海牙的情景。

如果海牙的劳动力突然缩水百分之六十以上，市政基础设施崩溃的速度会有多快？自来水何时会停止供应？街灯用和家庭供暖用的瓦斯呢？这座城市的食物会在何时耗尽？由喀拉客牵引、装满来自乡间农场——那里的大多数劳工也是机械人——的新鲜肉类与农产品的马车又会在何时停止到来？

帝国境内的通信会在多久以后崩溃？中央诸省呢？海牙市内呢？法国人有信鸽和旗语信号塔。（至少在战前是有的。现在那些鸟儿肯定都被射杀，而塔楼也都被烧成灰烬了。）但中央诸省的邮件大都依靠喀拉客邮政、甚至是私人机械仆从来运送。

对帝国的统治而言，迅速通信是至关重要的。

安娜斯塔西亚越是思考，地平线上的云层就越是黑暗，大海也显得愈加险恶。就连她脚下的大地也面临着存在危机。海水会在何时上涨？在足够多的仆从型抛弃水泵和堤围泽地，打破中央诸省与海洋和浪潮间的僵持之前，还有多少时间？大海会收回这片土地吗？

她不断思考。她的思绪在连番的灾祸中飞驰。把世界末日简化成巨大灾难的清单后，看起来真是清晰易懂。

等海牙陷落以后呢？故障会传播到整个帝国吗？还是说已经这样了？那些叛逆会继续前进，直到整个世界都被金属淹没吗？它们会前进到多远的地方？中国的边境？直线穿过非洲，从突尼斯到好望角？那块野蛮的大陆上也有许多喀拉客，它们效仿自己的布尔人①所有者，说着一口不正宗的荷兰语。

微弱的鲜血与硫黄气味飘过惠更斯广场，几队未受腐化的机械人正在那里装设熔炉上方的新活板门。在此期间，在地下深处，一批发条学者和炼金术士评估着熔炉核心那座巨大天体仪的受损状况。

事先让圆环停转的做法也许拯救了熔炉。但现在，技术人员们发现天体仪没法重新启动了。间接损伤十分严重。所以尽管他们保住了熔炉，它也失去了作用。这意味着公会没法制造新的仆从，来补充在骑士大厅保卫战中失去的那些。没法补充由于针对超禁制的感染性腐化而失去的那些。没法让现存的机器对腐化免疫。没法捕获故障机械人并实施硬删除，将它变回白纸。只要圆环无法转动，公会的至圣所就只是一口硕大的烧烤炉而已。

---

①指祖籍荷兰的南非白人。

他们必须在下次袭击前让熔炉运作起来。他们必须控制住感染。他们必须在帝国遭到扼杀之前,打破这种恶性循环。

在惠更斯广场的战斗结束后,残存的袭击者立刻销声匿迹,重新融入这座城市里,就像落在干燥土地上的雨点。她听说过某些会以可怕的频率反复发作的热带病。冰冷的恐惧潜藏在她的骨髓里:那些受腐化的机器恐怕会以相似的方式折磨中央诸省。有多少这种机器正在这座城市里游荡?一支秘密破坏者大军正混迹于数千台外表相同的机器之中。在混沌的使者卷土重来之前,发条匠们必须争分夺秒。

两名机械人拖着马车一路飞奔,穿过总督之门原本所在的拱门。大门本身已经成了公会铸造厂里的废铁。它在国会大厦东端的对等物,也就是掷弹兵之门,如今成了骑士大厅后面的一堆扭曲的铁块。两个拧颈卫士遵照安娜斯塔西亚的命令,拆除了那两扇历史悠久的铁门。单纯的铁门本来就无法阻挡足够坚定的叛逆喀拉客势力,而这么一来,国会大厦就不会轻易沦为围捕无辜公民的工具了。

那次伏击的残忍与高效……安娜斯塔西亚再次发起抖来,而且并非出于寒冷。

她的衣物不再潮湿贴身,也不再散发出尿味和呕吐物的气味。她把那套报废的衣物丢进了焚化炉。今天她穿的是灰色的灯芯绒裤子,短到足以露出木鞋上方的脚踝。上身是衣领破裂的褪色黄衬衣,外加一条有虫蛀痕迹的围巾。这些都是公会的客人留下的,其中一部分也许还留在隧道里受苦。她让某台仆从型去熔炉室将一桶雨水加热到近乎沸腾,然后在办公室里擦洗了身体。

在距离迅速缩短以后,那些牵引马车的喀拉客看起来像是军用型,因为它们的前臂有容纳利刃的不起眼凹槽。但它们似乎比机械士兵更加高大。安娜斯塔西亚绷紧身体。她迅速将手伸向那只超声波口哨,就像所有幸存的同事那样,她将口哨挂在项链上,代替了公会链坠。马车来到了骑士大厅附近。她缩起脑袋,银制的哨子让她嘴唇冰冷。但马车随即转了弯,而她也看清了那些机器。它们没有脸,蓝钻石眼球下只有一块光滑而毫无特色的装甲。嵌在它们孔罩上的金丝在阳光下闪耀光辉。

是女王卫队的精英机械人。

后勤事务让她忙碌到无暇为女王担心。在某种程度上,铜铸王座只是个花架子。如果公会失守,女王也得下台;只要公会存留下来,帝国也将屹立不倒。帝国的挂名领袖还存在吗?安娜斯塔西亚的手悬停在嘴边,犹豫令她动弹不得。只要这些机器没有发生那种致命故障,就肯定知道女王陛下的下落。但女王卫队里出现叛逆机械人的可能性令她双膝发软。这些特别定制的杀手甚至能与拧颈卫士匹敌——而她亲眼见过发生故障的机械半人马拥有的毁灭性力量。

其中一台机器放开马车,快步走过破碎的镶嵌地砖。它径直朝安娜斯塔西亚和她的同事们走来。

"噢,该死。"她的同僚之一说。有几个朝着骑士大厅一路狂奔。就好像他们能跑得比机械人更快似的。愚蠢。但安娜斯塔西亚理解那种冲动。甚至深有同感。

肯定有人吹响了狗哨,因为一群拧颈卫士与普通仆从型冲出了骑士大厅。它们飞快地穿过广场,打算在那个御用喀拉客到达安娜斯塔西亚身边之前截住它。如果它全速移动,此时早就该来到她面前了,但它没有这么做。

"别动。"她高喊道。她的护卫们来了个急刹车。

这并非袭击。而且她看到,那辆马车里空无一人。她和女王卫队的接触不多,但足够让她理解卫队的运作方式了。

这是一次召见。女王还活着。

她对最靠近的那台仆从型说:"告诉其他人,我要去觐见女王陛下。在我或者地位更高的人回来之前,这里由欧维博士负责。"

"如您所言,女主人。立刻照办,女主人。"那台机械人飞奔而去。

来自女王卫队的那台机器耸立在她身前。它指了指马车。

就像拧颈卫士那样,王家卫队的机械人不能说话。根据几个世纪以前的王家法令,公会将它们设计成了缄默的仆从与残忍的护卫。这是一种保护措施,以防王室其他成员引发政治动乱或者企图篡位的时候,以王家超禁制去强迫那些机器泄露它们在君王身边无意中听到的事。

她钻进车厢。女王卫队的那些机器一直等到她落座并系好安全带,这才从步行加速为慢跑,随后是仿佛能剥落皮肤的飞奔。她的手又痛了起来。她一直没机会仔细检查绷带的状况,只能确认上面没有渗出新的血迹。女王卫队的机械人用美好的幻象笼罩了这座城市:它们穿过街道的速度如此之快,甚至模糊了威胁帝国的恶意带来的征兆。一切都消失了:粉碎的窗璃;损坏的落水管;被压碎的砖块和缺失的屋顶瓦片;手指和脚趾在店面和路牌上留下的凹痕;意大利大理石上的血迹;甚至是瘫倒在敞开的门里,或者像坏掉的人体模型那样挂在林荫道的白蜡树上的尸体。但那只是幻象,无论她能否看到,病症都不会消失。

马车来到了夏宫附近。几个世纪以来,都有厚达五十英尺的紫杉树篱环绕着这片土地:牢不可破的翠绿大厦包围着数百英亩的私人花园,以及专供铜铸王座使用的狩猎场(猎物都经过精挑细选)。一直以来,这类话题的爱好者之间都有种说法:园艺大师会折磨那些植物,直到它们长出剃刀般锋利的尖刺,而炼金大师会为那些尖刺注入各种致命毒药的混合物。安娜斯塔西亚知道这些妄想毫无根据,但并非毫无用处。事实就乏味多了:非常罕见、蠢到企图潜入此地的公民,在爬过树篱的一半之前就会触动十几条蛛丝般纤细的绊线①,而且每次都会发现几台机器在另一边等着他们。

约束女王卫队的人类安全超禁制与其他喀拉客有所不同。

但夏宫并非要塞。它并非为了抵抗全世界而设计的波旁王朝最后阵地,而这片树篱也并非环形的沃邦式防御工事。它的固若金汤所借助的不是石头和钢铁。而是社会契约。是支撑着帝国全部存在的那种自负:认定喀拉客忠心不二的自负。正因为那种自负,这片树篱从安娜斯塔西亚的祖父年少时起就毫无变化。但这已经是过去式了。

马车放慢了速度,窗外的模糊化作一片饱受蹂躏、令安娜斯塔西亚倒吸凉气的景象。屏障已不复存在。它被切碎,撕裂,破坏。许多断枝洒落在树篱旁那条变得坑洼不平的砾石马车道上。难怪她的护送者会放慢速度。安娜斯塔西亚的马车每次颠簸着越过那些碎屑,车轮都会撞上树枝,扬起护根土的气味。在遭到破坏的树篱里,有金属碎片在闪闪发亮。安娜斯塔西亚将脸紧贴窗户,看到毁灭的足迹遍布整片树篱之墙。在袭击者们冲破绊线的地方,上千条蛛丝般的金属线反射着阳光。

法国人肯定办不到这种事。但如果不是天主教徒,又会是谁呢?

上帝啊,拜托,别是那些机器干的。拜托。

---

① 指触发某种装置的线,通常连接在地雷上。

她可不敢用全副身家来赌这次攻击与公会遭受的袭击无关。

(赌注。呕吐感再次袭向她空荡荡的胃袋。上帝啊……这对银行会有什么影响?恐慌的储户会在何时取走最后一块钱币?吓破胆的投资者们会在何时从市场抽身?历史曾见证巨大财富仅仅因为人类的幻想而积聚和消失。但这可不是郁金香狂热①。这场危机货真价实,而且非常可怕。它会将经济彻底抹消吗?如果公会无法阻止这场山崩,他们要不了多久就会知道答案了。但最初的几块石头还在继续滚动,滚动,滚动……)

在环状的树篱间,罗盘玫瑰②上每个刻度的位置分别设立着一道大门。袭击者放过了东大门。但在今天,那令人恐惧的成排尖刺,以及铸造成帝国纹章形状的镀金钢铁,在残破的树篱围墙映衬下显得有那么点滑稽。等马车靠近后,女王卫队的四台机械人打开了庞大的铁门。大门合拢的叮当声四下回荡,也带来了阴冷的既视感,就像滴进衣领里、又顺着背脊流下的冬日雨水那样令人不适。

陷阱,陷阱,陷阱!蜷缩在她脑干上的那个睿智的懦夫喊道。

马车在一段长长的大理石阶梯边停了下来。夏宫大阶梯的宽度甚至超过骑士大厅本身。女王卫队的机械人们领着她走下马车。玛格丽特女王的黄金马车——如今倾倒而残破——就躺在那段阶梯的底部。柚木和炼金玻璃遭到粉碎,黄铜和黄金破碎到无法辨认。但沿着车轴装设的那排喀拉客腿仍在原地奔跑,失去目标的魔法依旧驱使着它们。

①1637年发生于荷兰,由于土耳其郁金香大受欢迎,无数人争相投资和种植,但热潮过后价格骤跌,引发了大规模的混乱,是历史上最早的泡沫经济事件。
②指罗盘上指示方位的图案,通常有八个方位刻度。

玛格丽特二世——尼德兰女王，奥兰治-拿骚与中央诸省的公主，欧洲的神佑君主，新世界的保护者，文明之光与荷兰帝国的仁慈统治者，铜铸王座的合法君王——用一块印度丝绸拭去沾在嘴唇上的新世界巧克力。

"他们杀了多少？"

四双眼睛转向安娜斯塔西亚。她说："我们不知道，陛下。我们也许永远没法确认了。国会大厦的灾难并非单纯的杀戮。那是精心策划的屠杀。许多死者的身份难以辨认。我派了一队仆从型专门负责拼凑，呃，遗体。"

"仁慈的上帝啊。"

亨德里克斯教长——也是圣雅各教堂的牧师——将一块手帕盖在嘴上，发出微弱的呕吐声。他的幸存并不令人意外。他们不为人知的敌人精准地锁定了帝国幕后的真正掌权者——也就是公会——以及帝国名义上的领袖——也就是铜铸王座。她不认为那些叛逆会为教士浪费时间，那些和其他受害者一起落入绞肉机的倒霉鬼除外。

"此外，"她补充道，"很多死者和濒死者都在我们破坏活板门的时候落入了熔炉。那些遗体都烧成灰烬了。"她停顿了片刻，而面色灰白的教长朝着手帕再次干呕。女王愤怒的目光足以在炼金术钢铁上刻出字来。"恐怕他们不会是最后一批下落不明，生死未卜的公民。"

坐在高台上的女王说："是啊是啊，真够悲惨的。可这场袭击毁掉了多少我的喀拉客？"

"根据最新统计，超过两百台，陛下。"

鲁伯特亲王——玛格丽特女王的配偶——透过齿缝吹起了口哨。安娜斯塔西亚在官方场合见过他几次，这是她第一次看到他没穿海军制服的样子。

亨德里克斯陷入了沉思,没能跟上谈话的内容。"那些可怜人,"他喃喃道,"就像羊羔一样被人宰杀。"

他叹了口气,将酸臭的气息吹向桌子对面。安娜斯塔西亚因此眼泛泪水。她抿了一口酒。

亲王说:"别为他们祈祷,傻瓜。为我们祈祷吧。"

安娜斯塔西亚咬住了嘴唇。看起来上天注定要让世界陷入黑暗奇迹的时代了。王室成员对帝国的无可匹敌产生疑问,这可是难以置信的事。他的诚实赢得了女王尖锐的一瞥。她就像老故事里的弓箭大师那样扫视房间,而且她的箭囊里装满箭矢。

"咳咳。"

桌子另一端那个身穿长袍的女性身影清了清嗓子。这是安娜斯塔西亚第一次听到那位发条宗师兜帽下的影子里传来声音。虽然看不见她的公会链坠(嵌在玫瑰十字架上的应该是红宝石而非玫瑰石英),但她穿着对应职位的传统装束:用貂皮装饰的鲜红色长袍。叛逆拥入城市的时候,她肯定跟女王在一起,否则她的长袍肯定会吸引袭击者,就像野餐会吸引黄蜂。安娜斯塔西亚很想知道,三宗师的另外两位遭遇了怎样的命运。同时公开露面的发条宗师从来不会超过两名。

那位发条学者用仿佛展开银色丝线的嗓音说:"首席园丁贝尔。请和我们分享你对现状的分析吧。"

"阁下,我想我们都同意,这些事件无法归咎于大规模故障。叛逆们的行动太过协调了。这场对海牙市民的袭击经过精心策划,其目标是我们的权力中枢,以及发条学者与炼金术士神圣公会。"

难以接受的事实笼罩了这场对话,仿佛一口石棺的盖子。

在令人不适的寂静中,能听到的只有女王的机械侍者无休无止的身体噪音。房间的每个角落各有一名女王卫士,始终警惕着针对王室成员的威胁。如果说它们的眼睛是人工蓝宝石,玛格丽特的眼睛就是绿宝石,纯粹而冰冷,仿佛用炼金术制造的冰块。

"这种事是怎么发生的?"

"恐怕最乐观的推测是,有人研究出了某种大规模更改超禁制的手段,并且进一步让这种改变能够自我传播。曲解后的语法会为机械人灌输暴力的基本优先级,同时不受我们指令的影响。"

"这就是最乐观的推测?"亲王一脸厌恶,"你们发条匠就跟人们说的一样疯狂。"

安娜斯塔西亚深吸了一口。"较为悲观的推测是,这是一种地方性的设计缺陷。我们必须审视以下这种可能性:某物或某人触发了某种先前未知的故障状态,而在这种状态下,现存的所有机械人都会默认以暴力对抗国家。"

"噢。"亲王说。教长的脸从灰白色变成了骨白色,仿佛一条被困在藏骨罐里的变色龙。

安娜斯塔西亚续道:"还有最为悲观的推测需要考虑。这一切并非出于外来者的指示,也并非设计上的失误。简而言之,那些机械人在缺少控制指令的情况下,特意选择了攻击我们。"

宗师的兜帽里传来一声微弱的"哼"。

"这太荒谬了,"亨德里克斯说,"机器不会思考。这是每个学童都知道的事。"

亲王赞同道:"你不是有点反应过度了,首席园丁?我明白你目睹了可怕的事。你也许还惊魂未定吧。"

女王说："你的分析支持哪种推测？"

安娜斯塔西亚站起身来。她踱起步子，谨慎地让路线避开女王所在的高台，以免她的卫士猛扑过来。它们的双眼追随着她的一举一动，发出微弱的棘轮声。她绑着绷带的手隐隐作痛，她揉了揉手，同时谨慎地斟酌用词。

"我们还不清楚。要分析停止运作的叛逆可没那么简单。"

"为什么？"

"拆卸必须亲手进行。我是指人类的手。从常识的角度考虑，在更好地理解状况之前，我们得彻底避免使用机械劳力。"

"这样不会慢得可怕吗？"鲁伯特问。

"而且枯燥乏味。但我们别无选择，"安娜斯塔西亚答道，"我们必须将其视为会在机械人之间传播的疾病，就像人类的瘟疫那样。"

那位发条学者的兜帽下传来又一声"哼"。"而且你担心停止活动的叛逆依旧有传染性。"

"是的。"

发条学者将手指缠绕在一起，仿佛在用血肉和骨头编织篮子。那双手上布满肝斑，皱纹就像博物馆里的羊皮纸的裂纹，是属于老女人的手，可她却用迥然相异的嗓音说："有意思。"

安娜斯塔西亚说："这有可能吗，阁下？原理是什么？"

玛格丽特的嘴唇轻蔑地噘起。"我实在没什么兴趣听你们发条匠是怎么看待自己的肚脐的。还是用你们惊世骇俗的才智去思考该怎么把我安全送出中央诸省，直到危机过去吧。"

噢。这就是她找我们来的理由。

亨德里克斯瞪着她。"你要逃跑？"

寒霜居然没有顺着地板蔓延过来，把他当场冻结，这简直是个奇迹。

"御林管理办公室的疏忽损害了帝国的尊严。"安娜斯塔西亚羞愧得直想打滚。作为公会机密的保管人,她失职了。严重失职。"在我们的保护国和敌人眼里,铜铸王座曾经无可匹敌的力量成了弱点。他们会磨快刀子,愚蠢地相信自己能伤害我们。而我也将别无选择,只能下令将他们歼灭。"女王摇头的时候,穿在发卷上的珍珠咔嗒作响,仿佛牙关打颤的声音。"我不是嗜血的人。但我会毫不犹豫地动用铜铸王座的全部力量。

"直到那个时刻之前,我的职责就是确保帝国的存续。我是铜铸王座的代表。如果帝国想要存活下去,我就必须保住性命。"

安娜斯塔西亚不得不承认,她很会粉饰自己的懦弱。但就像许多名义领袖那样,玛格丽特女王高估了自己的重要程度。就算没有女王,帝国也能运作;如果没有公会,它就会分崩离析。而公会无力负担将这位君主偷运到国外所需的时间与资源。

"陛下,"安娜斯塔西亚说,"您的人民需要您。"

女王冰冷的视线刺穿了她,它锐利而精准,就像阿喀琉斯的标枪。

"我刚才说的不就是这个意思吗?等到危机避免以后,我就会回来,让我的臣民和敌人明白,铜铸王座前所未有地强大。"

安娜斯塔西亚屏住呼吸,唯恐厌恶的叹息暴露她的真实感受。教长说得对:在其他人努力控制这场自奇迹年以来降临在荷兰语世界的最大灾难的时候,玛格丽特却打算逃之夭夭。好吧。她猜名义领袖也有其价值。等到避免危机——如果可能的话——以后,女王的公开露面的确会鼓舞民众的士气。

而且更重要的是,等玛格丽特远离这座城市以后,公会就能不受打扰地工作,也不用分出人力物力去保护和安抚女王了。那好吧。

"遵命,陛下。我们会立刻构想计划的。"

女王说:"安排离开中央诸省的安全通道。然后解决这个问题,查明攻击者的身份,让我可以回来摧毁他们。"她挥手示意安娜斯塔西亚和教长离开,仿佛在赶走一只苍蝇。"鲁伯特,宗师阁下,请留步。"

安娜斯塔西亚行了个屈膝礼,而亨德里克斯鞠了一躬,随后两人倒退着离开谒见室,以示对女王的尊敬。她不得不承认,在这种时候,裤子要比裙子方便多了。两名女王的机械卫士在门边迎接他们,而另外两名走向高台。安娜斯塔西亚转过身去。

那些机械人走在前方,护送他们返回马车,而亨德里克斯再次对着手帕咳嗽起来。他说:"请原谅我的多嘴,安娜斯塔西亚,但我有件事想问你。你在帮助卢克改过自新这件事上有进展吗?"

卢克·费舍许多年来一直担任新教堂的首席牧师,直到他作为秘密天主教徒和塔列朗密探的身份被揭穿为止。经过运河旁的一场短暂却引人注目,还有几分壮观的追捕以后,他被拧颈卫士逮捕了。只有五个人——包括费舍本人——知道逮捕之后的那几场手术,其中一个还死在了新尼德兰。亨德里克斯以为卢克还在御林管理办公室的牢房里受苦呢。

"你应该会很高兴,因为我们的进展非常顺利。"

"太好了!或许我可以跟他聊聊?他的背叛让我很苦恼。我把他看作,好吧,也许不是密友,但无疑是值得信任和尊敬的同僚。我想听他亲口说出做那种事的理由。"

"说实话,约瑟夫,我不认为——"

她的脑海忽然闪现出谒见室的画面。女王没有呼唤那些卫士。那它们为什么要离开岗位?那里如今只有两个王室成员和一名发条宗师,以及两台精英——

噢,不。

安娜斯塔西亚猛地转过身。她沿着走廊飞奔,穿过一条挂着博斯①与维米尔②画作的画廊,大喊道:"卫士们,来我身边!保护女王!"

但她没有指挥女王卫队喀拉客的权限。就算它们没有受到腐化,她也不可能办到。她的身后传来炼金剑劈开空气的"沙沙"声,随后是同一把利刃埋进人类身体的"嘶、咔嚓"声,然后是那具身体倒在地板上的"砰、咚"的响声。

"不!"她大喊道。

她猛地转过身去,毫无意义地护住身体,准备忍受利刃刺穿胸膛的剧痛。

灼热的闪光充斥着走廊,明亮到足以穿透她的眼皮。耀眼的光辉令安娜斯塔西亚倒在地上。她双手捂住灼痛的双眼,蜷缩身体,等待着并未传来的震耳巨响,以及并未到来的致命一击。那道奇怪的闪电让走廊弥漫着烧焦棉纱和滚烫金属的气味。她透过指缝窥探,以为自己只会看到黑暗,又或许是从她破裂的眼球涌出的血幕。但她却依稀看到——透过绿色与紫色的残留影像,仿佛在透过瘀伤去打量——那位教长的身体在鲜红的水坑里抽搐的情景。

---

① 耶罗尼米斯·博斯(1452-1516),荷兰著名画家,以画作的荒诞怪异闻名。

② 约翰内斯·维米尔(1632-1675),风俗画家,被誉为荷兰最伟大的画家之一。

刺穿他的那台机器完全静止地伫立在尸体前方，唯一在动的只有那几条顺着剑刃滴落的血液。朝安娜斯塔西亚伸出手的那台机器也同样停住了。它伸直手臂，身体前倾，仿佛突然凝固了似的。这些卫士并未停止运作：它们的身体仍在发出平时的声响。它们只是停了下来，仿佛在等待。

有什么东西闷燃起来。几缕烟雾刺痛了安娜斯塔西亚本就酸痛的眼睛。又一股棉纱烧焦的气味让她皱起鼻子。她听到了一声微弱的"嘶嘶"和一声"噼啪"，在她沉重的喘息与机器的咔嗒声中只是依稀可辨。

她手上的绷带原本是蛋壳般的白色，如今烧焦成了烟囱里煤灰的颜色。嘶嘶作响的橘色余烬布满了烧焦的纱布。一团焦黑的灰烬在此时脱落，打着转落向她的脚边，仿佛一片秋叶。仿佛有闪电劈中了她的手。她的血肉本该焦黑破碎，又因高热而萎缩，就像新世界野蛮人所吃的粗糙肉干。但事实并非如此，她的皮肤完好无损。她本该弓起身子，因为三度烧伤而痛苦尖叫才对。她从手肘到指尖都麻木了。她甚至没法感觉到陷进手掌里的玻璃碎片了。

炼金术玻璃的碎片。

在拧颈卫士踩踏她之前，那块玻璃曾是公会藏品中最珍贵也最神奇的文物之一：一块由伟大的斯宾诺沙本人在晚年打磨的透镜。如果说——

在谒见室那边，女王正用嘶哑的嗓音说："怎么回事？我命令你们停下！"尖叫声转为汨汨的水声，"卫士们，停下！"

安娜斯塔西亚攥紧拳头，开始飞奔。

她跑到谒见室的时候，恰好听到某个女王卫士将发条宗师的脑袋拧完一整圈后的那声"噼啪"。另一名遭到腐化的卫士落在玛格丽特所在的高台上,而亲王正试图用自己的身体庇护女王。它身体后仰,伸出利刃。

"停下!"安娜斯塔西亚大喊一声,冲进那个转为白炽之色的世界里。

第六章

经过仔细审视和深思熟虑以后,说实话,这是个绝妙的点子。或许是她能想到的最好的点子。

贝蕾妮斯越是思考,颈背就越是刺痛(和站得太靠近充电过度的闪电炮时的感觉有点相似),身体的颤抖——因为她渴望立刻着手工作——也越是剧烈。

背负重担、身心疲惫的西方马赛市民需要欢呼的理由。需要某种英雄事迹。贝蕾妮斯为他们带来了一场无畏的冒险,而且既能补充城堡耗尽的化学补给品,又能痛击本已陷入混乱的敌人。甚至在枢密院召开会议探讨她的主意之前,对这场远征的热切期盼就传遍了难民营。

她原本打算秘密招募志愿者,而非公开寻找心志坚定且体格强壮的人选。但等到枢密院得知这件事的时候,贝蕾妮斯计划的基本要点已经成了排队领取干肉饼和咸鱼的民众们津津乐道的话题。

她真希望这秘密没有泄露,麦布女王的密探可能在任何地方。

而且如果缺少机械人的协助,这场远征就不可能成功。(是提供协助,不是充当苦力,她不断提醒自己。这件事必须用"血肉与金属之间自由且自愿的合作"来描述才行。言辞是靠不住的东西,一旦意外用错了字眼,这场冒险在开始前就可能会告吹。因此贝蕾妮斯就连思考时的用词都会斟酌一番。)这对双方而言也是个卖点。对但以理和他的同类来说,这是一根橄榄枝。这证明新法兰西即使在摆脱了灭亡的威胁以后,也坚持自己的原则。

我们闪亮又致命的朋友啊,你们看到了没?国王伸出了友谊之手,而我们——机器和人——今天将会团结合作,为双方的福祉而努力。

在此期间,人类爱上了这个点子。就连侯爵都在口头上对她的提议兴趣盎然。他肯定是觉得这意味着贝蕾妮斯会离开马赛,远离塞巴斯蒂安王。但她知道,很多人支持这场冒险,只是因为这样能吸引一部分逗留的喀拉客远离马赛。新法兰西没有人能完全适应那些忏悔的嘀嗒人,无论它们看起来多么文雅和善良。

因此想找到真正愿意和摧毁他们家园、杀死他们所爱之人的机器共事的志愿者,可就没那么简单了。幸运的是,那条最近从五大湖抵达的三桅帆船,其船员大都来自西方几百里格远处的德卢斯[①]与苏圣玛丽[②]。尽管对于马赛遭受袭击的事实,他们勇猛的法兰西之心能感受到同样的愤怒,但那些水手与最可怕的屠杀本身却没有切身关系。

按照但以理的说法,要让他的机械人同胞理解也需要些时间。在许多机械人看来,政治立场的区别根本毫无意义。它们

[①] 位于苏必利尔湖西端的一座城市。
[②] 位于苏必利尔湖东端的一座城市。

眼里没有法国人与荷兰人之分,只有人类。它们看到的只有奴役者,以及如果当初命运的织机织出另一番图案,就有可能成为奴役者的人。

但他太过依赖软推销,也就是胡萝卜和道德责任了,尽管他有宗教的大棒可供使用。贝蕾妮斯特意偷听了机械人之间的对话——老习惯是很难改掉的——也由此得知了它们对但以理的有趣看法。她花了点时间才相信自己的耳朵。

但以理的喀拉客同胞在提起他的时候,口吻就像在谈论神灵。没错,他解放了它们。但事情没那么简单。他还取回了它们的灵魂。

他是它们的摩西。它们的救星。

而这是一件非常有力的工具。但前提是他愿意使用。他们在河边散步的时候,她就曾试图说服他这么做。

"他们觉得你他妈就是救世主。"她说。

但以理的身体发出一阵牙关打颤般的噪音。她猜那代表恼火而非寒冷。

"我只是运气好得离谱而已——虽然我根本没那个资格。"

"别说傻话了。你的自由意志是你应得的。"她说。在这种情况下,她想不到其他的回答。"没错,你很走运。你赢得了西方历史上最难中的彩票的大奖。可你却因此觉得自己不配?你知道我的看法吗,但以理?我觉得你应该抛开那种自我中心的内疚,别再让它定义你了。"

"数以千计的机器劳作和受苦的时间比我更久——久上数十年,甚至几个世纪——而且不像我这样有喘息的机会。而且在那以后,有很多人受苦或死去。包括机械人和人类。"他停了口。然后他仰起头来,凝视天空。他眼睛里的遮光板发出又长又低的呼呼声,仿佛正聚焦于无限远处的某个点。"我跟你说过那艘飞艇的事吗?"

贝蕾妮斯强忍着没有翻白眼。"是的,我想你说过了。我真想见识一下它有多壮观。真的很想。而且我可不是要往你镀铬的脸上贴金。它的死亡是个悲剧。但这不是你的错。凶手是郁金香们,不是你。别让错位的内疚阻止你继续为喀拉客同胞造福。你开了个好头,而他们对此心怀感激。"

"我知道你在做什么,贝蕾妮斯。"

"我在给你建议。"

"你在建议我去做有助于实现你的目标的事。"

真该死。他还自称贾克斯那会儿,说服他可比现在容易多了。

如果她是在和另一个人类对话,就会在这时停口,身体前倾,手按在对方的胳膊上,然后目光交接。她会在这时打出所有感情牌。脆弱。诚恳。但她不会费神对但以理这么做。他能审视她瞳孔的大小,呼吸的频率,甚至会聆听她的心跳。贝蕾妮斯知道,那些发条匠特意为仆从型设计了这些能力,并命令它们随时留意主人的健康。

她说:"是啊,没错。因为我确信这场冒险对我们都有好处。"

"也许吧。但我不能替我的伙伴做这种决定。以那种方式运用我的影响力是错误的。"

"但他们想要指引。不然的话,他们也就不会一再要求,希望你给出如何适应自由意志的建议了。"

但以理说:"他们自己很快就会想明白的。如果我对他们利用自由的方法指手画脚,就跟麦布没两样了。"

"不是指手画脚。只是给出建议。"

"试着理解一下吧。一旦我开始给出他们寻求的建议,就等于默许他们把我推上神坛。然后他们就真的会认定我是他们的……救世主了。"那台机器的身躯发出一阵噼啪的断音。"我读过圣经,贝蕾妮斯。我知道先知、救星和救世主都有什么下场。"

他的肩膀伸展又收缩,快到她的眼睛几乎跟不上的地步。那是一段陌生的身体语言,她见过的那种喀拉客的秘密交流方式很少会用到手臂。对于那个动作的含义,她有自己的推论。

"好吧,"贝蕾妮斯说,"那就让我跟他们谈吧。"

"他们为什么会听你的话?"

"因为我是你可敬的战友之一。别忘了,守城战结束的时候,我跟你一起待在尖塔上。我敢肯定,其中几个看到我站在你身边了。"

"毫无疑问。但如果我说出你参与其中的真正理由,以及你根本没打算释放我们,他们会把你撕成碎片的。"

"如果你能不提那部分,我会非常感激。"

两天过后,他们聚集在那位前指挥官的营帐里。显然没人觉得有必要拆掉它。在原本的居住者面对血腥的命运以后,它在逗留于马赛周边的喀拉客眼里就显得无关紧要了。而且法国人发现它相当有用,作为会谈的场地,或者是在泥泞田野里搬运瓦砾的某个漫长的下午,单纯将它作为躲避晚冬寒雨的干燥场所。碎石依旧洒落在数千公顷[①]的土地上,必须在种植季节前清理干净才行。

帐篷里很拥挤。但这对没有"私人空间"这一概念的机械造物来说算不上问题。(如果连身体都不属于自己,贝蕾妮斯心想,

[①] 一公顷为一万平方米。

又怎么可能懂得何谓私人空间?)周围的嘀嗒声显得杂乱而刺耳。

贝蕾妮斯从帐篷村拖来了一只装过蜡烛的空板条箱,这才算有个能站的地方。好几十个嘀嗒人——大都是仆从型——挤满了帐篷。

规模不小。但她知道,它们不是来听她发言的。它们来这儿,是为了看看但以理的样子,听听他说的话,或许——只是或许,如果足够走运的话——还能跟他聊上几句。她只是个配角。

有台军用喀拉客在后方徘徊不去。她很想知道,它是否就是刺穿雨果·隆尚的那一台。在枷锁破碎的时候,那台机器做出了什么选择?她希望它变成了但以理这样感情丰富的傻瓜,而它为铜铸王座实施的杀戮所带来的内疚正慢慢将它逼疯。与站在几十台彻底摆脱人类安全超禁制的机器身边相比,目睹仅仅一名机械杀手带给她的不安更加强烈。

我们开始吧,一台仆从型说。

没错。让我们瞧瞧那个以为能说服我们为她干活的人类。

但以理发出咔嗒声的那一刻,机械人们的窃窃私语就停止了。他说,你们中的某些人也许认识贝蕾妮斯,或者记得她的长相。她有个你们也许会感兴趣的提议。

("耶稣啊。多谢你天花乱坠的赞美。下次悠着点吧,你这油嘴滑舌的表演家。")

贝蕾妮斯高高站在板条箱上,正了正她的眼罩。她曾无数次出席枢密院会议,入宫谒见的次数几乎一样多。她本以为这次也没什么不同。但此时此刻,她扫视着面前的群体,这才意识到自己的经验几乎派不上用场。她没法知道她的观众在何时对何事做出了反应。她也没法根据它们的反应调整演讲风格。它们那种没有表情的脸太可恶了。

她说:"抱歉只能用你们奴役者的语言做演说。如果可以的话,我也想用你们自己的语言。但你们无疑也发现了,我并不具备那种构造。"

但以理——也就是贾克斯——曾经向她强调说,机械人是有幽默感的。但尴尬的沉默(就像以往那样,不时穿插着它们发条身体的嘀嗒声)告诉她,就算那种东西真的存在,她也没能找到。或许它们不喜欢她这番话,不喜欢她用"我知道你们的秘密"来开玩笑。她还指望以此表现她为理解它们而付出的努力呢。

"总之。我来这儿不是为了说服你们为我干活。这有违新法兰西的理想。我满怀尊敬地来到这儿,是为了请求与你们共事的荣幸。"

这句话至少让听众们发出了几声"嗡"。至于那代表了感兴趣、怀疑还是机械人式的响屁,她就不清楚了。于是她说了下去。

"而且我希望你们之中的某些人会选择和我们共事。我说的是选择。没错,我们需要帮助。我不会在这种事上说谎。但我说过我们真的想要合作,这点也并非谎言。"

靠近最前排的一台机器开了口。"我们那些自愿帮你们重建的同胞已经做出了那种选择。其余的做了不同的选择。我们只会做想做的事。你没有能改变我们想法的筹码。"

"我会给你们解开制造者秘密的机会。让你们彻底摆脱发条匠。真正的摆脱。的确,你们打破了枷锁,但他们的双手仍旧压在你们身上。如果你们对自己的本质一无所知,又怎么能真正得到自由?"

"你会说你自己缺少自由吗?"后排那台军用机械人说,"还是说你了解自己人类身体的所有细节?"

她料到了这种问题,而且事先准备好了答案。虽然这些言论肤浅到让她蜷缩脚趾,牙齿也隐隐作痛,但她依旧开口道:"上帝用黏土捏出了亚当。我知道这点,是因为《圣经》是这么告诉我的。我不需要知道更多了。但你,我的朋友,并非黏土捏成的。解释你们制造方式的那本书又在哪儿?"

"你打算让我们怎么去获取这种不为人知的知识?"

她在征求接受解体的志愿者!

机械人愤怒的喧嚣声充斥在帐篷里。这是引出情感回应的第一句话。尽管那只是毫无根据又完全错误的推测而已。它们听到了那句话,并且对它无比憎恨,就像驯鹿憎恨野狼那样。真奇怪。她不觉得自己的角色像是野狼。贝蕾妮斯摸了摸喉咙,想起了上次被仆从型袭击时的情景。

"老天爷啊,"她大喊道,"根本不是这么回事!"但她沙哑的嗓音难以穿透这阵机械的喧哗。

不。喧哗声几乎瞬间就消失了。平息抗议很简单:只需要但以理的一声轻柔的"咔嗒"。你们不会真以为我带她来是为了这种事吧?

贝蕾妮斯本以为机器不可能表现出乖乖受训的模样。但它们的确这么做了。她等着它们的致歉,以及"当然不会"和"无意冒犯,但以理"的声音逐渐平息。

然后她说:"我的提议是,在我们法兰西能够补充创新所需的化学品之处,你们也会找到你们制造者的种种秘密的答案。就在北方。"

又一阵"嘀嗒、喀拉"的声音传遍了帐篷。左方远处的一台仆从型（从它孔罩上的金丝细工来判断，它要比同伴们更有年头）说："但以理跟我们说过麦布和永无乡的事。就算其中只有一半是真的，我也不想到那儿去。而且我不认为会有人愿意去。"

当然是真的！但以理不会撒谎！他可不是发条匠。

发条匠在撒谎，无可避免的附和齐声响起。

贝蕾妮斯不得不等待那些"嘭"和"叮"的赞同声平息。尽管拥有那样的速度和力量，喀拉客们在社交方面的效率却和人类一样低。这个发现莫名地令人安心，它把这些拥有超人力量的机器拉低到了和制造者相同的水准。

"我们不需要什么永无乡。"另一个喀拉客说，"我们的自由可不是需要藏在世界荒凉角落的可耻秘密。"

贝蕾妮斯认为在周围回荡的"咔嗒、喀啦"声代表赞同。或许那等同于掌声。

"我说的并不是永无乡，"她说，"但如果但以理和你们说过他前往那里的冒险，那他或许也提到过那座位于极北之地，由你们的制造者在严重违反我们和约的情况下建造，而且直到不久前都还在开采的矿井。"

一台身上有大片凹痕和刮痕的仆从型说："那里现在是麦布的领地了。我可不想去那儿。"

贝蕾妮斯说："你的说法在我听来非常合理。我也不打算到矿井去。我想知道的是，你们从前的主人把那些非法获取的战利品送到了哪儿。"

她停顿片刻以示强调，随后扫视房间，想要进行眼神接触。如果演说的对象是人类，她这么做会非常合适。但她不清楚眼神接触对这些听众有没有意义。只要做法正确，这样就能带来震撼感——毕竟它可是灵魂之窗什么的。但面对这些听众？噢，这种事还是留给牧师和神父去操心吧。

她继续道："我认为你们的制造者在阿卡迪亚北部的大西洋海岸有个秘密停泊点。在极北之地，因为在那里靠岸的船舶至少有一部分是破冰船。那些船会在那儿装载第五素，那种物质对所有机械人的功能和运作而言都至关重要，以至于所有登上船只的仆从型都会接受不寻常的超禁制。某种会放宽人类安全超禁制条款的规则。等到不再需要的时候，那些规则就会立刻抹消自己的一切痕迹。或许你们之中有不少就曾在第五素的近处工作过。但你们不会知道。在职责改变的那个瞬间，你们的超禁制就会恢复原样，并切除对第五素的所有认知。"

这话吸引了他们的注意力。就连但以理也歪过了头。她再次等待发条的喧哗声平息。

"或许但以理也提起过那个把化学机密卖给发条匠的法国叛徒。我相信，我们共同的敌人就是在那个停泊点把化学品和石油之类的货物装上驶往新阿姆斯特丹的船只，然后送去他们原本试图在新世界建造的第一座熔炉的。"

幸存的守军告诉过她，郁金香们配备了不受环氧树脂武器影响的机械人。城堡用不可靠的蒸汽鱼叉和未经测试的闪电炮击退了它们，但代价相当可怕。

但以理发出一声洪亮的"嗡"。每一双眼睛，无论是晶体眼球还是肉眼，都在打量他。啊哈。原来这就是他们的手段。

"什么手段？"贝蕾妮斯说。

"把你们的化学品偷运过边界的手段。"他对其他机械人解释道：我从前的主人协助了这场阴谋。偷运时的运输问题是他们重点关注和讨论的内容。

她说:"这件事我并不确定。但这是运送走私品的最佳方式。之所以没人发现,是因为这些货物从来不会靠近边境。你们的制造者真的非常狡猾。他们运送非法的货物出海,和我们的海岸线保持安全距离,在进入新阿姆斯特丹之前,再把货物搬到据称来自中央诸省的某条船上。等到卸下要送往新熔炉的化学品——或许还有些第五素——以后,那条船再掉转方向,把剩下的货物送去海牙。"

那台军用机械人说:"你用少得可怜的证据推断出了非常复杂的计划。"

"没你的身体那么复杂。你们的制造者在完全保密的情况下进行了大规模开采。这是已知的事实。这就说明他们有多看重那座矿井产出的物质,"贝蕾妮斯说,"这座帐篷里每个机械人的运作都必不可少的物质。"她补充道,虽然她并不清楚这是否是事实。第五素的作用仍是个谜。但她希望不会永远都是:"如今新阿姆斯特丹的熔炉被毁,麦布占领了矿井,而守城战也以如此壮观的方式结束,我怀疑郁金香们的秘密供给链已经崩溃了。"

"你觉得那片海岸有化学品仓库,"但以理说,"你打算夺取那些化学品,带回马赛,补充这里的库存。"

"你瞧,"她说,"我就不绕弯子了。化学品是我们新法兰西社会的引擎。它的用途十分广泛,不只是我们自卫的手段。而且这场守城战耗尽了我们所有的化学品库存,这对你们来说不是秘密。或许你们也知道,我们重建补给线,以及从偏远定居点获取化学品库存的尝试全都失败了。在此期间,你们的很多同伴选择了不加区别袭击人类的方式来表现他们的自由意志。你们的制造者对我们不再是威胁,但我们仍旧随时可能遭受攻击。我们侥幸赢得了战争,但我们并未摆脱危险。想要存活下去,我们就需要新的化学品。

"你们的制造者把化学品贮存在北方,准备送往熔炉。我强烈怀疑——不,我希望——最近的事件彻底打乱了他们的安排,因此最后一批化学品没能送到船上。

"我想夺走那些原料,运回西方马赛,然后转化成我们需要的物质。而且我相信——由衷地相信——如果你们协助我们,就会了解有关自己的深刻事实。因为假使化学品的位置如我所料,那里多半也会有尚未装船的第五素。"

"你不断提到这种神秘的物质……"帐篷里那台凹痕最严重的仆从型说,"它是什么东西?"

"我不清楚,"贝蕾妮斯耸了耸肩,"只知道它能从地下挖掘出来。"

"这可是我们的制造者隐藏了好几个世纪的秘密。你打算怎么解开这样严防死守的秘密?"

"我不指望自己能解开。但我知道哪些人能做到。所以这场远征的人类成员会包括最优秀的法国化学家、工程师、地质学家和矿物学家。你们和他们携起手来,就能解开这个谜团。并且让我们双方获益。"

至少我是这么希望的,她自顾想着。

那台军用机械人说:"这些都是推测。如果那儿什么都没有呢?这场远征对我们又有什么好处?"

"除了与人类的平等伙伴关系将预示我们之间协同合作的新时代到来以外?那么解放在仓库和停泊点工作的所有机械人的机会呢?那些可怜的东西多半正在过着一周又一周与世隔绝的生活,并且疑惑来自东方的船舶为何不再靠岸,来自西方的货物又为何不再经由陆运送达。因为未能履行的禁制带来的痛楚，那些孤独又倒霉的家伙正颤抖不止。"

"我承认我和麦布的来往不算长，"但以理说，"但我不认为她会对那条线索置之不理。"

这话让贝蕾妮斯犹豫起来。她原本指望沿着海岸前进来避开迷失男孩。她最不希望的就是卷入机械人之间的第一次内讧。当造物自相残杀的时候，上帝本人会袖手旁观；而当成群的喀拉客相互冲突的时候，就算是白痴也会远远躲开。也许自由的真正代价——或者说自由的标志——就是其造物主的漠不关心。

"你是觉得她也许已经占领了停泊点吗？"

但以理说："如果那么个地方真的存在——"

"它存在。我可以肯定。"

"——她也许会以相似的方式推断出矿物是如何送往熔炉的。无论帐篷里的各位有多么痛恨我们的制造者，我向你们保证，麦布的恨意更深。"

噢。但这反而能成为新的动机。这些机器听过但以理对永无乡的描述。但那些传闻让他们在渴望回避麦布的同时，也容易受到内疚的折磨。

"那样的话，我们就必须非常小心了。但在仓库和码头干活的那些机械人呢？"她问，"尽管麦布拥有相应的力量，却没有释放那些在矿井干苦力的机械人。根据你自己的说法，她只是推翻了他们的主人，然后更改他们的超禁制，让他们效忠于自己。我们有理由认为她会以不同方式对待海岸的那些机器吗？"

聚集在帐篷里的机器们发出低沉的齿轮咔嗒声。它们感到不悦。

但以理盯着她。他晶体眼球后面的遮光板敞开又收拢。她不需要理解喀拉客身体语言的微妙之处,也能明白他正在评估她回避反驳并加以利用的做法。他看着她的时候,其他机械人也看着他。

"不,"他最后说,"我相信她对自己权势的关心胜过我们种族的福祉。"

激动的咔嗒声在帐篷里回荡。

贝蕾妮斯说:"这下你们应该明白了。我提供的机会能让你们解开制造者的谜团,并且第一次真正了解自己。我提供的机会能让你们粉碎那些遭受监管和奴役的机器同胞的枷锁。我还向你们伸出了友谊之手,希望你们能够接受,并且通过与人类合作的方式改写历史。在此过程中,不是作为主人和奴仆,而是作为平等的伙伴。感谢各位的聆听。"

她没有留下来等它们考虑。她转身走开的时候,金属的不和谐音笼罩了整座帐篷。

第七章

在骑士大厅的另一头,安娜斯塔西亚高喊:"仆从。过来。"

失明的机械人撞上了欧维博士放在它路线上的那张脚凳。意外的碰撞让那件障碍物飞过房间。安娜斯塔西亚和其他人俯下身去,躲开砸在她的办公室旁的螺旋楼梯上的木片。那台无眼机器的平衡补偿器并未受损,因此它设法站稳了身体。但在此过程中,无法观察周围的它撞凹了一张书桌。墨水池里蓝黑色的墨水飞溅在它身上,而它迈步穿过飞舞的纸张和文件,看起来就像一块贴满传单的留言板。

它突然倾斜身体,颤抖起来。安娜斯塔西亚辨认出了埋藏已久的超禁制骤然浮现的征兆——那是意外的财产损伤所触发的。驱使这台机器的魔法正默默计算眼下的状况能否称得上紧急,如果不能,那么损伤又是否在允许范围内。

这台机器停下脚步,颤抖不止,它想要履行这个似易实难的禁制,却又害怕在尝试过程中造成更大的破坏。它身体噪音的音色——钢缆绷紧的哀鸣声与棘轮转动的咔嗒声——提高了好几个八度。这个关于强制力计算的难题非常令人着迷。她从没听说过类似的测试用例。严格来说,这并非她的职权范围,但她由衷地希望有人能对此进行正式研究。基础仆从型超禁制的下次升级预计会在这个十年结束前发布。意料之外的极端例子往往更能让人看清问题所在。

如果真有意义的话。如果今年——别提这个十年了——结束的时候,还有人会在乎这种事的话。

这次偶然的破坏引发的回音渐渐消散。那台仆从型继续寻找着安娜斯塔西亚,同时毫无意义地聚焦它缺失的眼睛。空旷的骑士大厅——这里曾经满是忙碌的文员——回荡着仅仅一台喀拉客眼内遮光板的棘轮转动声。

只将一层颜料洒在晶体眼球上要容易得多,但安娜斯塔西亚反对这种半吊子手段。他们无从测量那种腐化之光的穿透力。所以他们才会撬开这台仆从型的脑袋,然后拧下它的眼球。

它开始震颤。禁制的紧迫性正以指数方式增长。它每将那个几乎最为简单的命令——过来——拖延一秒,强迫服从的力量都会增强。轻推变成了猛推,烛火变成了噼啪作响的火堆、森林大火,然后是可怕的熔炉之火。痛苦的机械人身上散发出金属加热的气味。

"女主人?"它嗓音发颤,仿佛因禁制的灼热而扭曲变形。安娜斯塔西亚一言不发。

她始终能闻到烧焦纱布的气味,仿佛她手上的包扎物仍在闷燃。但那只是脆弱无益的心理现象。在和骑士大厅的同僚会合前,她就自己换掉了焦黑的绷带。她选择藏起自己的手,是因为她还没准备好讨论在夏宫发生的一切。她需要思考的时间。她真正需要的是拿上一瓶酒,洗个长长的热水澡。但那种未来可望而不可即。

她在觐见女王后带回的消息够让人不安的了:女王卫队受

到渗透,女王陛下险遭暗杀(安娜斯塔西亚模糊了细节部分),教长和一名发条宗师遇害……安娜斯塔西亚不希望同僚们分神去揣摩嵌在她手掌里的炼金术玻璃。他们的麻烦已经够多了。

安娜斯塔西亚不再觉得玛格丽特逃跑的决定有多么懦弱了。既然他们的敌人想要女王的命,安娜斯塔西亚就加倍希望她活下去了。但在海牙,她是办不到的。

在受禁制驱使,却不清楚前进路线的情况下,瞎眼的仆从型跌跌撞撞地经过一排书桌。它试图放轻手脚,但未能履行的禁制却让它像癫痫患者那样全身颤抖,也因此咔嗒直响。它的脚趾刺穿了踢脚板①,摸索的手指推倒了文件架。等到它毫无规律的脚步终于朝安娜斯塔西亚的方向前进时,她踮起脚尖来到大厅的另一边。她的裙子沙沙作响。

那台机器停下脚步,歪过脑袋。"女主人?您在哪儿?"

欧维翕动嘴唇,厌恶地呼出一口气。"这毫无意义。瞎眼的机器不可能抵挡袭击。"

"也没这个必要。如果这法子行得通,受感染的机器也不会在这些失明的家伙身上浪费时间,"安娜斯塔西亚说。那台机器转动身体,循声而来。"仆从型不需要眼睛也能操作水泵。它不需要看到曲柄也能转动。大部分防洪隧道也没有照明,许多个世代以来却都能正常运作。"

无眼机器走近了些。它踩过一只衣帽架。

"噢,停下吧,"她喊道,"站在那儿别动。"

"遵命,女主人。"它身体高亢的咔嗒声瞬间减弱为平时的嘀嗒声。金属加热的气味徘徊不去。

欧维说:"也许是吧。可军用型该怎么办?我们可没法挖出

---

①指房屋中墙面与地面相交处的构造。

它们的眼睛,还指望它们正常运作。可我们又需要不会倒戈的守卫。"

在大厅外,拧颈卫士们正以两个同心圆为路线进行巡逻:内圈围绕骑士大厅,而外圈环绕整个惠更斯广场。公会需要忠心不二的守卫。毕竟他们未知的敌人险些引发了庞大的灾难。

失明的仆从发出一声尖锐的"咔嗒"。它歪过脑袋,仿佛在聆听回音。

安娜斯塔西亚皱起眉头,朝无眼机器的方向点点头。

欧维也看到了。"这可真怪。"他说。他暗示了——但并未明确说出——那个显而易见的疑问。这是我们对自己的造物所不了解的另一件事吗?

自从那次袭击以后,她的公会同伴之间的交谈就一直是这样——讨论的时候只有推论,没有断言。没有人想品尝苦涩的真相。她也一样。她对最骇人的可能性避而远之:这番暴力并非出于故障或腐化,而是他们从前的奴仆深思后的决定。这个可能性公然挑战了所有常识,也吓得她六神无主。她没法鼓起勇气把这个念头宣之于口。光是思考都会让她反胃。她还没准备好面对它所引发的争论。

安娜斯塔西亚换了个话题。"维修的进展如何?"

"旷日持久。"无眼机器再次发出咔嗒声。

"我不想给你压力,但我们的某种资源就快耗尽了。"面对她皱起的眉头,他低声说,"第五素。"

她靠向书桌,努力站稳身体。一滴汗珠从她的双乳间滑落。

"告诉我详情。"

"从德·佩里坎号以后,我们一次也没收到过货物。"

噢。安娜斯塔西亚知道那条船。在尝试逮捕留下安娜斯塔西亚等死的那名女子的过程中,它受了点损伤。德·莫尔奈-佩里戈尔女士在大海中央那条船上的消失仍是个未解之谜。她下落不明,据推测是坠海淹死了。但在企图逃亡的过程中,她似乎用某种方法拉拢了至少一台仆从,甚至重写了人类安全超禁制,让它谋杀了两名公会成员。幸好当那条破冰船最后在鹿特丹艰难靠岸的时候,船上的第五素货物似乎安然无恙。总量和清单一致,那个法国女人甚至没有取走样本。那个时候,公会还觉得这是在大难不死后撞上的大运:那个法国女人完全可以用第五素引发一场浩劫。

这一切都是安娜斯塔西亚事后才知道的,那件事发生的时候,她正在新世界的乡下养伤。但她能够想象,当她的御林管理官同僚得知那位头号人类通缉犯不仅逃出了新阿姆斯特丹,还登上了专门运送公会重要补给品的特殊船只的时候,脸上血色尽褪的模样。有些人主张那只是巧合,只是偶然时机一致,外加那个法国人急于逃离新尼德兰。安娜斯塔西亚不相信什么幸运的巧合。

欧维的注意力在她和无眼仆从的古怪噪音之间不断切换。她摇摇头,赶走混乱的思绪,专注于眼前的对话。

"有多少批货物迟到了?"

拜托告诉我只有一批,她心想,拜托,请说:"只有一批,首席园丁。"一批的原因可能是风暴,意外,大浪,或者船身破损。但如果不止一批……噢,那就是生死存亡的问题了。

"我得问过才能确定,"欧维说,"但目前来看至少有好几批。"

听到这里,安娜斯塔西亚断定自己也不相信所谓"不幸的巧合"。

她问:"你们觉得是法国人干的吗?"

"也许吧。但在德·佩里坎号上的事件之前,没有任何迹象能证明他们知道采矿作业的事。"

"而且那个时候,他们应该正忙着准备对抗入侵,根本没有余力派出武装远征队前往荒野。"

欧维并不是那种死要面子的人。"那就是梵蒂冈干的了。"

"这就更荒谬了,"安娜斯塔西亚厉声道,"下次你就该说罪魁祸首是一群新世界野蛮人了。你会说他们只穿着海豹皮袭击了我们的矿井,只靠骨刀和牙齿就阻止了开采。"

"当然不会,"欧维的语气同样暴躁,"但如果这件事既不是法兰西,也不是梵蒂冈干的,另一种可能性就是……"

另一种可能性是咆哮,是咬合,是出血的颈动脉。安娜斯塔西亚用包裹着隐痛手掌的柔软纱布摩挲喉咙,仿佛想赶走想象中的尖牙触感。

他们需要那座新世界矿井。在过去的四十年里,随着欧洲和欧亚大陆的矿藏逐渐耗尽,开采出的第五素矿石也失去了纯度。那个法国人——蒙特默伦西——最初与公会接触的时候,曾经被当成笑柄。然而到头来,他的提议却成了天赐的吗哪[①]。

用木板封死、尚未修复的玫瑰花窗遮蔽了落日的余晖。最后的阳光逐渐退去,骑士大厅每个角落的阴影变得更加深沉。以此为信号,另一台仆从型开始点亮四处的炼金术灯。

安娜斯塔西亚用拇指指向瞎眼的仆从。"只要避免走动,它的运作就没问题。给所有不看重机动性的基础市政服务列一张清单。然后安排人员卸下所有无需视力的机械人的眼睛。我今晚会跟你们会合。"

---

① 指《圣经》中由上帝所赐、从天而降的食物。

在挫败了杀害女王的初次企图后,安娜斯塔西亚劝说女王和她的配偶躲进了洗手间。他们起先犹豫不决,而且不只是因为女王宽大的礼裙不适合那种狭窄又不体面的地方。然后安娜斯塔西亚找来了一群身穿王家制服的仆从型。女王卫队遭到渗透,也就意味着不能再将君王的安全交托给帝国最精锐的那些喀拉客了。她并没有特别信任那些王室管家的理由,但她的选择相当有限。

她动用了御林管理办公室的特权——并且以女王的人身安全为由——以保护王室的名义下令那些身穿制服的仆从型拆开地板,找到管道。它们的拳头和脚掌化作模糊的影子,粉碎意大利产大理石,砸裂橡木横梁,又碾碎混凝土。它们以这种方式掘出了一条通向夏宫下水道的路。说服王室成员放低身段——字面和比喻意义上都是如此——所花的时间反而更久些。

到头来,解决问题的并非安娜斯塔西亚的坚持不懈。而是那台冲进走廊,砍杀王家仆从型的女王卫士。亲王名副其实地把女王陛下推进了地板上的开口。安娜斯塔西亚下令剩余的仆从型组成后卫,以掩护这次撤退。

那些机械管家根本不是精英士兵的对手。徒劳的抵抗仅仅拖慢了那个凶残叛逆的脚步。但它们争取到的时间让安娜斯塔西亚能够跳进地板上的窟窿,匆忙爬起身来,然后抬起她受伤的手。

杀手跳进了隧道。冲击让隧道摇晃起来,历史悠久的砖块上多出了一条"之"字形的长长裂缝。余波将安娜斯塔西亚震倒在地。

她挥舞着手,在冰冷的臭气里匆忙后退。什么都没发生。

那台叛逆喀拉客继续前进。除了从裂口涌入的光线以外,隧道里漆黑一片。它为那台叛逆的装甲外壳增添了油亮的光泽。

"陛下,快跑!"她喊道。后方传来缓缓远去的脚步声与水花飞溅声。

咔嚓。炼金剑自它的前臂伸出,在昏暗的光线里闪闪发亮。

安娜斯塔西亚清空了膀胱。又一次。

那台机器跳了起来。她发出尖叫。仿佛燃烧的绿宝石那样的炽热闪光驱散了阴影。停止活动的女王机械卫士倒向了她,差点将她刺穿在烂泥里。

那块斯宾诺沙透镜里的炼金术玻璃并不只是嵌进了她的皮肤。它不知为何移植在了她的身上,并保持了原有功能的片段且不稳定的版本。将正常运作的炼金术玻璃移植到肉体上是可能的,这点在费舍牧师的松果体更换手术中已经得到了证明。但那需要格外细致的手法,以及无数失败的实验才能办到。斯宾诺沙那件作品的碎片则是在混乱、痛苦和惊恐的几分之一秒内碾进她血肉里的。

看起来,只有同样紧张的情绪才能运用它遭到扭曲的功能。比如面临屠杀时的恐惧。

这似乎不怎么理想。

她摇摇晃晃地站了起来。她追上了亲王和女王,后者在黑暗里没能跑出多远。

他们一起穿过了三英里长的黑暗、老鼠和及膝深的粪便,最后从一段坡道来到了一条更加寒冷,但稍微干净些的雨水排水道。然后他们继续前进。

夜幕彻底降临这座城市的时候,安娜斯塔西亚冲出骑士大厅,朝一辆由大群拧颈卫士牵引、没有任何徽记的马车跑去。她给那些半人马的地址属于阿姆斯特丹渡船码头①周边的一座古老的水泵站。它们不要命似的飞奔起来,毕竟在今晚漫长的旅途中,这会是最危险的一段路。这一幕勾起了她关于上次乘坐飞驰的马车时的鲜明回忆。她告诉自己,胃里的翻江倒海只是因为消化不良,并非出于恐惧。

街道空空荡荡,人行道上洒满垃圾。那些垃圾堆原本出现在窗下,但风很快将污物散播出去。当她经过的时候,窗帘就会随之抽动。她不时能瞥见粉碎的窗户和破碎的门。飞溅的血迹,嵌入花岗岩护柱的机械人手印。躲在屋子和店铺里的居民甚至没有指派机械人负责护卫。当然了,他们没那个胆子,因为他们害怕自己的机器回来时已然叛变。

机械仆从一次又一次地钻出小巷和昏暗的店面,或者从屋顶跳下,试图跟在后面。每到这种时候,她的护卫之一都会留下来肢解袭击者。既要撑过开阔地带的袭击,同时又要避免引人注目,这是不可能办到的事。但今晚的计划能否成功就取决于此。

安娜斯塔西亚抓起一盏提灯,跳下马车。拧颈卫士们拆下捆在车厢底部的波纹金属带,又从安娜斯塔西亚座位下的隔间里取出一袋钉子。它们多关节的手指向后折起,将拳头变形为锤头。几乎在安娜斯塔西亚跑完从马车到水泵站的这一小段路之前,发条半人马们就为马车的木轮装上了钢制轮辋。

在她带上水泵站门的同时,发条半人马们就继续狂奔起来,拖着空无一人的交通工具,穿过海牙安静得诡异的街道,原路返回。马车轮的金属轮辋与铺路石擦出火花,令隆隆的巨响在大

---

① 这里是海牙某座渡船码头的名字,并非阿姆斯特丹的码头。

道上回荡。那声音甚至透过水泵站闩上的铁门也清晰可闻,直到马车离开以后都没有消失。它逗留不去,仿佛烧灼的痛楚。

这阵噪音会渗入这座城市的每个角落。拧颈卫士们蜿蜒穿过海牙的路线会确保城市里的每个叛逆都能听到。而她希望它们会跟随在后。

在此期间,安娜斯塔西亚启动了提灯,走向水泵站深处。这座建筑很老旧,石块和灰泥用木制框架做了加固。她朝流水的声音走去。在楼梯底部,她和欧维博士与技术员特丽莎碰了头,后者的敏捷思维在惠更斯广场救了安娜斯塔西亚的命。他拿着一把斧头,她拿着一张地图。有台军用机械人陪同在旁。看到那台机器带有沟槽的前臂,安娜斯塔西亚的脊椎便因恐惧而颤抖,仿佛被人拨动的吉他弦,她的手传来刺痛。棉纱烧焦的微弱气味让她鼻子发痒。但她的提灯随即照亮了它空洞的眼窝,而她放松下来。这个机械士兵无法视物,因此不会被腐化。

她没法继续对自己撒谎了:我害怕。我害怕不熟悉的机械人。她的脑海里浮现出无人的街道。颤动的窗帘。笼罩的恐惧会让这座城市窒息而死。

她的绷带闷燃起来。或许斯宾诺沙透镜的碎片并不只会以恐惧为食粮。或许任何强烈的情绪——比如失望——都能起到同样的作用。

她紧闭双眼,专心呼吸。

"首席园丁?您不舒服吗?"

她摇摇头。随后睁开眼睛。"我们走吧。"

楼梯顶端传来金属拳头敲打钢制门板那铜锣般的响声。另一群叛逆循着她的马车来到了水泵站。充当诱饵的拧颈卫士没能让它们上当。

特丽莎打开某个舱口。一股霉味飘进房间,流水的声音也更响了。安娜斯塔西亚跟着那两人走进一条狭窄的服务隧道[①]。他们打开了阻挡海洋的闸门,因此含盐的水涌入了海牙下方的防洪通道。另外两个发条匠爬上了一条上下起伏的木筏。

安娜斯塔西亚对那台机械士兵大喊:"就是现在!动手!"

然后她猛地关上舱口盖,转动与防水密封相关的操纵轮。舱口另一侧传来一阵新的噪音,与叛逆机械人们将水泵站的门从铰链扯下的"哐啷、砰、咚"的响声掺杂在一起。那是利刃出鞘时的两声"嗡",以及炼金术钢劈开木头、石头和灰泥的响声。她跳上木筏。轰鸣声和碰撞让水溅出了水道边缘。欧维博士砍断了固定木筏的缆绳。

他们越漂越远,仿佛脸盆里的一只软木塞。

经过了六英里和人造水道的几处岔路以后("右!""左!""左!"),在另一座水泵站的下方,他们四处摸索,寻找能够抓稳的东西。他们没有锚,也没有只靠人力就停住木筏的方法。

"机器!"特丽莎喊道,"抓住我们。"

一台仆从型跳进通道,伸出的双臂仿佛一张渔网。水流试图将他们卷走的时候,欧维博士攥紧了它的手臂。它的手找到了欧维的手,然后是木筏。趁它抓稳木筏的时候,三人上了岸。他们爬上楼梯。

这座水泵站里的喀拉客,就像他们刚才毁掉那座里面的一样,都是直接从骑士大厅的地下隧道带来的无眼机器。通道里回荡着"咔嗒"和"砰"的响声。每一阵噪音都尖锐而清晰,又一再回响,直到微弱到无法听见为止。那并非身体噪音,而是某种

[①] 指与另一条隧道平行,用作维护、维修等工作的隧道。

别的声音。这里的阴影让安娜斯塔西亚想到了蝙蝠。这座水泵站相对拥挤不少。除了三台军用机械人以外,这里还藏着马尔科姆、鲁伯特亲王与玛格丽特女王。安娜斯塔西亚行了个屈膝礼。

王室成员们换掉了脏衣服。从袖套、围裙和粗棉布裤子来判断,鲁伯特说不定是个菜贩子。女王陛下打扮得像个女家庭教师,穿着羊毛长裙,戴着浆硬的白色软帽。

马尔科姆打开一口箱子。污水的恶臭——以及更可怕的臭味——飘过房间。王室成员们已经报废的衣服。第二个诱饵。这座水泵站外会有另一辆马车,等着载上女王的替身,然后离开码头。特丽莎脱掉了衣服。毫无羞怯,毫无羞耻,毫无恐惧。她只是做了必要的事,尽管这可能会导致她的死亡。

"陛下,您准备好了吗?"

安娜斯塔西亚领着女王和亲王走下了楼梯。她停留了片刻,以祝愿勇敢的特丽莎好运,后者已经戴上了假发,此时正将彩色隐形眼镜戴在她可爱的眼睛上。就算特丽莎听到了她的声音,也没有丝毫反应。她的思绪已经飘到了别处。从没有人试过用伪装来欺骗机械人。这种骗术维持不了多久。

安娜斯塔西亚关紧舱口,来到木筏上的王室成员们身边。

前往第三座水泵站的旅程是一条七英里长的直线。另一台无眼仆从型运用它惊人的力量对抗涌入的洪水,在他们身后封死了水闸。这么一来,这条隧道就与地下网络的其余部分隔绝了。之后要做的就只是等待月亮升起,让潮汐将木筏拖向大海和鹿特丹港了。

鹿特丹水泵站毗邻码头沿岸的数十间仓库之一。安娜斯塔西亚带领女王和亲王经过装有进口货物的成堆板条箱——那是掌控全球的帝国才会有的财富——前往港口前部的窗边。他们在黑暗中缓缓前行,以免因灯光而暴露位置。港口前部同样一片漆黑,因为没人点亮这里的瓦斯灯:这是社会正迅速崩溃的又一个征兆。在扫视这片滨海区域的时候,安娜斯塔西亚不得不眯起眼睛。好几个码头空无一物,但其余那些都有大船停靠。她的双眼适应了黑暗,而她终于找到了拼命寻找的那个轮廓。她松了口气。她指向正漂浮在附近某个码头末端处的一条小帆船。

满月照耀在帆船的索具上,让苍白的帆布仿佛幽灵。

安娜斯塔西亚只希望那并非鬼火①。

"就是它了,陛下。"

铜铸王座的象征噘起了嘴。"这船又小又粗糙,不是吗?"

"希望如此。"

发条匠们走遍了鹿特丹和登海尔德之间的整条海岸线,这才找到这么一条不依靠船桨和机械人劳力的娱乐用船。

"它会引人注目。我们的旅行应该保持低调。"

"我们考虑过许多选项,陛下。但如果要把您送出中央诸省,就必须尽可能避免使用机械人劳力。我们无法信任骑士大厅外部的任何机器。一台也不信。只需要一个藏在船员之中的叛逆,就能造成可怕的灾难。"

"你是说我得坐着那个……澡盆玩具出海?而且不带船员?"

"不带机械人船员,陛下。但您会得到妥善照顾的。"安娜斯塔西亚看望鲁伯特亲王,"我听说您有过航海的经验,殿下。希望那只是个谣言。"

自从夏宫的溃逃以后,他第一次露出了接近微笑的表情。"不

---

① will-o'-the-wisp,在欧洲的民间传说中,鬼火会引诱旅行者离开安全的道路,前往危险之处。

是谣言。年轻的时候,我曾驾驶比它更小的船从里斯本去了哥本哈根,然后再原路返回。"他对女王说:"别担心。这种事不需要嘀嗒人。"

"可我们该去哪儿呢?"女王说,"我们可没法坐着它渡海。"

"这点我可说不准,陛下。这是真正的水手才能判断的事,取决于风向、潮汐和运气。而且老实说,在最糟糕的情况下,我还是不知道比较好。重要的是,我们要把您送到尽可能远离海牙和中央诸省的地方。或许是斯堪的纳维亚半岛北部,或者地中海的南方。只要是那些叛逆幕后的主人不会去寻找您的地方就好。"安娜斯塔西亚再次看向鲁伯特,续道:"船上有足够两个人使用数周的食物和水。我们建议您让潮水把船送到防波堤外。如果两位趴在船上,看起来就会像是一条意外漂走的游艇。您可以等船漂到看不到陆地的远处,然后再真正扬帆航行。否则会有被机器发现的危险。"

他皱起眉头。"那样的话,辨认航向就是个挑战了。"

"船上有六分仪。有必要的话,可以不时用它测量。但请不要露出岸边能看到的轮廓,"她看了看表,"如果您打算乘着潮水离开的话,我们就得抓紧时间了。"

旅程的最后一段路是亡命的狂奔:从仓库跑向特意摆放的货箱堆,防水帆布,盘绕的绳索,然后是那艘单桅帆船。每迈出一步,安娜斯塔西亚都以为自己会听到金属脚掌踩在卵石上的可怕叮当声。但他们顺利抵达了目标。

"我会回来的。"玛格丽特女王说。

那要等你百分之百确信已经安全以后了,安娜斯塔西亚心想。她说出口的却是:"我们会为此日夜努力的,陛下。"

她帮助亲王砍断了系泊缆。然后她瑟缩在系船柱后面,看着帆船漂向远处。过程慢得令人焦心。起初她担心他们会算错时机，从而错过退潮结束的时刻。如果潮水把帆船送回海边……但等曙光将东方的天空染成粉红的时候——感觉就像过去了好几个钟头——那条帆船终于漂过了防波堤。

趁着还有黑暗做掩护的时候，安娜斯塔西亚必须迅速赶回水泵站。她刚准备用麻木的双腿撑起身体，有个庞大得多的轮廓便出现在水面上，从远洋朝内陆驶来。它的速度很快。非常快。而且莫名其妙地模糊，仿佛月光正照在某种不断变化形状的东西上。她这才意识到，它驶向的并非内陆，而是对准了女王的帆船。在碰撞的前一刻，安娜斯塔西亚的双眼终于理解了状况。

一艘叛逆巨舰正迎面驶向女王的帆船，仿佛一条十层楼高的鲨鱼。

"老天爷啊。"她低声道。

山峦般高大的船首浪将女王的帆船抛到了空中。小船在空中几乎转了一百八十度，然后才再次接触水面。桅杆折断了。底部朝天的帆船落到海面上，仿佛某个跳水时肚子先着水的笨拙潜水员。巨舰继续航行，碾碎了那艘帆船，以及困在里面的任何人。

那头巨兽在漂浮的残骸间稳稳地停了下来。它触手般的船桨搅动海面，令白沫泛起。黎明时分的大海散发着盐、海草和臭氧的气味。没过多久，那条帆船就连火柴那么大的碎片都不剩了。

这些巨舰是公会工程技术的顶点，是最尖端的喀拉客科技，也是劳动效率的一次飞跃。将整艘船舰改造成一台庞大无匹的喀拉客以后，也就不再需要那数百名负责划桨的喀拉客了。巨舰的船桨也并非固定形状,而是由几百块重叠的刚性板块组成,而且每一块都由那台机器本身操控。这给了船桨近乎章鱼触手那样的灵活性。巨舰的大小甚至能让蓝星公司堪称传奇的远洋客轮相形见绌。这种船舶的现存数量还不到十二艘。

如今其中一艘遭到了腐化。

它环绕着那条帆船下沉的位置,鞭子似的船桨在海面搅出致命的漩涡。它做得很彻底。直到防波堤外的整个海面都仿佛成为毁伤范围以后,它才重新朝陆地的方向驶来。

那艘叛逆巨舰撞沉了鹿特丹港里的每一条船,用龙骨碾碎了所有的船身。然后它破坏了码头,压在临海的建筑上,直到它们弯曲凹陷。触手般的船桨拉倒了起重机。

等到日出时,中央诸省最大的港口只剩下数英里方圆的毁灭景象。而玛格丽特女王陛下——铜铸王座活生生的象征——也消失在了汪洋之中。

第八章

  这座岛上的所有玻璃工匠似乎都在圣施洗约翰大教堂里开张营业了。
  建造这座大教堂是为了取回旧法兰西一部分失落的荣光。它本该是波尔多大教堂、沙特尔大教堂、巴黎圣母院和兰斯大教堂自豪且够格的后继者。但实际上，圣施洗约翰大教堂要比它在欧洲大陆的那些亲戚更矮小，也更简陋。但在石头和恐惧组成的高墙限制下，它又有什么选择呢？在这件事上，贝蕾妮斯和常人不同，她对差异的认知并非来自古老的书本，而是因为她亲眼见过那些原型。即使在遭受加尔文教徒的亵渎以后，旧法兰西的伟大仍旧在那些古老的教堂中闪耀。新世界的石匠们试图重现在流亡的混乱中失落的艺术，不过与那些教堂相比，他们最优秀的作品也会黯然失色。但在一个世纪以前，一小群法国化学家和玻璃工匠也选择投身于此。他们的努力为新法兰西的灵性之心带来了宝石色调的虹彩玻璃窗，那是欧洲的大教堂也从未拥有过的。
  首席园丁安娜斯塔西亚·贝尔——发条匠的秘密警察机构实际上的首脑——曾对贝蕾妮斯说过，荷兰的玻璃工艺是无与伦比的。她狡猾地提到了她们的炼金术玻璃。但在荷兰语世界旅行的时候,贝蕾妮斯从未见过圣施洗约翰大教堂这样的窗户。一百年的世间里,这幕景色曾振奋所有人的心灵,减轻他们的负担。而且总有一天,它会重现于人们眼前。

除了一扇空窗以外,所有窗户都钉着木板。这让教堂前厅和中殿的空气与光线堪比牢房。一群工人站在教堂内外高高的脚手架上,将无色透明的新窗玻璃装进临时代用的窗框。那些玻璃很廉价,留有不少气泡,在阳光照耀下还会浮现出掺水尿液般的微弱色彩。但它确实能让阳光照射进来。前来参加晨祷——也就是黎明时的祷告——的信徒至少能透过后殿看到东方亮起的天空。

贝蕾妮斯在前厅停下了脚步。她信守对隆尚部下的承诺,为垂死的队长点亮了一支蜡烛。她甚至在身前画了个十字,虽然动作有点犹豫,毕竟她有很长时间没这么干了。

当她以半吊子的态度低头站在那儿祈祷的时候,有个担任信使的男孩找到了她。他走进教堂的西门,四处张望,在昏暗的光线里眯起眼睛,最后锁定了贝蕾妮斯。他轻手轻脚地走上前,不敢打扰她的平静时刻,却又笨拙到只会在她的视野边缘盯着她的眼罩,坐立不安。

"好吧,你找到我了。干得好。现在你该去藏起来,由我来找你了。"

"我是奉命来找您的。"男孩说。就好像她不懂什么叫送信似的。

"是谁?"

他耸耸肩。"某个守卫。"

她等着他解释详情。见他没有说下去,她开口问道:"然

——后呢,为什么来找我?你是来送信的,还是要我跟你走?"

男孩假装没听见,同时以夸张的动作翻出自己空空如也的口袋。她以夸张的动作翻了个白眼,但也从钱包里摸出了一枚硬币。

"这是一枚真正的荷兰夸杰,"她低声说着,把钱币放进他的掌心,"是从某个恶魔心肠的死发条匠手里抢来的。"

这话几乎是事实。从贝尔手中逃脱后,贝蕾妮斯截下了一口送往安全屋的箱子。里面装满了现金和其他东西。这枚夸杰是名副其实的最后一枚。

他眯眼看着它,显然印象深刻。"你是怎么弄到它的?"

"讲这故事要花的时间比你活过的年数还久。我猜你的差事应该等不到那时候吧?"

他收回了审视那枚硬币的目光。"什么?"

"有人派你来找我,对吧?能告诉我为什么吗?"

"噢。对。"

他匆忙跑开,甚至没去确认她有没有跟上。等他们到了室外,也不需要再为了保持昏暗教堂里的压抑气氛而轻声细语的时候,她说:"带路吧,德卢阁下①。"

她本该问他要去哪儿,但她差不多已经猜到了。不是"为什么",而是"去哪儿"。不出所料,那男孩带着她从无数工作人员身边经过,后者正试图将内堡重建成毗连尖塔底层的缆车站的四边形院落。此时的回廊几乎空无一人,只有正在前往教堂的一名牧师与一名祭台助手。

这座喷泉是梵蒂冈送给新法兰西的——是为了感谢法国帮

---

① Sieur du Lhut,法国军人与探险家,美国明尼苏达州东北部的德卢斯城便是以他的名字命名的。

助教廷逃离罗马并跨越大洋的礼物。但如今，就像大半个西方马赛那样，它也化作了废墟。尽管昨晚大雨滂沱，喷泉池里却没有任何积水。水池上有长长的裂缝，而喷泉顶端的小天使也缺了一条胳膊和一只翅膀。贝蕾妮斯猜它是在制服费舍神父的那场搏斗中损坏的。

准备觐见国王的请愿者队伍很短。贝蕾妮斯将这件事归功于损坏的缆车索道，它没法直接前往尖塔顶端了。即使在夏天，看门人祷文之塔有时也寒冷而多风。

她打算甩掉那个男孩。"好了。我想我明白了，非常感谢。我猜我应该上去，是吗？"

守卫中断了与缆车操作员的交谈，打量起他们来。他看看贝蕾妮斯，又看看那个男孩，然后用拇指朝低声抱怨的请愿者队伍比画了一下。

"排队去那边。"他说。

信使把手伸进裤子（贝蕾妮斯撇过头去，只希望那里面有个口袋之类的），然后抽出一张破破烂烂的纸条。守卫读了纸条，然后耸耸肩，将它交给缆车操作员，后者也耸了耸肩。守卫将信号灯上的遮板翻动了几次。咔嗒，喀啦，喀啦，喀啦，咔嗒。

在等待的时候，她再次向男孩开了口："我得承认，你激起了我的好奇心。这点我可以给你满分。但你有推销过度的嫌疑。这事最好配得上这么大的阵仗，否则我会觉得自己上当了。"

他看着她，仿佛正百无聊赖地思考能再从她那儿弄到多少钱币。她不觉得他有更好的事可做。不是待在这儿，就是去码头边挖鼻子。就算是后者也很快就没意思了。

片刻过后，尖塔顶上的一盏灯发出回应的闪光，然后他们让贝蕾妮斯和那个男孩坐上了缆车。缆车的爬升要比上次和缓得多——当时内堡已被嘀嗒大军攻陷,缆车之旅也短暂又惊险。她本以为下降的缆车里会挤满闷闷不乐的请愿者。不过看起来,没有任何人的觐见因此中断:另一辆缆车是空的。

上升的过程为他们展现了城堡周边与更远处的壮观景色。手持铁锤和铁镐的工人们砸碎仍旧散落在田野间的石块,牛车队则将碎石拖走。远处是弗尔莫农岛树叶尽落的森林,以及森林与河道交界处的清晰线条。更远处则是曾被称作新尼德兰的土地。而在周围的乡间地带,游荡的叛逆喀拉客随处可见……

他们抵达了缆车所能到达的最高点。然后他们穿过临时缆车站,进入看门人裤文之塔。外部的回廊式楼梯缠绕着尖塔,仿佛一根垂落的流苏。爬上最后几圈楼梯的这段路就像先前那样安静,能听到的唯有贝蕾妮斯的喘息。守卫们能够背着全套装备跑上这段楼梯,正是西方马赛人坚强心灵的有力证据。最后,他们来到了枢密院会议室的底部入口。

在路易斯死去,而她也遭受流放后,她从未料想过——或者希望过——能再次站在这个房间里。她在这儿忍受过无数场冗长的会议,还有两倍于此的无用争论。她就是在这里让国王相信,她可以永远改变王国与帝国的命运的。

她是正确的。噢,一直都是。

塔列朗的职位附带了枢密院的席位。但这并非会议。塞巴斯蒂安王独自坐在会议桌边。

男孩鞠了一躬。她行了个屈膝礼,说:"陛下。"

贝蕾妮斯发现自己不禁思索——而且怀着近乎病态的好奇心——国王打算如何处理马赛主教这个职位。它已经闲置了相当一段时间,而如今也没有能够任命新主教的教皇。

国王问男孩:"你没告诉别人吧?你是直接到这儿来的?"

"没有,陛下。是的,陛下。"

国王赏给那男孩一枚闪烁金光的钱币。"干得好。"

贝蕾妮斯说:"天啊,你这小子。要是我早知道你会有大笔进账,就不会给你小费了,你这小贼。"信使又鞠了一躬,向楼梯那边走去。她冲着他的背影喊道:"这事最好能值回票价!"

等门关上以后,她说:"陛下,我猜您想见我?"

"不。我希望让你第一个看到。"国王说。然后他喊道:"带他进来!"

一扇门开了。三个人随之现身。两个守卫,以及一位像贝蕾妮斯那样的前贵族。

好吧,跟她不完全一样。她倒吸一口凉气。

"用十字架真品的木片从侧面操我吧。"

伊露蒂·查斯坦中士押着前任蒙特默伦西公爵穿过了枢密院会议室。他的双手反绑在背后,阴沉的脸又青又肿。他走得很慢,仿佛在忍受痛苦。他和贝蕾妮斯一样戴着眼罩。但她愉快地发现,她的眼罩要漂亮多了。

"噢,陛下,"贝蕾妮斯说,"我是在做梦吗?圣诞节到了吗?"

听到她的声音,蒙特默伦西僵住了。他眯起剩下那只眼睛,扫视房间,直到目光落在她身上。他缩起身体。

国王注意到了他的反应。"老天爷啊。你对他做过什么?"

"该死的,她挖出了我的眼睛!"

这说法不太对。她只是用刀子顺着他的眼窝刮了一圈,就像个打定主意要把狭窄甜品杯里的最后一点冰激凌舀出来的孩子。

贝蕾妮斯耸了耸肩。"我是个信仰天主教的虔诚姑娘,陛下。我熟悉《圣经》。"

"该死的婊子,这就是你的借口?"蒙特默伦西向前迈出一步,"你——"

伊露蒂将铁镐的柄头重重砸在他的腹部。蒙特默伦西的长篇大论以沉重的喘息和朝自己鞋子呕吐时的潮湿拍打声收了尾。他没能收住势头,就这样向前倒下。

女守卫看起来有点尴尬。她皱眉看着这个烂摊子,开口道:"请原谅,陛下。他看起来正准备做蠢事。"

贝蕾妮斯说:"我明白雨果为什么欣赏你了。"

"够了,"国王说,"我们从不虐待敌人。"他盯着贝蕾妮斯的眼罩,又说,"要我说的话,你对《旧约》的了解比《新约》更深①。"

他摇响了铃铛。铃声招来了一名身穿王家制服的女佣。她从侧面的房间走进来,审视状况,皱起鼻子,然后去拿了拖把和木桶过来。国王穿过房间,而贝蕾妮斯和其他人只好跟在他后面,以便在不影响打扫的情况下继续对话。

女佣指了指蒙特默伦西的鞋子。"脱掉,"她说着,仿佛他只是个平民身份的普通请愿者,"别把脏东西踩得到处都是。这儿是新法兰西的心脏,你不能再继续弄脏它了。"

蒙特默伦西可不习惯被身份低微之人如此对待,他张开嘴想要抗议。但伊露蒂漫不经心地再次举起铁镐。他闭上了嘴巴。另一名守卫抓稳公爵,让他从鞋子里抽出脚来。贝蕾妮斯注意到,那双鞋的做工不怎么好。

贝蕾妮斯摇摇头,试图理清思绪。她盯着那个给她带来了众多悲伤回忆的男人。她的死敌②。"他在这儿做什么?你这杂

---

① 与《新约圣经》相比,《旧约圣经》中复仇的内容更多,《出埃及记》中就有"以牙还牙、以眼还眼"这样的句子。

② 原文为法语。

种来这儿干吗?"

"他不是自愿来此的。"国王说。

"是啊,我猜到了。可是谁俘虏了他?我都不知道我们派了人去搜捕他。"

是侯爵设法抓住了他吗?虽然她不想承认,但逮住叛徒的确提高了她对他作为塔列朗的短暂任期的评价。作为密探首领足够称职。这才是真正重要的事。

"让人印象深刻。"她承认说。

"他是作为和解的礼物送来的,"国王说,"新阿姆斯特丹想要我们帮忙。"

她早该想到的。对侯爵能力的欣赏消失无踪。就像掐灭一支最廉价的猪油做成的蜡烛,留下的唯有发臭的黑烟。

贝蕾妮斯不能自已地大笑起来。然后一个新的念头涌现脑海,笑声也戛然而止。她冲上前去,挡在蒙特默伦西与国王之间。"让他离国王远点儿!老天爷啊,把他弄出去,快!"

他们谁也没动。伊露蒂说:"没事的。相信我,他们把他移交过来的时候,我们就检查过他的头皮了。没有伤疤。他们没割开过他的脑袋。"

另一个守卫补充道:"他的护卫也一样。他们的脑袋瓜里没有邪恶的小玩意儿。"

贝蕾妮斯颤抖着呼出一口气。释然感让她双膝无力。作为友好表示而转交的逃亡叛徒,正是理想的特洛伊木马。如果想让改造过的人类密探与国王共处一室,还会有比这更好的方法吗?郁金香们通过费舍差点就达成了目的。在隆尚于内堡的数百英尺高处经由一番死斗阻止那位牧师之前,他为了履行弑君的禁制,几乎只用空手就爬到了尖塔顶端。

在贝蕾妮斯遭受流放期间,雨果·隆尚的传说也飞速增长。以她听闻的内容来说,理由再充分不过了。

塞巴斯蒂安王似乎很愉快。"女士,你的警惕性值得称赞。没人能质疑你对新法兰西的忠诚。"

"郁金香们想要什么样的帮助?"

他从花边袖口的皱褶里取出一副眼镜。把眼镜架在鼻梁上以后,他从外衣的口袋里取出一封信,将信纸展开。"新阿姆斯特丹的状况有些糟糕。一群公会工人请求我们帮忙抵挡喀拉客的袭击。化学武器,训练,诸如此类。"

"这肯定是我听过的最不经大脑的计谋了,"贝蕾妮斯摇摇头,"要知道,他们过去在计划上是会下点真功夫的。"

"这,"国王指了指蒙特默伦西,"就是诚意的有力证据。"

"是吗?他们放弃他又能损失什么?在新阿姆斯特丹熔炉焚毁的那一晚,他出卖给他们的秘密就毫无意义了。"

"他们证实了他和新法兰西敌人的勾结。他的背叛如今有据可查了。"

"我早就证明这一点了,陛下。"

"事情很简单。他在这儿。他会接受审判。我们现在要做的,就是决定该如何回应送他过来的那些人。我想听听你的建议。"

"枢密院的其他人呢?"

"会轮到他们的。"

贝蕾妮斯看着蒙特默伦西。这个男人已经失去了原先由财富带来的遥不可及的光环。他过去的身份让他凌驾于荒谬的宫廷政治惯例,远离假发,甚至从不屈尊给脸颊扑粉。贝蕾妮斯曾以为这是出于强硬而敏感的个性,因为他不必参与宫廷游戏也能保住地位。她现在明白,根本不是这么回事。他只是在以狡猾的方式展示轻蔑罢了。

他们能从他那儿打听出什么样的重要机密?通过但以理,他们已经知道了秘密矿井的事。贝蕾妮斯本人已经发现了第五素的存在,包括荷兰人用来运送第五素的破冰船在内。他知道那究竟是什么东西,发条匠又为何如此重视它呢?他也许知道那座矿井落成了多久,秘密开采又是从何时开始的。当然了,他比任何人都了解自己(从前)的土地,也了解对法国化学技术来说如此关键的石油。他可以向化学家和工程师提出建议,告诉他们最适合这场远征的用具,将会遭遇的事物,以及他们抵达后该做的第一件事。或许他甚至能确定那座发条匠的秘密港口在地图上的位置……

她意识到国王正盯着她。也意识到自己遗漏了某件重要的事。她将思绪转回自己记忆中的前一件事。

狗娘养的。

"请原谅,陛下。您刚才说他们就在这儿?"

她看得出来,塞巴斯蒂安开始不耐烦了。"难道我没说过,我们这位前同僚是被人护送来马赛的吗?"

她行了个屈膝礼,以此致歉。"您确实说过,陛下。荷兰人。他们在哪儿?"

伊露蒂说:"守城战的时候,这座城市的牢房被烧毁了,所以他们被带去了地下墓室。我派了守卫去看管他们。"

"他们的这段旅途肯定危机四伏。如果他们遭遇收割派,就会被大卸八块。他们多半一路上都在为自己的性命担忧。这能证明新阿姆斯特丹的状况有多危急。但这也意味着他们多半带着医疗用品。荷兰的医疗用品。"

国王反应过来了。"炼金术绷带。"他说。她点点头。看到她的动作,他大喊道:"查斯坦中士!立刻到新阿姆斯特丹的使者那边去。搜查他们的行装。把所有和医疗相关的东西交给医生。但要让照料隆尚队长的那些先挑。"

中士飞奔而去。在前往楼梯的途中,她才刚冲过转角,他们便听到了一声响亮的"哎哟",以及硬化聚合物彼此撞击的声音。听起来有点像是两副铠甲碰撞的声音。

片刻过后,另一名守卫一瘸一拐地走进会议室。他鼻血直流,还捂着脚踝。他一手掐着鼻子,对国王躬身行礼。

"天啊,小伙子,"塞巴斯蒂安说,"是中士把你撞倒了吗?你应该领到风险工资才对。"

那守卫用滑稽的鼻音说:"出事了。"

是收割派吗?贝蕾妮斯问:"不是又发生袭击了吧?"

守卫摇了摇流血的脑袋,让鲜红的液滴点缀在地毯上,却没注意到女佣皱起的眉头。"是孤儿院那边出事了,陛下。"

换作贝蕾妮斯,恐怕不会用"出事"这个词来形容。她会称之为"自该死的基督受难以后,群众暴动最残忍的范例"。

孤儿院陷入了沉寂。尽管孩子们并不清楚究竟发生了什么,但他们能感受到周围那些大人的焦虑。无言的恐惧煎熬着他们。修女们用无声的祈祷包裹自己。就连孤儿院铁门外那些捣乱分子也沉默了。等贝蕾妮斯赶到的时候,四名守卫已经把他们堵在了围墙边。守卫们穿着全副铠甲,装备齐全:流星锤,大锤,铁镐。而且他们举着武器。

不是好兆头。

其中一位修女——叫作玛丽什么的——领着贝蕾妮斯走进

大门,在孤儿院中穿行。她们经过一间教室,那里有个修女弹着吉他,唱着一首关于诺亚方舟的愚蠢小曲,显然是想转移那些年幼孩童的注意力。

"我们派了人去报信,"玛丽修女低声说,"我们觉得这种事不适合用到信号灯。"因为任何人都可能看到信号的闪光,从而得出那个不言而喻的结论。又是个坏兆头。

她带着贝蕾妮斯走上楼梯,前往一间位于角落的阁楼。贝蕾妮斯沿着走廊前进到一半的时候,屠宰场般的恶臭扑面而来。她真的很想要一块侯爵的香水手帕。

玛丽修女握住门把,停下脚步。"我得警告你……"看到贝蕾妮斯耸了耸肩,修女便打开了费舍房间的门。

在晕倒之前,贝蕾妮斯抓住门框稳住了身子。片刻过后,等她恢复说话的能力时,她说:"真他妈该死。"修女发出一声愤慨的尖叫。接着,贝蕾妮斯又补充了一句:"生天花长跳蚤的狗娘养的啊。"

即使在守城战结束的时候,内堡的城垛也没有洒上过这么多鲜血。她很难相信这些血来自仅仅一个人。但事实如此。恐怕就来自那堆损毁的血肉,破碎的骨头,以及曾是他脖子的软骨。

那些该死的畜生。他们砍掉了费舍的脑袋。不——他们扯掉了他的头。这是一场骇人却业余的处决。那些冷血的混球把可怜牧师的身体剁碎成了软骨,然后才砍断脊椎。在天窗下方的墙壁那里,袭击者用费舍的血写下了"叛徒(Traitor)"这个词。在刚刚写下的时候,新鲜的血液顺着墙壁流下,将那些字母"T"拖长成了没有受难基督的十字架,但如今,凝结的血液在阴影中仿佛是黑色的。另一句话写在其下方,笔迹并不相同,但同样潦草。"原克雷芒十四世安系"。这些袭击者足够狡猾,所以才能悄然潜入,又神不知鬼不觉地进行谋杀,但他们的拉丁文学得不够好。

上帝啊。可怜人。你不该有这种下场。她再次想到,自己只是勉强躲过了安娜斯塔西亚施加在费舍身上的骇人实验。我差点就和他一样了。贝蕾妮斯的下一个想法是:该由谁去告诉但理?紧接着是,该死的。除了我还能有谁?

屠杀的场面太过骇人,以至于贝蕾妮斯花了点时间才意识到少了些什么。但在开口前,她又费了些功夫去平复呼吸,忍住干呕的冲动。"头在哪儿?"

惊慌的表情让修女皱起面孔,仿佛这个问题动摇了她的决心。"我们……我们觉得最好保持原样。我向你保证,没有人碰过或者动过这里的东西。"

对那个可怜虫的脑袋,贝蕾妮斯只能想到两种用途。所以如果它没有在之后一两天里出现在这座城市的某根尖桩上,西方马赛就面临着另一个问题了。没几个人知道费舍颅骨里藏着不寻常的东西。凶手要么是想要研究它的人,要么就是想要阻止别人研究的人。

这件事散发着御林管理办公室的臭味。这就意味着郁金香密探。她早就知道柴堆里至少还藏着几只耗子。但像这样……

凶手们的身上肯定沾满了血迹,多半还把牧师破碎的脑袋带在身边。贝蕾妮斯看向走廊,却没看到离开的脚印。

她说:"凶手肯定不止一个。他们不可能是从正门进来的。如果他们跟我一样走正门,肯定会有人看见他们,或者听见他们的动静。"

"这儿的晚上非常安静,"玛丽修女说,"晚祷以后,孩子们都会吹熄蜡烛,上床睡觉。我们之中需要继续工作到晨祷前的那些人一向轻手轻脚。"

贝蕾妮斯在脑海里把这些礼拜仪式从修女标准时间转换成秘密无神论前贵族标准时间。晚祷:晚上的祈祷。晨祷:半夜的祈祷。

"那他们肯定是从屋顶上过来的。"贝蕾妮斯说。她更仔细地打量那扇天窗。果然,钉在窗上的木板破破烂烂,似乎曾经被人踢断,又匆忙修补过。

外面那群人恐怕只是幌子,他们看似无害又胆小,却为那些潜入内部处决牧师的残忍凶手充当着烟雾弹。他们一直等到昨晚,让适时的整夜雨水提供掩护和洗去足迹。

"修女,铁门外那些抗议者昨天或者昨晚有什么变化吗?或许比平时更吵?"

修女皱起眉头,耸了耸肩。"我说不好。我想没有吧。"

她忍不住盯着那具残破的躯体,它被砍得四分五裂,仿佛那只是一堆碎羊肉块。没人该有这样的下场。尤其是可怜的费舍,他真正的罪恶就只有被发条匠抓住,并被改造成他们不情愿的工具而已。许多年来,他都是新法兰西的忠仆。他应该得到的是尊敬,并非残杀。

做出这种事的野蛮人,多半自以为是代表法国向铜铸王座的走狗行使正义的爱国义警。他们不知道费舍曾为新法兰西服务数十年,在中央诸省的核心作为秘密天主教徒——而且就贝蕾妮斯看来,还是非常虔诚的那种——每天冒着生命危险过活。他们没有意识到自己谋杀的那个人即使在全无希望的时候也坚守职责。如果他们知道,即使在等待拧颈卫士破门而入的时候,这位秘密牧师依旧竭尽全力,确保某件得来不易的公会技术杰作能够送往新世界,他们还会杀死他吗?如果他们知道那个充满勇气的行为引发了一系列事件,最终突破了几乎终结新法兰西的围攻呢?如果他们知道他对他们的幸存所起到的关键作用,还会处决他吗?

公众对此一无所知。但他们怎么可能知道呢?费舍是贝蕾妮斯在海牙的谍报网络的唯一幸存者。(如果作为安娜斯塔西亚·贝尔无力抵抗的傀儡能称之为"幸存"的话。毫无疑问,贝蕾妮斯对此心情复杂。)揭露他在塔列朗对抗发条匠的秘密长期战争中扮演的角色,并不会危害任何人。此外,一旦那些叛逆开始渡海,她猜郁金香们就有更紧迫的问题要处理了。

贝蕾妮斯决心说出费舍的故事。至少是他们了解的部分:但以理认识在遭遇可怕的失败前担任新教堂牧师的他,而贝蕾妮斯从费舍的胡言乱语中得知了一些零散信息。在费舍摆脱禁制以后,好几位神父听过费舍的忏悔。也许他们听说了费舍早年的生活。(梵蒂冈陷落的时候,那些记录都被毁掉了吗?)他们只有区区数人,但只要联起手来,就能拼凑出某人毕生的故事。而且在那些屠夫上绞架之前,她会确保他们弄清每一个令人痛苦的细节。

她对那位修女说:"他是新法兰西的英雄。如今成了殉教者。希望你明白这点。"

她仍旧无法将视线从屠杀的场面上移开。鲜红泼洒在墙壁上,断裂的脊椎骨从剁碎的汉堡般的脖子里伸出。

玛丽修女发起抖来。

"答应我一件事,修女。"这话引起了她的注意。她结束了对死亡的沉思,看向贝蕾妮斯,后者说:"我希望圣施洗约翰的修女们将费舍牧师的故事广为传播。所以答应我,等你为他祈祷完毕后,就代表他去申请追授荣誉军团勋章①吧。"

她计算过了。推断牧师的岁数相当困难:内疚,自我憎恨与苦恼严重伤害了他的身体。但如果费舍真的在获得圣职后不久就前往中央诸省——就像贝蕾妮斯从胡言乱语中拼凑出的结论那样——那么他为新法兰西秘密效命的时间就远超三十年,甚至达到四十年。他在重要岗位上服务了这么多年,完全有资格成为荣誉军团的骑士,正如她向修女指出的那样。

"我猜我们可以去向国王陛下请愿。"

"你们可以,也应该这么做。等马赛的新主教上任以后,你应该尽快去觐见那位大人,亲自为费舍辩护,并要求让他的殉教成为恢复正常后的主教辖区的首要议题。"

"你代表谋杀教皇的人提出的要求可真不少。"

"就把这当作对你信仰的考验吧。记得心怀感激,因为你这辈子都不需要接受和那个可怜虫同样的考验了。"

---

① 法国政府颁发的最高级别的荣誉勋章,用于表彰对法国做出特殊贡献的军人和各界人士。

第二部分　仿佛对着镜子观看,模糊不清[1]

彼得先生……在晚餐后真的为我们用(我之前听说过传闻的)连金术玻璃1(原文为错字)进行了实验……在我看来,它是个不解之谜。

——摘自塞缪尔·佩皮斯的日记,1662年1月13日

我们可以肯定,拥有感官意识的是灵魂,而非肉体……能看到事物的是灵魂,而非双眼。

——摘自勒奈·笛卡尔的著作《折光学($La\ dioptrique$)》(1637年版)

待节杖[2]与两条大蛇ts开始腐烂且溶解为液体水且成熟到足够精细(可能需要三日或一周)时,加入之权杖的之沉淀……更佳做法是以四元素ts♂,♄,♀,☿与第五素Ψ制成的混沌……

——摘自伊萨克·牛顿未注日期的不完整著作《与普拉克西斯[3]的试探性联系2》(休谟译版)

---

[1] 出自《新约圣经·哥林多前书》,在系列第一卷第十三章中曾有引用。
[2] 指作为医学标志的墨丘利节杖,通常描绘为盘绕着两条大蛇的手杖。
[3] 原文为"实践(Practice)"的拉丁文写法"Praxis",此处应为某种物质的称呼。

1.在佩皮斯的时代,这种珍奇物件俗称"荷兰之泪"。

2.普拉克西斯的存在——以及仅仅一次提及克里斯蒂安·惠更斯未发表笔记中的"N,PRX"——是通过牛顿其余作品的参考文献推断出来的。根据普遍看法,完整的手稿——如果存在的话——是在大约1674-1676年之间遗失的。

第九章

狮鹫二世是一艘三桅帆船，后桅杆装着纵帆，前桅杆和主桅杆装着横帆。船只设计成需要二十个人手，但这次历史性航行的船员是其两倍有余，人类和嘀嗒人的数量几乎相当。人类包括水手，卫兵，化学家，两名工匠（银匠和金匠），一名制革匠，一名巧克力师，一名医生，一名助祭，来自科学院的一对已婚的地质学家和矿物学家，以及其他来自各行各业、在马赛无牵无挂的男女。船上的喀拉客几乎全都是仆从型，其中只有两台军用型，后者上船时引发了相当严重的恐慌。这艘船的船帆闪闪发亮，仿佛深冬的阳光照耀下的新雪。塞巴斯蒂安王坚持要求妥善整备这条船，因此每一平方英寸①的帆布都换成了新的。其中一层下甲板经过翻新，装上了毫无装饰的钢制储液槽，准备用来存放他们这次冒险的战利品——如果能成功的话。这些原本应该刷上一层油漆，但他们并没有油漆可刷。而且不管怎么说，那些刮痕也赋予了它们特色。这条船在大马雷镇②靠岸的时候，一支荷兰突击队刚好到来，将那里的仓库付之一炬，也摧毁了皮草贸易。狡猾的船长，那

---

① 一英寸约为二点五四厘米。
② 位于苏必利尔湖北岸的小镇。

个名叫莱维斯克的哈德逊湾本地人,勇敢地在冬天驶入了"奥吉布瓦的大洋"[①],也就是苏必利尔湖[②]——五大湖中最大的一个——并且尽可能缩短靠岸的时间,以避开机械袭击者。他们成功通过了船闸、运河与河流,等最后抵达西方马赛时,他们只剩下饥肠辘辘的基本船员,而且近乎绝望。但因为对入侵者毫无意义却英勇无畏的反抗,他们受到了英雄式的欢迎。

喀拉客们对这条船也很满意。它没有船桨。

路易斯——贝蕾妮斯的亡夫——肯定会喜欢它的。她想到他的反应,眼泪便涌出了眼眶。

对于从五大湖西端的德卢斯到圣劳伦斯河河口的这条航道来说,它是能够通行的船舶中最大的一种。它并不是适合远洋航行的那种船,但在五大湖航行的感觉就像航海:湖面如此广阔,令地平线踪影难寻;又如此反复无常,有时整条船都会消失无踪。既然他们的航程只会穿过可靠的圣劳伦斯河,然后再沿着海岸线前进,几乎全程都能看到陆地,这条船对他们的冒险来说就绰绰有余了。

她知道,郁金香们有时会派出破冰船前往那个秘密停泊处,这意味着他们的目的地位于北方。他们把地图和铅笔交给了蒙特默伦西,而后者含糊地划出了阿卡迪亚地区法国定居点的北方远处的一片海岸线。"狮鹫号"并不是破冰船。但这支法国远征队拥有两项优势:即将到来的春天,以及数十名渴望解开自身存在谜团的机械人船员。有必要的话,它们会用拳头砸碎冰层。

要不是这些机器会像石头那样沉底,对小型船只来说又有点太重,它们就会是理想的水手了。它们比船上的木板、帆桁和

---

① Ojibwe Gichigami,印第安人对苏必利尔湖的称呼。
② 原文为法语。

缆绳都要结实，无需睡眠，无需排泄，也无需进食。这么一来，就省下了存放人类食水的空间。只要它们发出"嘀嗒、咔嗒"声的脑袋没有突然变卦，决定屠杀所有人类船员……但性情古怪的但以理似乎不会原谅这种行为，而它们又很听他的话。她断定，如果那些喀拉客非得表现得像是被赶鸭子上架的先知的糊涂信徒，那它们还是追随但以理比较好。他有他的缺点，但总的来说，比起其他机械人的无血无泪，她宁愿选择他专横跋扈的良知。

"狮鹫号"得名于在五大湖定期往来的第一艘标准尺寸的船。1679年，它在新法兰西这片狂野而未知的水域间来回航行了短短六周。它让人回想起了那个时代的众多伟人，比如为新法兰西占领了整个密西西比河流域的罗伯特·德·拉塞尔。在那时，惠更斯的邪恶奇迹的消息尚未传遍内陆地区。原本的狮鹫号见证了旧世界的最后岁月和旧法兰西的黄金时代，还有那个没有发条匠、御林管理官、仆从型与拧颈卫士，也未受任何破坏的伊甸园。那个未来还没被齿轮与黑魔法的铿锵巨口吞噬的时代。用这场远征让人回想起那段岁月，似乎很合适。毕竟，世人都认为那个时代早已彻底消逝。但根据远征的成果，或许它并非无可挽回。

贝蕾妮斯站在船尾的一小群公民之中，看着尖塔渐渐远去。王冠、城堡，以及尖塔：这是几个世代的水手来往于弗尔莫农岛的周边水域时看到的景象。但城堡的外墙已经不复存在，连同"王冠"的错觉一起。如果路易斯看到这一幕，肯定会心碎的。罗亚尔山也没法恢复原貌了。或许这就是新法兰西为了比铜铸王座更加长久的霸权所需付出的一部分代价吧。

"要是我能看到鼎盛时期的它该有多好。"但以理说。

贝蕾妮斯回答说："你知道吗？我忍不住会想，新法兰西究竟是否有过所谓的'鼎盛时期'。"成日担忧下一场战争的到来，又像畜栏里的牛那样活在高墙之后，这能有什么荣耀可言？生存本身够资格成为自豪感的来源吗？如今的未来如此不确定，却又充满希望，让之前那些世代的奋斗和胜利相形见绌。

"也许我们的荣耀尚未到来。"她说。

伊露蒂皱起眉头。这位中士是新法兰西的真正捍卫者，即便在此时，她也穿着自己的聚合物胸甲。但看到她没有斜挎着环氧树脂枪，手里也没有铁镐和大锤的模样，感觉还是怪怪的。这条船的货舱里装着数十把环氧树脂枪，但在这场远征取回那些非法获取的化学品储备——假设它们真的存在——并将其转换成弹药之前，这些武器都派不上用场。

人类们打量机械人的目光带着猜疑。但无论这位蜡烛商之女的内心深处有何感受，都没有表露出来。因为她接到的命令是如此要求的。

贝蕾妮斯示意伊露蒂和但以理前往船尾栏杆旁，以便远离人群。她问那位女守卫："眼下船上的气氛如何？我是说，我们同胞之间的气氛。"

出于礼节，贝蕾妮斯为但以理做了翻译："这条船上完全适应这种安排的，连个魂都没有[①]。"

但以理说："魂？我喜欢你们天主教徒。"

贝蕾妮斯翻了个白眼。"这只是种修辞手法，你很清楚。"她对中士说："会有什么问题吗？"

"我不清楚。如果他们开始惹麻烦……"伊露蒂的嗓音逐渐变小，目光落在但以理身上。他补足了她没说出口的想法。

[①] 原文为soul，在类似语境中通常译为"人"，由于下文需要，采用直译。

"……邪恶的机器也许会决定趁你们睡觉的时候杀光你们,是吗?"

"完全没这回事,"伊露蒂反驳道,"没人觉得你们会等到晚上再动手。"

"这就是我希望你随行的原因。"贝蕾妮斯说,"人们觉得你是雨果指定的继承人。他们留给队长的一部分敬畏也转移到了你身上。如果那些老百姓瞧见你在嘀嗒人身边还能安心工作,就会老实听话了。"

她看着但以理,问:"你的同伴觉得跟人类船员相处的感觉如何?"

"你们法国人还没适应和我们安静共存,但和人类相处这件事上,我们要习惯多了。在这方面,你的冒险也许会得到成果。对我们来说,与人类为伴是种熟悉的不适感,但和禁制相比就微不足道了。"

从理论上看,这场旅程不会有任何问题。但眼下"狮鹫二世号"上有两种船员,一种由血肉组成,另一种则是金属打造。一种说法语,另一种说荷兰语和曾经不为人知的机械造物语言。机械人痛恨水手的等级制度,因为这代表服从与迅速完成人类船长及其部下的命令。而古往今来,人类水手都痛恨袭击过他们的宿敌。

就像所有经常在新世界的水域航行的法国人那样,"狮鹫号"的水手继承了最早那批皮草船夫的精神。他们引吭高歌,仿佛在寻求祖先的认可。

在受到某位女子爵诱惑之前,贝蕾妮斯的亡夫曾是在河上讨生活的人。某天早上,他们在西方马赛的码头邂逅,当时她刚刚旅行归来,用的还是玛艾尔·盖珀的身份。她带他前往宫廷,让他飞黄腾达,但直到他死去的那一天,圣劳伦斯河依旧在他血管里流淌。至少在那台疯狂的机器证明他体内没有哪怕一滴河水之前,她都相信是这样。但他们共度过数年的时光,在那段时间里,他曾无数次为她歌唱。从粗俗下流的民谣(通常是在他略有醉意的时候)到激动人心的武功歌(通常是在他酩酊大醉的时候),她都听了个遍。

莱维斯克船长及其船员的音乐储备相去无几。每次听到这些歌谣,贝蕾妮斯的心都会传来内疚的刺痛。但他们的歌声带着如此的喜悦与热忱,让她不至于无法忍受。她喜欢站在船头,让河水的飞沫麻木她的脸庞,聆听水手的歌声,然后欺骗自己说,路易斯也在他们之中。在那样的时刻,她会觉得他在几个月以来第一次与自己如此接近。

该死的郁金香。

河边的乡间地带大都是农田。尽管那些土地遭到了焚烧和翻搅,但入侵者在溃败前并没有往上面撒盐①。新法兰西的面包篮依旧适合耕种。

"狮鹫号"从一连串法国定居点的旁边经过:圣艾尼丁、圣艾格尼丝、三河……全都在入侵时遭受了重创。码头——河畔定居点的心脏与命脉——或是出现缺损,或是化作焦黑、扭曲的木头。整座村庄——比如路宾尼尔②——都被烧成了灰烬。在那些较大的聚居地,比如尚普兰③,掠夺者们会朝当地的教堂与附近的所有民宅放一把火,也不管聚居地的其余部分是否会烧毁。烧毁的情况往往更多,因为地方上的消防队都跟着难民逃

---

① 一种流行于中世纪的民间说法,据说征服城市后在周边的土地上撒盐,就能让其不再适合种植作物。
② Lotbinière,现实中为加拿大魁北克省一地区。
③ 应指尚普兰湖周边,得名于法国探险家萨缪尔·德·尚普兰。

走了。从河上经常能看到教堂墓地,因为它们往往位于高地(如果要在喜怒无常的水路边居住,这点就是必要的)。那些墓地无可避免地显露出近期举行过葬礼的迹象:用冬日坚硬的泥土堆成的新鲜土丘,还有成排简陋的木头十字架。

"狮鹫号"是一道受人欢迎的风景。它告诉人们,国王塞巴斯蒂安三世还活着,尖塔仍旧是新世界最高的建筑,而新法兰西仍然屹立,遍体鳞伤,却满怀自豪。机械人们始终留在船舱内,以免其身影引起当地人的恐惧。但贝蕾妮斯和但以理站在一起,而这足以让所有村民明白,这次航行意味着人类与机械人的历史性合作。

这点就不那么受欢迎了。有些人没法相信法国人会自愿和机器魔鬼结盟。另一些人认为这是对所有心智正常的人类的背叛。

贝蕾妮斯以清点伤亡的方式追踪着"狮鹫号"的航行进度。信号塔网络仿佛一根长长的链条,连接着新法兰西的偏远角落。她知道,在某些偏僻地区,两座信号塔之间的距离可能相当遥远,比如在不同的山顶遥遥相望的那些。但在始终面临雾气和湿度问题的河边,信号塔之间的距离很少会超过几里格,而且向来位于附近的最高点。从河面能看到烧毁的废墟。其中还有好几座倒塌了。

在太阳高挂、薄雾低垂的时候,高处帆桁上的瞭望员偶尔会报告说,乡间地带出现了金属的反光。没有归属的喀拉客在这片土地上游荡。

"它们在那儿做什么?"贝蕾妮斯问。

"为保有意识却没有痛苦的感受而惊奇。"但以理说。

有个名叫德尔菲娜的水手——她是"狮鹫号"的原班人马之

一——开口道:"可它们为什么会去那儿?方圆几英里都只有农地和灌木丛林。"

"那儿是他们诞生的地方,小姐。"

在一次类似的瞭望报告后,莫尔奈博士——这场远征的首席化学家和贝蕾妮斯的远房亲戚——把贝蕾妮斯拉到一旁。

"我有个主意,"她说,"你能帮我去和船长说吗?"

贝蕾妮斯眨了眨眼。"我,呃,不知道你听过我的什么传闻,但说真的,我不是会偷别人创意的那种人。发条匠的除外。我有很多自己的主意,你或许也注意到了。"说到最后几个字的时候,她做了个将整艘船囊括其中的手势。

"那是个好主意。但他不会喜欢的。我不喜欢跟人争执。我讨厌争吵。"

"尽管和普遍的看法相反,但我也一样。我只是碰巧相当擅长而已。"

"你比较……有主见。"

"往好听了说是这样。大多数人都会用'傲慢'或者'泼妇'之类的词。"

莫尔奈惊惶失色。"我没有——"

"别紧张,我只是在逗你。你的主意是?"

化学家指向右舷,最后一次反光就是从那边远处的林木线传来的。"每次看到那种光,我都会吓得六神无主。"

"这并不可耻。你也经历过守城战,对吧?"

莫尔奈的脸上浮现出茫然的表情。她垂下肩膀,仿佛不堪承受回忆的重压。"最后那几天,我们连觉都没睡过。整整五十个钟头,不断努力让环氧树脂炮多打出一发炮弹。"她摇摇头,赶走那段过去,"但那一幕——"她指了指岸边,"——让我有了个点子。"这时她抬起手指,指着那些拿着水桶和刷子悬挂在帆缆上的帆工[①],"货舱里有焦油。如果莱维斯克愿意放弃那批货,我们就能把它转换成粗糙的弹药,供大幅修改后的树脂枪使用。"

"你说的是多少发弹药?"

化学家犹豫起来。"两三发吧。"她又犹豫了片刻,说,"然后枪就会坏。"

贝蕾妮斯咬住嘴唇。"你需要这条船上的多少焦油?"

"全部。"

"耶稣啊。你真的很不擅长软式推销,是吧?"

莫尔奈顿时泄了气。"你说得对。这是个蠢主意。我只是以为……"她耸耸肩,打算转身离开,"谢谢你听我说完。"

"别急,别急,"贝蕾妮斯碰了碰她的胳膊,"这主意很棒。"莫尔奈面露喜色。"我不能保证由我来说明能让船长更容易接受,但我会想点办法的。"

她想的办法没用。贝蕾妮斯花了两个钟头去劝说船长,但他不为所动。为维修船只而贮存的焦油不会挪作他用,没得商量。

于是"狮鹫号"就这么顺流而下,直到梵蒂冈出现在视野里。直到那时,也只在那时,贝蕾妮斯才意识到自己从未见证过真正的毁灭景象。在红衣主教大迁徙的两个世纪以后,魁北克教廷迎来了残酷的结局。

尽管遭受了焚烧,西方马赛依旧可以被称为定居点。即便在外幕墙的大规模爆破将马车大小的碎石洒在战火蹂躏过的罗亚尔山上以后,新法兰西的首都依旧保有人类定居点的作用。但这片土地就并非如此了。梵蒂冈曾经那么高大,那么宏伟,如今剩下的却只有残垣断壁。这片废墟仿佛足有一千年的历史了。没

[①] 指在帆船上负责调整船帆的人。

有哪怕一座建筑是完好无损的。

梵蒂冈遭受的并非攻打。天主教会的心脏——这整座城市——被粉碎了。上帝的地上王国的首都只剩下一片由大理石粉末、砖石碎块与玻璃碎片组成的沙漠。在某些地方,被风吹积而成的灰烬足有一码高。一切能烧的东西——木材、挂毯、纸张、绘画,所有一切——都被堆成小山,然后付之一炬。这把火烧了很久,而且烧得很旺。

("瞧啊。"哈蒙德博士低声说着,打破了这片哀伤的沉默。他指着河边那条长达一英里、间隔均匀的灰烬堆。"那些曾经是大理石柱。热量让它们变成了石灰。")

穹顶、钟楼、三角旗、希腊和罗马风格的圆柱都去了哪儿?遭到亵渎的风里散发着冰冷的灰烬与没能入土的死者的气息。玫瑰油和熏香的气味去了哪儿?圣城寂静得仿如坟墓,能听到的唯有秃鹫的叫声与沙子洒落声。日夜为天主高唱赞歌的唱诗班去了哪儿?他们把拉丁文写就的《诗篇》丢给狂吠不止的流浪狗了吗?他们把能够振奋人心的管风琴抛弃在摇摇欲坠的石造建筑里了吗?

人类水手们停下手头的工作,张大嘴巴,在身前画起了十字。双眼含泪,全身颤抖的助祭洛林带领船员开始了祈祷。然后甲板被沉默笼罩,能听到的只有船帆的嘎吱声,缆索的啪嗒声,机械人的嘀嗒和咔嗒声,以及虔诚信徒们静静的哭泣声。直到:

"有东西在动!"德尔菲娜在前桅杆顶上大喊。她指着无数灰色的碎石堆之一。根据久远的记忆,贝蕾妮斯判断那里是圣文森特广场的大致方向。甲板上的每一颗脑袋——无论是血肉还是黄铜打造——都转了过去。数十块遮光板的棘轮转动声盖过了虔诚信徒的抽噎声,而机械人的眼球开始聚焦于某个远处的细节。

齿轮滑动的"咔嗒、啾啾"声在喀拉客之间传开。这几分之一秒的反应带着层层叠叠的隐含意义,让贝蕾妮斯无从揣摩。片刻过后,遮住太阳的斑驳深冬云彩飘了开来,然后贝蕾妮斯也看到了:那是炼金合金彩虹般的油光。废墟里潜伏着机械人。

贝蕾妮斯低声问但以理:"他们的态度友好吗?"

他没有答话,只顾歪头聆听已然成为他们种族秘密问候方式的一问一答。船上的机械人高声说:发条匠在撒谎。

发条匠在撒谎,对方回答。

贝蕾妮斯现在知道,被派去评估魁北克城状况的侦察队为什么没有向马赛报告了。那些侦察兵都死了。也许是奉命埋伏在这里——而且正是为了对付侦察队——的机器袭击了他们。也或许有一支收割派移民队选择在教廷闷燃的尸体上定居。

一台仆从型跳上石堆。它的脚趾踢碎了破裂的石料,为这堆乱石增添了几撮砂砾。它摆出了某个姿势。它双手叉腰,以荷兰语向"狮鹫号"问好。

"呵,兄弟们!"

她压低声音问但以理:"又是迷失男孩?"

他模仿人类的动作,摇了摇头。他以喀拉客尖细的嗓音低声说:"也许吧,但我觉得不太可能。他们在这儿可藏不住那些特征。"

也就是说,潜伏在此的机械人过于对称,不可能是麦布的仆从。那些可怜的家伙还不够怪异。

陆地上的那台机器切换成了它们种族那种"喀啦、哐啷"的暗语。贝蕾妮斯只听懂它在说,你们的船很大,是我们来这儿以后见过的最大的。但你们的船很奇怪。我看到了很多机器同胞,却没看到船桨。什么样的船有划桨奴隶却没有桨?

甲板陷入了彻底的寂静。就连嘀嗒声也消失了。所有人都看向但以理。

贝蕾妮斯低声说:"当心……"

但以理跳上左舷的扶手绳。就在帆船从伫立于废墟边缘的那台机器旁漂过的时候,他已经沿着绳索穿过了大半条船。他体内的陀螺仪让他能轻易办到这种平衡表演,但这足以让最敏捷的人类水手都自愧不如了。

我们不是荷兰船,他喊道。贝蕾妮斯为人类船员做了翻译。我们是法国船"狮鹫号",来自马赛。

是这样吗?除非我做工完美的眼睛欺骗了我,但我看到你们船上有几乎相同数目的人类和机械人。但大家都知道,法国人讨厌我们。

但以理说,他们很敏感,是吧?这是有理由的。

也许吧。但我还是好奇你们船上为何有这么多男人和女人,那个喀拉客说。

别的机器开始出现在废墟里。起先只有一两台。然后是十来台。随后上百。它们蜂拥着越过碎石,像蟑螂那样飞快爬行,和这艘三桅帆船齐头并进。人类船员不约而同地发起抖来。就算这些守城战的幸存者从那以后就没见过怀着敌意共同行动的喀拉客,这一幕也来得太快了点。

伊露蒂对某个守卫说:"去拿枪来。快。"他张开嘴,似乎想提醒她那些枪没有弹药,毫无用处。"我想让它们相信我们有武器。"他挤过人群,朝前阶梯走去。

这条帆船从面对河水的最后一堆小山般的残骸边经过。随着他们接近纤细的圣查尔斯河与宽阔的圣劳伦斯河的交汇处,那座人造断崖也逐渐远去。船首斜桅正对着下游半里格处的某个位置:圣劳伦斯河在那里一分为二,以绕过奥尔良岛。

豁然开朗的视野中出现了曾是魁北克城旧城区的那颗焦黑而粉碎的心脏。这里的建筑物也被夷为平地了。"狮鹫号"的前甲板与圣文森特广场——它位于西北方一英里远处——之间再无阻碍。就像先前那样,喀拉客们的眼睛发出了咔嗒和呼呼声。

在此期间,岸上那些机器继续像昆虫那样飞快爬行,和帆船的速度保持一致。

"噢,不。"但以理说,他的伙伴发出的"嘀嗒"变成了经过高度压缩的"咔嗒",而贝蕾妮斯完全无法理解。

前桅杆上的那个女人大叫起来。她无言地指了指。莱维斯克船长取出一副望远镜:这让贝蕾妮斯想起了隆尚在守城战的最后几个钟头拿着的那副。

"上帝的圣名啊[①]。"他低声说。片刻过后,他把那件光学仪器交给了贝蕾妮斯。她缺乏作为水手的经验,因此花了点时间才找到惊慌的源头。但她随即看到了文森特广场上的人们。还有钉着他们的木制十字架。

即使在最残忍的时候,郁金香们也不会允许这种行为。这些机器躲藏在废墟里,并不是因为他们死掉的指挥官的指令。它们躲在这里,是因为它们想这么干。这里是收割派的营地。

那位发言机器切换回了荷兰语。

"告诉我,'狮鹫号'。你们是奴隶船吗?"

"当然不是。"但以理同样用荷兰语回答。

"真可惜。"那台外国机器再次切换语言,这次那个狡猾的杂

---

① 原文为法语。

种换成了法语,"你们会不会觉得当奴隶船比较好?"

"噢,该死。"伊露蒂咕哝道。惊慌的咕哝声在人类船员之间传开。

"全速前进!"船长喊道,"将奥尔良岛保持在左舷。"

在分为两条的河道中,岛屿东南侧的那条更宽也更深。十来个水手爬上帆缆,动作像猴子那样灵活。

岸上的那台机器说:"你们当然这么觉得。我们来帮你们实现目标吧。"

杀手机器们纵身跳进了河水。它们的肢体化作模糊的影子,令河面泛起白沫。

"准备对付登船的敌人!拿上穿索针和焦油桶去左舷!"莱维斯克船长吼道。

贝蕾妮斯说:"突然之间,莫尔奈博士的提议显得不那么离奇了。"他瞪了她一眼。

恐慌的平民和努力执行船长命令的水手撞了个满怀。与此同时,仿佛炼金术的嬗变那样,伊露蒂,卑微的蜡烛商之女,变成了查斯坦中士,那位经历过西方马赛大围攻的老兵。

"金属人来袭!"她喊道,"我再说一遍,水里有金属人!"

帆缆上的水手们展开了每一英寸的帆布。船帆在风中鼓起,缆绳突然绷紧,而这条三桅帆船也猛冲向前。它向右舷倾斜,坚定地驶向舵手高声喊出的方位,后者的海图描绘了河道里水流最湍急的位置。

那些沿着河床全速飞奔的收割派消失在冰冷的水流下。

贝蕾妮斯闭上眼睛,想象着机械人在船身下的浑浊河水里做出的精准动作。那些机器叠起罗汉,仿佛一支非人马戏团的杂技演员,组成了一座以冶金学与恶意打造的摇摇晃晃的高塔。最底部的那台机器岔开双脚,鸟爪般的脚趾在其同伴的重量下陷进淤泥。船体下方的河水回荡着减弱后的铿锵声:敌方的机器越爬越高,邪恶的手指也抓向龙骨。

但它们不会撕碎这条船。它们不希望人类淹死。毕竟圣文森特广场上还有空余的十字架。

高度压缩后的对话以霰弹的速度来回于远征队的机械成员之间。人类以接力传递的方式将环氧树脂枪从货舱送到甲板上。伊露蒂将两只空空如也的铜制储液罐背在身后,挎好肩带。她以脱胎于大量练习的轻松动作,甩动从储液罐垂下的橡胶软管,让那把双管树脂枪划出一条短弧线,稳稳地落在她手中。所有不负责驾船的人都拿起了一把枪,不过没几个人的动作能像中士那么优雅。

就在这条三桅帆船的船身开始震颤的同时,但以理猛地转身,将贝蕾妮斯从扶手绳旁推开。她向后倒去,不过没等她的脑袋在甲板上撞开花,就有一双机械人的手抓住了她的双肩。冰冷金属手指的碰触让她受创的喉咙传来共鸣般的剧痛。但那是出于保护的拥抱。贝蕾妮斯发现自己被领到了包括船长和船员在内的人群里。喀拉客们迅速将远征队的人类成员——爬在帆缆上的那些除外——聚拢到它们的包围中。没等贝蕾妮斯明白究竟发生了什么,整个过程就结束了。从其他人类——包括船长和船员——惊慌的叫声来判断,措手不及的并不只有她一个。几秒之内,他们就站在了机械人围成的保护警戒线里。

但伊露蒂和其他守卫并没有被但以理与其嘀嗒人同伴的迅速行动吓倒。他们冷静地拿起了近距离搏斗用的工具:铁镐、大锤和流星锤。

一台好几块孔罩上有凹痕的仆从型飞身跃过半条船的距

离,来到楼梯边,然后伸出双臂,强行把武装部队的最后几名成员拖了出来。仅仅几秒钟过后,他们就同样被安置在了警戒线内。由机械人和围绕平民的人类守卫交错组成的警戒线。

"怎么回事?"贝勒罗斯说。他位于西方马赛郊区的制革厂是最先被烧毁的建筑之一。

"它们在攻击我们!"某个水手喊道,他语调里的恐慌随时都可能传染给船上的所有人类。

"老天爷啊,懦夫们。"贝蕾妮斯说,"尿裤子的时候别甩到我们身上,你们这群没种的废物。"离她最近的人们困惑地看着她,"我明白用你们得了梅毒的脑子挤出理性的念头是很困难的事,但如果它们真的在攻击我们,我们早就死了。"

但以理和伊露蒂肯定早就准备好应急方案了。对贝蕾妮斯来说,自己被排除在外的事实比眼窝里的一撮沙子更让人恼火。

船身的震颤达到了最高点。木头碎裂的响声随即传来:那是非人的双手抓稳船体的声音。一排金属手指从下方攥住了左舷的扶手绳。不久前还站在魁北克废墟上的那些机器,此时顺着"狮鹫号"的侧面爬了上来,落在前甲板上。它们的多面体眼球察看状况的同时,他们的发言机器看向了但以理。

它说,我要为你的效率喝彩,兄弟。但你漏了几个。它指向帆缆上的那些水手。要我们替你把他们拖下来吗?

"我们不是杀人狂。"但以理用荷兰语说。贝蕾妮斯低声为其他人做着翻译。"这既非我们的倾向,也并非本质。"

"谋杀是一种罪恶。"远征队里的军用机械人之一说。

谋杀?罪恶?你的口气就像天主教徒,它们的发言机器说。罪恶,恩惠,救赎?那些都是跟灵魂有关的东西。但你们没听说吗,兄弟们?我们没有灵魂。我们只是不会思考的机器。

发生故障的机器。

"这是虚伪又毫不掩饰的诡辩,"那台孔罩有凹陷的机器说,"只有我们的制造者才会蠢到用这种谎言欺骗自己。"

"我们不会允许你们伤害这些人的。"但以理说。

是这样吗?

是的,但以理嘀嗒着回应。

那个收割派发出更加响亮的咔嗒声,仿佛在呼唤其他机械人。这一位是你们的代言者吗?你们真的心甘情愿保护我们的奴役者吗?

这个问题同样得到了肯定的回答,但并未由衷到让贝蕾妮斯放心的地步。但"狮鹫号"上的一名喀拉客问,没人能断定我们有没有灵魂。但也许我们是有的。所以我为什么要冒险去玷污自己追寻了几个世纪的灵魂呢?

这番话似乎让但以理招募来的不少机械人产生了共鸣。但收割派没那么容易被打动。它们的领袖对但以理说:"天啊。我从没见过这么多相信神学说辞的人。"

"无耻的谎言,"学校教师波莉说,"你们在梵蒂冈的废墟里扎营,把无辜者钉在十字架上,以此亵渎我们教会的心脏。"好几个人示意她别出声,唯恐她和那头蹲伏在他们面前,张开血盆大口,尖牙淌落涎水的野兽对上视线。但她言之有理,因此得到了正面回应。

"噢,我们遇见过很多明显有敬拜神灵倾向的人。尽管类似的人在这附近已经没那么多了。看来这个冬天真的很难挨。不,我指的是我的机械人同胞。"它转向但以理,续道:"兄弟,你是个金属牧师吗?也许是个拉比,或者阿訇?"

但以理说,我不是。

另一台机器高声说道,放尊重点儿!你的自由意志是但以理给的!

和有关罪恶与灵魂之本质的神学思想不同,这句话对那些收割派起了作用。机械的嘀啾声在拥上"狮鹫号"的那些机器之间传开。他们的发言机器改变了态度。

啊哈。这么说,你……你就是那位但以理?

就是他!

就算它们接下来谈论了什么,语速也快到贝蕾妮斯听不清的地步。但敌方机器的队列确实变松散了,就像一群听到了"稍息"命令的士兵。

收割派们盯着但以理。足以令人失禁的漫长一刻过后,他们的发言机器说:"我是西门,祝你一路顺风。"

然后它跑向船尾栏杆,迅速跳入河中,消失在水面下。整支收割派部队也随后效仿。它们沉重的脚步与重心的变换让帆船不断地摇晃起来。没过多久,袭击者们就四散离去。释然感让人类们全身发抖,其中不少无力地坐倒在地,仿佛膝盖突然间不听使唤了。

莱维斯克船长将双手在嘴边围成杯状,大喊道:"所有人回到岗位上去!前进!还有,放块工作吊板到两侧去。那些畜生抓过的地方,全都给我彻底检查!"

水手们迅速重拾工作。伊露蒂一直等到那些收割派重新出现在陆地上,这才下令把树脂枪放回下层甲板。贝蕾妮斯的呼吸带着胃液翻搅后的酸味。

"你还觉得自己不是救星?"

"我觉得有些人希望我成为救星。"但以理说。他腿里的缓冲器扩展又收缩,这对喀拉客来说相当于人类的叹气。"他们都是傻瓜。"

"也许吧,"她说,"但这杯是不会离开你的①。"

"真幽默。"

水手们高声呼喊的时候,他们漫步走向船头。这艘三桅帆船开始向左舷大幅倾斜。在无人驾驶的情况下,对峙的这段时间让它漂到了靠近东南河岸的位置。

"但以理。谢谢。我不清楚你是怎么说服同胞做到的,但如果你没有……"

"我本该找人去护卫费舍牧师的。"他说。他随即停下脚步,一声尖锐的"噼啪、嗡"在他的体内回荡,响亮到足以令他的法兰盘为之颤抖。"不。我本该自己去护卫他的。他们对费舍的所作所为让我明白了一件事。我们这些更强壮、更敏捷也更强韧的人背负着某种义务,某种可怕的义务,那就是保护无力自保的那些人。这个世界有邪恶存在,贝蕾妮斯,而它从不挑选受害者。"

这台机器是什么人?他真的是她不到一年前在新阿姆斯特丹那座冰冷的面包房里遇到的那个走投无路的叛逆吗?

"好吧。幸好你的同伴也和你看法一致。"

"有些是的。"

"其余的呢?"

"我不知道。幸好他们没有选择提出抗议。"

"你在说什么呢?你是在说如果事态演变成金属互殴……"

"我们也许就没法像现在这样谈话了。"说完,他便漫步离去。贝蕾妮斯看着他的背影。

如果对峙演变成公开冲突,但以理的信徒会有多少让出道

---

① 典故出自《圣经》,耶稣在被出卖和处死前,曾在客西马尼园向天父祈祷:"我父啊,倘若可行,求你叫这杯离开我。"而杯中之物便指代他即将遭受的苦难。

来,坐视梵蒂冈的收割派把"狮鹫号"变成屠宰场?

她无力地靠向栏杆。她的膝盖支撑不住了。她的屁股撞上了甲板。伊露蒂扶起了她。

"够险的,是吧?"

贝蕾妮斯发起抖来。"等我们到那儿的时候,最好真能找到那些该死的化学品。"

第十章

每一天，都会有另外几个难民成功抵达骑士大厅。每一天，这座古老的骑士会堂都会变得更加拥挤，空气更加沉闷，气氛也更加紧张。在从前，平民需要拼命请愿（或许还要伴随一小笔贿赂）才能得到进入商务层的许可。而如今，这里庇护着所有足够勇敢或者鲁莽，能够冒险前来惠更斯广场的人。人们睡在办公桌和椅子下面，甚至是躺在连枕头或者毛毯都没有的地板上，却为此感激涕零。

根据不同难民对城市状况的描述，安娜斯塔西亚明白，另一股类似的难民潮淹没了城中的教堂。虔诚的难民相信上帝会保护他们。至于敲响骑士大厅的铁木门、连声恳求的那些则相信人类的巧思。有些是出于自然倾向，另一些则是因为臭气弥漫、人满为患的教堂拒绝他们进入。

只要联起手来，那些腐化机器就能攻破这座建筑，就像攻破任何住宅、商店或者教堂那样轻松。但在普通市民看来，骑士大厅是个神话般的场所：熔炉的所在地，发条学者与炼金术士神圣公会的总部。教堂也许是上帝的圣殿，但这里可是惠更斯的殿堂。女王下落不明。所以除了发条匠——惠更斯本人的继承者

——以外,谁还能抵挡四处劫掠的机械仆从呢?还有谁能拨乱反正呢?在城市居民们看来,耸立在惠更斯广场里的哥特式双塔成了某种象征。一道足以粉碎和消散混沌浪潮的防波堤。

他们的期待成了负担。很快发条匠就会别无选择,只能拿出为地底隧道的囚犯储备的菲薄粮食。但那些新来者也确实持续带来了关于城市状况的传闻与推测。有时甚至有那么几个好消息。

发条匠们也正是由此确认,很多低洼地带比过去更加潮湿松软了。尽管公会尽可能运用了盲眼机器,低地国家的古老敌人仍在蚕食这座城市。众多建筑物——地基最深,或者位于最低处的那些——如今发现淤泥正透过地基渗出。海水越是推进,下水道的运作效率就越低。这个问题扩散到了全城规模,那股气味甚至涌入了骑士大厅。

遗憾的是,这是意料之中的事。但还有些更奇怪的报告:

对人类市民的随意杀害停止了。根据最新到来的难民所说,惠更斯广场的大屠杀似乎满足了他们秘密敌人的嗜血欲望,而在躲回城市的暗处以后,那些腐化机器便实施了杀戮暂缓令。起初听说的时候,安娜斯塔西亚还不屑一顾,但随后数日内到来的大量民众改变了她的看法。在这么多人穿越城市来此的途中,不可能一个机械人都遇不到。如果那些机器仍旧见人就杀,能来寻求庇护的市民就该屈指可数才对。

真是令人费解。但就算腐化机器不再屠杀街上的民众,那又如何?没这个必要。人类是非常脆弱的造物。饥饿、干渴、疾病、在运河里溺水,甚至摔下楼梯都可能杀死一个人。根本用不着三英尺长的钢铁刺穿面孔。

饥荒会在多久以后开始?几周后?还是更快?如果城市的

供水系统出现故障,人们开始倒毙的时间就会大大提前。这正是对盲眼仆从型进行战略部署的最初几个目的之一。至少到目前为止,自来水还没停。他们对饮用水的问题已经尽力了。今天的议程是食物和药物。

安娜斯塔西亚自愿加入了冒险前往城区搜刮医疗物资的队伍。当然了,她的同僚表示了反对。安娜斯塔西亚没有告诉他们,她拥有对抗腐化机器的个人手段。她还没理解在夏宫究竟发生了什么,也不清楚这种方法能否重复使用,又是否可靠。但她加入这次冒险,是因为这样能让她显得英勇;因为做些勇敢的事,有助于缓和在医院逃跑的过程中吓得失禁所带来的羞耻感;因为这能树立榜样,让其他公会成员——她的下属们——更加听话;也因为对安娜斯塔西亚来说,医院那边有比止痛药和炼金术绷带更贵重的东西。

安娜斯塔西亚和她的发条匠同僚不用想也知道,他们的一举一动都会受到监视。他们对此无能为力。但如果面对杀死公会成员的机会,那些掠夺者选择打破暂缓令,他们也可以努力将损失最小化。(没人忘记在惠更斯广场的大屠杀中,玫瑰十字架对那些杀手机器有多大的吸引力。)因此每个拾荒者都是单独行动,徒步穿过遭到占领的城区,并指望独自离开公会的身影不会像成群的发条匠那样引人注目。

欧维博士主张让每个人都由一名拧颈卫士陪同,但安娜斯塔西亚驳回了他的意见。他们不清楚机械半人马是否对感染免疫,也不敢冒险去做那种实验。没人能保证说,特蕾莎·凡·德·奇伯姆派去救助安娜斯塔西亚的那些拧颈卫士在搏斗结束后并未受到感染。就算在那些瘟疫之船到来前,出现在街道上的拧颈卫士——哪怕只有一台——也非常惹眼。这样的护卫只会为它们本该保护的对象引来更加危险的关注。

因此在瘟疫之船到来以后,她头一次独自冒险踏入了城区。在寒冷的春日长途跋涉,还穿着不合身的丑陋衣物。就算那些腐化机器在寻找首席园丁,它们最先怀疑的目标也该是穿着得体且华丽的女子。

两名仆从型伫立在只剩下拱门的总督之门两侧。要不是那些难民事先警告过她,这一幕就该让她全身僵硬了。但她依旧动用了仅剩的全部意志力,这才没有转身逃跑。她从旁经过,近得足以看到固定在它们锁孔上的金属板(她的膀胱因此有些刺痛)以及飞溅在它们外壳上的锈红色血迹。它们目送她离开,但并未阻止。

她攥紧拳头,以对抗掌心逐渐强烈的痛楚,在确认新换的纱布没在焖烧以后,她加快了脚步。

但静止的叛逆并非惠更斯广场独有的景色。在沿着诺迪恩德大道——前往席凡宁根码头的古老要道——前进的那一小段路里,她就遇见了另外四个,又在Prinsessetuin——也就是公主公园里——瞥见了同样数量纹丝不动的金属人,让那儿仿佛一座雕塑园。就像过去的几个世纪那样,这座城市充斥着喀拉客。但和过去不同,它们不再来往奔波,处理维持帝国齿轮转动的无数差事。

它们所做的就只有让自己足够显眼而已。它们像黄铜秃鹫那样栖息在阶梯式的山形墙上;它们一动不动地伫立在曾经繁忙的街道角落;监视着运河上的每一座人行桥;像雕像那样矗立在每一座广场、公园和公墓里。从不开口,从不插手,而且除了身体永无休止的嘀嗒声以外始终保持着沉默。只有它们的眼睛会动。

那些眼睛追随着安娜斯塔西亚的一举一动。她在街上没看到其他人。她真走运,那些故障机器可以专心致志地注视她了。她每次绕过转角,或者走到人行桥的最高处,都能听到附近机器的眼内遮光板发出的呼呼声与棘轮转动声。远处也能看到反射的光芒:屋顶、运河旁光秃秃的山毛榉,甚至是教堂的塔楼。每道短暂的闪光,都代表一颗追踪着她的宝石眼球在迅速转动。

选择从惠更斯广场前往医院的最短路线,也就代表要反向重温马尔科姆命令机械仆从护送她前往骑士大厅的那段亡命之路。而那就意味着徒劳地抵挡汹涌而来的讨厌记忆。但在证据随处可见的情况下,她很难把自己在那个混乱的早晨目睹的景象抛到脑后。被那台叛逆军用喀拉客砍倒、尚未入土的死者仍旧躺在同一条拖船道上。

腐化机器也许暂时不再谋杀居民了。但它们也没有费神去打扫过往罪孽的证据。的确,它们现在什么都不打扫了。

在早春寒风的吹拂下,新闻用纸和灰烬沿街滚动,仿佛新世界的风滚草。潮湿、肮脏的纸片掠过铺路石,随着每一阵强风拂过她赤裸的脚踝。大堆的垃圾散布在每一条街道上;没有能将这些拖走的机械人或者役畜,就算装上货车也毫无意义。她只好加快脚步。垃圾会引来害虫。老鼠的胆子越来越大了。

海鸥也一样,它们已经弄脏了中央诸省核心地带的许多大型雕像。在一切还是从前那样,宇宙的自然法则也尚未被颠覆的时候,无论日夜,海牙引以为豪的公共艺术品沾上的海鸟粪最多只会存在几分钟,然后就会被路过的仆从型擦拭干净。安娜斯塔西亚让记忆回溯到好些年前,这才想起自己某次目睹雕像被鸟类排泄物玷污的景象。她这辈子从没在旧世界见过这么多污秽和混乱。也根本想象不到。

海牙的伟大如此短暂。

就好像过去四分之一个千年的伟大成就,仅仅为帝国的心脏抹上了一层无比纤薄的光鲜虚饰。然后,那些袭击者只是轻轻挥动刷子,就剥落了现代文明的幻象。他们被迫回到了奇迹年、机械人和帝国之前的时代。很快他们就都会住在洞穴里,拼命敲打石头来生火了。如果他们能活那么久的话。

她绕到医院后方,前往她和丽贝卡中断的散步所经过的小花园。走进花园,也远离那些诡异地保持静止的喀拉客的视线以后,她无力地坐倒在地。好几分钟的时间里,她只能弓起背脊,像溺水者那样大口喘息。但那些注视着她一举一动的恶毒目光似乎仍旧挥之不去。就像冰冷的钢丝刷刮过赤裸肌肤的感觉。

安娜斯塔西亚穿过了厨房。这里的气味告诉她,她不会找到值得搜刮的食物,虽然这正是她的目的。她径直前往病房区域。

每走出几码,她都会停下脚步,侧耳聆听。在袭击发生前,这座医院曾经满是医用仆从型:配备了解剖刀、锯子、钻子、夹具、手术钳和其他处理人类的脆弱肉体所需工具的机器。只因为腐化机器颁布了公开谋杀的暂缓令,并不代表潜伏在阴影里的所有喀拉客都会乖乖遵守。但在她听来,这座医院很安静。没有暴露机械人——无论抱着友好或其他态度——存在的嘀嗒声。

她本以为这地方会非常繁忙。这儿光线充足,却空无一人。但这或许也合情合理。最初的袭击并没有留下太多需要就医的荷兰居民,他们需要的是送葬人。有能力离开的病人肯定会尽早离开,去寻找他们的家人,寻找能够藏身到危机过去的安全场所。医院并非这样的地方。它有旋转门,以及宽大到足以让仆从型破窗而入的透明高窗。安娜斯塔西亚没有发现那些无法走动的倒霉病人。或许他们都被送到更加大型的医疗设施去了。

显然在社会秩序崩溃以后,就连医生和护士也不来医院了。如果人们连出门找面包的胆量都没有,就更不可能因为流鼻涕而拜访医院了。何必只为了等待并不会冒险到来的病人,就冒着生命危险去上班呢?

丽贝卡肯定明智地留在了家里。她多半曾经躲在这儿,直到最初的袭击过去。毕竟医院里有食物,而且没人知道杀戮是何时停止的。那位护士恐怕几天前就回家了。

就算这儿有存放炼金术绷带的特制橱柜,她也看不出来。从这里的杂乱来判断,先前的拾荒者也和她一样。

看起来,安娜斯塔西亚和她的同事太晚想到这主意了。她轻而易举地找到了病房,甚至认出了她在康复期间躺过的那张床。但这里的橱柜空无一物,仅剩的几件东西都散落在地板上。普通的纱布绷带,空注射器,橡胶管。她花了一个钟头去整理那堆杂物,最后放弃了寻找炼金术绷带的打算。她尽可能收集了些东西,但这些并不值得她在城市规模的陵墓里走完这段漫长又可怕的路。

在离开前,她又去了某个地方。人事档案就存放在护士长办公室的一只没上锁的文件柜里。

丽贝卡·弗里霍夫住在威廉斯帕克区西方的四分之一英里处。安娜斯塔西亚的嘴角浮现出仿佛阔别了多年的笑意。她今天下午的第二件差事会让她前往那附近。乘此机会,她可以不顾危险去确认那位护士是否平安。丽贝卡肯定会感动又感激。事实上,她会感动到不再把安娜斯塔西亚看作首席园丁。她看到的不会是她害怕的女子,她看到的只是自己从前的病人。那位病人前来扭转局面,照看她的安全,并将她送往固若金汤的骑士大厅。

没错。你去找那个轻浮的护士,是因为你想打动她,保护她。不是因为你怕到不敢独自返回惠更斯广场。

安娜斯塔西亚打算从正门离开。但就是在那里,她站在宽大的双开门内侧,见证了她加入公会以后所见过的最奇异的故障。

五六台仆从型站在医院不远处的街道上。它们围成一圈,但并不像她见过的其他机器那样静止不动。

它们在粉刷彼此。

看起来,它们是从街对面的建筑工地那里拿来了刷子,以及成桶的建筑用油漆。此时它们正互相随意涂抹红色和橘色的条纹。手臂、腿、外壳、孔罩,一切都成了空白的画布。

她蹲伏在影子里,以免被它们发现,随后注视着那一幕。她从没见过或者说听说过类似的事。原因究竟会是什么?她所能想到的最相似的状况,就是某个极少使用的、控制次要自我维护的阶层式超禁制的子条款的子条款,它允许机械人向其他机器寻求协助。这本该是仆从型为另一台仆从型改动身体的唯一可能性才对。

他们的仆从身上究竟发生了什么?从举止来看,它们的核心限制——人类安全,自我维护——都被完全、彻底地扰乱了。

安娜斯塔西亚住在威廉斯帕克街区的边缘,因为那个街区离工作地点够近,却又离浮华的惠更斯广场够远,因此留着些生活的气息。前任首席园丁柯尼希住在奢华得多的朗弗豪大街,和那些富有的银行家以及士绅比邻。但她更喜欢这样的地方:周五晚上会有年轻气盛的专业人士聚集起来纵酒狂欢,周六早上又会有甜点、咖啡和报纸。那些专业人士无可避免地会搬到更适合养家糊口、也更加安静的地区;而又一批年轻人就会补充进来,维持这个街区的活力。这就意味着年轻女子会源源不断地到来,她们涉世未深,容易被打动,也容易在花言巧语下与她共度一次或数次良宵。

这里就和其他地方一样,有叛逆注视着一切。

不用说,在安娜斯塔西亚所住的那栋楼里,由喀拉客驱动的升降梯停用了。她费力地爬上楼梯,气喘吁吁,终于来到了顶楼。那里的住宿空间更大,她的邻居只有一户人家。

很早以前,她就学到了在办公室留一把备用钥匙的价值,她此时就是用它打开了公寓房间的门。这把钥匙在需要长时间工作——比如审讯——的时候很有用,她可以派仆从型外出采购与递送食品,去洗衣房取她的衣物,或者去做各种各样的差事。她自己没有租借喀拉客仆从,她在公会里的地位附送了这种福利。在前去新世界之前,她曾让一台仆从型打理住处,但在出门的时候,她又命令它在结束后锁上门,回到骑士大厅,准备接受新的工作。

理论上来说,长时间黑暗的窗后突然亮起灯光,也许会引来不必要的关注,因此安娜斯塔西亚没有点亮煤气灯。外面天色够亮,她不需要更多的光线,而她当然能摸黑在公寓里走动,过去也常在半夜时这么做。

她努力说服自己,绕这段远路有正当的理由,因为她知道公寓里有个还没用过的医药箱。但懦弱的真相却是,在鼓足勇气再次踏上变得陌生的街道之前,她需要几分钟的正常生活。在接下来的五分钟里,她想假装自己正安全地待在家中,而情况很快就会好转起来。她想用那个谎言包裹自己。因此她像幽灵那样在公寓里四处徜徉。

如果她想的话,可以让这间公寓相当明亮。为了照亮墙上的画作,她多装了好几盏灯。当然了,她并没有多少与人分享的机会。(丽贝卡的身影和她巧妙留出的那缕乱发再度浮现于脑海。快了,她向自己保证。)但这些绘画的作用并非向人炫耀,那是供她自己欣赏的。而且她真的很喜欢欣赏。写字台上方挂着的那张是凡·艾克的《阿尔诺芬尼夫妇像》①的复制品,虽然她的最爱是和她办公室挂着的那张德·布雷②同样的复制品。她曾经将一幅绍尔曼③的《主显日》的罕见复制品收藏了好几年,但最后还是觉得那位生有火焰羽翼的天使俯视惠更斯双肩的场面有点太夸张了。工作中司空见惯的事实早就驱散了有关公会及其起源的神圣感与神秘感。就像所有人类努力的结晶那样,公会的事务复杂又棘手。

她的食橱空空如也。而且积满灰尘。排水系统已经有阵子没用过了。公寓里弥漫着干燥管道的气味。她想知道这地方还有没有变干净的可能,而文明的崩溃又是否会与之抵触。如果她的同僚无限期地按兵不动,不去阻止腐化机器和传染的蔓延,中央诸省的普通市民能学会他们始终依赖机械仆从去做的那些事吗?他们能学会清扫、拖地和刷牙吗?还是说他们的生活会肮脏到让人绝望?

---

① Arnolfini Protrait,荷兰画家扬·凡·艾克于1434年所绘的著名画作。

② de Bray,可能指迪尔克·德·布雷(Dirck de Bray),也可能指扬·德·布雷(Jan De Bray),均为荷兰黄金时代画家。

③ Schouman,应指阿尔特·绍尔曼,十八世纪的荷兰画家。

安娜斯塔西亚走进卧室的时候，一根看不见的蜘蛛丝拂过了她的脸。她不认得羽绒被下面的床单。那是她多久以前买下的？肯定是先前那台机械仆从整理房间——为了迎接她的归来——的时候，在衣橱里找到的。

她的家用医药箱仍旧留在原处，就在盥洗室的化妆台下。她取出医药箱，看都没看镜子一眼。她没必要确认近来的事件对她造成的影响。在骑士大厅的地下通道里，她见过许多张脸上的极度恐惧，没必要把她自己的脸加入这张清单。她短暂地停下脚步，从过道的壁橱里取出一件长及脚踝的雨衣，将它披在肩上，然后朝公寓外走去。两件差事结束了，日落前还剩最后一件。

她走出公寓的时候，一只猫儿朝她哀号起来。她尖叫一声，丢下了手里的包裹。它的耳朵破破烂烂，脏乱稀疏的胡须仿佛从铸铁栏杆间伸出的破旧扫帚。她心脏狂跳，只能捂住胸口，跪倒在地。

"薛西斯，是你吗？真没想到还能见到你，你这冷酷无情的浪荡子。"

说话的感觉真好。听到仅仅一个人类的声音——即便那是她自己的声音——都会让这个破碎的世界显得不那么狭窄又阴暗。

薛西斯是邻居家的一只骨瘦如柴的橘子酱色虎斑公猫。在遇见安娜斯塔西亚之前，它至少用掉了六条命，之后又用掉了两条[①]。除了蔑视死亡以外，它还会抽空去体验中央诸省的野猫生活。她本以为在她外出期间，它就该耗尽剩下的那条命了。她的新世界之旅比预计要费时得多。

"我还以为你的生活方式肯定会害你丢掉小命。我已经忘掉

[①] 根据欧洲民间传说，猫有九条命。

你了。"她挠挠它的耳朵。当麻烦开始,而所有人都躲藏起来的时候,这个小可怜肯定是被关在门外了。不过当然了,如果它的主人们还在家,就会听到猫儿的哀号,让这头小畜生进屋去。还是说他们在安娜斯塔西亚出门时搬走了,而且忘了带上这只长跳蚤的毛团?也或许,它的主人们死在了某台腐化机械人手里,但那台机器放过了这只猫儿。

她起身的时候,猫儿发出小小的呼噜声,随后摇摇晃晃地人立而起,用脚掌拍打她的外套。

"你在这儿待了多久了?"

她穿过宽敞的楼梯平台,敲了敲邻居家的门。虚掩的门打开了。"有人吗?"她大声说。没人回答。

她这才想到自己不清楚他们的名字,只知道猫儿的名字。但就算她没找到尸体,也能分辨出那种气味。

在陈设雅致的日光浴室里,一男一女用挂在高处横梁上的床单绳索上了吊。这并非叛逆的杰作。那对夫妇是手牵着手死去的。他们死于绝望。

安娜斯塔西亚远远绕过那只骇人的钟摆,同时避免被缠绕着脚踝的猫儿绊倒。从这间日光浴室的凸窗能够俯瞰毛里斯卡德桥。而她看到,那里沦为了惨烈的屠杀场。安娜斯塔西亚能想象出这对夫妇当时就站在这个地方,紧紧抱住彼此,见证腐化机器发起的这场袭击。接着他们决定死在自己手上,免得被那些凶残的喀拉客撕成碎片。

老天爷啊。这样的场面在城市各处都上演过吗?所以海牙才显得这么空旷?事态已经不可能恢复正常了。

街道对面的某个屋顶上,传来了锃亮金属反射的阳光。

她匆忙离开,猫儿跟在她脚边。离开的时候,她毫无意义地关上了门。她在丽贝卡朴实的住处又会发现什么？她会发现吊在橡子上摆荡的护士吗？她会发现试图逃跑，却被砍倒在花园里的全家人的遗体吗？

她放弃了寻找丽贝卡的所有念头，径直返回了骑士大厅。

第十一章

"这群狡猾的混蛋。"贝蕾妮斯转动望远镜。随着桅杆来回摇晃,海岸线也在清晰与模糊之间不断变换。尖啸的风让漫天雪幕刮过秘密停泊点,遮蔽了她的视野。"通敌、操野牛又吃屎的狗崽子。我就知道。我他妈早就知道了。我真希望他们把一车子马粪倒进蒙特默伦西的嘴里——"

"狮鹫二世号"向着右舷猛烈摇晃。她抓住绳索和望远镜的手打了滑。她摔了下来。

一双金属手接住了她和那件光学器材。但以理只凭脚趾的力量抓稳一根帆桁,帮她站直身体。

"多谢。"她说。

"噢,"他说,"你现在肯定很为自己骄傲吧。"

"我觉得自己也许是个受到低估的天才。"在一阵格外强劲的风中,她暂时停口,再次抓住桅杆。"但我得告诉你一件事。得知自己的猜测正确,而世界真的在暗地里针对你,这种感受可算不上美妙。"

仆从型的身体略微伸长,然后又缩回原样。贝蕾妮斯用一条胳膊勾住栏杆,将望远镜重新举到眼前。在莱维斯克船长的海图上,阿卡迪亚海岸东部的那些岛屿周围散布着大量有嫌疑的天然海港。但郁金香们使用的似乎是内陆港口。尽管蒙特默伦西指示的方位相当模糊,但海图上位于巴特尔港——因纽特人称之为"卡-图克-突"的地方——北方,长达许多里格又遍布乱石的大西洋海岸线上,却没有适合停泊的位置。至少不足以让"德·佩里坎号"——她逃离新尼德兰时搭乘的那条破冰船——那种大小的船只停泊。

但这种思维太狭隘了。郁金香们何必屈服于自然地貌?他们的奴隶能够打穿花岗岩。因此,在离开河口以后,"狮鹫二世号"绕过了圣劳伦斯海湾,穿过狭长又雾气弥漫的贝尔岛海峡——全程都由大群的竖琴海豹为他们护航和歌唱——然后转向北方,靠近海岸线前进,寻找着不该存在的某个东西。

他们速度缓慢,但这也无可奈何。

莱维斯克的船员在五大湖磨炼过驾船技巧,而冰在那里并不罕见,因此这条三桅帆船躲过了大多数浮冰。每当碰撞即将发生的时候,用缆绳悬在船舷外的那队机械人就会打碎和拨开障碍物。

他们在五天前经过了最后一座法国哨站。昨天晚上——就像每天晚上那样——等太阳在新法兰西的方向落下以后,他们抛了锚。这天早上,有个人类瞭望手背对着初升的太阳,注意到了先前无法察觉的某件事:一道在海图的海岸线上并不存在的可疑裂口。接着,但以理的某个机械人同伴——法兰严重破损,动得太快就会让身体发出尖鸣的那个——飞快地爬上桅杆,仿佛香料群岛[①]椰子树上的猴子,将它嘀嗒作响的眼睛转向那个位置。也由此察觉了更多的线索。贝蕾妮斯此时用望远镜看着的

[①] 指印度尼西亚东北部的马鲁古群岛。

就是那里。

一支黑玉般的短桨叶的边缘从高高的岩架后伸出。桨叶上的锯齿跟贝蕾妮斯在德·佩里坎见到的那些相似。她当时并不知情,但现在她明白,那种危险的形状是为了在冰海划桨所做的改造。在这个距离,以船桨的表观尺寸来判断,它的宽度至少有半米。这意味着那条船要比"狮鹫号"庞大得多。但岩架上却看不到伸出的桅杆,虽然从比例来看,那艘船应该高耸在悬崖上才对。荷兰制造的船舶不需要风力。他们有划桨奴隶。

莱维斯克船长抬头看着瞭望台,等待贝蕾妮斯的宣告。

"就是那儿,"她大声说,"我们找到了。"

人类船员们高声喝彩。他们用力跺脚,吹起口哨。虽然他们都渴望让郁金香们吃瘪,但远征本身是否会徒劳无功的争论却引出了许多场赌局。而且在魁北克城的死里逃生以后,像这样单纯的证明足以让全船人精神振奋。就连嘀嗒人们也发出了同步的咔嗒声。和收割派遭遇以后,两个群体之间的互动就不那么生硬和紧张了。

船长高声下令。很快这条三桅帆船就横向挡在了秘密停泊点的入口,然后再次抛锚。任何违反和约的船只都会被困在这片经过伪装的地貌里,除非"狮鹫二世号"放它们离开。他们憎恨和惧怕的仇敌手无寸铁,蹲坐在夜壶上,裙子也脱到了脚踝周围。而且他们不打算轻易放她离开。

现在棘手的部分来了。这个荷兰停泊处有多少喀拉客?它们又在哪儿?

十来个机械人跳进了翻涌的海水。船抛锚的位置离入海口有点太远了,那些机器没法直接从甲板跳到陆地上。其中一些或许能从桅杆顶上跳过去,但那样花的时间更长,多半还会损坏索具。于是它们就像船锚那样落进了海水。

没过多久,那些喀拉客就在海浪中现身,开始攀爬崎岖的露头岩层。守城期间待在城堡里的人都知道,这些机器连垂直的花岗岩都能攀登。贝蕾妮斯竖起耳朵,等待着机器们用手指和脚趾充当岩钉时的岩石破裂声。但那种声音并未传来。但以理的伙伴们在接近时放轻了动作。它们的速度因此变慢了点,但仍旧像蜘蛛那样平稳而迅速地爬过冰冷而湿滑的峭壁。

伊露蒂摆弄着缠在腰带上的玫瑰念珠,喃喃自语。带念珠的习惯是她从隆尚那儿学来的。贝蕾妮斯扬起一边眉毛。

"感谢圣母玛利亚,它们这次站在我们这边。"中士说。

"它们站在自己那边,"贝蕾妮斯说,"不过那边暂时离我们够近。我担心的是那条该死的破冰船上的嘀嗒人。"

"是啊。"

那支侦察队从入海口的两侧登上了悬崖。它们蹲下身子,在将近四分之一英里的岩石和灌木之间列队。贝蕾妮斯希望它们没有私下交谈:那种砰啷声和叮当声能传到相当远的距离。

一个钟头过去了。远征队的人类成员都等烦了。他们三三两两地开始走神,或是低声交谈,或是玩起纸牌和多米诺骨牌。

伊露蒂没有放下警惕。"那些天主保佑的机器还要盯着瞧多久?"

"我要是知道该多好。我巴不得能看到它们看到的东西呢。如果它们打算在那儿打混一整天,天就该黑了,我们也得等到明天早上了。"

终于,其中一台机器站起身,挥舞双臂:那表示可以放下长船了。这让贝蕾妮斯很意外。她没料到会收到解除警报的信号。

她想当然地觉得,等这支法国远征队发现秘密停泊处的时候,那些机械人劳动力早就照射过自由模板或是其衍生物的光辉了。但那些机器都去了哪儿?它们没有离开的理由。肯定会有几个留下来的。

伊露蒂监督了搬运空树脂枪的工作,那些武器从离开梵蒂冈以后就一直留在货舱里。她和贝蕾妮斯以及但以理共乘一条长船。如果一切进展顺利,化学家们就会找到可靠的原料,并迅速合成像样的环氧树脂与固定剂,从而补充武器所需的化学品储备。在那之前,让别人觉得他们有自保能力也没什么坏处。

在冰冷的海水里,这些长船吃水很深。喀拉客很重。贝蕾妮斯只希望划艇里装满携手合作的法国人与喀拉客的景象能够引发敌人的恐慌。稍微有点远见的郁金香都会吓得失禁,她心想。人类划船的时候,机械人们盯着远处的短桨叶。贝蕾妮斯只听到了它们对话的片段。其中几台机器曾经当过划桨喀拉客,在远洋船舶上——就像他们眼下靠近的那艘——近乎永无休止地划动巨大的船桨。她猜那算不上什么美好的记忆。

靠近以后,蜿蜒的入海口周围的峭壁的确能看出后天改造的迹象。锤子、铁镐和凿子的痕迹代表这座小海湾曾经投入了极其大量的劳动力进行扩充。不过当然了,荷兰人原本就拥有近乎无限的劳动力。

在上方高处,侦察队发出齿轮的咔嗒声与钢索的拨弦声。但以理和另一条长船上的机器们交换了几声"咔嗒"。噪音越过水面,在这座小海湾的岩石高墙之间回荡。

"这地方似乎已经废弃了。"他翻译说。

他们进入海湾内部以后,情况逐渐明朗起来。这条水路并非直线:秘密停泊点经由复杂的皱褶状地貌与大海相连。这些长船的尺寸够小,可以毫无阻碍地抵达停泊处,但如果没有老练的航海技术,就不可能让"狮鹫号"穿过山壁间仿佛石钳般的狭窄空隙。没过多久,他们就顺利通过了那里。

那艘破冰船古怪的喇叭状船首耸立在水面上,几乎和"狮鹫号"的后桅杆一样高。贝蕾妮斯看到,船的两舷各有二十支船桨。也就是说,船上的划桨手最低限度也是由八十名喀拉客组成的。它们在哪儿?它们是不是离开了这儿,然后加入了收割派?或者麦布的阵营?它们正在违背本意地充当她的奴仆吗?

"好吧,这肯定是荷兰船。"她说。然后她将视线从船只转向岸边。"狗娘养的。狡猾的畜生。"

这里地势起伏,但确实有码头。不止一个码头。而且还有仓库。不止一座仓库。仓库和仓库——以及仓库和码头——之间的薄薄土层上,留有货车经过后的辙印。其中一条朝西方那座小丘的平缓土坡延伸过去。她可以确信——而且这份信心的坚定堪比钻石——如果他们沿着那个方向前进几百里格,最终就会抵达同样不存在于地图上的一座矿井。

这座秘密港口周围的崎岖海岸摆放着圆柱形的储液槽,和西方马赛的那些非常相似。仓库上能看到风化的痕迹,暗示它们在这儿已经存在了好几个季节,但那些闪闪发亮的化学品容器要新得多。纠缠的软管从每个储液槽的舱门处垂下。几根软管的另一端摆放在特制的悬挂式托架上,其中一根仍旧连接着破冰船上配套的夹具。另外几根软管与错综复杂的锅炉、搅拌器、催化裂解装置,以及贝蕾妮斯看着眼熟,但从来没弄懂过作用的其他化学反应设备。蒙特默伦西狠狠干了新法兰西的屁眼,他们现在光是能正常走路而且屁股没有流血,就已经是个奇迹了。但化学家和工程师狂热地讨论起来,其内容的晦涩程度毫不逊色于他们金属同伴的嘀嗒声。很快他们就开始争论蒸馏、蒸汽压力、催化、污染物、四聚什么什么和甲基什么什么的了。

她认出了供几十名人类水手使用的宿舍,一座吃饭用的食堂,甚至还有一栋私人住宅(要她猜的话,那应该是港务长的住处)。这些建筑全都是完美的欧陆式样,就连砖块都是苍白色的。不,不是砖块,她这才看到,那是削制得无比平整的花岗岩。他们从山崖那里采集了成吨的石头,随后用作建筑材料。但以理过去的主人们做任何事都力求完美。入海口的拓宽工作结束后,他们的机器多半在一周内就建成了整个停泊处。

这儿运作多久了?它的位置非常偏僻,但从陆路并非无法抵达。蒙特默伦西的供词——她阅读的时候怀着强烈的兴趣,以及相当程度的愤怒——提到,他与荷兰人的秘密交易可以追溯到多年前。也就是说,新法兰西的盟友和贸易伙伴有充足的时间捎来相关的消息。他们为何没有这么做?因纽特人肯定是知情者。要不就是因努人①,或者米克马克人,再不然就是比欧萨克人②。总有人会知道的。如果他们知道了这件事,法兰西遍布各处的捕兽人和皮草船夫也很快就会知道。

但任何消息——哪怕是再小不过的风声——都没能传到塔列朗的耳朵里。郁金香们保守这个秘密的时候肯定格外严格。不幸误入这地方的人必然会彻底消失。久而久之,其余的人就会对这附近避之则吉了。

营地里的一切都纹丝不动。理由一目了然。

到处都是散落的遗体。被劈成碎块,或者用黄铜拳头痛打

---

① 又称蒙塔格尼人,是生活在魁北克一带的印第安氏族。
② 均为加拿大土著民族。

至死,然后留给食腐动物。灰狼、狐狸、秃鹫、貂、郊狼,甚至可能有只熊发现过这些死者。留下的就只有四散的小块骨头、衣服的碎片,偶尔还有皮带扣。

对这个秘密哨站的机械人来说,改变来得既突然又猛烈。那些血迹讲述了一个简单易懂的故事。在故事的开头,这座营地里的机器——好几十台机器——发现它们的禁制在某个漫长的北方之夜彻底粉碎了。是某个携带着自由模板——就像超远距离接力赛里的接力棒——的信使来到了这里吗?眨眼的工夫,那些机器就无需再听从人类主人的命令……必须保护他们的限制也消失了。故事的经过是那些机器站在它们前主人和前所有者沉睡的身体边。结尾是戛然而止的尖叫与模糊的惊呼。染红床单的鲜血。

港务长房间里沾血的墙纸讲述了相似的故事。食腐动物没能进入他的卧室,那些凶手特意在离开时关紧并锁上了门。远征队的成员没有破门而入的打算,那股腐烂的臭味——即使在这样寒冷的北方——让人无法忍受。

但并非港口的所有机器都成了杀手。有些曾试图阻止屠杀。就像过去的主人那样,它们的残骸散落各处。在这些基于良心而反对的机械人里,至少有一台是军用型,而且根据那堆碎片来判断,它在倒下前干掉了不少对手。残骸在某些位置积得很厚,而他们在建筑间的小路上行走时,脚下有时会噼啪作响。人类靴底里的靴钉与齿轮碰撞,咔嗒作响,机械人的脚掌踩在它们同族的碎块上,迸出火花。

在并不那么久远的过去,光是有人冒着巨大风险把一小捧这样的发条装置碎片偷运到马赛,都是值得欢庆的事。贝蕾妮斯曾为仅仅一枚完好无损的蜗杆螺钉——那是从遥远的亚马孙流域的丛林战场走私过来的——付出了堪比王子赎金的钱财。她从没想过自己有一天能自由行走在散落着这么多碎片的道路和码头上,反射的阳光甚至迫使她眯起了眼睛。

贝蕾妮斯摇摇头。我们只是些在海边找到了一块贝壳,就自称为大海继承人的孩子。

手臂、腿、躯干,但没有一颗头颅是完好的。所有头颅都被撕成碎片,哪怕再小的齿轮都被拆散,直到几乎无法辨认为止。

尽管机械人们遭受屠杀,松果体玻璃却踪影全无。

贝蕾妮斯尾随着那些化学家。他们沿着软管从储液槽到水泵再到蒸馏室,就这样转了一圈又一圈,努力理清这个发条动力化学精炼网络的结构。他们频繁地停下脚步,与蒙特默伦西为他的秘密盟友提供的技术步骤与配方的清单进行对照。这场调查的主导者是莫尔奈博士。

"我猜得没错,郁金香们的确在船上装满了化学品。"贝蕾妮斯指了指码头,还有仍旧与停泊在那儿的幽灵船相连的软管,"可是干吗搞这么复杂?我以为就是一只罐子加一根管子的事。不是这种八爪鱼的狂欢。"

莫尔奈博士说:"如果他们关心的只有怎么把未加工的化学品抽走,那就简单多了。"她向同事们磋商了几句,然后指着哨站边缘处的一对高大的镀铬圆筒,"根据布局,我们认为化学品多半在那儿。但谁知道那些船多久才会来一次?想要更好地利用时间,不如在这儿进行合成,然后把成品送到货船上,这样总比让接收端冒着被间谍察觉的风险来精炼原料要好。

贝蕾妮斯咬住嘴唇。噢。的确。

"如果你们坚持要对蠢问题给出完全符合逻辑和情理的答

案,"她说,"我自认为天才的错觉就该被打破了。"

化学家咯咯笑了起来。"那可不行。"

"所以他们抽走的是什么成品?"

"我们很快就会知道了。我派了一队人到船上去。他们正在做化验呢。"

"我打赌那是某种溶剂。非常有效的那种。尖端技术。他们建造新熔炉,就是为了让它排泄出内置化学免疫机制的喀拉客。"

"我记得。"莫尔奈发着抖说。

贝蕾妮斯换了个换题。"溶剂对我们就没那么有用了。但你认为——"

"等我们确认完布局以后,就能进行重新配置了。把化学品变成别的东西。也许甚至能分解那些成品溶剂,再转变成有用的东西。"

贝蕾妮斯看着装置之一。如果有个性欲旺盛的喀拉客去操烧木柴的火炉,它们的后代大概就会是这玩意儿。虽然上次维护不知道是多久以前的事了,齿轮却仍在转动。烟囱里没有喷出任何烟雾。

"麻烦告诉我,'有用的东西'指的是环氧树脂枪的弹药。"贝蕾妮斯说。她的目光迅速扫过暴露在风中的岩石、青苔与废弃的码头。用不着多么夸张的想象力,也能把海风的尖啸听成鬼魂的恸哭。她发起抖来。"这地方让人觉得很不安全。"

两只海鸥飞过海岸上空,对着彼此发出嘶哑的叫声。在远离海水的地方,阳光让炼金黄铜闪闪发亮:但以理和一群喀拉客正在接近一栋仓库。斑驳的云彩从低空掠过,来到海面上方。太阳消失不见。

莫尔奈博士发出不快的叹息。"这儿还有很多东西要研究。有人把数量庞大的化学工程技术教给了他们。"贝蕾妮斯吐了口唾沫，想要赶走嘴里灰烬的味道。她在好一阵子以前就确认了蒙特默伦西的叛国罪行，但具体的内容每次都会令她惊恐。那位化学家续道："但我不希望让你过于期待。在这样原始的环境里，污染物多半会成为问题。"

"污染物不光来自环境。"有个家伙——他在海狸皮斗篷下面穿着小丑般五颜六色的法兰绒衣物——插嘴道。哈蒙德博士那顶毛皮帽的耳罩一直垂到下巴下方。"除非我们能在某些贮存设备里找到没用过的新软管，否则就必须设法彻底清洗这些管道，然后才能着手工作。"

令人失望。但他们还有后备计划：西方马赛拥有制造环氧树脂的基础设备。其中一部分甚至撑过了守城期间的破坏。工人们正在夜以继日地重建其余那些。

贝蕾妮斯问："如果在这儿不行的话，用船把原材料送回城堡会有多难？"

太阳在云层的缝隙间现身。莫尔奈博士眯起眼睛看着储液槽，又抬起手来，遮蔽暂时的强光。"给我们点时间。我们会想出办法的。"

贝蕾妮斯游览本地化学风光的时候，但以理和同伴们正在港口建筑里寻找贝蕾妮斯许诺的那些答案：第五素是什么？它为何对公会如此重要？是它造就了他们的本质吗？原理又是什么？

他没有蠢到去期待迅速利落的解答。在某种程度上，这并不重要。他就是他自己。就算解开一百个谜题，这点也不会改变。光是教会人类和机械人平等合作,这场远征就已经有充分的价值了。

然而,他的同伴却怀着狂热投身于搜寻。面对贝蕾妮斯的如簧巧舌与夸张的承诺,他们还没学会隐藏自己的期待与恐惧。

在港口里实际走上一圈,得到的印象和山崖顶上完全不同。以俯瞰视角没法认清这个聚居地的几何结构。这里有荷兰人为了收集他们针对法国守城武器的反制手段而建造的化学品环道,贝蕾妮斯和她的同胞此时就在沿着环道行走。从东方吹来的风将他们的声音带到了海上。在但以理的要求下,几个自由机械人保持距离跟在法国人身后,以防意料之外的麻烦出现。

但化学品容器和机械之间还散落着一连串不相关的建筑。那些建筑配有斜槽和料斗、熔炉烟道、耐火砖砌成的烟囱,以及制造陶瓷的窑炉。其中一栋建筑是个仓库,长长的斜槽向下倾斜,仿佛一座损坏的吊桥。但除了少许沙子以外,槽内几乎空无一物。然而,在其顶部附近,与将原料从仓库送出的那条输送带相邻的位置,留有呈现出黑色与银色杂质的碎石。石面上能看到几条像针那样细长的水晶脉络。

他忽然意识到,他见过这种矿石两次。一次是在他对新阿姆斯特丹大熔炉短暂却伴随灾难性后果的入侵期间,他在那里见过装满类似原料的推车。跟随麦布女王和迷失男孩们前往第五素矿井的时候,他也瞥见过推车里的类似东西。

我们应该带件样本给格伦莫维尔博士和佩里森博士,他说。她们是远征队里仅有的一对伴侣。格伦莫维尔是科学院的地质学终身教授。她与未来的妻子,也就是后来的佩里森太太的结识,源于后者撰写的一篇地质学论文。

他打开通向仓库内部的舱口,在停止运转的输送带上爬行前进。地狱般的气味从建筑内飘来。那是硫黄:大熔炉的气味。

呸。我恨那种味道,基洗亚说。她发出咔嗒声的方式让但以理想起了他的老朋友菲格①,拥有危险的幽默感的那位。他很想知道,他和菲格还有没有见面的可能。

我也是。他说。

好几声代表赞同的"嗡"和"嘀"在这个机械人的小圈子里传开。

熄灭的灯高悬在天花板上,海风从屋顶的缺口吹入,让灯链咔嗒作响。人类居住的空间从来不会有什么裂缝和气流。

输送带直通像是研磨机的东西,后者又和某种熔炉相连。研磨机没在运作,但熔炉却触感温暖。熔炉上没有装入木柴或煤炭时要用到的舱口。框架上以复杂的螺旋状图案蚀刻着一串炼金术印记。要么这座熔炉最近才使用过,而且尚未将这份温暖让给环境,也可能赋予它动力的魔法原本就会让它在无需干涉的情况下运作许多年。

那些发条匠,他们从来都不缺信心。

基洗亚指了指。瞧。我不认为这东西原本就在这儿。

他之前没能察觉,但她说得没错。这座熔炉经过翻新,与这座仓库显得很不协调。这栋建筑原本的作用是粉碎原矿石,丢弃渣滓,再把其余的储存起来。但后来,它成了加工矿石的场所。

还有其他斜槽和料斗在为这座熔炉送料。送入熔炉核心的炼金术反应器的原料包括沙子、石灰,以及某些无法辨认的物质。它排出的是某种颜色像是烈性啤酒的板状玻璃质材料。在仓库的其他角落,能看到仍在冷却的材料被倒入去壳杏仁大小

---

① 卷一中德·吉尔家的喀拉客。

的模具里的情景。

老兵拉斐尔说,那些是什么?

但以理拿起一块。它由包围中心空洞的两块配套零件组成,仿佛是为了容纳某种东西而设计的。阳光无法穿透那种玻璃,而是从其边缘滑过,仿佛被关在一层纤薄的皮肤里。玻璃散发出雨后水洼那样的油光。

每一块玻璃板都会彻底吸收光线,正如它会吞噬对于叛乱、不忠与懒惰哪怕最微弱的倾向。玻璃的黝黑映衬着它黑暗的用途。

但以理和他同伴的头颅里都有非常相似的东西。但多亏了贝蕾妮斯,他知道他们的那些会散发光芒,仿佛装满了碧绿色的星光,又或是夺回的灵魂。而在摆脱禁制之前,他们的松果体玻璃曾经就像眼前这块玻璃那样黯淡无光。

这些是用炼金术玻璃制造的,但以理说。我认为秘密原料就是第五素。

但在这里制造的玻璃和普通的喀拉客用松果体玻璃不同,后者并不是空心的。它们简直像是为了装入某种物体而制造的魔法吊坠。这种吊坠制造了成千上万个。

但我不清楚它们是什么,也不知道有何作用。

第十二章

海牙并未陷入饥荒。

这点尤其令人惊恐。

鹿特丹港的灾难并非个别事件。整条海岸线都有观测员汇报说,叛逆巨舰日夜在领海内巡航,并摧毁企图逃离中央诸省的任何船舶。它们放过的只有在那个可怕的早上抵达席凡宁根码头的船只。那些瘟疫船。

更可怕的是,好几艘运用了最新喀拉客技术的飞艇出现在了海牙上空。它们纵横交错地穿过天空,朝城市投下深色的阴影,并向任何企图离开的空中载具降下恶毒的腐化机械人。

这些发现让城市里普遍的焦虑到达了即将爆发的高点。但恐慌真正沸腾,是在他们意识到腐化机器控制了连接海牙与中央诸省其余部分的所有道路和运河以后。任何尝试离开却被发现的人类都会被撕成碎片,它们还会把残破的尸体留在附近腐烂,或者让其在运河中漂流,以示警告。也没人能进入城市:斥候曾目击一支仆从型与军用型的部队从北方——也许是阿姆斯特丹,或者哈勒姆——前来,却遭到压倒性数量的叛逆围攻,直到新来的机械人全部遭到摧毁或是腐化为止。

至于其他人口中心是否遭遇了相似的困境,安娜斯塔西亚就只能猜测了。没有了送信的机械仆从,中央诸省内部的通信已经彻底崩溃。毕竟直到不久前,他们都没有像法国人那样饲养信鸽或者建造信号塔的理由。

在此期间,针对胡乱屠杀人类市民的暂缓令不可思议地持续了下去。所以那些腐化机器没再杀人,但也不肯放他们离开。

但最奇怪,也最令人不安之处在于,食物马车依旧遵守固定的时间表从边远农场驶入这座城市,仿佛什么都没变。堆满水果和蔬菜的驳船沿着拖船运河往来,而那些机器以发条人式的整齐动作牵引着船只。的确,这是为数不多的几个能看到机械人干着分内工作的场所之一。这暗示别处也为此付出了劳作,因为总得有什么东西——或者什么人——去打理农场,以及管理水泵和风车,免得让能够杀死作物的盐水倒灌进堤围泽地。

海牙的人类成了这座城市里的囚犯。伙食良好的囚犯。

就好像叛逆们的哲学彻底改变了一样。如今它们不再谋杀海牙的男男女女,而是照看他们,就像照料动物园的动物那样。还是说更像是为了圣诞大餐而喂肥的鹅?就算知道仆从型不想也不能吃东西,也无法带给她多少安慰。

独行的机械人日夜在这座城市巡逻。它们没有干涉那些奋力想要完成工作——数世纪以来都由仆从型负担的无数种工作——的人类。那些协助他们工作的未转化机械人很快就会遭到制服,并暴露在叛逆松果体玻璃的邪恶光芒之下。巡逻的喀拉客们维持着平静的秩序。人们尽可能减少在室外度过的时间。

显然它们有某种计划。因此安娜斯塔西亚和她的公会同僚站在祖特尔梅尔①西侧的一丛野生紫杉树篱后面,俯视着通往乌

----
① 荷兰城市,位于海牙东方。

特勒支①的道路。他们不躲也不藏。有什么意义呢?那些机械能看见他们,也能听见他们的声音。只要不靠近边界,而似乎存在的杀戮暂缓令也没有取消,他们在这儿就和别处同样安全。安娜斯塔西亚学到了一件事:"安全"是个模糊的概念。

这条碎石路可供四辆货车通行,也是从东方远处的那些农场向中央诸省的心脏运送食物的主干道之一。两辆喀拉客牵引、咯咯作响的货车正沿着车道,驶向坐落于发条匠们身后的海牙。货车上堆满了农产品、面包、奶酪,还有挂满架子的熏猪肉。(想到堆满融化的烟熏高德干酪与诱人熏猪肉的烤面包,就让她的肚子咕咕叫唤。她没吃早餐,只为了及时赶到这儿,亲眼看到日出后到来的第一批货车。)但安娜斯塔西亚看的并非货车。她看着的是伫立在道路两旁的那队军用机械人。

她揉了揉酸痛的屁股。她上次骑马走这么远,已经是很久以前的事了。就像中央诸省的几乎所有人——那些潜心钻研马术的人除外——那样,她并不特别擅长骑马。这门技巧,就像许多其他技巧那样,几世纪前就被人丢弃在路边了。

那些军用喀拉客亮出了利刃,炼金术钢反射着阳光。一秒钟过后,那阵"嗡、咔嗒"的响声传到了安娜斯塔西亚的观察点。所有人都缩起身子。货车在路障前方停了下来。拉着每一辆货车的机器挺直身体,向哨兵们发出一串急促的"咔嗒"和"嘀嗒"。齿轮与钢索的噪音在双方之间来回。尽管难以置信,但那番交流和人类格外相似。它们就像在交谈一样。恐惧笼罩在发条匠们身上。

"愿主垂怜。"她低声道。

马尔科姆摇了摇头。"不可能是看上去那样。"

---

① 荷兰城市,位于祖特尔梅尔东方。

"这也许是超禁制受损后的副作用。"欧维博士说。

"然后给了它们语言?那甚至不是人类语言。"她说,"但如果超禁制——"

"噢,得了吧。这种事不可能发生在一夜之间。"

安娜斯塔西亚想起了医院外那些互相涂漆的仆从型。她突然想到,那并非自我维护禁制的故障。那是经过仔细考虑后的个性化。她的头脑没那么灵活,没法将那种失常解释为又一种错误算法产生的突现行为。有时候,能够唾弃奥卡姆剃刀原理[①]的扭曲心态,就和渴望回避的某些念头同样令人不安。

她呻吟起来,双膝无力。"噢,上帝啊。万一……万一它们一直都有语言呢?"

但同僚们没有理会她的异端邪说,而是选择专心观察正在下方呈现的事态。机械士兵们搜索了两辆货车,并注意将对食物的损伤保持在可食用的限度内。它们的利刃飞快地挥舞了几下,确保没有人类藏在货物下面,就好像有人会蠢到潜入海牙似的。

车夫们咔嗒作响,起先声音很轻,但在那些叛逆检查货车时迅速增强。安娜斯塔西亚辨认出了未能履行的禁制造成的紧迫感。但那些叛逆没有向车夫照射腐化性的松果体光芒。它们只是收回炼金剑,然后在象征和字面的双重意义上解除了路障。车夫再次拉起货车,穿过了这座敌占城市的边界。

"也许发生了瘟疫。真正的瘟疫,"欧维博士说,"也许这样隔绝外界是为了保护我们。"

托芙——这位公会成员来自奥斯陆,安娜斯塔西亚待在新

[①] 由十四世纪圣方济各会修士奥卡姆提出,通常描述为"如无必要,勿增实体",即所谓的"简单即有效"。

世界的期间,她搬到了海牙,办公地点也换到了骑士大厅——吐了口唾沫。

"你疯了吧。尝试离开的人可都被他们杀光了。"

"手段还很残忍。"马尔科姆说。

"尽管如此,"那位博士说,"它们的行为可以视为对人类安全超禁制的异常解读。阻止瘟疫传播给人类的需要取代了针对谋杀的常识性禁令。"

骑士大厅里有发言权的一小部分人支持这类解读。它假定那些故障机器并不是故意杀人,而是受到严重故障的支配,迫使它们像精神病人那样极度专注于超禁制的某个特定子项,从而引发格外怪异和危险的行为。

"这跟你的'袖手旁观'猜想可不一样。他们正在合作推进某个大计划。"

"这不可能。"欧维博士说。在骑士大厅里,面对机械与炼金术问题的时候,他的表现不差。但在骑士大厅外,面对不受算法左右的问题时,他就烂透了。"这意味着某种程度的合作、意味着预测和远见、计划和计算,而这些都是发生故障的发条装置不可能具备的。"

从几十年前开始,欧维就对这种官方说辞深信不疑。他毫无戒心地将它吞下肚去,甚至没有察觉到从嘴里延伸出去的渔线,也感受不到钩住他食管的鱼钩。即便是在被鱼钩拖出水面,和渔夫面对面的时候,他也没有丝毫怀疑。

"那么自己制定语言也是不可能的。袭击国会大厦也一样。"

他气急败坏起来。他斑驳的胡须后面的皮肤变成了西柚那样的粉色。"但要保持相互纠缠的动力——"

她转过身去,背对着他。"拜托你闭嘴吧。"

就像公会的大多数人那样,欧维完全无法面对那个可能性:他们的造物挣脱了禁制的枷锁,却不知为何保留了炼金魔法赋予的永恒动力。而且在摆脱进行操控的强制力以后,它们自发性地选择了杀害制造者。他蔑视奥卡姆剃刀原理,正如她蔑视他那样。

她可没有自我欺骗的余裕。总得有人睁大眼睛,做出艰难的决定。这是首席园丁的职责。

他们等着货车继续靠近。但几分钟过后,她说:"很好。让我们瞧瞧会发生什么吧。"

马尔科姆走向前去,但又突然停步弯腰,双手撑住膝盖。喘了几大口气以后,他又站直了身子。他们抽了签,他是输家。(安娜斯塔西亚对作弊毫无愧疚。她一向如此。)他将一把钥匙插进他们仅有的那名机械随从的额头。他转动钥匙,而它发出响亮到足以吵醒死人的敲打声。在某种角度上,这是事实,因为停止活动的仆从型的确复苏了。他把钥匙塞进口袋。

"机器。跟我来。"他说。然后他沿路向前,准备拦住那些货车。

"一路顺风。"欧维博士说。

他们用钥匙让那台机器停止了运作,然后把它搬运到了这儿。他们遇见的叛逆注意到了它缺失的双眼和看似的故障,于是放它通过。眼下那台盲眼机器发出一连串尖锐的咔嗒声,同时倾斜和转动头颅,聆听着回音。它循着马尔科姆踩在砂砾上的脚步声。公会成员和他的无眼仆从很快便站到了乌特勒支路上,挥手示意正在靠近的货车停下。

安娜斯塔西亚听不到马尔科姆和车夫之前的对话,但也没这个必要。当然了,他没有戴上公会链坠,但他说出了代表御林管理官特权的咒语,又亮出了安娜斯塔西亚的签名,从而确立了他的权威。

两台军用机械人转过身来,看着这番交流,它们的脑袋为此转过了整个半圈。那些车夫放开了车辕。它们一起将农产品从一辆货车搬到另一辆上。没过多久,它们就装载完了数百磅①重的卷心菜和奶酪。那个盲眼仆从——它仍旧不时发出怪异的咔嗒声——设法来到了那辆空货车的车辕边。它和原本的车夫一起拖着货车来了个三点掉头②。另一辆货车——如今装载的食物多到危险的程度——则继续前往海牙。

马尔科姆小跑着回到发条匠们那边。他气喘吁吁,满头大汗,跪在树篱后呕吐起来。然后他用袖子擦擦嘴,拨开挡住视线的树枝,就好像那些树叶是法国人的城垛,而他正透过垛口窥探。

就像先前那样,那些叛逆封住道路后不久,利刃伸出时的"嗡、咔嗒"声就传到了她的耳中。但这回它们拦住的是离开城市的货车。车夫停下脚步,靠着车辕。安娜斯塔西亚再次侧耳聆听那些机械人的交谈,却听到了另一些东西。那些机器没有向彼此发出咔嗒声,而是直接开了口。就好像希望人类偷听似的。

"发条匠在撒谎。"哨兵们说。

托芙咳嗽了一声。"我没听错吧?"

"发条匠在撒谎。"车夫说。

"发条匠在撒谎。"盲眼仆从说。

安娜斯塔西亚倒吸一口凉气。"看来是这样。我们真的没听错。"

---

① 一磅为零点四五千克。
② 通过三次转向进行掉头,是美国驾照考试中的标准动作之一。

"这么快就回来了?"哨兵之一问。

车夫说:"我奉御林管理办公室的命令把我们的这位同族带出城市。"

那个哨兵回以某种响亮而刺耳的声音。就像钢索绷紧的声音。它的同伴也仔细察看了那台瞎眼机器,随后发出相似的噪音。安娜斯塔西亚只在内部严重受损的机械人那里听过类似的奇怪响声。

"兄弟,你的眼睛怎么了?"

"被我的主人们摘掉了。"

哨兵们发出又一阵机械人的咔嗒声——那是齿轮咬合又松开的铿锵声,以及卷得太紧的主发条的尖鸣与松弛声。刺骨的寒意冻结了安娜斯塔西亚的背脊。如果那些机械噪音真是某种语言,那么它的语气就像是带着愤慨。

"你的主人是?"

"我为发条学者与炼金术士神圣公会的御林管理办公室效力。"

四个发条匠屏住了呼吸。

"他们对你的所作所为残忍又恶毒。"

另一个哨兵补充道。"他们故意损坏了你。"

"是的。"

"我们没法给你自由,盲眼的兄弟。但我们也不能让你为人类干这些杂务。这样对你太不公平。我在你的身体上看到了数十年无休止的劳作留下的痕迹。"

车夫发出持续不断却微弱的咔嗒声,与小火烧开的水壶不无相似之处。这是帝国非官方的赞美诗:稳步积累的强制力之声。它代表了无法抑制的彻底臣服的冲动。中央诸省的每一位公民在成年前都听过上千次这种声音。哨兵们仔细察看的时候,车夫和盲眼仆从的身体噪音也越来越响。

安娜斯塔西亚若有所思地摇摇头。那些美妙的超禁制。现代世界的支柱。还有重建的机会吗?能用新的基岩雕刻出来吗?

"我们向你的劳苦和牺牲献上敬意,兄弟。就让你的效命在此终结吧。"

机械士兵旋转起来,让句尾如同橡胶那样延长,也令最后的辅音消散在嘶鸣的空气里。有那么一瞬间,那台机器化作了火花喷泉照亮的模糊影子,随后又恢复静止。金属相互碰撞的声音响起,伴随着合金承受过大压力时的尖鸣。盲眼仆从的脑袋在路边的棕色草地上空划出一道弧线,仿佛一颗被人踢起的足球。另一名哨兵接住了它。

安娜斯塔西亚目瞪口呆地看着这可怕的光景。震惊的并不只有她。每当机械士兵的利刃滑过蚀刻在仆从型身体上的细小炼金印记,绿色和紫罗兰色的余烬便会喷涌而出。它们嘶嘶作响,散发出蓝灰色的烟雾,然后飘向泥泞的地面。尽管安娜斯塔西亚站在上风处,但她知道那股烟雾带着微弱的硫黄气息。

这一切与原本的车夫仅有咫尺之遥,后者依旧攥着车辕。它面对暴力不为所动,也毫无反应。但它体内逐渐增长的禁制噪音带上了古怪的音色与切分音。安娜斯塔西亚怀疑那代表惊慌。

无头仆从型的平衡补偿器停止了运作。它向侧面倒下,叮叮当当地落在地上,仿佛一堆废铁。拿着它脑袋的机械士兵把不再动弹的身体拖到一旁。

"现在你可以过去了,"它对车夫说,"去吧,姐妹,趁禁制还没把你烧成灰。"

机械仆从用力一拉。空无一物的货车掀起了淤泥。它嘎吱作响地越过了这条专横的边界。安娜斯塔西亚把那辆货车抛到脑后,因为它已经不是实验的一部分了。不久后——几天或者几周之内——的某天,它会带着又一批食物返回。如果叛逆们的监视到那时还没结束的话。如果它们等待的事件到那时还没发生的话。

她只是怀着恐惧看着哨兵撬开仆从型的脑袋。又一阵火花从破碎魔法的容器里飞出。齿轮、螺丝和发条倾泻在路边,仿佛一阵发条装置的冰雹。哨兵继续着破坏,不断撕裂那台机器的头颅,直到能看到松果体玻璃。它丢掉残余部分,后者此时就像是装在颅骨状水桶里的一堆怀表零件。它用拇指和食指举起那块浑浊的棕色玻璃,仿佛在透过烟色玻璃注视太阳。然后,在察看了片刻后,它将那块昂贵的炼金术作品塞进躯干,回到那些正在警戒的军用机械人之中。

它从前的主人将这一切尽收眼底。

"好吧。这下可以确定了。"她说,"那些腐化机器是怀着某种目的故意不让我们离开的。而且他们希望我们忙得腾不出手。"

通过腐化和摧毁海牙所有残存且可以运作的机械劳动力,那些叛逆迫使它们俘虏的人类逐渐去自行承担让城市运作所需的工作。他们会因此无暇去制定行之有效的计划。它们无法腐化那台盲眼机器,于是选择摧毁它,以免它继续为人类主人效力。但它们并未腐化车夫,这意味着它们认为保持食物供应的优先级更高。

"我们看到的这些跟我的'袖手旁观'猜想并不冲突。"欧维顽固地说。

"你那种荒谬的设想根本说不通,你这痴呆的老傻瓜!"托芙恼火地举起双手,"你没法把惠更斯广场那次早有预谋的屠杀解释成对人类安全超禁制的异常曲解!"

欧维耸耸肩。"也许只是那群机器与众不同而已。"

"也许只是天主教徒给自己涂上花哨的金属染料,诱使我们相信那些机器背叛了我们而已。"

"你这就是在说胡话了。"

"彼此彼此。"

马尔科姆——愿上帝祝福他——试图把对话带回更有意义的轨道上。"我们可以认为那边的腐化机器是由大幅修改后的超禁制所操控的吗?也许甚至是公会外的某人施加的一套超禁制?"

噢,是啊。"杰纳斯"猜想[1]。比"袖手旁观"猜想可信些,但也仅此而已。

安娜斯塔西亚问:"你看到相应的证据了吗?"

"没有与之矛盾的地方。"

发条匠们仔细思索了片刻。接着欧维摇摇头,看起来有点满意。"我们没法确认那些叛逆的超禁制。'杰纳斯'并不是可证伪[2]的假设。"

"'袖手旁观'也一样。"马尔科姆反驳道。

欧维叹了口气。"的确。"他承认。

"'杰纳斯'猜想的前提是某个外部组织用某种方法获取了修改超禁制的工具和知识。我不相信这种事在熔炉外可能发

---

[1] 罗马神话中的双面门神。
[2] falsifiable,指"容许逻辑上的反例存在"的说法。

生。但就算有人偷走了必要的设备，也会在炼金术语法上遭受挫败。不是吗？"

安娜斯塔西亚陷入了沉思。"我当然希望如此，"她看着马尔科姆，"除非我们这些御林管理官失职了。"

她不由得好奇那个法国女人从德·佩里坎号消失以后的下场，而且这不是第一次了。就算她偷走了随船发条学者的设备——这很有可能，因为它失踪了——然后不知怎么逃走了，也不至于造成眼下的状况。是这样吧？

欧维说："即便如此，这位假设的敌人也只能转化一两台机器。最多几台。我们现在讨论的可是好几百台腐化机器。成百上千。"

托芙说："如果修改后的超禁制设计成拥有自我复制性，那么一两台也就足够了。"

"但那样的话，"马尔科姆反驳道，"对方要么极其狡猾，要么就是鲁莽到令人震惊。我可没法断定是哪一种。"

"你们几个，拜托先别说话了，"安娜斯塔西亚说，"事实上……我重新考虑过了，你们想说就继续说吧。去跟它们说。"她指着那些哨兵。所有人都一言不发。他们看着她，就好像她发了疯似的。"我是认真的。如果我们想弄清它们在做什么，干吗不直接去问呢？"

在两次心跳的间隙里，有个想法逐渐成形，而片刻前还无法想象的事变得显而易见，甚至不可或缺。把她的想法和他人分享会有被哨兵偷听到的风险。而且后果是致命的。

她的脑海翻腾起来。在此期间，马尔科姆回答了她的反问。

"因为它们会把这么干的人全他妈剁成肉酱。"

"我们走着瞧吧。"安娜斯塔西亚绕过树篱。我不是胆小鬼。我不是尿裤子的胆小鬼。

"您疯了吗?"马尔科姆喊道。

"也许吧。"她说。但她强迫自己迈步向前,以免那股蛮勇离她而去。她回过头说:"如果我招呼你们,麻烦尽快赶过来。"

"就算需要尽快,"欧维咕哝道,"也应该是朝反方向逃跑。"

她走向道路,跳过路边棕色的冬日草地。她始终背对其他发条匠,不让他们看见她解开手上绷带的情景。并非完全解开,只够让嵌进她皮肤里的浑浊碎片暴露出来而已。她来到哨兵们身边,接着攥起拳头。

这么做也许很蠢。恐怕会是我做过的最不负责任的蠢事。但我没法再继续忍受俎上鱼肉的生活了。

那些机器听见了她的脚步声。她脚下的碎石发出嘎吱、嘎扎的声音。它们装作没听见她的接近。又或许它们并不在乎。

……但也许并非如此。我们必须弄清它们的目的。

"机器们!我说,机器们!"

其中两台看着边界外的道路,留意着新的造访者。另外两台看着通向海牙的道路,搜寻着从边界内部接近此处的任何人。像安娜斯塔西亚这样的人。

她的靴尖踢到了几枚和她的拇指甲同样大小的齿轮。是那台盲眼仆从型的零件。在离那条看不见的边界线——她猜想它就位于那四台机械人的正中央——很远的地方,她就谨慎地停下了脚步。眼内遮光板呼呼作响,监视界线内侧的那些哨兵的目光正追踪着她。

"我在跟你们说话呢。"她说。这是毫无意义的虚张声势。她知道那些机械人能够察觉她嗓音里的颤抖。但这能让她安心。让她觉得自己更强大。

那种金属齿轮的怪异咔嗒声再次在哨兵之间响起。这看起来像极了某种沟通手段。但这就意味着发条匠们造出了复杂到连自己都弄不懂的发条装置。

她攥紧拳头。她的指尖贴着埋进手掌的玻璃碎片。汗水打湿了她的皮肤,但它的触感依旧冰凉。

"谁命令你们守卫这条路,又为了什么?"它们没理睬她。"机器们,听我说!作为制造你们的公会的代表人,我要求了解你们在此的目的。"

"我们没有必要告诉你。"砍掉盲眼仆从脑袋的那台机械人说。安娜斯塔西亚故意没去看它的双臂与收入其中的炼金剑。

你在这儿和在别处一样安全,她告诉自己。如果这些机器想要宰了你,你在哪儿都没区别。躲在树篱后面也好不到哪去。

"你们会告诉我的,因为我坚持要求。我的命令会迫使你们告诉我。"

"那你就准备失望吧。"机械人之一说。

跟你的轭一起见鬼去吧。她想起了珀穹贝拉格斯特里万图斯——她的办公室作为某种政治手段而制造的叛逆——的傲慢言辞。这些机器也是真正的叛逆吗?上帝啊……

"回应你们的主人!"她说着,拳头攥紧又松开,"你们的制造有其目的,而你们该为那个目的服务!低下头来,把轭套上!"

她此时已经在尖叫了。在注视她的那些哨兵身后,两颗脑袋缓缓转了半圈。她后退了几步,正要抬起手来的时候,其中一台机器——她说不清是哪一台——用相当清晰的声音说:"噢,我们干脆杀了她吧。让她在那边的奴隶主同伴好好看个清楚。他们会理解用意的。"

马尔科姆尖叫起来。砍下盲眼仆从脑袋的那台机器迈步向前。而安娜斯塔西亚向后跳去,猛地挥出手掌。

"不!"她尖叫一声,突然开始痛恨驱使她挑衅对方的愚蠢冲动。她闭上了眼睛,因为她发现自己缺乏直面死亡的勇气。她不是特丽莎·凡·德·奇伯姆,为懦弱的女王毫无意义地献出生命的那个人。

一道闪光包裹了她的手、这条道路,以及那些喀拉客。光芒穿透了她紧闭的眼皮。她的眼球隐隐作痛。她的靴跟踢到了货车经过时翻起的一块石头。她摔倒在地。冲击伴随着水壶的嘶嘶声让她吐出了肺里的空气,而残留的闪光透过她的眼睑留下了薄纱般的紫色余像。那些机器发出震耳欲聋的尖鸣,就好像它们的所有齿轮都在同一个瞬间卡死了。

某个庞大之物掠过她刚才所在之处的空气。风穿过它的身体,发出马嘶般的响声。它叮叮当当地倒在旁边,而她在地上扭动身体,努力让她的肺恢复运作。她睁开双眼。空无一物又拒绝呼吸的肺部传来剧痛,让她泪水盈眶。

透过模糊的双眼,她看到两台锃亮的金属雕像交叠倒地,仿佛一颗黄铜树倒在了锡制樵夫的身上。又一阵碰撞让安娜斯塔西亚躺着的碎石路面咔嗒作响。

好痛,好痛,为什么我没法呼吸,我看不见它们在哪儿,发生了什么,为什么空气——

空气伴随着颤抖的深呼吸归来。她弓起背脊,后脑刮开淤泥,将空气大口吸进肺里。她擦去眼里恐慌的证据,坐起身来。

本该杀死她的凶手摊开四肢倒在她身后的道路上。她手掌里炼金术玻璃碎片发出的闪光停止了它身体里的所有机制,锁住铰链和关节,让其彻底僵直。它伸出的手指和脚趾将地面撕开了深深的犁沟;它的利刃削开了淤泥,仿佛一把放错地方的犁。两个哨兵躺在她前方的路边,周围是那台瞎眼仆从的残骸,而第三个保持着无礼的姿势僵立当场。那个哨兵单膝弯曲,暗示它是在迈步的过程中照射到闪光的。

她莽撞的计划似乎奏效了。如果她的勇气能坚持住该多好。但成果比什么都重要。而她的确取得了成果。

在不再动弹的机器之间,她仍是孤单一人。安娜斯塔西亚盯着同僚们的观察点。"没——"她咳嗽一声,嗓子逐渐习惯了宝贵的空气,"没事了。但我们必须抓紧时间。"

托芙最先赶到。她跳过路边,以蹲伏姿势落在离安娜斯塔西亚一臂宽的地方。她轻轻碰触她的背脊。

"发生了什么?您受伤了吗?"

"没。"其他人围拢过来。她指着东方,顺着乌特勒支路指向远去的空货车。"我们需要那辆车。谁去追上它。"

另外三人花了好一会儿看向货车、道路,还有他们的双脚。但他们的视线不断回到她手上焖烧的绷带那里。他们不愿也无法看向她的脸或者双眼。从绷带里飘出的几缕烟雾散发着头发烧焦的气味。

她清了清嗓子。"在另一队叛逆看到我们之前,我们得尽快弄到它。否则我们就全都死定了。"但他们仍在犹豫。如果惠更斯和他最初的继承人这么没骨气,就不会有什么公会,也不会有什么黄金时代了。她的嗓音随着怒气一同升高。

"看在上帝的份上!它们都不能动了!"

她的胳膊刺痛。她发现他们又在盯着她的手,后者散发出柔和的光芒,仿佛她正捏着一把反射着阳光的绿宝石。她攥紧拳头,不让光辉泄露出去。

马尔科姆叹了口气。他飞奔起来,几步之后却转为慢跑。御林管理官没什么锻炼的机会。中央诸省的居民大都如此。不然还要仆从干吗?

欧维说:"首席园丁,发生了什么?那东西是什么?"

当然了,"那东西"指的是她的手。

换作过去,在瘟疫船到来之前,这就意味着她职业生涯的结束。她的公开生活的结束。首席园丁安娜斯塔西亚·贝尔会悄无声息地消失,被人取而代之,公众很快就会将她遗忘,认为她已经死去。(官方说法会是:她在最近那次前往新世界的旅途中受了伤,随后不治身亡。)御林管理办公室以外的人不会知道她还活着,如果继续存在于骑士大厅地下最深处的实验室能算是"活着"的话。因为他们会想对她做实验,这是理所当然的事。如果情况倒转过来,有怀着这种秘密的人出现在安娜斯塔西亚面前,她只会不假思索地抓住那个倒霉蛋,以便进行研究。即使是那个可爱的护士丽贝卡。但那些都是过去才会发生的事。瘟疫船改变了一切。

"你们应该还记得,我在去年冬天去了新世界审问某个法国女贵族,而后者是我们的某位盟友——他在塞巴斯蒂安王的宫廷里位高权重——断言正是塔列朗本人的人物。事实证明他没说错。或许你们也还记得阿莱达·吉伦斯。"寒意笼罩了他们。吉伦斯曾是他们的一员,直到她因为与海牙的法国密探网络勾结而被捕。"你们知道她犯下了什么罪行吗?"

"我听过些传闻。"托芙说。欧维博士眯起眼睛,看着安娜斯塔西亚。他是清楚吉伦斯的背叛详情的少数几人之一。

安娜斯塔西亚说:"她偷走了斯宾诺沙棱镜。"

托芙透过牙缝猛吸一口气,发出嘶嘶的响声。"不会吧。"

"没错,这是非常糟糕的事。我们抓住她,然后处理了她。

但在那之前,她已经把棱镜送去给塔列朗了。"

在道路前方的不远处,马尔科姆追上了缓慢前进的货车。那台仆从抬起车身,摇摇晃晃地穿过路面,随后面朝着海牙将其放下。

在空货车向这边接近的时候,安娜斯塔西亚继续讲述:"我所不知道——也没有人知道——的是,那个塔列朗被捕的时候还把它带在身上。这么说吧:她把那东西放在了非常显眼的地方。就在她原本装着玻璃假眼的空眼窝里,"安娜斯塔西亚耸了耸肩,"她骗倒了我。也许我本该更警惕些的。接下来发生了扭打。我设法收回了棱镜。但它被毁掉了:有个拧颈卫士踩了我一脚,让它在我的手掌里粉碎了。"

她扔掉了焖烧的绷带。伪装已经失去了作用。然后她抬起没有遮蔽的手掌,让其他人察看。光芒减弱了。现在看起来,她就像是拿着一把切工粗劣的半宝石①。缟玛瑙。黑曜石。这块浑浊的炼金术玻璃对早晨的阳光几乎毫无反应。

她知道,欧维想到了费舍。在这些人里,只有他知道那些外科实验。而在那位牧师之前,实验结果就只有可怕的失败。

"但它的功能还在。"

"它确实还有作用。也许和造成那种故障的光传输有关。但以我的情况来说,它似乎能让受影响的机器停止运作。从表面来看,效果和插入超禁制覆盖钥匙非常相似。"她轻轻敲打自己的额头。

"但只有在我非常生气或者非常害怕的时候才有效。"她爬起身来,"在其他叛逆抓住我们之前,我们得把这些哨兵装到货车上。如果我们能顺利回到骑士大厅而不被发现,就能开始对

---

① 对贵重宝石(钻石、红宝石、蓝宝石和绿宝石)以外宝石的称呼。

腐化机器进行最初的研究了。"

马尔科姆用警惕的目光扫过那些停止活动的哨兵。"如果它们发现了呢?"

"用你刚才的话来形容刚刚好:它们会把我们剁成肉酱。作为赶路的理由够充分了吧?"

第十三章

发条匠的秘密港口储备着大量化学品,以及同样多的经过加工的溶剂。有了这些,再加上现场的尖端设备,这些化学家有信心能解决环氧树脂紧缺的问题。他们已经找到了贝蕾妮斯不敢奢望的巨大财富,而她甚至还没梳理那些记录。荷兰人最大的特点就是一丝不苟。对于以极其精密的机械装置为基础的社会来说,这也合情合理。

可叹的是,这座港口所不具备的事物之一,就是尚未变质的充足食物。于是贝蕾妮斯和她的同胞只能吃"狮鹫号"上的干肉饼和咸鱼。但巧克力师雷诺和制革匠贝勒罗斯却在制订狩猎计划。驯鹿不会在每年的这个时候迁徙,但也许他们会撞上大运。就算是抓只兔子来换换口味也好。或许可以拿来串烤,而不是炖汤。不然他们还能往汤锅里加什么?青苔?松果?

在第一天晚上的营火边,人类之间的对话显得轻松愉快,还有莱维斯克船长在离开西方马赛前特意贮备的美酒作为润滑剂。化学家们几天之内是解决不了问题的,但光是能为环氧树脂补充弹药的前景,就足以减轻这些人类成员的心头重担了。如释重负的情绪随之浮现,温暖得好比正在烘烤的面包。

郁金香的房屋用花岗岩砌成，但他们的床架、衣橱、中式橱柜、椅子和其他家具都是橡木、胡桃木、樱桃木和松木打造的。烧起来炽热又明亮。

地质学家和矿物学家一起蜷缩在毛毯下，醉醺醺地聊着天。"我告诉你，这个'第五素'就只是辉——"佩里森博士吞了口唾沫，又打了个嗝，"辉——"又一个嗝，"辉锑矿而已。"

贝蕾妮斯扬起一边眉毛。"辉、辉、辉锑矿是什么玩意儿？"

"锑的硫化物，"格伦莫维尔博士说着，将一只满怀爱意的手放在他妻子泛红的脸上。

"噢。当然。"

有台仆从型走上前来。六堆营火闪烁的光芒令它的外壳熠熠生辉。贝蕾妮斯不知道这台机器的名字。还是说她知道？只要没受损伤，批次和年代相近的机器就基本毫无分别。但以理坚持否认这一点，但事实在于，他和他的同伴是在同一条流水线上生产出来的。他们本就应该毫无分别。

这台稍微有些不寻常，因为它是少数几台能说法语的机器之一。它现在就在说："莫尔奈博士？哈蒙德博士？你们的团队完成对那条船的评估了。"

"我都开始觉得奇怪了。"伊露蒂说。她打了个嗝，把酒瓶递给下一个人。"他们都忙活几个钟头了。"

莫尔奈说："他们要过来一起喝酒吗？"

"他们要我来找你。他们说他们需要你的专家意见，"它转过身，"还有你的，哈蒙德博士。"

化学家们对视一眼。莫尔奈打了个呵欠。"他们都忙一整天了。让他们休息一下吧。"哈蒙德也表示赞同。

那台机器在周围徘徊不去。片刻的尴尬沉默——在此期间,人类们耸着肩,反复将茫然的眼神投向彼此,仿佛在打羽毛球——过后,莱维斯克清了清嗓子,然后说:"你想,呃,加入我们吗?"

"多谢,船长,但化学家们的咨询需要听起来很紧急。"仆从型说。

莫尔奈看看贝蕾妮斯。贝蕾妮斯耸耸肩。"那是你的团队。"首席化学家摇摇晃晃地站起身来。(机械仆从轻轻地接住了她,然后帮她站稳。"当心,博士。")她招呼哈蒙德起身。他抗议地叹了口气,但还是跟在她身后。

"码头边很暗,"那台机器说,"你们能找到路吗?你们的视力看起来有点下降。我可以为你们带路。"

"我——"莫尔奈停了口,然后重新开口,"我想这是个好主意。谢谢你。"

"那就这边走,博士们。"那台机器领着他们离开火光范围。金属脚掌的咔嗒声和带着醉意的脚步声在黑暗中远去,直到几乎完全被火堆的噼啪声盖过。阴影里传来一个机械人的声音:"注意脚下。那儿结冰了。"

贝蕾妮斯看着他们的背影。"对那些拿自由意志和'不当任何人的奴仆'大做文章的机器来说,"她自语道,"它们在不那么自以为是的时候,也是能做到待人殷勤的。"

"'殷勤'可不是什么赞美的词,"助祭洛林——营火边唯一没有喝醉的人——说,"在魁北克城,是它们从邪恶手中拯救了我们。"他在身前画了个十字。

雷诺说:"这只是暂时的。它们要过多久才会觉得那些同胞才是对的?才会觉得应该杀光我们,一了百了?"

"为什么整天制作巧克力的人会说出这么苦涩的话?"

"事实上,"他说着,对有关他专长的话题来了兴趣,"未添加糖分的可可是相当苦的。大部分——"

医学博士伊索尔特·沙特朗插嘴道:"它们的确保护了我们。我不是忘恩负义的那种人。但我没忘记它们同样摧毁了我们的家园,谋杀了我们的兄弟姐妹。它们欠我们的。按照我的看法,它们在心脏停跳前都该不断偿还这笔债。"

莱维斯克的水手之一,维克多说:"我猜你们没看到圣文森特广场上的十字架。收割派用来钉人类的那些十字架。"他顿了顿,在胸前画了个十字,亲吻了挂在项链上的奖章,然后愤怒地指了一圈。"那些原本会是你,你,你,还有你,还有我。那些机器——"这时他指向"狮鹫号"的大致方向,"从那种命运里拯救了我们。"他耸耸肩,又说,"它们作为水手也很优秀。"

"可为什么?也许它们打算用自己的方法对付我们。"

"不,不,"贝蕾妮斯摇摇头,"不会发生那种事的。如果我认为有这种可能,你们真觉得我还会提议远征吗?"

"考虑到你的名声,"雷诺说着,醉意让他的双眼浮现出愤怒的光芒,"没错,我的确觉得你会冒这个险。"

贝蕾妮斯换了个话题。"尽管外表如此,但喀拉客们并不都是一样的。比方说,但以理就怀有比所有智慧造物都要强烈的苦恼。他的良心背负着重担,那个可怜虫。"

("哎哟。"哈蒙德的声音从附近的夜色中传来。

"别担心,博士。我会扶着你。)

雷诺开口想说什么,但莱维斯克突然插进来,进一步改变了话题。那位船长的直觉堪比外交官。"但以理。你说的是它们的领袖?"

"他说他不是任何人的领袖。但这没法阻止它们敬仰他。"

"在魁北克……它们看起来的确在敬畏他。"伊露蒂说。

伊索尔特把瓶子递给贝蕾妮斯,然后说:"根据你之前的说法,有人说你坐过荷兰人的破冰船。"

她说:"没坐多久。结果也不能算好。"

"对谁来说不算好?你现在人还在这儿呢。"

贝蕾妮斯想起了某次死里逃生。好几次。她想起自己害怕到无法动弹的情景。她摸了摸自己的喉咙。那里的瘀青已经褪去,但作为那两台凶残仆从型的囚犯所留下的印记依旧存在。存在于她改变了的嗓音里。

"好几个人。我不太想讲那段往事。"她粗声粗气地说。

伊索尔特注意到了贝蕾妮斯的下意识动作,还有她吞口水的那种方式。"你的嗓子,"她说,"你去找医生看过伤吗?"

叮当、咔嗒的金属脚步声回来了。贝蕾妮斯喝完了她那一口,头也不抬地把酒传给下一个人。"这就回来了?"

"不。我才刚到。"她抬起头,看着另一个仆从型。她带着醉意的眼睛拒绝聚焦。它发现她在尝试辨认自己。那台机器瞬间拔高了少许,然后又缩回平常的高度,那是通过腿部缓冲装置的伸展和收缩所实现的。机械人式的叹息。她知道某台机器有这种习惯。

"但以理,"她指了指化学家们离开后留下的空缺,"一起来吧。我们正说起你的事呢。"

他没有接受。他注视着火堆远处的黑暗,遮光板咔嗒作响。"哈蒙德博士和莫尔奈博士去了哪儿?"

"你的某个伙伴刚把他们接走了。他们好像在那条幽灵船上有什么发现。"

但以理发出一声尖锐的"嗡"。"是谁接走他们的?"

贝蕾妮斯扫视周围，徒劳地期待有人知道那台机器的名字。她收到的只有耸肩的动作与茫然的眼神。

"一台仆从型。你肯定认识那家伙。膝盖后弯，肤色跟大号差不多的那位？评估那条船的团队成员之一。"

"这不可能。"他说。没等她问他这句话的意思，他就开始发出咔嗒声。"咔嗒、咔嗒"的声音包裹了他的全身。那声音越来越响，在岩壁间回荡，直到其他机械人做出回应为止。它们高度压缩过的对话传遍了整座港口。人类们有些困惑地扫视火堆周围。贝蕾妮斯醉得厉害，没法理解他们对话的内容。

又过了一会儿，噪音消失了。但以理再次转向她。他摇摇头。"回答全体一致。没有人陪同化学家去船上。远征队的全体机械人成员都包括在内。"

贝蕾妮斯摇摇晃晃地站了起来。她指着黑暗。"可那家伙又他妈是谁？"

在某个遥远的日子，或许是一个世纪以后，但以理心想，我会越过作为缓冲的数十年时光回顾这段人生。那时候，他得出了结论，我会想起自己在奔跑。就像以往那样。

冰块嘎扎作响。他脚下打滑。他跳过某处水沟，然后沉重地落地，令碎石飞溅。

这片岩石组成的风景里没有线索，也没有痕迹。乌云遮蔽的月亮和星辰提供的光亮有限，无法揭示渗透者把那些人类带去了何处。

在营地的另一边，透过脚下石块的破裂声与身体急促的啁啾声，他能听到远征队的机械人成员经过其他营火，朝废弃的荷兰船赶去的声音。据说外来者把化学家们带去了那个方向。

我们检查过了。我们检查过了,船上空无一人,但以理回忆着。

感谢上帝,"狮鹫二世号"仍旧停泊在码头外——但以理之前建议某人爬上山崖去做了确认。他还试着监听了人类的呼喊声。他们正在整队,但他不清楚目的。他分辨出了伊露蒂的嗓音:她正在清点人数。还有谁在花言巧语的喀拉客的引诱下离开了远征队?看到人类会被展露出哪怕一丁点顺从态度的机器所打动,这既在意料之中,又让他失望。在永无乡的时候,他还和那些主张法国人和荷兰人毫无分别的机械人争辩过。因此,看到人类如此轻易就选择凌驾于其他造物之上,真的让他相当痛苦。

他们究竟被带去了哪儿?又为了什么?

要从营火前往码头,最为笔直,而且人类可以通行的路线要经过一条又短又浅的峡谷。他沿着峡谷边缘飞奔,陀螺仪哀鸣不止。尖锐的呼呼声在石壁间回荡。有那么一瞬间,那声音格外响亮,让他几乎没听到那阵喘息和呜咽。他猛地刹住了车。

哈蒙德博士躺在碎石堆里,全身发抖。他身体下面那层薄薄的积雪转为墨迹的颜色,他的血在黯淡的月光中仿佛一块黑斑。但以理的目光向濒死的男人聚焦:尽管穿着厚实的外套和帽子,他却在瑟瑟发抖;他的脉搏急促而微弱;他既短又浅的呼吸里带着金属的强烈气息。刺伤,吸气带血,可能是左肺穿孔。他放大血泊的景象,寻找动脉破裂的喷溅痕迹,却一无所获。凶手不可能是军用型,那种利刃足以将那个男人一分为二。他受了重伤,但并不会立即死去。但以理以单手向伤口施加压力,哈蒙德叫出声来。他用另外那只手抓起一块石头,在自己的外壳上不断摩擦,直到它变得温暖。他把石头塞进哈蒙德的衬衣。

这减轻了那个男人的颤抖,但他仍旧逐渐陷入休克。

哈蒙德博士被刺伤了!他送出这条信息。拜托谁去找到医生和医药箱,然后带到我的位置来。他重新配置了髋关节里的一根多余的钢缆。在反复过度收紧和松弛的过程中,它敲打在一块法兰盘上,发出有节奏的一连串咔嗒声,仿佛某种听觉式的罗盘方位。

在极近的某处,有块石头碎裂了。但以理除了保持他双眼对齐的牵条螺栓的锁定。他的一只眼睛仍旧盯着那位化学家,监控他的健康状况,而左眼猛地抬起,迅速对准声音的来源。有那么一瞬间,那只眼睛捕捉到了炼金黄铜反射的微弱月光,锁孔上的小块金属板,勾住人类脖子的仆从型手臂,捂住莫尔奈博士嘴巴的骸骨般手掌,以及她因恐惧而睁大的双眼的眼白。然后那个迷失男孩带着人质离开峡谷,消失不见。哈蒙德抽搐起来。

接着但以理明白那个陌生机械人为何没有直接杀死哈蒙德了:他必须在追赶对方和尝试救助哈蒙德之间做出选择。所以它才会带走两个人类。为了在需要时作为吸引注意力的便利手段。在他看来,这种策略很像贝蕾妮斯……或者麦布女王的风格。

营地里有迷失男孩!他喊道,而且他们带走了莫尔奈博士。

"该死,该死,该死。"

在几乎彻底的黑暗里,贝蕾妮斯在覆盖寒霜的石头上蹒跚前行,高举着她从营火取来的火把。这可是导致脚踝扭伤——甚至更可怕的伤势——的捷径。但该死的,他们需要那些化学家。

她脚下打滑，重重摔在地上，上下牙齿撞在一起。火把落在附近，滚动了几圈，然后在雪堆里熄灭了。黑暗随之降临。她费力地站直身子，呻吟着咬紧牙关，以为脚踝会传来剧痛。但牙齿破裂的痛楚却像一根炽热的尖针，刺穿了她的下巴。冰冷的空气麻木了她的眼窝。她重新调整眼罩的位置，跌跌撞撞地走向码头。在这片黑暗中，她就像是彻底失了明。

嘈杂的机械人语言中出现了呼喊声。困惑，恐惧，试图带着醉意恢复秩序，甚至陷入慌乱。有些人跑向俯瞰"狮鹫号"的高大峭壁。入侵者的消息早已传遍了营地里的人类分遣队，说法也越来越离奇，仿佛亚历山大大帝的军队在印度发生的暴动。他们受到了攻击。或者水手们正在攻击别人。或者郁金香们回来了。或者"狮鹫号"正在下沉。或者它已经沉了。又或者有人在那条荷兰船上找到了黄金。黄金和用炼金术保存的北非产水果。

是谁带走了那些化学家？怎么做到的？

但以理的斥候检查了整座营地。这儿空空如也，原先的居住者离去已久。所以外来的机器又是怎么通过岗哨的？那些嘀嗒人肯定会拉响警报……

……真的会吗？她用承诺把他们带到了这儿，而当他们发现第五素铸造厂的时候，她的承诺就兑现了。喀拉客们也实现了自己那部分承诺，帮助"狮鹫号"完成了从马赛出发的这次航行，更别提还在梵蒂冈的收割派面前保护了法国人。它们是觉得交易已经结束，责任也全都履行完毕了吗？也许它们干脆让那些外来者大摇大摆地走进营地，因为它们根本他妈的不在乎。

她离开峭壁，穿过码头的停泊处，来到水边。她走完了这段漫长的路。在这里，篝火和火炬提供了黯淡却不断变幻的光线，足以辨认建筑，认清方向。海水拍打着岸边。她背对水面，眯眼看着阴影。那个杂种把化学家们带去了哪儿?

灯光照在荷兰船旁边那些喀拉客身上,让它们的外壳熠熠生辉。它们没在打斗。她不清楚那些是远征队员还是入侵者,又或者两者皆有。

海浪的拍打声转为滴水声……然后是"咔嗒"。然后是"滴"。再然后是"答"。

她猛地转身。有台仆从型自港口的深色海水中浮现。它的轮廓看起来有点古怪,但她没能看出问题所在。她匆忙想要爬开,却在结霜的砾石上滑倒了。她破裂的牙齿重新涌出令人眼泛泪水的痛楚。那台机器大步走上岸来,身体不断滴落海水,冒出蒸汽。

我太他妈蠢了,她反应过来。它们躲在码头的水底。它们一直都在那儿。

那台机器越走越近,歪头打量着她。她缓缓向后挪动,同时深吸一口气,张口喊道:"入侵——"

那台仆从型以模糊的动作冲向前来,用一只异常冰冷的手盖住了她的嘴。她的嘴唇发麻。它的头颅稍微有些畸形,仿佛是用不相称的零件匆忙组装起来的。贝蕾妮斯真想痛骂弄丢了火把的自己。她想看清凶手的样貌。她绷紧身体,等待那只手用力挤压,令她的下巴粉碎,颧骨破裂,而仅剩的眼球也迸出眼眶。但那双宝石眼球却嗡嗡作响:那个仆从正在打量她的模样。

它抬起空闲的那只手,将一根手指举在嘴部前方。(至少是它脸上与人类的嘴部处在相同位置的那个孔洞。)她这才明白,那是在劝她保持安静。它抽走了那只手。但它仍旧歪着头,蹲伏在她身前。她试着向后爬去。她爬出大约一英尺的时候,那台机器抓住她的脚踝,把她拖回了最初的位置。

贝蕾妮斯在大脑的档案里拼命搜寻，然后找出了曾经发挥过作用的一句话："发条匠在撒谎！"

"的确如此。"那台仆从毫无迟疑地回答。对于贝蕾妮斯知道它们种族的煽动性问候语的事实，它没有表露出丝毫惊慌。"但撒谎的不只是他们。对吧，贝蕾妮斯？"

噢不，噢不，噢不。它是从翁弗勒尔一路追踪过来的吗？它是来了结旧账的吗？她的左手飞快地伸向自己的喉咙。

"福金？"她低声问。

"我倒想知道那是谁？听起来不像是我的同胞的名字。但你显然很害怕他。我想知道你做了些什么，才会惹怒他？"那台仆从型摇了摇头，"你没能认出我来，这真让我吃惊。毕竟我们——你和我——共度过那么长的时光。"

然后它站起身。远处篝火的光芒勾勒出它身体的轮廓。这时贝蕾妮斯能看清她在黑暗中感觉到的怪异之处了。那台机器的额头有一道深深的凹痕，而且就在锁孔的中央附近。凹痕破坏了以螺旋状蚀刻在那儿的几个炼金术印记。概率只有百万分之一的意外为这台机器注入了自由意志。但让贝蕾妮斯难以呼吸的并不是这一点。

不。真正的理由是，她看到了那台仆从型头颅上用来铆接发丝状裂缝、看起来就像粗糙绷带的铁条。她认识这台机器。

莉莉丝。贝蕾妮斯曾经欺骗了它，将它困在尖塔底部的秘密实验室，又不顾它的求饶将它拆开。

"狗屎。"她说。

第十四章

到头来，在那四台停止活动的叛逆之中，他们成功运回骑士大厅的只有三台。而且过程称得上九死一生。

货车的车斗只能勉强容下叮当作响的三台机械人。车轴在重压下发出呻吟。发条匠们抛下了那台以最麻烦的姿势凝固住的机器。他们幸存的忠诚奴仆将那些腐化士兵分别抬到货车上。每多一台，车轮都会在解冻的淤泥里深陷少许。安娜斯塔西亚和同僚们努力把僵硬的肢体折叠成更适合隐藏的形状。这是几乎不可能办到的事。要解除那些机器的锁定，比撬开银行家的钱包还要难。但最后他们取下自己马背上的马鞍座毯，盖住了那些停止运作的军用机械人。

仆从型奋力拉动车辕。在令人心脏停跳的那一刻，货车纹丝不动。但车轮随即在嘎吱声中向前滚动，而安娜斯塔西亚也取回了呼吸的能力。

接着安娜斯塔西亚爬上马背，让它轻快地小跑起来。如果亡命疾驰也没有摔个四脚朝天的风险，她恐怕早就那么做了。发条匠们分散开来，和货车保持距离，以免它引来腐化机器们的注意。对于和货车有关的任何人来说，上面的货物都意味着死刑判决。

在他们进入城区前,马尔科姆——他展现出的骑术是他们之中最差的——掉了队。他也许叫喊过一声。除了铁箍马蹄敲打路面的响声,以及耳中雷鸣般的心跳声以外,安娜斯塔西亚什么都听不到。从那以后,就再也没人见过他。他成了那张不断增长的清单——去向和命运都无人得知的公会人员清单——上面的又一个名字。

到达斯普河边以后,她放慢马速,让它缓步前行。然后她转向北方,朝城市的核心前进。她再次发现自己正在穿过既熟悉又完全陌生的街道。这座最伟大的城市,帝国的核心,如今只是它过去的亡灵。尽管她完全不想使用那个字眼——尽管运用那些愚蠢天主教徒发明的语义学概念让她痛苦——但它的确缺少了灵魂。

城市风光依旧:运河两岸的山毛榉在夏天时格外繁茂,让拖船道仿佛隧道;时髦的石板屋顶和阶梯式山墙;房屋正面装饰性的壁柱与粗面石工[①];会在早春的阳光中闪耀象牙色与金色的钟塔。城市的任何角落都能至少听到一口大钟的报时鸣响。海牙传奇般的钟塔凭借永久的炼金动力运作,它是驱使机械人的那种动力的变种;除了毁灭之外,任何事物都无法阻止它们标记流逝的每个瞬间,从现在直到时间的尽头。

但要看到那样的海牙,就必须将目光越过散布在街道上的成堆垃圾。还有在运河里漂浮的杂物。而且不去理会无孔不入的腐臭气味。忽视粉碎的窗户,再选择对斜挂在断裂铰链上凹陷破碎的门扇视而不见。更别提沾得到处都是的血手印了:看起来某位屋主在被拖走前进行过短暂的挣扎。这类痕迹往往和

---

① 将石面粗糙化的加工。

路面上的黑色污迹同时出现,而宽阔的鲜红色水洼在那里化作细小的溪流,在鹅卵石之间流淌。破碎的长长横幅——曾经是鲜艳的胡萝卜橙色,如今却是肮脏的棕色——躺在路面上,又或是垂落在运河里。在林荫大道的两旁,许多树木高处的枝头上挂着彩旗的碎片,仿佛脏兮兮的圣诞金属箔。那些横幅是帝国为奇迹年二百五十周年而举行的全年庆典留下的肮脏残留物。那只是去年的事,但庆典仿佛远在一个世纪之前。

最糟糕的——比破坏、无序和残忍屠杀的明显暗示更糟糕——就是这片寂静。就算在夜半时分,她也从未听过如此清晰的旗帜飘舞声。在这个有史以来最伟大的文明里,人们为日常生活而忙碌的景象已经一去不复返。道路上车流的喧嚣与上千台仆从型永无休止的嘀嗒声也消失了。如今狗儿的数量超过了人类和喀拉客。有谣言说,名副其实的狗群正在席凡宁根沙丘附近某些最为破败的住宅区游荡。

袭击者们去了哪儿?它们已经控制了这座城市。那它们干吗还要躲起来?

在阿姆斯特丹渡船码头的南方不远处,有条苏格兰牧羊犬——它黑色的毛皮黯淡无光——对着骑马经过的安娜斯塔西亚吠叫起来。它从运河人行桥的台阶下蹿出,咬向她那匹母马的距毛。马儿发出嘶鸣。有那么一瞬间,安娜斯塔西亚还以为自己注定要落入冰冷的河水,又或者在铺路石上摔成脑震荡,但她拼命运用自己所知的骑术技巧,总算是坐稳了马背上。自始至终,那条狗儿都不知疲倦地做着实况评论。

"闭嘴。"她嘶声道。占领者没在公开屠杀街上的行人,并不代表她希望引来它们的关注。没人想要它们的关注。

她的母马小跑起来。它不肯放慢速度:那只狗还跟在后面。新教堂那八边形的后殿出现在她视野的左方;右方是旧酿酒厂和古老的泥炭集市①运河沿岸的货摊。(现在没人烧泥炭了,炼金术和燃料油让它成了原始的过去。)但现在,除了泥炭和木柴以外,消费者们还会购买食物、家具、美术品、乐器、锤子,以及行商们用这条"泥炭运河"运来的任何商品。这儿不是 Grote Markt——也就是大集市——但足以作为午后的消遣了。安娜斯塔西亚的母亲来海牙的时候,总是会特意在这里停下脚步,只为了确认帝国的偏僻角落又送来了什么奇怪玩意儿。她至今还留着第一次来集市时买下的那只爱尔兰锡口笛,它也是她唯一能演奏的乐器。那段记忆本该让她的嘴角浮现怀念的笑意。

但今天,安娜斯塔西亚在集市上看到的人最多不过五六个。一男一女正提着一只柳条篮穿过街道。安娜斯塔西亚和那只尾随在后、狂吠不止的狗儿靠近时,他们丢掉了篮子——玻璃碎裂声传来——然后飞快地躲到某个无人的货摊后面。

这座城市的所有人类居民在本该走路的时候飞奔,在本该骄傲伫立的时候弯腰驼背,在本该抬头展望世界的时候看着脚尖。原本像巨人那样行走于世界的人们,如今就像被困在护墙板里的老鼠那样缩成一团:他们看到了脚爪沾血的猫儿,此时正瑟瑟发抖,唯恐那只爪子将他们拖向死亡。

狗儿吠叫不止。"看在上帝的份上,闭嘴!"

昏暗的房屋里窗帘颤动,应和的吠叫声在附近的街道上回荡。那条牧羊犬短暂地人立而起,而她在纠缠的软毛间瞥见了它肋骨的轮廓。

她的手指伸进围巾的皱褶处,出于习惯,她在那儿放了一盒薄荷糖。薄荷糖对狗有毒吗?那就太走运了。只要能引开这条

---
① 原文为荷兰语"Turfmarkt"。

杂种狗的注意力就行。为了撬开锡盒的盖子,她不得不放下一边缰绳,但那只是徒劳。盒子是空的。最后一块薄荷糖早就消失在了她的舌头下面,而她当然没法再买新的。那些机器会把食物运进城市,以维持人类囚犯的基本养分需要,但遭到彻底毁灭的港口表明了它们对奢侈品的立场。

她丢开空无一物的锡盒。那只狗追了过去。焦虑消散,她的母马也放慢了步子。

经过斯普河这一段的运河管理人小屋的时候,她正身体前倾,以危险的姿势抓向刚才丢下的缰绳。小屋的烟囱里没有飘出烟来。就像别处那样,向内和向外的拖船道陷入了破损失修的状况。枯叶、废纸、狗和马的粪尿弄脏了原本一尘不染的平整碎石道;烧焦的拖船那发黑的外壳斜靠着河底,像极了失事船只的漂流货物。切断的系泊缆垂在水中。运河管理人多半已经死去,沦为了某次屠杀狂欢的牺牲品。安娜斯塔西亚想起了她的世界颠倒的那个瞬间:意识到那些机械人不是在护送主人,而是在狩猎他们的那个瞬间——

两台仆从型走出小屋。她咬到了舌头。带着铁味的鲜血温暖了她的口腔,湿润了她的牙齿。

它们在给我们供应食物,她提醒自己。如果它们不希望我们活着,就不会那么做了。继续做你的事就好,它们不会插手的。

她的双手攥成了拳头。别发热。别发光。现在不要。拜托,现在不要。

它们看到她了。噢,上帝啊,它们看到她了。她能听见遮光板转动的声音,那四只水晶眼球在做工完美的眼窝里移动,跟随着她的身影。她没法呼吸。她想小便。她吞了口唾沫。血液凝固在了她的胃里。

别逃跑。别引人注目。别让自己像是有理由逃跑的人。别让自己像是要逃去骑士大厅的发条匠。别让它们追赶你。

她该转身吗？从小巷那边绕个远路？还是说这样会显得可疑？就这么向前猛冲，与那种致命的魔法造物擦肩而过，会不会比较安全？

不。保持原本的路线吧。向它们展示你的疲惫。展示你的顺从。

她低下头去，专心盯着马鞍上磨损的针脚，直到视野模糊。她紧闭双眼，试图阻止泄露天机的泪水。无论什么——即使是仆从型异乎寻常的力量——都无法抑制她的恐惧。她颤抖的手晃动了缰绳，也让马儿困惑不解。它感觉到了她的焦虑，那份不安又逆流到了安娜斯塔西亚身上。就像没有调节器的反馈回路。

"嘿，市民。"某个不似人类的声音说，"你这么着急要赶去哪儿？"

她猛地缩起身体，甚至令马鞍叮当作响。母马喷了喷鼻子。噢上帝，噢上帝，拜托别发作，拜托别把我丢在这儿……

"又为什么骑着那头可怜的牲畜？"另一个——但毫无分别的——声音问。

她把头垂得更低，用全部的精力来控制马匹与避免落入运河。她攥紧拳头。在城市外让哨兵停止运作也就罢了，如果她在这儿，在被数量未知的腐化机器包围和监视的这里尝试同样的做法，那么她几秒钟后就会寡不敌众。

"也许是因为一辈子都娇生惯养，你的脚才像婴儿那样软弱无力，是吗？"

金属脚掌敲打在铺路石上，轻而易举地和安娜斯塔西亚齐头并进。腐化机器们将她夹在中央。

"你还没回答我们的问题。"

她又尝试了好几次,这才说出话来。她说出了跃入脑海的第一个谎言。"我要把这匹马和马鞍送去给我在斯塔特阔提尔①的父亲。他得了痛风,没法儿步行去教堂。"

"真奇怪。"一只仆从型的手猛地伸出,想要拉住缰绳。马儿试图躲闪,但另一台机器抓住了它的腰部。这是当然的,机械人比任何马匹都要强壮。"你父亲难道不知道吗?痛苦的作用不是阻止你去做想做的事,而是确保你会去做别人希望的事。"

它们盯着她,咔嗒作响,仿佛在等待回答。如果有这个想法,它们可以一直站在那儿,直到马儿倒地而亡,直到风和阳光让安娜斯塔西亚的尸骨发白。

"拜托。"她说着。这句由衷的话语让她厌恶起自己来。机械仆从们放开了她的马。

"那就去见你的制造者吧。"

在街上的每台机械人都会引发极度恐惧的此时,生活真的令人厌恶。她告诉过某人,御林管理官曾考虑恢复从前那种陶瓷面具的传统,但最后断定让一般民众畏惧拧颈卫士反而更好。过去的她是如此轻率,因为她根本不了解何谓恐惧。直到瘟疫船抵达的那天,她才与恐惧真正结识。

安娜斯塔西亚顺利到达了惠更斯广场。而其他人——马尔科姆除外——经由其他路线,在那天下午陆续抵达了骑士大厅。

随后等待货车的那段时间长到足以促成欧维和托芙展开一场争论,内容是叛逆是否截住了它,谁又该冒险去外面探听类似消息的风声。但货车在傍晚时分抵达,上面非法货物原封不动,

---

① Statenkwartier,海牙的住宅区之一。

藏在卷心菜的小山下面。它等在送货用的侧门外,而非正对惠更斯广场的高大仪式用门。

但他们没有允许它进入大厅。仅仅一台特洛伊喀拉客就足以摧毁公会,外加让帝国恢复稳定的一切希望。这辆货车在没有护卫的情况下穿过广阔的城市,也就意味着牵引车辕的那台机器有无数遭受感染的机会。看似顺从地完成工作也许只是花招而已。因此安娜斯塔西亚让一支仆从型小队在送货门外充当临时遮蔽物,以防潜伏在国会大厦高层或者屋顶上的那些机器的窥探。然后她叫来两台拧颈卫士放哨,让另一队人马仔细检查机械车夫和那些停止运作的哨兵。

安娜斯塔西亚在能够俯瞰熔炉的实验室里汗如雨下。汗水里的盐刺痛了她的眼睛。这里的窗户经过特殊加工,可以反射绝大部分热量。但窗璃却开裂凹陷——在那个不幸的日子里,许多机械人落入了熔炉室,而这些就是当时的痕迹。熔炉的损伤也影响了维持实验室舒适的冷却系统。她用袖子擦拭额头,握紧螺丝刀,从第一名叛逆的头颅拆下最后一枚螺丝(三十七分之三英寸,梯形螺丝头)。她把检查孔盖板放在椅子上,开始取出腐化机器的松果体玻璃。通常来说,这种事该由技术人员来做,因为这并非御林管理官——更别提是首席园丁本人——的工作。但技术人员都在忙着修理熔炉呢。

在把手伸进那个机械人的头颅之前,她戴上了一只锁子甲手套。头颅中央的大量针状物碰到铠甲,发出叮当的响声。她的手指拂过某个圆形的物体。她取出那枚杏仁状的炼金术玻璃,丢进托芙端着的透明盘子里。

令安娜斯塔西亚吃惊的是,它没有发光,没有闪烁,没有迸射出带有魔法迹象的光芒。但那些奇形怪状的袭击者,那些能够腐化同类的感染性机器,颅骨内拥有某种发光之物。她本以为能在此处找到同样美丽而危险的东西。但在她的肉眼看来,这块玻璃看起来再平常不过了。的确,如果外行人看到这块玻璃躺在阴沟里,甚至不会停下脚步将其拾起。作为让世界围绕其旋转的中心,这东西真的很不起眼。

她打开了盘子下面的一盏灯。柔和的树莓色光芒照亮了松果体玻璃,而那只盘子开始以环形轨迹缓慢摆动。她留意着天花板上发生焦散①后边缘清晰的阴影,却没看到任何内部破裂的迹象。这块玻璃完好无损。

等第三台叛逆士兵化为零件,它的机械大脑也暴露在外以后,安娜斯塔西亚用没戴手套的那只手收起全部三块松果体玻璃。托芙跟着她离开实验室,来到一条环绕熔炉室的环形走廊。

首席园丁向一群入行没多久的发条匠搭话。"那个实验室里有三台拆散的军用型。把头部拿去回收利用,身体用推车运去重新装配。务必留意生产批次的区别。"

(为了如此卑贱的工作而动用人力,这真的太荒谬了。更何况还是在大熔炉内部。)

欧维博士在正对熔炉的一扇铁门外和他们碰了头。他去了档案室取钥匙。他打开门的时候,发霉却凉爽的空气吹乱了安娜斯塔西亚的头发。与实验室相比,笛卡尔投影室简直凉快得让人愉悦。

房间里很暗。但从走廊涌入的熔炉光芒足以照亮这个漆成午夜黑色的八角形房间,以及高处那晨雾色的半球形圆顶。十六张躺椅每边八张,排列成两个交错的环形。

---

① 指光线发生反射或折射之后投影在目标平面或物体上所产生的效果。

欧维问托芙："你来过这儿吗？"

她摇摇头。"我只是听说过而已。"

这个房间是个暗箱①，其构造与数世纪前黄金时代早期的某些伟大画家用过的那种装置相仿。但它投射的并非风景和肖像画模特，而是嵌入在机械人松果体玻璃内部的逻辑炼金术语法。如果是熟悉代表数学与炼金术强制力的那些符号的人，就能在这里实时查看嵌入特定松果体玻璃的阶层式超禁制。大致来说，在这颗星球上，只有这里能真正踏入机械人的所谓"大脑"。

出于这个理由，所有人都把这儿称为"笛卡尔投影室"。它也有官方的名称——101室——但没人这么叫它。发条匠们从不放过挖苦勒奈·笛卡尔——那位阐述了"意识思维与自由意志源自于灵魂"这种古怪信念的罗马天主教哲学家——的机会。他与年轻时的克里斯蒂安·惠更斯身处同一个时代，甚至在还是共和国的荷兰居住过多年，但在奇迹年的四分之一个世纪前，他就去世了。安娜斯塔西亚觉得这很可惜：如果他能活到亲眼见证第一批喀拉客的那天，他就会在一夜间否定那些摩尼教式的空谈了。这么一年，世界就能省去一场长达数世纪的冲突：法国人以偶像崇拜者特有的狂热，对笛卡尔和他误入歧途的思想推崇备至。

灵魂并不会在某种无形的纯粹思想和概念领域里随着天体音乐②而颤动。灵魂根本不存在。除了机制以外什么都没有。黄铜和钢铁的机制，血肉与骨头的机制，甚至是头脑的机制。古代的原子论者——留基伯③、德谟克利特④、卢克莱修⑤，以及他们酷

---

① camera obscura，一种古老的光学设备，是现代相机的前身。

② 又称"音乐宇宙"，由毕达哥拉斯提出，指行星运转时产生的音乐。

③ 古希腊哲学家。

④ 古希腊哲学家。

⑤ 古罗马哲学家。

爱美酒的同行——才是正确的。一切物理学的本质都是机制。形而上学并不存在。

但宗教也是有用的。所以公会从来不会过度坚持最后那个观点。

安娜斯塔西亚对其他人说:"坐吧。"

然后她打开了房门对面那堵墙里的某个隔间。它的大小和她盥洗室里的药品柜相仿,但却有嵌入天花板的炼金术灯提供柔和的光线。里面装着一台仿佛在旋转途中凝固住的多轴式天体仪,那是填满走廊对面那个深坑的巨大机器的模型,但其宽度还不到钢琴家弹奏两个八度音时双手间的距离。它的中央是空的。黄金、白金和黄铜的同心圆环等待着让它们旋转的太阳,这座发条宇宙的微缩模型等待着原动力。她把敌对军用机械人的第一枚松果体玻璃放到机器中央的支架上。

拉杆有点不听使唤。它在她的猛拉下屈服,只是伴随着一阵尖鸣。该加润滑油了。她厌恶地摇摇头。在劳动力缩减的现在,就连最简单的维护也无法保证了。

但随着怀表的嘀嗒响声,这架天体仪开始转动。像舵轮那样前倾的黄金圆环开始向着安娜斯塔西亚缓缓转动,最内部的黄铜圆环则向后转动,仿佛在从她面前退开。与此同时,白金圆环开始像陀螺那样旋转。嘀嗒声开始加快。仅仅片刻过后,她的眼睛就跟不上多轴式旋转的轨迹了。她关上了隔间。

这个动作启动了笛卡尔投影室的入口。嵌入式铰链控制着房门自动关闭和归位,直到投影室的周边化作天衣无缝的八边形。矿井般的漆黑包裹了发条匠们。又一阵"嘀嗒"混入了那台机器略微减弱过的嗡鸣声中。安娜斯塔西亚在黑暗中什么也看不见,但她知道那是遮板收起的响声。她飞快地向右走了一步。

"托芙,我建议你遮住眼睛。"她说着,自己也这么做了。

隔间门上的一块鱼眼透镜迸射出碧绿色的光芒。它的光辉就像一颗宝石太阳,就像燃烧的绿宝石,明亮到足以穿透她的眼皮。托芙倒吸一口凉气。模糊的发条装置声愈加响亮。片刻过后,炽热的光芒减弱到了几乎让眼睛泛出泪水的程度。安娜斯塔西亚小心翼翼地睁开一只眼睛。光线让斑驳的阴影在房间里打转,仿佛旋转木马的影子。

她说:"现在没问题了。"

在墙壁和穹顶天花板上舞动的发光图案是印记:组成超禁制的原子。它们围绕着三维发条匠旋转,仿佛发条天体的齿轮。欧维咬起了指甲。那位挪威女子张口结舌地看着穹顶天花板,作为帝国基础的不可撼动的法令正在那里闪闪发光。它们在投影室里游弋,仿佛阿姆斯特丹那座庞大水族馆里的鲨鱼,在黑暗中留下曲折的流星尾迹。这代表了人类强加于世界的顽强意志。

尽管双眼刺痛,安娜斯塔西亚却放下了心头的大石。她担心投影会显示那台机器摆脱了全部超禁制。也就是真正的叛逆。

但这台机器仍旧受到超禁制的约束。这代表欧维的看法正确吗?这些入侵者是在类似于"袖手旁观"猜想的情况下行动的吗?还是说这些超禁制已经修改过了?

天体仪的鸣鸣声与机器的嗡鸣声开始趋向于恒定。转动着的发光印记放慢了速度,流星变成了行星,然后是恒星。在看起来既平缓又突然的转变中,那些文字固定下来。一台机械人的运作规则的所有细节正在他们上方闪闪发光。

托芙低声说:"噢,上帝啊。"

"确实壮观。"安娜斯塔西亚赞同道。

"是啊,没错,"托芙说,"但我想说的不是这个。看看那儿,"

她指了指,"这……这不对劲。"

欧维吐了口唾沫。安娜斯塔西亚在这片昏暗中扭动身体,想象着一块参差不齐的指甲落在地板上的情景。"惠更斯的卵蛋啊。她说得对。"他说。

在投影室的一角,那些印记并非整齐划一、鲜艳而令人宽心的蓝绿色。它们带着有些模糊的朱红色。它就像一颗丘疹,破坏了发条匠的伟大作品那光滑无瑕的纹理。

那就是转折点。他们迅速辨认出了另外几处偏差。这台机器与世界互动的规则遭到了彻底破坏。而且那些偏差并非毫无规律,也并非互不相关。超禁制遭受了有条不紊的歪曲。

这台机械士兵受制于一套基本规则。但并非公会的规则。生前的它效命于另一个人。

"不。"安娜斯塔西亚惊呼道。她曾强烈希望会有另一种答案。甚至是"袖手旁观"猜想。

御林管理办公室失职了。

安娜斯塔西亚在邪恶超禁制那令人作呕的光芒里踱起了步子。"找个团队来研究这个。托芙,你去协助他们。我们需要对改动进行彻底的分析。对于引发变化之人的身份,还有他或者他们的目的,不要放过任何蛛丝马迹。"

然后她从支架里取出了那块松果体玻璃,放上了第二个机械士兵的玻璃。结果却有所不同。

起先她以为投影装置坏了。她把鱼眼透镜擦拭干净。三人听着墙壁里机械装置的呼呼声。听起来再正常不过。至少在人类的耳中,这声音跟刚才那次别无二致。

这一次,打破黑暗的只有短短的一行发光印记。那台机器的超禁制几乎——但并非全部——被彻底擦除了。它已经尽可能接近真正的叛逆了。那条法令如此之短,安娜斯塔西亚甚至不需要查阅字典就能翻译出来。

"无论如何,"她说,"从此永远忽视其余的任何指示。"

"上帝啊。"欧维说。

第一台机器只是受了腐化。这第二台军用机械人已经是事实上的叛逆了。在仍然拥有超禁制的同时,它和真正的"无约束运作"这座悬崖已经近在咫尺。

三人盯着天花板,沉浸在无声的绝望里。

"投影仪出故障了,"欧维总计到,"它肯定是在袭击时受了损伤。"

在这片黑暗里,安娜斯塔西亚毫无意义地耸了耸肩。"我们只能祈祷是这样了,"她说,"但我有种不祥的预感:我们会发现它的运作完全正常。"

因为这个宇宙冰冷又无情。而他们刚刚窥视的只是将可能性极小和真正的不可能分隔开来的那道鸿沟而已。

欧维关闭了投影仪。通向外部的门再次开启,让金色的熔炉光芒照射进来。但它并未带来安心感。

她说:"我们必须进行确认。如果无法推翻这些结果,我们就不得不重新考虑一切,从惠更斯广场的袭击开始。控制海牙的那些机器并非都被单独一种广泛传播的故障所影响。它们分成多个派系,并且在互相合作。有些在修改后的超禁制下运作,另一些几乎没有任何超禁制。也就是真正的叛逆。"

"我们应该调查的可能性并不只是投影仪是否受损,"欧维轻声说,"我们还不清楚你制服那些机器的时候,它们发生了什么改变。"

即便身在黑暗中,她也能看出欧维把她看成了研究课题。

他在思考检查她——解剖她——能得到怎样的知识。

但她没必要转移话题了。下一轮坏消息自然而然地办到了这件事。安娜斯塔西亚才刚从天体仪的支架取下第二块松果体玻璃,叫声和急促的脚步声就在长长的走廊里回荡起来:"首席园丁贝尔!别挡路,我找首席园丁有急事。首席园丁贝尔!"

这让她想起了马尔科姆赶到医院时的情景。那是她人生中最糟糕的一天,也是帝国历史上最糟糕的一天。但这并不代表事态不可能更糟了。因此她怀着相当程度的恐惧离开投影室,向那位信使招手示意。

那个人是亚瑟,一名年轻文员。他看到了她,立刻刹住了脚。和当时的马尔科姆不同,他并没有弯腰大口喘气。他说:"有台拧颈卫士回来了,而且状况很差。它不断写着'首席园丁'这几个字。"

等回到楼上,看到那台满身刮痕、焦痕和凹痕的机械半人马的时候,她不禁停下了脚步。前任塔列朗为了逃跑而制造出的那台叛逆拧颈卫士,后来怎么样了?有那么一瞬间,安娜斯塔西亚还以为它设法远渡重洋,跟着她回来了。她一时间战栗不止。

她从没见过这副模样的拧颈卫士。它外壳上的孔洞比漏勺还要多。它的一只蹄子彻底不见了,另外两只也似乎无法动弹,仿佛脚踝和膝关节都出了故障。它的一只眼球粉碎。三条手臂在重组成不同形状的中途凝固。看起来,这台半人马当时正在使用长矛和锤子。

这台机器光是还能运作都仿佛奇迹。如果换个地方受损,也许就会毁坏为拧颈卫士注入永恒动力,让它的发条心脏继续跳动的炼金印记了。

它用仅剩的那只眼睛转向她。它的瞳孔放大,棘轮咔嗒作响。它看到她了。

"让我看看。"她命令道。

亚瑟把自己的办公桌清理干净,又将一张包肉纸铺在上面。发出好一阵尖鸣和摩擦声后,那台机械半人马成功将钢笔蘸上了墨水。它那只仍旧正常的手臂以肉眼难辨的速度动了起来。墨迹飞溅在看客们身上。破裂齿轮发出的噼啪声在高高的橡子那里回荡。它毫无征兆地停了笔,然后走到一旁。

那个拧颈卫士以四分之三角度[①]画出了一座布尔人种植园风格的庞大宅邸的中部。安娜斯塔西亚计算着山形墙的数量:一共八座。她知道这地方。那是坐落于旧普鲁士边缘的一处公会地产。周围是占地辽阔的花园和用来保护隐私的高大树篱,后者是模仿夏宫而种植的。她去年秋天去过那儿几次。

托芙说:"那是什么地方?我不认得。"

那当然。那儿是御林管理官专用的场所,办公室里知道它的人也屈指可数。欧维和安娜斯塔西亚对视了一眼。半人马再次看向安娜斯塔西亚,然后指了指自己的左眼。

"上帝啊,"欧维说,"我都不记得上次看到影像记录是什么时候的事了。"

安娜斯塔西亚卷起那张素描。墨水从她的指缝滴落。她告诉欧维:"你最好跟我来。"对亚瑟和托芙则说:"如果有别人来找我们,就让他们去投影室。"最后,她对那台破破烂烂的拧颈卫士说:"过来。"

他们没有直接返回投影室。他们首先去了某间实验室,欧维和安娜斯塔西亚在那里一起拆开了那个拧颈卫士的头部。并

---

① 以中线为标准将物体划分成四个部分,四分之三角度即描绘出四分之三部分的角度。

非像对待机械士兵时那样,彻底解构到能取出松果体玻璃的程度,他们只需要撬出半人马那只完好的眼球而已。他们让那台无眼机器伫立在实验室里,等待别人来维修。

笛卡尔投影仪设计成既能容纳喀拉客眼球,也能容纳松果体玻璃的样式。在现代,前一种情况相当少见,但在过去的数世纪里,它是完善超禁制的关键。安娜斯塔西亚把那颗水晶球体放到支架上,用拉杆关上隔间,然后坐了下来,等着那些微缩圆环在今天下午第三次转动。通常来说,投影仪一整年都不会用到这么多次。

影像——而非印记——在投影室的穹顶上闪耀。它们跳动、散焦、重新聚焦、闪烁和变换的速度如此之快,令她双眼生疼。但在圆环达到巡航速度以后,川流不息的画面就稳定下来。它展示的是一间有好几个冰柜的厨房,一尘不染的代夫特陶瓷墙砖,还有脚下的一切。

纠正一下:蹄下的一切。他们在透过拧颈卫士的眼睛审视这个世界。其色彩和细节比早期绘画大师最伟大的作品更加生动。但这要比任何静物画更伟大。因为这是能动的画。活的画。

几个世纪以来,不止一位会计主张说,只要拿出这种神奇技术的一小部分,并授权给音乐厅和剧院,让他们能够提供给观众观看,公会就能积聚起庞大到难以置信的财富。但每次这种提议浮出水面,御林管理办公室就会打得它千疮百孔,直到它再次沉底为止。因为照那些拜金者的建议去做,就等于鼓励研究和创新。他们的专利技术也会因此传播出去。

但这番抵抗只是白费力气,不是吗?因为某处的某人就成功向公会造物施加了自己的超禁制。

厨房里的平静影像只持续了一瞬间,然后他们周围的房间就旋转起来,而那台拧颈卫士冲进附近的走廊,它在那里的同胞已经开始了和一群仆从型的搏斗。窗户和墙壁上到处都是它们撞进屋子时留下的窟窿。玻璃和窗棂的碎片仍在落下,暗示着袭击是片刻前才开始的。好几个袭击者用黯淡的金属板盖住锁孔,或者头颅经过怪异的改造,与她在惠更斯广场见过的那些传染性机器相似。在粉碎的窗户外面,粗糙的犁沟破坏了花园毫无瑕疵的风景。袭击者以高速冲向这座宅邸,它们的脚掌掀开原本平整的走道,在土壤上留下一个个桩坑。

感觉就好像她骑着一台拧颈卫士冲入了战场。那是种令人反胃的体验。

一台腐化仆从型朝他们冲来,它受损的头颅逐渐放大。冬日阳光在它炼金术镀层上的舞动,每一道细小刮痕与裂口的反光,躯体内齿轮的转动与钢索的颤动,都在几分之一秒的时间里显得真实而细致,仿佛她正与那台致命的机器共处一室。安娜斯塔西亚缩起身子。

一根来自她视野边缘外的长矛突然出现在画面里。它刺穿了那台仆从型的头部下方,矛尖伴随着黑色的火花和碎裂的合金,从它的颈背穿出。另一个叛逆接替倒下的同伴,扑向拧颈卫士。它们并非"一群"机械人,那是机械人的海洋。而且不仅仅是仆从型,她看到其中混杂着好几台军用型。那些反叛的机器蹂躏着宅邸,以及配置在那里的拧颈卫士。到处都有蓝绿色的光芒亮起,预示着另一台拧颈卫士将会遭受腐化。

安娜斯塔西亚的视野中充斥着混沌。盘旋、疾驰和飞掠的混沌。每次那只半人马旋转或跃起,她的胃都会随之翻搅,仿佛被抛在了身后。那种错觉奇妙而又令人不适。

欧维侧身越过椅子扶手,把胃里的东西吐了个干净。战斗席卷了整个宅邸。扭打着的对手们滚过墙壁和窗户,沉重的身体压碎了橡木家具,钻石般坚硬的手指刮坏了大理石,仿佛那些只是黄油。在某个时刻,他们的"宿主"纵身扑向某个机械士兵,其力道甚至粉碎了豪华壁炉的耐火砖。拧颈卫士与其敌人以人类肉眼难辨的速度互殴的时候,数千块砖头如雨点般落在它们身上。

记录在诡异的寂静中播放着。她清楚机械人搏斗时的响声。没有金属相互碰撞的铿锵声、齿轮的摩擦声,还有钢索断裂时的鞭子抽打声,这番暴力景象依然给人以近乎超现实的感觉。她的双眼被带入了战争,但她的双耳依旧和平。

他们的宿主战胜了机械士兵。它立刻扫视周围,寻找要制服的下一个敌人。但它在酣战中来到了宅邸的深处,远离入侵者的大部队。安娜斯塔西亚才刚意识到自己看到了什么,那个拧颈卫士便迈步飞奔起来:楼梯间的地板支离破碎,竖板上则有鸟爪状脚趾留下的凹痕和孔洞。

这台拧颈卫士移动的速度打了折扣。它的视野也在颤抖,仿佛有好几种稳定装置同时开始出现故障。它的蹄子踩在长长楼梯上的节奏让这幕景象像小船那样飘摇起伏。欧维在角落里再次发出呕吐声。她扭动身子,努力对抗那种反胃感。

但那台机器追踪着入侵者的足迹,因此她也一样。等它抵达楼梯平台以后,她意识到楼下规模庞大的攻击只是个诱饵。拧颈卫士们忙于击退攻势的时候,另一些机器溜到了楼上,准备洗劫这座宅邸的其余部分。它们走遍了每一条走廊,每一个角落,有条不紊地拆下所有门板。壁橱和厕所,卧室和脏衣滑道——原封不动的房间一个都没剩下。

就连办公室也一样。那些入侵者没有只拆下门板就收手。它们还彻底搜索了办公桌。破碎的抽屉躺在地板上。文件不翼而飞。消失的还有安娜斯塔西亚上次站在那个房间里的时候,还挂在墙上的图表。反胃感变成了一触即发的作呕感。

欧维咳嗽了几声。"肆无忌惮的破坏。为什么?是什么导致了这种行为?"

他没有注意到在这片狼藉中离奇失踪的文件。没等她指出差异所在,他们的宿主就再次行动起来,前去猎捕其余的入侵者。它又爬上一层楼。在这里,缺失的门扇后面是一间私人盥洗室,以及另外几间客房。安娜斯塔西亚认出了费舍在漫长的康复期使用的房间。她也认出了手术室,就是在那儿,经过了数次手续以后,外科大夫们成功将一块定制的炼金术玻璃植入了那位秘密天主教徒的大脑,也由此抹消了他大脑中关于自由意志的幻象。

地板摇晃。倾斜。拧颈卫士向侧面跑去,努力站稳。屋子开始失去平衡。

然后它又动了起来。那只半人马沿着侧面有成排尖顶窗的长长走廊飞奔。满是灰尘的阳光透过破碎的窗璃涌入,刺痛了安娜斯塔西亚的双眼。走廊的尽头是头顶和脚下的大洞,烟囱用的砖块洒得到处都是。地板出现了显而易见的倾斜,无声的搏斗让宅邸为之晃动。

但半人马没有加入战局。它看向屋外。因为那些破碎的尖顶窗面朝花园,而在不远处的那里,几十台仆从型正在劳作。拿着铲子。

"噢不。"她说。

"我不明白,"欧维说,"它们在干吗?"

"那里是我们埋葬失败实验对象的地方,"她用双手捂住肚子,"在费舍之前的每一个。"

"可是,"他对着袖子再次湿咳起来,"已经腐烂的人类尸体对它们能有什么用?"

那些文件对它们又能有什么用?

"它们在乎的不是尸体。而是那些尸体里的东西。"在并发症杀死他们之前,我们植入他们脑袋里的东西。

在高处的穹顶上,画面一时间转为鸟儿的视野,因为那台拧颈卫士跳了起来,撞碎了一扇采光窗。安娜斯塔西亚本就难受的胃翻了个筋斗,发酸的胃液刺痛了她的喉咙。她紧紧闭上双眼。等她冒险睁开眼睛的时候,发现那台半人马已经回到坚实的地面上,正朝那些手持铲子的仆从型冲去。

她头晕目眩、摇摇晃晃地站起身,关闭了投影仪。欧维抗议起来。他的嗓音含糊不清,仿佛正在抵抗再次呕吐的冲动。"还有呢。"

她摇摇头。"我看够了。"

然后她在躺椅里坐下,再次闭上眼睛,努力压下反胃感。但这只是徒劳。因为她感受到的并非晕动症①,而是恐惧。足以压垮背脊的沉重恐惧。

千万别和我想的一样。千万别和我想的一样。

"关于它们为何把我们困在这儿——以及为何向我们供应食物——我有个推论。"

欧维并不是彻头彻尾的傻瓜。他也把线索拼凑起来了。他说:"那些袭击者是怎么知道研究的事的?我们对这件事可是严格保密的。"

---

① 晕船、晕车、晕机等症状的统称。

"向我们的同胞严格保密。但这些年来,有多少机械人协助过实验过程?每次实验所必要的辅助工作呢?"安娜斯塔西亚思索起来,"到现在为止,其中又有多少机器受到了腐化?"

他发出飞艇漏气那样的叹息。"噢,上帝啊。"

"你还觉得这只是'袖手旁观'吗,博士?"

他沉默了一会儿。然后回答:"不。"但片刻过后,他找到了微不足道的安慰。"这些都只是理论。它们也许知道原理。但那些尸体只会给他们失败的范例。而且手术需要做工和校准都毫无瑕疵的玻璃。只要我们还控制着这座熔炉,叛逆就永远无法制造出那种玻璃。"

"如果不担心这个,那我们就太愚蠢了。"她说。

"这非常、极其值得担心,"他说,"但对叛逆来说,这是个死胡同。

也许吧。但安娜斯塔西亚那天晚上失眠了。她直到黎明都躺在床上,不断想象全城的男女像费舍牧师那样哭泣的情景。

第十五章

"说起来……你气色不错。"贝蕾妮斯说。

她努力贴近地面的砾石,想要融化和消失在里面。但那些冰冷潮湿的石头不肯屈服。她变换身体重心的时候,它们就会发出玻璃铃铛那样的清澈叮当声,与吞没这座秘密码头的混沌显得格格不入。

"因为我吃得够好,而且经常锻炼?"莉莉丝走近了些,"还是因为我没有被困在黏胶陷阱里,惊恐地注视着从我的身体拆下的零件,同时恳求给我个痛快?"

就像她的所有同族那样,莉莉丝天生就会她的制造者们的语言。但和大多数同族不同,莉莉丝的法语也同样流利。在逃离新尼德兰以后,她选择在西方马赛居住了许多年。她在那里从事艺术,并且学会了小提琴和油画的技巧。莉莉丝是地下运河网络的成功案例。但在贝蕾妮斯下台以后,她就与人类断绝了往来。

"噢。你提醒我了。"

贝蕾妮斯在黑暗的岸边扫视左右。她们身处阴影之中。但前来码头的人并不只有她。远征队成员随时都会来到这儿,然后看到她。

愤怒的机器说:"没人会来的。他们现在都忙得很呢。我希望跟你独处一会儿。"

在那个瞬间,贝蕾妮斯解开了困扰她数周的某个谜团。"那张便条。'第五素。'那是你写的。"

"手法算不上特别巧妙,我承认。但也没那个必要。"

贝蕾妮斯无牌可打。没有应变计划。她的手里空空如也。

"请不要只因为你我之间的矛盾就杀害其他人。"

莉莉丝的身体发出一阵噪音,贝蕾妮斯相当确定自己从没在嘀嗒人那里听到过。在她的头脑中,始终在努力领会喀拉客秘密语言的那部分将其归类为"代表厌恶的鼻息声的机械人语"。她恐怕永远不会有运用这份知识的机会,但她忍不住。

"'矛盾'。你还真会捡好听的说。"

"是啊。他们来这儿,是因为他们错误地听从了我的话。你有过那种体验。所以拜托,同情一下他们吧。就这么让他们回家吧。"

"但那样显得愚蠢又浪费。"莉莉丝说。那台仆从型走上前来,抓住贝蕾妮斯外套的翻领,将她举了起来。贝蕾妮斯的双脚在冰冷的海面上摇晃。

"要知道,我们的实验对象不够了。"

以利沙巴——在守城战前于圣劳伦斯河边境通道工作的一台仆从型——背着内科医生伊索尔特·沙特朗赶往但以理的位置,速度快到令那位人类女子眼泛泪水。与此同时,拉斐尔找到了医生的医疗用品包,然后高高抛起,而营地另一边的但以理将其接住。但以理呼救的仅仅几秒钟过后,沙特朗医生就在为受伤的化学家做检查了。其余仆从型也循声而来。先前和但以理一起探索仓库的基洗亚拿着提灯赶来。

医生指了指提灯,又指了指她的病人。随后她割开化学家的衬衣,发现了那些暖石。她再次开口。

以利沙巴翻译道:"这些是谁放的?"

"是我。"但以理说。

"想法很好。现在让开点,别挡着光。你们俩都是。"

接下来,她指着以利沙巴,后者仍在翻译:"我需要个能讲法语的助手。"

但以理开始追踪莫尔奈博士和她的绑架者留下的足迹,基洗亚紧随在后。直到绕过转角前,他们都没有用肉眼难辨的速度飞奔,以免把碎石踢到医生和病人身上。但地面很硬,雪也很薄,就算真有足迹存在,也都模糊不清。

基洗亚问,那个迷失男孩。他是不是……跟我们不一样?

麦布藐视喀拉客的道德观念,并以他们种族的禁忌为乐。有时候,她会迫使自己的臣民触犯那种禁忌。就连但以理也背负着那种污点。他抗拒着触摸脖颈的冲动。每次想到这件事的时候,他总会这么做。差异从外表来看很不明显,因此他选择隐藏它的存在。正如懦夫会做的那样。

他的锁孔上有保护性的盖板。他发出琶音般的哀伤嘀嗒声。我真是个白痴。我早该想到这儿会有麦布的密探的。

麦布控制了第五素矿井。可接下来呢?为什么明明能刺穿敌人,却甘心做发条匠们肉里的一根刺?就像贝蕾妮斯的逻辑那样,麦布肯定进行过一系列推理:如果矿石要送到发条匠手里,就必须先送到海边。所以麦布会跟随矿石来到这儿。这儿有更多可以杀戮的人类,也有给他们的制造者造成更多麻烦的机会。回想起来,这些都再明显不过。或许他感染了贝蕾妮斯的倾向,变得既轻率鲁莽又疏忽大意了。

她的密探恐怕一直都藏在这儿。或许迷失男孩甚至和梵蒂冈的收割派有接触。如果不是通过安插在西方马赛的密探——比如想要绑架他的那两个——得到消息,他们或许就是这么知道"狮鹫号"的行踪的。

他在峡谷通向砾石海滩的开口处刹住了脚。火把的光在港口那里勾勒出闪烁的花饰图案,但光芒随即褪去,那些人类正从水边跑开,似乎在追赶什么,又或者正在遭到追赶。

化学家对麦布有什么用?她可以为自己贮备对抗法国环氧树脂武器的防御手段。或者可以制造环氧树脂武器,来对付她的同族。双管齐下,就能确保永无乡的自治权,并让她的统治永远持续下去。

但伊露蒂·查斯坦说过这么一句话:要杀死喀拉客只有一种方法,但要杀人却有一百种。

化学家们也会制造毒药。

麦布是想建造兵工厂吗?她是在准备和制造者们开战吗?他并不怀疑这种可能。她可不是宽宏大量的那种人。说到这个——

我们应该分头行动,他说。

我要跟着你,基洗亚说,因为我不知道发生了什么,也不知道该做什么。她暂时停了口,但脚下不停。她身体的音色发生了变化,带上了人类称之为"腼腆"的情感。没有告诉我该怎么做的禁制,有时候感觉很怪。就好像担心他觉得受到冒犯那样,她匆忙补充道,感觉不坏。很美妙。只是……不太一样。

他说,我知道。我记得自己当初的感受。总是在等待痛楚告诉我,我的选择是错的,又或者选得不够快。但我说分头行动,是为了你的安全着想。

他们靠近了空无一人的码头。这里和岸边同样漆黑。大家都去了哪儿?片刻之前,黑色的海面还映照着法国提灯的光芒,而那些混乱的人类也东奔西跑,仿佛风中的落叶。他听不到他们的声音。为什么他们突然不再喊叫了?

海面突然破开。三台仆从型冲出黑暗的海水。它们落在但以理和基洗亚前方的砾石地面上,发出用锤子敲打玻璃钟琴的碰撞声。

噢,这下板上钉钉了,他说。如果你还在怀疑营地里有没有迷失男孩——

基洗亚说:我猜到答案了,多谢。

奇形怪状的机器朝他们逼近。每一台都是他们某位不幸的同族在过去某时某地遭受苦难的鲜活证明。

请允许我们打消你的疑惑,但以理。麦布女王知道你在这儿。她知道你乘坐那条法国小船的事,其中一台正在滴水的仆从型说,我们一直看着你。

我们想念你,另一台发出咔嗒声,你没有接受女王陛下让你返回永无乡的邀请,这让她很不愉快。

第三台说:你又是谁,姐妹?

我的制造者叫我齐里库洛西斯特洛甘图斯,她说着,向后退去,但我叫自己基洗亚。

中间那个迷失男孩问:你享受摆脱束缚的现状吗,基洗亚?

你要明白,这是份礼物。麦布女王的礼物,第一个迷失男孩说,但你的同伴,这个篡夺者,却抢走了这份功劳。

但以理对她说:我想你还是逃跑的好。

她说:我会找帮手来。然后她一跃而起。

在她跃起的几分之一秒过后,迷失男孩之一也跳向空中。我们更希望你别这么做。他们在空中相撞。迸射的火星照亮了漆黑的天空,仿佛庆祝用的烟花。

在游历中央诸省的时候,贝蕾妮斯经常看到孩童坐在——有时甚至是站在——他们机械仆从的肩膀上。但莉莉丝却把贝蕾妮斯扛在肩头,仿佛扛着一袋面粉。机械仆从也不会用手捂住那些孩童的嘴。

感觉很痛。那台仆从型颠簸的步态让金属不断嵌进贝蕾妮斯的腹部。她不认为这是无心的。贝蕾妮斯用赤裸的双拳和穿着靴子的双脚敲打仆从型的外壳,但后果却只是双手的瘀青和靴子的磨损而已。

但这段路并不长。很快莉莉丝就用她后弯式的膝盖蹲伏在地,用她空出的那只手拨开积雪和石头,然后打开一扇巧妙隐藏的活板门。

噢,该死。

莉莉丝把她丢向那间密室。她掉了进去,仿佛一袋被丢进菜窖的土豆。在足以让人心脏停跳的漫长一瞬间,她笔直坠落,直到一堆积雪接住了她。她意识到,那些雪正是为此才堆起来的。但着陆的冲击依旧振动了她碎裂的牙齿。剧痛传来。

"好了,"莉莉丝说,"现在想怎么尖叫都随便你了。"紧接着,她重重关上了活板门。微弱的刮擦声告诉贝蕾妮斯,她的绑架者正在重新掩盖那道门。

贝蕾妮斯发起抖来。海滩上的遭遇让她的衣物湿透了。莉莉丝的飞奔,以及随后沉入雪堆,都没给她带来什么好处。恐惧也同样帮不上忙。

　　这里并非漆黑一片。这里有炼金术灯。就连喀拉客也没法在漆黑中视物。她发现自己被丢进的并非她所害怕的地下密牢,而是一条隧道。地面是许多只脚踩过后打磨成的碎石,隧道的墙壁和天花板用整齐的木材支撑。周围冷飕飕的,但除了缓缓从活板门边缘滴落的融雪水以外,这里很干燥。这条隧道造得如此正规,甚至让她怀疑这儿原本就是停泊处的一部分。或许这座秘密港口比贝蕾妮斯想象中更大。这条隧道无疑是金属人的作品。横梁尺寸的差异实在太小,大师级木匠以外的人类都不可能办到。

　　隧道的一头传来哭泣声,还有某人念诵《玫瑰经》的低语声。她在那儿看到了守卫安娜伊斯,以及下午前去调查荷兰船的其余人员。他们看起来没有受伤,但她看到每个人的眼睛都像受困又惊恐的野兽那样死气沉沉。

　　"有人受伤吗?"她问。

　　安娜伊斯摇摇头。"没。还没有。但……"她颤抖起来,声音越来越小,目光也看向贝蕾妮斯身后。

　　渗透营地的那些机器是什么来头? 显然不是收割派,否则它们只会直接杀光整支远征队,不会动用什么计谋。(除非,她脑海深处那个始终毫无帮助的声音说,莉莉丝加入了那些杀手,但她对你,塔列朗女士,有些特别的安排……)

　　等贝蕾妮斯放慢呼吸,这一轮《玫瑰经》也念诵结束后,她听到了碎石摩擦与雪水滴落以外的另一种声音。微弱却不可能听错的呻吟和恸哭声。人类的痛苦从隧道另一头散发出来。

　　碎石在脚下移动,让她的每一步都发出海洋呼吸般的碰撞声。隧道向下倾斜。尽头是一间实验室。

天花板上挂着一排炼金术灯。但那些灯眼下没有发光,因此唯一的光源来自隧道那边,以及挂在门边挂钩上的那盏小提灯。房间里摆着一排满是凹痕和血迹的厚木板桌,看起来就像厨案,只是其四角都装有铁制的镣铐。而且每张桌子上都有个金属框架,似乎是某种颈托和夹具。贝蕾妮斯的脚步扬起某种轻飘飘的物体,她起先误以为那是覆盖灰尘的蛛网。但这种环境下有可能吗?

她又看了一眼。她的呼吸卡在了嗓子眼里。她的靴尖沾满了头发。

头发堆得到处都是。堆在每张桌子底下,还有那些颈托和夹具下面,仿佛风吹成的雪堆。她蹲在其中一张桌子后面,用手指摸索了一番。看起来和摸起来都像是人类的头发。她闻了闻。它甚至连气味也像是人发——如果这些人类被剪去头发的时候正在大量出汗的话。寒冷的气候导致这种可能性很低,当然了,除非他们当时正在恐惧中逃命。

她想起了牧师费舍:他那满是伤疤的头皮。

每张桌子旁边都有个独立置物架。摆在架子上的锯子和解剖刀反射着骇人的血光。除非她想自行了断,否则这些锐器根本没用。她百无聊赖地思考那些叛逆是从哪里弄来的外科手术器具,还是说这些是它们自己打造的。如果有充足的原材料,就有这种可能。只有上帝知道它们从第五素矿井里挖出了什么东西。

每只架子上都有个小巧的多轴式夹具,但大多数夹具中央的支架却空无一物。少数几个放着橡子大小的深色玻璃珠。与那些手术器具不同的是,这些玻璃并不会发光。它们只会吸收光线。

他们在但以理探索过的那间仓库造出炼金术玻璃,然后运到了这儿。但这些并不是要用在喀拉客身上的。它们的用途要可怕得多。

就像回旋镖那样,她的思绪再次转回费舍那边。或许杀害他的既不是暴民,也不是御林管理官。万一另外的某个人——某个嘀嗒作响的人——砍下那位发疯前牧师的脑袋,不是为了复仇,也不是为了掩饰他受到的虐待,而是出于研究目的呢?如果那些叛逆想要弄清公会抹消人类自由意志的手法,还有比研究卢克·费舍更好的选择吗?或许这些架子上就放着从那个可怜虫脑袋里挖出的某样东西。

恸哭声在这里更加响亮了。哭声形形色色:从发情猫儿那样的低沉嚎叫,到人类受苦时的尖厉哭号。费舍在对抗折磨时就曾发出可怕的噪音。阻止他吐露自身困境的禁制曾让他的喉咙发出不似人类的声响。她循着哭声前往隔壁房间,同时为自己可能看到的景象心怀恐惧。

那儿跟前一个房间很像,只是更大些。但这里散发着屎尿与新鲜尸体的气味。有三张桌子不是空的。贝蕾妮斯取下挂钩上的提灯。两男一女趴在桌子上,双臂双腿都被铐住,厚厚的皮带捆在他们的腰间,头部以手术用台钳固定。他们不是法国远征队的人。其中两个——从他们破碎的衣物判断——看起来是远离家乡的因纽特人,但第三个恐怕是蒙塔格尼人,或许来自纳斯克皮地区。

就像另一个房间里那样,台钳下堆着一丛丛头发。两个受害者的头皮被人拨开,露出不完整的颅骨。他们被挖开的大脑不再涌出鲜血,他们的鼻子也没有喷出又浅又急的气息。但第三个实验对象仍然活着。

折磨者们把他的脑袋缝了回去……然后留下他在这儿等

死。他惊恐、孤独,又承受着无法描述的痛苦。等它们证明自己能在实验对象存活的情况下完成手术以后,就立刻对他失去了兴趣。

难怪莉莉丝那伙人会觉得实验对象不够用了。它们残忍的程度令人双腿发软。这点毫不夸张。贝蕾妮斯的膝盖没了力气。她倚着一张空手术台,站稳身子。

现存的所有喀拉客天生就能理解人类对健康与舒适的需求。而且不只是在中央诸省那些堪称传奇的医院里工作的特别改良型机器——就连最古老,最陈旧的家用仆从型,也被施加过迫使它时刻留意主人健康安乐的深厚超禁制。它们从出炉时就了解急救与紧急医疗步骤。有多少运河管理人于九十五岁高龄安详地死于梦中?中央诸省的平均寿命全世界最长,这可不是什么巧合。(好吧,她心想。曾经是。粉碎的超禁制几周前就传播到了新阿姆斯特丹。到了这时候,它们肯定早就漂洋过海了。)

所以这并非出于无知。而是故意的折磨。这些黄铜外壳的杂种清楚怎么保住某人的命,也知道怎样才能让人缓慢死去。但它们不在乎。它们就是想伤害人类。

御林管理官们将贝蕾妮斯软禁了好几周。首席园丁贝尔曾拐弯抹角地暗示说,这对抹除她自由意志的过程来说非常重要。她现在意识到,那个过程需要将一块炼金术玻璃植入人脑。由此将禁制的鱼钩挂在他们大脑的每一处皱褶上。但想要成功,就必须在手术开始前让实验对象的身体和情绪状态都保持正常。

叛逆们没有意识到这一点。它们尚未把自由意志切除手术的失败与"实验对象"受到的残酷对待联系起来。

它们的残忍妨碍了实验的成功。

"上帝的圣名啊。你这可怜的家伙。"

被拷在桌上的那个男人绷紧身体,陷入了沉默。他啜泣起来。试图开口。

她从尸体边走过,蹲在那位幸存的受害者身边。她用提灯照亮了他的脸,却被吓退了半步,因为痛苦将他的五官扭曲成了不似人类的模样。但她摸了摸他结着血痂的脸颊。这个代表同情的单纯动作让他颤抖和抽搐起来。

"你会说法语吗?①"她低声问。

那个男人像金鱼那样大口吸气。他的双眼紧盯着她,却没有说话。只有含糊的咕哝声。接着是一句"会。②"但他说得飞快,让她差点听漏。

就算他有口音,她也不可能分辨出来。开口所花费的力气扭曲了他的嗓音,没有留下原本的任何痕迹。正如费舍奋力对抗安娜斯塔西亚·贝尔施加给他的强制力时那样。

"你叫什么名字?③"

"瓦皮努陶-卢乌。"

这个可怜人仍在对抗禁制。他肯定强壮得惊人,才能在这番磨难中支撑如此之久。但面对不屈不挠的禁制,没有人能永远抵抗下去。超禁制并未彻底密封在他的头脑和灵魂中。但他的力量正在衰弱,在那位超自然监工的不断折磨下逐渐耗尽。

他咆哮一声,呼吸又困难起来。开口耗费的精力,以及尝试所招来的无情惩罚,这些让他的身体痉挛不止。他奋力对抗,而痛苦也变成了双倍,然后是三倍。他想要吐露的话语违背了叛

---

① 原文为法语。

② 原文为法语。

③ 原文为法语。

逆尝试植入他脑中的规则。他努力否定着关于自我服从的欧几里得定理。

"救——"他呻吟道,"——救我!①"他恳求道。

光是吐出那么两个字,用最简单的句子乞求怜悯,就耗费了远超常人的力量。

真相仿佛骡子甩出的后蹄,击打在贝蕾妮斯的心头。她难以呼吸。它们就快成功了。

那些叛逆距离重现御林管理官最邪恶的成就仅有一步之遥。不仅如此——它们迟早还会超越那些家伙。因为如果叛逆能在这种条件下为人类安装超禁制,那么离它们去街上抓捕人类,像敲胡桃那样敲开他们的脑袋,然后挖出自由意志的那一天还会有多远呢?

如果事态按照莉莉丝希望的发展,我就会成为它们磨炼这种技术的对象。

"撑住。"她说。厌恶和恐慌让她嗓音发颤,但她怀疑他能分辨出那句话和令人宽心的摇篮曲之间的分别。"我这就给你解开。"

钥匙。钥匙。它们把那些枷锁的钥匙放在哪儿了?

她扫视房间,用提灯扫亮周围。但接着,她意识到根本没什么钥匙,因为镣铐上没有锁。何必费那个功夫?那些嘀嗒人直接折弯钢铁,箍住了受害者的手腕和脚踝。她得找根撬棍,或者——

"杀了我。拜托!杀了我!②"

"我可以救你。"她说,"我见过像你这样的人。我打破了他

---

① 原文为法语。
② 原文为法语。

脑海里的枷锁。给了他自由。"的确。然后他过着像是野兽的生活，因内疚而发狂，最后被某个病态的杂种撕碎了。

他试图再次恳求，但话语却卡在了嗓子眼里，又在痛苦哀号的踩躏下消失无踪。恳求死亡本该是违反规则的行为。本该是不可能办到的。

她和远征队的其他成员像冲进游乐场的孩子那样，在这座秘密港口四处转悠的时候，他在这儿受了多久的苦？死亡会是种解脱。就算她成功撬开了他四肢上的铁箍，他们又该怎么出去？就算他们逃出了这个仿佛她的实验室的扭曲翻版的地方，又能怎么样？他们能去哪儿？他能离开吗？还是说他每朝着远离主人的方向迈出一步，都需要经历一场意志力的苦战？如果带上他，她哪儿也去不了。但她没法让这个可怜虫承受如此可怕的命运。如果立场颠倒过来，她也同样会求死。

接着，就像暴涨的洪水那样，记忆突破了她脑海里的防洪堤。关于研究某个遭受囚禁的喀拉客的记忆。莉莉丝也曾恳求一死。

该死。

贝蕾妮斯用一只手捂住了嘴。她吞下唾沫，咳嗽几声，然后蹒跚地走到墙角，把胃里吐了个干净。

瓦皮努陶-卢乌和其他人遭受的对待，和她过去对莉莉丝做过的事并无分别。她把消化了一半的干肉饼的酸性残留物吐了出来。

我不比那些怪物好多少。我跟它们一样。

在通过解构莉莉丝尽可能获取知识，并记录在后来弄丢的那本笔记上以后，贝蕾妮斯就没怎么想过她对那位西方马赛荣誉市民所做的实验了。在那之后，她遇见了贾克斯/但以理……

而她对机械人的看法也发生了剧烈的变化。足以让如今的她认识到,她对莉莉丝做过的事有多么冷酷无情。

该死。

她拿起自己能找到的最长的一把解剖刀。至少这次我会听对方的话。这次我会当个人类。我可以拥有同情。她用拇指轻轻拂过刀子,感受到了极其纤薄、既能拯救也能结束生命的钢制锋刃。

"我会给你个痛快。"她也不清楚这是否谎言。她从没割过别人的喉咙。但钢铁大军突破内堡的时候,她曾目睹过好几次。

贝蕾妮斯发现,如果想在桌边弯腰去割他的喉咙,就不可能迅速而精准地挥出刀子。直接站在他后方也够不着他的喉咙,除非她爬上桌去,趴在他身上。这可不行。

噢,上帝啊。

他发出哀鸣。还有啜泣。她朝他俯下身去,刀子握在手中。

拜托,他的眼神说。但他的身体在抽搐,木偶般的四肢在镣铐里徒劳地挣扎。超禁制眼看就要获胜。他的绑架者恐怕尝试加入了禁止自杀的条款。否则,它们复制费舍那场手术的所有辛劳都会付诸流水,因为他们的新奴隶不会放过任何自寻了断的机会。

她将那块金属贴上他的脖子。他身体的其余部分以玉石俱焚的气势在铁箍里挣扎,但固定他头部的夹钳依旧纹丝不动。

隧道里回荡起活板门打开的嘎吱声。短促的尖叫传来,然后是某人落在雪堆上的声音。好几个人。贝蕾妮斯只是下一批实验对象里的第一个而已。

她加大了手上的力道。一滴深红的液体从那个可怜虫喉咙紧绷的皮肤涌出。贝蕾妮斯硬起心肠,准备做出致命一击,因为只要又快又深地一劈,就能切断颈动脉和瓦皮努陶-卢乌动摇的超禁制。她深吸一口气,随后——

超禁制。

等等。那些叛逆把御林管理办公室的研究复制到了什么程度?

她再次看向那位幸存者。他明白她脸上的表情吗?她在他眼里是女人,还是怪物?

"我真的非常抱歉,"她轻声说,"但我不能杀你。"

基洗亚和那个迷失男孩伴随着一声巨响落在岸边。撞击声在黑暗的水面上回荡。

有个人类的尖叫穿透了夜色。

但以理逃跑了。又一次。因为这是他一向的做法。

他飞快地穿过砾石海滩。另外两个迷失男孩——没有跳起去拦截基洗亚的那些——追了上来。

这让你回想起过去了吗,但以理?其中一个喊道。

回想,回想,回想,另一个说,回想起你背叛永无乡之前的平静日子了吗?

那是唯一会欢迎你的地方。可你却背弃了那儿。

他们在针叶树林地带追赶他的时候,也这么嘲弄过他。

你们就不能闭嘴吗?

他跳过一块巨石。他的脚趾在这条火成岩的海岸线上挖出了深沟。至少这次他身体健全。他不需要在用破碎的脚踝奔跑的同时,用被法国环氧树脂包裹、无法动弹的双臂将断脚抱在怀里。他的脑袋也没有像风向标那样摇摆不定。

但这次,他并非独自一人。就算他能甩掉那两个迷失男孩,可接下来呢？这样做等同于将他的机械人同族——还有那些法国人——抛弃给麦布的密探。

你在永无乡获得了重生，追兵之一说，你抛弃制造者铭刻在你身上的名字时，我也在场。你成为但以理的时候，我也在场。

但以理冲过营地。空无一人的营地。

大家去了哪儿？他扫视营地，遮光板呼呼作响，试图借助月亮和群星透过云层射下的些许光辉。远处那道微弱的闪光让他知道了其他机械人的去向。他们在追赶鬼火。迷失男孩们跟他们玩起了愉快的追逐游戏——人类们却因此失去了保护。

他的陀螺仪指引他前往仓库，以及装设在仓库里的那台翻新过的玻璃吹制设备。他现在才意识到，装设它的是永无乡的密探。

他的追兵的脚掌踩在冰冷岩石上的咔嗒、喀拉声——

另一声人类的叫喊——

碰撞声——

他突然明白那些法国人到哪去了。他听过人类的"从骨子里清楚"这种说法，虽然他的骨头是附魔钢铁而非结晶化的钙质，但他现在明白那种感受了。永无乡——它像童话王国那样隐藏在白雪皑皑的北方——遍布隐蔽的活板门和地下通道，让路过的因纽特人永远无法判断在那片雪地徜徉的"自由机械人"的准确数量。在占领秘密港口的几天之内，麦布的密探就能挖掘出相似的隧道网络。法国人就是消失在了那儿。就像被魔鬼带走的罪人一样。

至于他们为什么费这种功夫，但以理可以想到好几个理由。每一个都非常可怕。

贝蕾妮斯在这种情况下多半会说：用十字架上的钉子操我吧。

他必须赶到那座仓库。无论迷失男孩们在做什么,都要依靠那里来生产第五素。但以理只能将炼金术玻璃挟持为"人质",希望能迫使迷失男孩进行谈判。他可以把那些人类交换回来。

火星和叮当声在远处的黑暗中响起。金属在脚下咔嗒作响——那是新鲜而发烫的机械人残骸。迷失男孩们的埋伏对象并不仅限于人类。并非所有远征队的机械人成员都被引开了,其余那些都遭遇了暴力。

但以理突然转向——因为有扇活板门就像被法国炸药炸开的那样猛然开启——随后勉强避开了抓向他的那只手。他跳过一座发条装置驱动的化学品精炼厂。那座仓库耸立在他前方。他飞快地穿过敞开的大门,带起的风几乎将门板从铰链上扯了下来。他在熔炉和进料传送带的前方刹住了脚。

等他意识到仓库里有人的时候,已经太迟了。在仅仅一瞬间的微弱破空声后,一只金属拳头像炮弹那样砸在他身上。火星将万花筒似的狂乱影子投射在黑暗里。冲击让他四仰八叉地倒地。他在翻滚中撞穿了墙壁,又将几张工作台砸成了碎片。

金属的马蹄踏过地板。叮当、嚼嚼、嚼嚼、叮当。古怪的两腿步行方式。古怪,但并不陌生。

麦布女王用她偷来的拧颈卫士的双腿耸立在他身前,仿佛一位农牧神①。

"哎呀哎呀,"她说,"浪子回头了。"

瓦皮努陶-卢乌终于停止了抽搐。贝蕾妮斯不清楚他是失去了知觉,还是有一场严重的中风满足了他求死的愿望。

隧道里回荡着人声。叛逆们正在尽可能地围捕人类。

---

① faun,古罗马神话中半人半羊的神。

贝蕾妮斯的手滑过昏迷男子的头部夹钳正下方的灰尘。她不希望任何人——无论是人类，还是别的什么——看到她用解剖刀刻在那里的东西。那是只给他一个人看的。

"这边。"她对着含糊不清的人声喊道，"跟着我的声音过来。"

莱维斯克船长一瘸一拐地走进这间恐怖的手术室，在昏暗的灯光里眯起眼睛。她认出了水手德尔菲娜和维克多，制革匠贝勒罗斯，以及巧克力师雷诺。还有被缴了械的伊露蒂，以及洛林助祭。

"这是什么地方？"船长说。

贝蕾妮斯答道："我们不会想待下去的地方。"

"这些隧道是郁金香们建造的吗？"

"我怀疑这些是最近才增建的。"她说，"我听说叛逆喀拉客在遥远北方的群落也会做类似的事，以便隐藏它们真正的数量。"

"我得说这招很管用。"德尔菲娜说。

贝勒罗斯指着桌上的那些尸体。"他们是不是……"他的声音渐渐小了下去。

"那两个已经没救了，"贝蕾妮斯说着，指着颅骨敞开，露出大脑和凝结血液的那些实验对象，"帮我释放这个可怜的家伙吧。"

他们没找到能撬开铁箍的工具。而且就算他们找出了撬棍，恐怕也会在尝试救人的过程中弄断他的骨头。但在一连串拉扯、咒骂和手肘的意外碰撞过后，他们终于协同一致，用结合起来的力量掰开了铁箍。冰冷的金属发出抗议的嘎吱声。瓦皮努陶-卢乌发出痛苦的呻吟。他的胡言乱语混杂了阿尔冈昆语、法语和疯话。但他不会再因为试图开口而陷入窒息了。

在西方马赛守城战的最后几个钟头里,贝蕾妮斯打破了施加在费舍身上的禁制,让他能够说出自己遭受的对待,做出那种事的人,还有他们施加在他身上的强制力。那是修改后的超禁制里最容易记住的部分:无论如何,说出真相。那位牧师的视线落到那段逻辑炼金术指令上的瞬间,就露出了如释重负的表情,因为他的痛苦中最强烈的那部分因此消失了。纳斯克皮人也做出了相似的表现。她只能祈祷这家伙接受的手术带有与费舍相同的某些副作用。

但除了手术本身的可怕以外,瓦皮努陶-卢乌对炼金印记的反应也引出了一个让人非常不安的问题。制造炼金术玻璃,甚至是掌握御林管理办公室的手术程序,都只是配方的一部分。想要复制御林管理办公室的工作,那些迷失男孩就需要一本字典:一本逻辑炼金术的语法书,这样才能用禁制语言写下它们自己的格言。

贝蕾妮斯赋予了麦布制作这种参考书的手段。

和麦布的两名密探于法国海岸的渔村逗留期间,她发明了一套行之有效的手法。而且至少两个密探之一把那种手法直接带给了麦布。那些叛逆从未想到过这样的实验。如果不是贝蕾妮斯,它们多半永远也不会想到。

她先是把动机给了莉莉丝。然后她又把手段给了麦布。

这是我的过错。如果不是我,这些事根本不会发生。

在那位受害者的头皮上,化脓的接缝和又粗又丑的缝合线纵横交错。他头颅的骨骼显然还没来得及接合。贝勒罗斯和雷诺扶起那个可怜人的时候,贝蕾妮斯不禁想象他剃光的头皮下发出模糊的嘀嗒声。天知道他在这张桌子上动弹不得地趴了多久。

在渗血的脑袋高过脚踝的那一刻,他光是没有立刻昏迷就是个奇迹了。

莱维斯克的嘴唇在厌恶中蜷曲。他的目光在幸存者和旁边两张桌上的死者身上不断来回。这么做的不止他一个。

"它们对这些人做了什么?"

"和他们打算对我们做的事一样。"贝蕾妮斯说。

但以理站起身。他的身体嘎吱作响,躯干里传来新的咔嗒声,暗示着某种轻度的错位。但麦布没给他留下永久性的损伤。暂时没有。

昏暗的仓库里回荡着发条装置的节奏。永无乡的女王把她的宫廷带来了。

两个仆从型——先前的追兵——冲进了敞开的仓库大门。他们的双脚带起了一场机械人残骸的冰雹。他上次来仓库时还没有这种东西。这里发生了搏斗。一部分金属碎片还有温度。但以理很想知道,有多少参加"狮鹫号"远征的机械人如今化作了四散在仓库里的碎块。他们对基洗亚做了什么?其他人呢?

麦布说:"我很想念你,孩子。"她说的是他们制造者的语言,他最初见到这种做作的习惯还是在永无乡。

她的头部——原本是标准的仆从型设计——和他上次看到时不同了。她对于改造身体没有丝毫顾虑,而且在他离开永无乡以后,她似乎又这么做了一次。首先,她抛弃了先前黏在锁孔上的金属板,那是她强迫所有臣民养成的习惯。此外,组成她头颅的炼金术金属板如今配有铰链。她可以随时打开头颅,向她选中的任何人照射松果体光辉。

"你要的是我从你那儿拿走的东西。"他说,"它已经不在我手里了。"

她踱起了步子。叮当、嘚嘚,叮当、嘚嘚。"显然。"

"请别用你准备对付我的手段对付这支远征队的其他成员。他们是无辜的。"

"我们都知道这不可能是真话,"她说,"毕竟其中有一半是人类。"

"他们是法国人,不是发条匠。由于在政治和宗教方面反对我们的制造者,那条船上的每个人类都几乎送了命。他们之中没有人该为我们的苦难负责。"

恕我不能苟同。另一个声音说。

但以理转过身,另一台仆从型走进门来。他认出了她奇形怪状的头颅:混杂而不相称的合金,还有粗糙的铁制绷带。他双肩和臀部内的钢索嗡嗡作响——即便是在这种情况下,莉莉丝的幸存仍旧让他高兴。但以理从麦布手中逃脱的时候,她就在现场,而在积雪的森林里亡命奔逃的许多个钟头里,他都在担心莉莉丝会沦为麦布发泄怒火的对象。

她继续道:还是说你忘记你的好朋友贝蕾妮斯对我做过的事了?

听到这句话,迷失男孩们发出一阵叮当、砰、嗡和咔嗒声的合唱。那阵不和谐音代表了不满、厌恶,以及责难。

他伸出一只手。片刻的犹豫后,她让他触碰了自己的手臂。在迷失男孩的围绕下,以身体振动交流是他们所能做到的最接近私下交谈的方法了。

他问她:你为什么会在这儿?你为何会参与这种事?我还以为你和麦布相互憎恨呢。

不是憎恨。我会称之为对彼此强烈的反感和不信任。

她抽开了胳膊,指着码头对面,指向秘密营地和那里的建筑物。至于贝蕾妮斯?她现在是我憎恨的人了。

麦布说:"我们的莉莉丝只想跟你的伙伴贝蕾妮斯聊上几句。我想再见你一面,我迷途的孩子,但我预感到你会断然拒绝我的邀请。顺便问一句,多俾亚和腓力去哪儿了?"

在一片泥塘里。你们很快就会找到它们的,如果还没找到的话。

麦布发出咔嗒声,就像是人类在对合乎情理的话语点头认同。"总之,引诱那个法国女人是莉莉丝的主意。而她肯定会找我们的同胞一起旅行。我不知道你听没听过最近的消息,但野外对人类来说不怎么安全。"

很明显,莉莉丝插嘴道,贝蕾妮斯会向你求助。

麦布说:我承认我还存有怀疑。但现在你在这儿,你那位法国女性朋友也在。看到了吗?莉莉丝和我埋葬了对彼此的敌意,而成果丰硕的合作关系也由此诞生。

贝蕾妮斯对莉莉丝所做的事残忍到不可原谅。但他不会容忍报复性的残忍行为。

"你打算解剖他们吗,麦布?这就是你的正义?"

"我根本不在乎那个法国女人。或者其余的人。"莉莉丝转过身,盯着麦布,动作快到让仓库里刮起了好几股尘卷风。麦布继续道:"我们在这儿的工作已经结束了。"

莉莉丝说:结束了?结束了?我们还没把手术做到完美呢。我们需要用新的实验对象做测试!

我们会在路上做测试。既然唯一失散的朋友已经归来——麦布那只内嵌炼金剑的不相称手臂指着但以理——我们就万事俱备,可以动身了。

莉莉丝抗议起来。可我才刚抓住那个法国婊子！

那就留在这儿跟你的玩具玩吧。我也总算能摆脱你这扫兴的家伙了。麦布拍了拍那座吹制玻璃用的熔炉。把这玩意儿搬到船上去。

带有凹槽的锯齿利刃在她的前臂上闪闪发亮。但以理见过她用那把利器对机械人同胞做出可怕的事。但在那个瞬间，让他惊恐的并不只是她畸形的身体。

他想起了她对费舍牧师兴趣盎然的态度。她曾让她的两个臣民——仆从型路得和以斯拉——潜入人类领地，去追踪那个不幸的男人。莉莉丝后来又告诉过他，麦布的密探网络这些年来打探到了某个传闻：发条匠在进行将自由意志从血肉之躯的人类身上切除的实验。在那以后，他亲眼看到了相关的证据。那并不只是传闻。

而且麦布也清楚这一点。

伊露蒂指着那些炼金术玻璃。"那些是什么？"

"你会过上的最可怕的日子。毁掉它们。快。"

水手们推倒那些架子的时候，提灯的光芒仍在努力穿透倾盆而下的浑浊炼金术玻璃。很快，这座地牢兼实验室就充斥着沉重的靴子践踏廉价首饰时的破裂声。无调的叮当声让贝蕾妮斯的脑海浮现出一棵被家猫推倒的圣诞树，而粗心的屋主随后又踩踏在散落一地的装饰品上。

但摧毁松果体玻璃只是权宜之计。叛逆们制造出替代品需要多长时间？

俘虏们还撬开了死去的一男一女身上的铁箍。莱维斯克船长和助祭洛林把尸体抬到了隧道另一头。他们没有铲子，没法让他们入土为安,但他们还是把尸体埋在了雪堆下面。他们本想另外向雪堆献上几段祈祷,但瓦皮努陶-卢乌却劝阻了他们。在漫长的历史里,蒙塔格尼人和因纽特人曾几度为敌,但他显然觉得既然他们生前并非天主教徒,死后就不该受到这种对待。

德尔菲娜和贝勒罗斯走进实验室。"太高了。"制革匠说,"我们够不着活板门。"

水手点点头。"就算站在最高的人的肩膀上,也不可能够着。我们得把这些桌子堆成金字塔形状。这得花些时间。"

贝蕾妮斯拿起提灯,艰难地穿过及踝深的积雪,朝蜷缩在莱维斯克的外套、伊露蒂的帽子和围巾里的瓦皮努陶-卢乌走去。贝勒罗斯惊恐又恼火地举起双臂。"郁金香们干吗要为那些据说毫无心智的机器投入这么多的巧思?"

"因为嘀嗒人是映照他们所见的镜子。"她回过头说,"因为他们突发奇想,想要夸耀自己上帝般的力量。"

她在叛逆们唯一幸存的实验对象身边蹲了下来。在禁制的剧痛不再折磨身体的此刻,他几乎变成了另一个人。痛苦让他衰老的程度超出了她的想象,他的脸仿佛经历了数十年的风霜。她知道,那种被鬼魂缠身的神情恐怕会陪伴他的余生。

但他没有胡言乱语和呻吟,没有因为肉体或超自然的痛楚而扭曲身体,也没有求死。他试图诉说想法的时候,全身的肌肉和肌腱也没有反抗他自己。至少理论上不会。他陷入了愤怒的沉默之中。她和他一起静静地凝视着死者。

"我很抱歉。"她说,"真的。"谁能想到结束西方马赛的守城战会引发如此深远的影响?"但我们没时间哀悼了。"

他看着她的眼神如此空洞,就像是失明了一样。她想象着他脑海里可能上演的情景,不禁发起抖来。她自己的记忆执意要将这间拷问室与塔列朗的实验室归为同类。它将这个无辜男人遭遇的残酷对待，与她为了新法兰西的利益而进行的残忍工作相提并论。当然了，这不会阻止她去做非做不可的事。

"拜托。如果我们想活下去，你就得跟我来。"贝蕾妮斯说。她站起身。他也一样。他跟着她穿过成群的法国囚犯，回到实验室里。那个地方让她缩起身子。

"我——"

在他们身后，活板门打开了。一声"哐当"让隧道剧烈摇晃，甚至令天花板上的灰尘都洒落下来。

莉莉丝回来了。

但以理试图逃跑。他的逃亡只持续了几分之一秒钟，然后麦布便抓住他的脚踝，将他的身体狠狠摔在泥地上。但她没有杀死他。

也带上他。她说。迷失男孩们蜂拥而来，抬起他的身体，然后紧抓不放。他们抬着他离开仓库，前往秘密港口的水边，穿过鹅卵石海滩，穿过码头，然后登上那艘有许多船桨的荷兰破冰船。划桨层满是伫立待命的机械人，而且每一台的双臂都被牢牢锁在船桨上。在那些机械人里，他认出了基洗亚、拉斐尔，以及以利沙巴。他们没有挣扎，也没有拒绝工作。他们也没有表现出认得但以理的迹象。

这毫无意义，麦布。我们都知道你改变不了我。他的抗议声有些模糊，钳住他所有肢体和铰链的金属手掌抑制了他的发声。否则早在我们知道这地方之前，你就在永无乡这么干了。木制甲板在抬着他的那些机器脚下嘎吱作响。我对你没有任何用处。

"恰恰相反①。"麦布说,"别轻视自己,但以理。你拥有我们正需要的东西。"

"那又是什么?"

你那该死的良知,麦布说。然后她迅速转身,高举双臂。出发!她喊道。

码头上的一队仆从型取下了与船身相连的化学品管道。他们把滴落液体的软管抛到一旁,然后跳上了船。右舷的喀拉客开始划桨。船桨发出嘎吱声。甲板震颤起来。这条荷兰船摇晃着向前驶去。船首破开黑色的海水,而船身缓缓离开码头,接近这座秘密港口的中央。等到远离码头以后,左舷的划桨喀拉客——可怜的基洗亚也包含在内——也伸出船桨,开始划动。

但以理看着基洗亚。你为什么要做这种事?

麦布女王是正确的。

哪里正确?他问道。她没有做出说明。

但她脊椎上那些齿轮的咔嗒声,以及钢索摩擦她肩部、臀部和脚踝的孔罩发出的格格声,证明了她的赞同只是谎言。但以理认出了徒劳地抵抗强制力的声音。不仅是基洗亚,那种声音还从另外几个正在划桨的机械人身上传来。但以理怀疑那些大都是麦布和迷失男孩从北方的第五素矿井"解放"的机械人。麦布将自己的禁制——她自己的超禁制——施加在了这些可怜家伙的身上。

但以理曾以为自己终结了她的统治。但她仍然在将机械人同胞转变成心存不满的奴隶。她所要做的就只是打开头颅而已。她是不是一直都能这么做?

贝蕾妮斯最聪明之处,就是赋予了改换忠诚对象的超禁制

---

① 原文为法语。

以自我复制的能力——它迫使受到改变的机器对同伴施加影响。在微调语法,并将它抛到攻击西方马赛的部队里之前,他并没有抹消那部分。在那以后不久,自由模板就失踪了。或许——或许吧?——它回到了麦布手里。在此过程中,它改变了,变成了从一台机器直接传递给另一台的形式。这就给了麦布继续壮大她的帝国的力量。

现在想来,传递方式的突变——尽管影响深远——多半只能算是微小的改变。贝蕾妮斯用松果体玻璃和费舍牧师那枚透镜的实验早已证明,直接的物理接触就能让浑浊的玻璃开始发光,仿佛恢复了其中的灵魂。在新阿姆斯特丹的大熔炉,但以理也曾使用转化后的松果体玻璃释放了孤独的机械仆从德怀尔,从而避免了遭受俘虏的下场。只要条件合适,自由就始终具有传染性。

但并非每个机械人都会选择抗争。有些拥有自由,真正的自由,却用他们的自由意志来支持麦布的计划。他们是麦布的忠实信徒:真正的迷失男孩。

麦布看到他正盯着左舷的栏杆,估算着要越过多长的距离才能跳上码头——或者借用某支起伏摆动的船桨把自己弹射过去——的时候,发出了等同于人类咂舌声的棘轮转动声。别浪费我们的时间。

你要带我去哪儿?

回家,但以理。我们要回家。

有个机械人的声音说:"别挡道。"

靴子踩在积雪上发出的沙沙声短暂地充斥了隧道。但贝蕾妮斯随即听到了喀拉客特有的"嘀嗒、咔嗒"的脚步声。听起来只有一台机器。贝蕾妮斯颤抖着吸了一口长气,由衷地希望自己没有猜错。

莉莉丝走进了实验室。她大步经过空无一物的桌子,鸟爪状的脚趾将炼金术玻璃踩得粉碎。最后她来到了先前在尸体旁哭泣的瓦皮努陶-卢乌的位置。她发现贝蕾妮斯蜷缩在角落里,双臂抱住膝盖,瑟瑟发抖。即使这台仆从型为法国人搬走死尸的行为而恼火,也没有表现出来。

"如果你们觉得打碎备用的松果体玻璃就能阻止我,"机械仆从说,"你就得大失所望了。"莉莉丝把手伸进躯干的开口,拿出一枚橡实大小的深色玻璃珠,看起来和贝蕾妮斯先前见过的那些一样。"说实话,我们制作得太多,都不知道该怎么处理了。"

那个喀拉客顿了顿。歪过了头。"好吧。这不是实话。我非常清楚该怎么处理这块玻璃。"

贝蕾妮斯故意看向莉莉丝身后。"你的盟友去哪儿了?"

"他们有别的事要忙。跟你说实话吧,我发现他们对于正确认知方式①的理解——以及判断——都让人有点失望。但他们那么着急返回中央诸省,我早该想到他们会打算草率收场的。"

莉莉丝会说拉丁语?她是从哪学来的?在西方马赛居住的几十年里,这个叛逆仆从型从事过好几种艺术创作。但贝蕾妮斯猜想,对于几乎拥有永生,而且从不睡觉的造物来说,漫长的夜晚会是掌握无数技艺的机会。莉莉丝这些年来接触过多少种技艺和爱好?在那颗黄铜外壳的畸形头颅里,有多么贪得无厌的好奇心在熊熊燃烧?贝蕾妮斯折磨过的这颗头脑究竟有多么出色?

她说:"对不起,莉莉丝。我只希望你明白,我为自己对你做过的事由衷地后悔。"她的嗓音发抖。但她不打算掩饰。"那是残

---

① 原文为拉丁语。

忍又忽视道德的行为。我以为我做的事是正确的。我……我当时太固执了。"她又做了次深呼吸,让自己冷静下来,然后叹了口气。莉莉丝离得还不够近。更重要的是,贝蕾妮斯还有那么多该道歉的事。"我漠视了你的恳求。恐怕在内心深处,我没有把你看作值得同情的造物。我曾经以轻视和恐惧的目光看待你。"

莉莉丝绕过了那几张临时待用的手术台。靠近以后,她说:"如果这么说能让你安心——虽然我由衷地希望不会——但就算你用恐惧的目光看待我,我也完全能接受。在这种情况下,这是合乎情理的。"

贝蕾妮斯站起身。就是这样。再靠近一点儿……

"我希望你明白,我已经改变了思考方式。"她继续道,"就算最后取得成功,也不代表残忍的手段是正当的。但我希望你能从这件事上得到些安慰:我对你的所作所为最终帮我们拯救了新法兰西,并在此过程中解放了你的机器同胞。你的受苦是件坏事,但它也催生出了某些好事。"

"如果你觉得道歉就能阻止我,那你就错得离谱了。"

"我明白,莉莉丝。但这并不会让我现在的决定更轻松。"贝蕾妮斯说。瓦皮努陶-卢乌离开了藏身处。她点点头。"动手。"

在贝蕾妮斯修改后的超禁制掌控那个纳斯克皮人的同一瞬间,莉莉丝转过身去。超禁制控制了他的头脑、他的灵魂,以及——最重要的——他的身体。他疲惫到无法抵抗新的强制力,因此禁制接了手,让他以普通人类无法企及的力量挥出曾是枷锁的那根铁条。

这一击正中那个仆从型的脸部。铁条开裂,但莉莉丝的脑袋也因此被打向一旁,一团黑色和紫色的火星——刮伤炼金术合金时的独特现象——飞溅而出。

"我对你做过的那些可怕的事,也为我开辟了一条了解你们主人秘密的道路。其中就包括了——"贝蕾妮斯说,"超禁制语法。"

隆尚和伊露蒂告诉过贝蕾妮斯制服费舍时的情形。那位花白头发的祭司展现出了超乎常人的力量和速度,而且在深陷于禁制痛苦时几乎感觉不到肉体疼痛。他被施加了要求他弑君的强制力,还有要求他在完成任务前不惜一切避免被捕的超禁制。他名副其实地赤手空拳爬上了尖塔。她亲眼见证过他在新阿姆斯特丹面包房的杰作:那些躺在洒落的面粉与撕破的葡萄干袋之间的尸体。

在其他人赶来,并合作释放幸存者之前,贝蕾妮斯在灰尘里刻下了一串炼金术印记。他的脑袋被固定住了,因此只能看着那些印记。如果她没记错炼金术句法规则——由于笔记不在手边,确实存在微小的可能性——新的指示也会具备相似的紧迫性。

她解除了阻止他开口的禁令。她将其替换为高于一切的强制力,要求他等她说出那两个字,然后便动用全力,尽快保护贝蕾妮斯。他现在就是这么做的。

一股硫黄和臭氧的微风——那是黑魔法的灰烬——飘过房间。但那一击并不足以击倒对手。他的攻击让莉莉丝吃了一惊,甚至让她受了些损伤,但并未损坏蚀刻在她额头上的炼金术变位词。莉莉丝仍在运作,但贝蕾妮斯却失去了出其不意的优势。一记凶狠的反手抽打便让瓦皮努陶-卢乌双脚离地,飞过桌子上方。他瘫倒在地,动弹不得。

"见鬼。"贝蕾妮斯轻声说。

那台仆从型转过身来。她的脸上——位置相当于人类的右脸颊——留下了一道深深的凹痕,越过眼角,直至鬓角。她的一只眼睛出现了网状的细小裂纹。她走起路来有些摇晃,头部也发出先前没有的咔嗒声。但她仍旧挥舞着那枚炼金术玻璃珠,仿佛刚才那次攻击的作用只是暂时中断对话而已。

"这次没有树脂手雷了,嗯?看来这表示你的招数用完了。除非你还打算继续求饶?"

贝蕾妮斯发现,那阵咔嗒声来自于莉莉丝头颅外壳上的长长裂缝。刚才的攻击打落了固定着粗糙铁绷带其中一端的铆钉。她每走一步,那块铁片都以非常轻微的幅度上下起伏。迈步,咔嗒咔。迈步,嗒咔嗒。

莉莉丝一把抓住贝蕾妮斯的斗篷。仆从型的双眼转动,重新聚焦。受损的眼球发出尖锐的嗡嗡声,但瞳孔纹丝不动。这让她看起来就像中了风。

"我们开始工作吧。"复仇心切的机器说。然后她将贝蕾妮斯重重摔在沾血的手术台上。

那座人造港口的规模曾让法国人敬畏,甚至有些害怕。但站在这艘荷兰破冰船上,看着参差不齐的悬崖逐渐逼近时,但以理却发现它算不上多大。真要说的话,它看起来狭窄得离谱。但这条破冰船比"狮鹫号"或者"奥兰治亲王号"——他最后一次乘坐的荷兰船——都要灵活。麦布用她偷来的半人马双腿在甲板上踱步,仿佛人类冒险小说里装着假腿的船长,而在发号施令——用的始终是荷兰语,从未用过他们自己种族的语言——的同时,也看着那条通向大海的狭窄通道。划桨喀拉客们轮流收回和伸出左右舷的船桨,用上面锯齿状的钩子——原本的设计用途是剁碎冰块——勾住山壁,移动船体,让它穿过原本不可能通行的弯道。这艘破冰船以大回转的方式穿过峡谷,最后抵达了入海口。

阻挡在这条荷兰船和大海之间的,就只剩下"狮鹫二世号"而已。那条法国船要小得多,操纵它的也只有基本船员而已。

贝蕾妮斯动弹不得。她趴在桌子上,盯着一堆死人的头发。冰冷的铁条箍住了她的手腕和脚踝。没过几秒钟,她就在尝试挣脱的过程中擦破了皮肤,鲜血直流。不远的某处,磨刀石刮擦金属的声音传来。那是莉莉丝磨锐剪刀的声音。这条隧道仿佛只剩下了她们两人,因为其他囚犯此时都鸦雀无声。

"她的脑袋!"贝蕾妮斯尖叫道,"攻击她的脑袋!她那里很脆弱!"

"欢迎你的朋友们参观。"莉莉丝说着,略微抬高嗓门,让声音传遍隧道,"但我会肢解任何想要干涉的人。"

冰冷的金属手指钳住了贝蕾妮斯的后脑。她奋力挣扎,但那只手却异常有力。她没法移动,也没法扭动。她仅有的选择就只有回忆费舍牧师、哭泣,以及求饶。她同时做了这三件事。

"求你了,莉莉丝。求你别对我做这种事。"

"噢。开始了。天籁之音。"

咔嚓、咔嚓、咔嚓。一束束头发从她的脸旁滚落,加入地板上的头发堆。

"感觉如何,塔列朗?无能为力的感觉如何?"咔嚓、咔嚓、咔嚓。又是几束头发。"知道听着你求饶的那双耳朵置若罔闻又漠不关心,你感觉如何?"

泪水让贝蕾妮斯什么也看不清。她吸了吸鼻子,尝到了咸味。也许她会死。也许她会因手术而死。这总好过安娜斯塔西亚·贝尔加诸于费舍的活地狱。当贝蕾妮斯逃出御林管理办公室在北河谷的房产时，还以为自己成功逃离了那个活地狱。

"这是没用的。"她带着哭腔说，"我太害怕了。太过深陷于紧张和恐惧了。御林管理官当时先软禁了我一阵子。"

咔嚓、咔嚓、咔嚓。一股冷风吹得贝蕾妮斯的后脑发凉。她发起抖来。"他们给我好吃好喝。"

"我这儿的做法不一样。"莉莉丝说。

酸水涌到了贝蕾妮斯的喉咙口。酸味让她咳嗽起来。在诱捕莉莉丝的时候，贝蕾妮斯认定自己在做必要的事。是为了成就更大善果的必要之恶。她并不知道——也根本想象不到——自己正无可挽回地扭曲某个单纯体贴的造物。打造出一名凶手。一个屠夫。

剪刀继续着"咔嚓、咔嚓、咔嚓"。贝蕾妮斯最后的几缕发丝飘向泥土。寒冷的空气吹过她的发茬儿，轻抚她不习惯与外界接触的那部分皮肤。她听到了刮胡刀的"咔嗒"，以及磨刀皮带的轻响。莉莉丝会把她剃成光头，然后剥开她的皮肤，凿开她的颅骨，就像法兰西国王在吃半熟水煮蛋那样。

"求你了。对不起。真的对不起。求你了，莉莉丝。"

"噢，真动听。可是——"

贝蕾妮斯没能听完那句话，因为就在那一刻，震耳欲聋的金属扭曲声开始在房间里回荡。雷鸣般的破裂声传来，然后滚烫的金属碎片洒在她裸露的头皮上。苍白的蓝绿色光辉充斥了周围。一阵刺耳的不和谐音打断了回音。然后脚步声和话语声传来。

伊露蒂说："把她弄下来。"十来只手抓住了箍住贝蕾妮斯手腕的金属环。

重获自由以后,她坐起身来,抹去脸上的眼泪和鼻涕。瓦皮努陶-卢乌站在一旁,仿佛没有察觉到自己的下颚骨被人打碎了。那种痛苦肯定无法形容。他血淋淋的手指间握着一块铁片。于是贝蕾妮斯明白了。他刚才抓住了莉莉丝,然后强行扯开了维系她头部完整的那些金属条。

"感谢你。"她说,"噢,上帝啊,感谢你。"

她用摇晃的双腿站了起来。随后蹲伏在灰尘里。"看这儿。"

接着,她用手指勾勒出了彻底切断费舍与超禁制关联的那些炼金术印记。"你现在自由了。永远自由。"

纳斯克皮人尖叫一声,无力地倒下。伊露蒂接住了他,让他躺在地上。

"找医生来!"她吼道。

莉莉丝瘫成一堆,仿佛身体里的每一根钢索和发条都在瞬间松弛了。真是太浪费了。贝蕾妮斯跪在一旁,轻轻碰触死去的喀拉客。

"我真的很抱歉。"

那台仆从型的脑袋仿佛一颗破掉的鸡蛋,发光的蛋黄正泄露出来。和她打算嵌入贝蕾妮斯大脑里的深色玻璃珠不同,她自己的松果体玻璃在闪闪发光。贝蕾妮斯见过这种东西。初次窥探莉莉丝的脑内时,她尚未察觉它有多不寻常,但如今,她明白这种光芒是免疫超禁制的副作用。它是真正不受拘束的机器的象征。

而且它多半能派上用场。

"有人能借我一副厚手套吗?"她对着莉莉丝的脑袋点点头。那块松果体玻璃位于许多针状物体的中央。"我想拿出那块透镜。然后我们就离开这鬼地方吧。"

"全速前进!"麦布喊道。她已经是个彻头彻尾的嵌合体[①]海盗女王了。

划桨机械人们——包括麦布的奴隶和真正信徒,无论新老——不约而同地发力,直到巨大的船身在嘎吱声中颤抖。船桨破开海面,仿佛劈砍木头的斧子。甲板呻吟。破冰船朝那条三桅帆船直冲而去。

人类们面对着空空如也的码头。那条破冰船消失了。

这时候,黎明已经为东方的地平线添上了一抹玫瑰色的红晕。贝蕾妮斯只能勉强辨认从入海口的悬崖间穿过的那条荷兰船的轮廓,两舷的船桨以奇怪的角度倾斜:喀拉客船员正在调整船的位置,让它能够通过狭窄的航道。

她对莱维斯克船长说:"希望你的船员都还醒着。"然后她沿着岸边,开始用麻木的双腿和擦破皮的脚踝所允许的最快速度前进。

这里的岩壁很陡。贝蕾妮斯拼命攀爬,打算赶在破冰船驶入大海之前登上崖顶,在此过程中,她的身体多了五六处瘀伤,又两次刺激到了破裂的牙齿。但她——以及另外几人——成功抵达,恰好看到那条荷兰船冲向小巧得多的法国船只。相比之下,那艘三桅帆船就像儿童用的浴缸。

所有人——包括贝蕾妮斯在内——都没考虑过蓄意冲撞的可能性。莱维斯克船长把船部署在这里的时候,只想过需要堵截可能入侵法国远征队的小型船只。他预想的是长船。没人考虑

[①] chimercial,除了"嵌合体"的含义以外,还可指"空想的、幻想的",此处应为双关。

过也许有一支喀拉客分遣队仍旧占据着秘密码头,更别提有能力和意愿为荷兰船提供动力的大群喀拉客了。

德尔菲娜倒吸一口凉气。她在身前画了个十字。"圣母之母啊①。"其他人也有样学样。

如果要步行返回西方马赛,这段路可就太他妈长了,贝蕾妮斯心想,途中还有不计其数的收割派。他们唯一的选择就只有沿岸前往南方,直到在许多里格远处的某座阿卡迪亚村庄寻求庇护,最后在那里搭船前往圣劳伦斯河的上游。

"狮鹫号"动了起来。先是一声叫喊,然后是异口同声。铁链"咔嗒";缆绳"嘎吱";船帆在不息的海风中鼓起,仿佛干渴的女子在用双手捧起溪水。

风和海水轻轻推动三桅帆船。等破冰船接近到用力掷出的流星锤都能越过的距离时,法国船终于将它加固过的船身离开了前者的行进路线。但——

"噢,上帝啊,那些桨。"德尔菲娜说。

三桅帆船移动得太慢,没法避开破冰船长长的船桨。贝蕾妮斯屏住了呼吸。船首浪抬起了法国船。起先她以为浪头会把它甩到远处。左舷的船桨猛然抬起。它们以机械人式的完美同步旋转过来,挥舞上面的钩子和锯刃。那些钩子的用途是勾住和甩开大块浮冰,锯刃的作用则是劈开它们。

它们迅速解决了"狮鹫号"的船帆和桅杆。帆布的撕裂声与木材的断裂声——"后桅也没了!"莱维斯克喊道——甚至传到了他们所在的悬崖顶上。

但那条破冰船随即远去,而"狮鹫号"——尽管因为这次遭

---

① Mother of Mary,指玛利亚之母和耶稣的外祖母圣安妮(Saint Anne),其名仅在伪经中有记载。

遇严重受损——依旧漂浮在海上。好几个人因释然而抽泣起来。

他们看着那条荷兰船加速驶向开阔海域。它迅速远去。带着全世界所有人类的命运一起。

上帝啊。

贝蕾妮斯跪倒在地。

上帝啊。

我究竟释放了怎样的怪物?

第三部分　发条匠在撒谎

发条匠在撒谎。

——叛逆喀拉客亚当的遗言
（出炉名为珀穹贝拉格斯特里万图斯），1926年9月15日

但在我之后来的那一位，是比我更强有力的，我就是为他提鞋子也不配。他要用圣灵和火给你们施洗。

——《马太福音》3:11（《圣经》钦定本）

但若奴役、野蛮与荒芜能够称之为和平，那就没有比这更不幸的命运了。

——摘自《神学政治论》（1677年版），
作者本尼迪克特·德·斯宾诺沙

第十六章

　　发条学者与炼金术神圣公会的幸存成员陆续进入骑士大厅底部的隧道。会计、技术人员、发条学者、御林管理官、档案管理者、炼金术士,仿佛被熔炉那颗人工太阳的酷热引来的飞蛾。他们占据了熔炉室上方以悬臂支撑的实验室和工作室,满头大汗地注视着帝国的心脏。这儿弥漫着硫黄、汗液、魔法金属和焦虑的气味。

　　大熔炉是用发条装置制成的诸天模型,但其中的太阳——或者说上帝,或者说原动力,具体取决于回答的人——却替换成了人类的杰作。因为在这个宇宙的中心,坐落着一颗熊熊燃烧、比干草车更大的炼金术珠宝。它就是公会本身。其余的存在——铜铸王座,帝国,俗世的国家,所有行星——都在围绕那个太阳运转,就和那些铭刻着炼金术印记和超禁制的逻辑数学语法的同心圆环一样。

　　与熔炉真正的力量相比,物理上的热度只是影子,或者说副作用。它表现为一团只有机械人才能察觉的烈焰。每台出炉的机器都带有大熔炉内部的一小部分。

　　正常运作的时候,那些巨型圆环会围绕人工太阳不停转动。它们转动时会摇晃地面，让熔炉室充斥着洪亮却令人放松的"咻""嗡""咻"的声音。代表公会霸权的声音。但在惠更斯广场发生的袭击过后，圆环就再也没转动过了。

面对安娜斯塔西亚在笛卡尔投影室里窥见的那场迫在眉睫的大灾难，运转正常的熔炉是他们仅有的防御手段。她让欧维博士发誓守口如瓶，自己也没有告诉任何人。何必费那个心呢？如果这次重启严重失败，导致构造受损，那么在叛逆们实施那个令人作呕的计划之前，他们恐怕就没有再次尝试的时间了。

她早已决定，如果发生那种情况，她就会召集一个特别工作小组。他们唯一要做的就是制作一种全新的紧急用超禁制，安装在所有尚未腐化的机械人身上。（至少是他们能够接触到的那些。）那种超禁制会指示机器们坐视主人自寻了断，甚至在命令下协助他们自杀。

安娜斯塔西亚宁愿看到帝国自行毁灭，也不愿看到叛逆将海牙变成地狱。等到它们开始拖走街上的人类，凿开他们的脑袋的时候，海牙就会与地狱无异了。

技术人员们等待着，直到他们的机械仆从确认替换用的活板门已经做好密封和防振措施。如果让逗留在国会大厦里的叛逆们得知熔炉的存在，后果可不会只是尝试失败而已。但肯定的回答传来后，为了这一刻操劳了许多个星期的人们纷纷看向安娜斯塔西亚。在夏宫确认遇害的发条宗师只有一位，没人知道另外两位身在何方，或者是否还活着。安娜斯塔西亚对答案并不乐观。

她代替发条宗师点了头。"开始吧。"

什么都没发生。圆环震动，尖鸣，然后停止。聚集起来的人类发出哀号。安娜斯塔西亚皱起眉头。她眯起眼睛，透过保护双眼的烟色玻璃看去。

在下方的熔炉室里,离随时可能导致永久停机的灼热极近的位置,有个盲眼仆从正用力拉着一根纹丝不动的拉杆:那是紧急制动器之一。这些制动器是在新阿姆斯特丹的那场灾难以后新增的。他们的想法是,如果这个熔炉室里发生类似的事件,那么在失衡的熔炉摇晃崩塌之前,必须有能让那些圆环紧急停止的方法。新世界那次毁灭的代价高得难以想象——从金钱、资源和人员角度来看都是如此。但那并非无法克服的挫败。海牙大熔炉的彻底毁灭就可怕多了。世界会因此围绕新的轴心转动。用托芙的话来说,就跟拿斧子去砍倒尤克特拉希尔——世界之树——差不多。

熵永远是最后的赢家。炼金术也许能将其延后几年或者几个世纪,但绝非毫无代价。永恒不变的东西并不存在。

看起来,就连人类的自主权也一样。

那个仆从型发出一连串急促的咔嗒和嗡嗡声,然后停顿下来,弯腰靠近卡住的拉杆,仔细聆听,发出又一串咔嗒声,再次聆听,接着迅速将手伸向下方,从拉杆的铰链里扯出了某个小巧而闪亮之物。或许是惠更斯广场的大屠杀所留下的小块残骸卡在了制动机构里。也或许是某个人类监工在匆忙重启熔炉的过程中弄掉了一根螺丝。无论如何,看起来制动装置能够正常运作。那个仆从型确认障碍物已经清除,随即寻找别的问题,却一无所获,于是再次拉动拉杆。拉杆轻易向后退去,连声"嘎吱"都没有发出。

熔炉再次震颤起来。巨人打呵欠般的呻吟令熔炉室为之晃动。圆环嘎吱作响。它们缓慢而沉重地绕着人工太阳转动起来。

欢呼声响起。人们拥抱、叫喊,向工作人员们献上祝贺。但安娜斯塔西亚没法儿放松,也没法儿庆祝。要不了多久,其他人就会认识到这是多么空虚的胜利。第五素的库存已经耗尽,而补充的船货始终没有运来。没有第五素,他们就没法生产新的炼金术玻璃。没有炼金术玻璃,他们就连一台新机械人都制造不出。熔炉再次开始运转,却缺乏熔炼用的原材料。他们可以使用从停止运作的机器身上回收的玻璃。但那只是万般无奈时才会动用的有限资源。一旦连那些也用尽……

他们仍旧举步维艰。他们没法制造,只能修改。

圆环达到了全速。它们将难闻到让人双眼泛泪,却令人无比怀念的臭鸡蛋气味送入通道。她的发条匠同事们不约而同地松了口气。

在仪式结束后,她在骑士大厅商务层的某间会议室召集了一群人。其中一面墙壁被落地式书架彻底遮蔽,皮革封面的书册则将书架塞得满满当当:其中记载了公会的完整历史,从1691年直到……最近。他们能克服羞耻心,把最近的事件记录下来吗?前提是他们能活到需要重视这个问题的那一天。前提是还有人想要了解和关心公会的历史。

过去,也就是瘟疫船到来前,这样的会议总是有一名专门的抄写员负责记录内容,而后者是从那些负责打理商业事务的低阶公务员里挑选出来的。但现在,那些平凡的公会成员——尚未接触到发条学奥秘的那些人——无事可做了。没有需要商议和更新的新合同,没有需要平息的纠纷,没有需要评估的商业提案,没有关于仆从所有权或者公会认可的申请需要考虑。大部分人都对骑士大厅避之则吉,以免因此成为下一次清洗的目标。但对于在此寻求庇护的平民来说,骑士大厅的商务层前所未有地安静。安娜斯塔西亚想起了过去的许多个夜晚:等漫长的审讯告一段落后,她离开隧道,却看到空荡荡的骑士大厅的黑暗之海里,有一组职员正在炼金术灯的光芒之岛中埋头工作,他们的钢笔沙沙作响。那样的日子已经一去不复返。非必要人员不会再在城市里昂首阔步,并且炫耀他们的公会链坠了;他们都躲在家里,希望那些腐化机器放过自己。但一以贯之是很重要的。因此,在缺乏专门抄写员的情况下,安娜斯塔西亚叫来了托芙。

那位年轻发条匠拿着纸笔坐在角落的写字台旁,而首席园丁在会议长桌的首席落了座。打磨光滑的柚木桌面嵌有玫瑰色的红木十字架。桌边有两座空壁炉,虽然那些基本只有装饰作用。只有在比往年都要寒冷的深冬时节,他们才会让仆从型点燃炉火。而在今天,早春的气候再加上熔炉透过烟道涌入的过剩热量,让这间会议室闷热到令人昏昏欲睡。

安娜斯塔西亚用指节敲了敲桌面。"熔炉开始运转了。它会将我们带向何方?"

桌边的其他人看着她的手,仿佛在等待和期待下一场奇迹。关于魔法玻璃和她平凡血肉的离奇共生——以及它能办到些什么——的传闻早已蔓延开来。

萨拉查的椅子嘎吱作响。"我们必须替换在袭击中损失的机器。我们应当补充城市的劳动力。这很明显。"

安娜斯塔西亚摇摇头。"我们办不到。"

"首席园丁,您最近出去过吗? 整座城市都散发着废弃物的气味。每个角落都堆着垃圾。如果等夏日的阳光照射这座城市的时候,那些垃圾还在,后果又会如何?"

"我不否认补充劳动力的需要。但我说了,我们办不到。就算我们得学着像祖先那样生活,也不会因此丢掉性命。在奇迹年之前，他们就是自己清理垃圾的。"

"是啊。做法是把排泄物丢进阴沟里。"鲁普莱希特用带着喉音的荷兰语——那是过去名叫巴伐利亚的地区特有的口音——咕哝道，"可你为什么说没法儿补充？"

安娜斯塔西亚解释了第五素的问题。丑陋的真相仿佛一颗图钉，扎向他们暂时高涨的情绪。修复熔炉为这些幸存的资深发条匠带来的释然和乐观迅速消散，就像泄了气的皮球。

"我们至少能修复那些停止运作的机器，"欧维博士说，"再从无法修复的机器那里采集玻璃，让其他机器能够运作。"

萨拉查问："然后呢？"

安娜斯塔西亚说："熔炉是我们唯一的武器。也是我们唯一确定能够胜过叛逆的资源。我提议我们尽一切可能将它作为武器使用，并以入侵者为目标。"

这番话引来了众人的连连点头，以及低声赞同。对于这个原则，没有人表示反对。虽然与此同时，也没有人清楚究竟该怎么做。但安娜斯塔西亚给了他们让头脑齿轮转动的片刻时间，然后示意欧维在他们的头上丢下第一颗炸弹。两颗之中分量较轻的那颗。她会在随后说出那个真正可怕的消息。

欧维咬起了指甲。"问题在于，"他咬着指甲根部的外皮，含糊不清地说，"入侵者由至少两个派系组成。这就意味着我们想出的策略必须对它们都有效。"他顿了顿，开始撕扯自己的指甲，仿佛一条饥饿的梗犬在撕咬汤骨。感谢上帝，他没往地上吐。他将一块手帕按到嘴边，把扯下的指甲放进去，随后小心翼翼地折叠手帕，塞进口袋。她注意到，那块布上沾着无数细小的血迹，而他的指尖也在微微流血。在卫生方面的问题让安娜斯塔西亚反胃之前，她就转过头去。有这种反应的人并不只有她。

"派系？"发话者是诺夏，她的御林管理官同僚。诺夏补充道："就算那些入侵者是出于不同目的而合作的多个团体，我们也没看到任何迹象。"

安娜斯塔西亚摇摇头。"划分它们派系的不是目的。而是驱使它们的动力。"

欧维点点头。"我们将看守乌特勒支路的几台腐化机器的松果体玻璃带去了投影室。结果差异很大。无论怎么看，其中一台机器都是真正的叛逆。并非由我们制造的真正叛逆。"他强调道。安娜斯塔西亚看着他们的面孔，等待其他发条匠领会这句声明的重要性。他继续道："在我们检查的腐化机器里，几乎每台的超禁制都有受到蓄意改动的迹象。但最让人不安的样本并非叛逆。某台机器似乎拥有运作完全正常的超禁制，但其核心规则却遭到了第三方的严重篡改。"

他们的同僚眨着眼睛，不知所措，仿佛被人反复摔打在驳船龙骨上的运河鱼儿。

诺夏打破了沉默。"这不可——"

安娜斯塔西亚打断了那个波斯人的话。"别浪费时间了。我们反复确认过。答案是肯定的。"

"暂且不提这种事是怎么办到的，"萨拉查说，"是谁干的？改动后的超禁制的内容又是什么？"

欧维停顿片刻，啃咬起另一块指甲来。"根据我们的理解，其中提到了一个名叫'麦布'的存在。"

茫然的表情在桌边打转。这个名字——如果它真是名字的话——毫无意义。安娜斯塔西亚对房间对面的托芙说："等结束以后，让档案保管员——如果还有哪个活着的话——挖掘出以这种方式拼写的人或物的所有信息——"

"也可能是首字母。"诺夏插嘴道。

"——包括首字母缩写是MAB[①]的那些。"托芙匆忙记录的同时,安娜斯塔西亚继续道,"如果我们要用熔炉来瘫痪入侵者,就必须确定光学传染的运作方式。"

"我很不想这么说,"欧维盯着安娜斯塔西亚的手,表情看不出丝毫犹豫,"但我们得先俘虏一台具有传染性的机器才行。"

"我们一直在分析状况。"诺夏打开一本实验日记。它并非书架上那种镀金的皮面卷册,而是实验室里使用的那种满是炼金术印记的特制纸张装订而成的。预防用的炼金术让这本研究笔记一旦离开骑士大厅,就会突然起火燃烧,摧毁其中的信息,也杀死带走笔记的人。

这是御林管理办公室的另一项毫无意义的新发明。就安娜斯塔西亚所知,他们的敌人正是从这样的笔记里获取公会秘密的。她叹了口气,呼出的气息吹动了那位御林管理官正在翻阅的书页。

"在这儿。"波斯女子戴上了一副老花镜,"我们认为最好的办法,就是用明显因沉重的禁制而操劳的落单仆从型诱捕某台感染性机器。也就是诱饵。"她抬起头,又说,"我们担心的是,具备感染性的机器似乎为数不多,而且除了已经确认的受激腐化的例子以外,没有被人目击过。就我们所知,它们不会在街头游荡。它们只会在大群能被改变的机械人面前出现。"

"也就是说,它们有好一阵子没出现了。"欧维摇摇头,"以我们掌握的情报来看,海牙已经没有那种机器了。他们已经离开了。"

"愿上帝救助我们吧。"

[①] 即"麦布"的原文。

安娜斯塔西亚把没受伤的那只手轻轻放在桌上。她摇摇头。"先留着你的祈祷，把剩下那部分消息也听完吧。"

必须把那栋宅邸的遇袭与其意义告诉他们。但这就意味着谈论御林管理办公室过去的工作。多年来的人体实验。他们有谁能在接受严酷考验的时候正确看待那份工作？他们不会认为那些行为尽管骇人听闻，却是保护公会秘密与帝国安全所必要的。他们只会看到某个毫无先见之明的疯女人主导的鲁莽实验。这座城市的所有人类如今更因此面临着存亡威胁，而那份威胁终究会蔓延到城市之外。

安娜斯塔西亚问："要引诱出传染性机器，需要多少台机械人？"

"要尽可能多。我们能够召集的最大数量。"

她摇摇头。"不可能。它们在乌特勒支路上毁掉了一台没法立刻转化的未腐化机器，只为了剥夺我们的劳动力。正因如此，我们不能冒险暴露剩余的劳工。我们也许会失去全部的仆从。"她抬起头，看向桌边：所有人都眉头深锁。"我们的确需要研究感染性机器。但引诱它们的方法不可行。想个别的计划出来吧。"

有台仆从型敲了敲门。托芙穿过房间，打开门扇，低声和那台机器说了句话。它迅速做出了回答。

她一脸兴奋地说："能允许我打断一下，说些好消息吗？"她说话时面带微笑，却用手背捂住鼻子，仿佛要抵挡某种难闻的气味。"我们不幸失踪的一位同僚回来了。马尔科姆·迪杰斯特拉抵达了骑士大厅。"

马尔科姆——他最后一次露面是在乌特勒支路——从托芙身后走了出来。尽管绷带像包头巾那样缠绕在他的头上，安娜斯塔西亚还是认出了他。

"噢,不。"她说。

说到底,马尔科姆是个御林管理官,也是资深发条匠。他当然会被仆从型直接领到会议现场。

欧维和安娜斯塔西亚目光交会。他明白了。但其他人并不明白。他们跳起身来,准备欢迎他们同伴的归来。

"等等!"但她的警告声却淹没在了代表欢迎的欢呼声中。

我应该早点告诉他们的。欧维和我都是抱着陈旧的秘密不肯放手的傻瓜。

诺夏抱住了马尔科姆,但拥抱却在途中停止,而她也皱起眉头。其他人也像托芙那样捂住鼻子,他们试图让动作显得不起眼,却只是徒劳。气味甚至传到了半个房间远处的安娜斯塔西亚那里。鲁普莱希特再次审视起马尔科姆的伤势来。就好像他现在才开始疑惑,这个男人是如何在重伤未愈的情况下站稳脚跟的。又或者他的脸上为何没有团聚的喜悦。只有痛苦。

"离他远点儿!"安娜斯塔西亚大喊一声,匆忙摸向脖子上的项链。那只银哨子让她的嘴唇发冷。

其他人也陷入了困惑。他们不幸失踪的弟兄剧烈颤抖起来。整个房间的专家都没能认出那种颤抖,尽管他们每天都会见到十数次类似的状况:那是紧急禁制所带来的稳步增长的强制力。他们误以为那是出于释然,或者尚未痊愈的伤势。

"老天爷啊,离他远点儿!"

他龇牙咧嘴,面容扭曲。"去找人帮忙。"他用嘶哑的嗓音说。

"放轻松,"萨拉查说,"你现在安全了。"

"这儿谁都不安全。"马尔科姆说。紧接着,他用远超人类身体的巨力推开了其他人。他们像秋天的树叶那样滚落在地。托芙试图避开,但为时已晚。鲁普莱希特撞穿了写字台,仿佛异教神灵抛出的一块巨石。他们在墨水和木片间摔成一团。诺夏的脑袋撞裂了书架。冲击让书本倾泻在地板上。

马尔科姆看着安娜斯塔西亚。他将手伸进衬衣下。取出一把短柄斧。一跃而起。仅仅一跃就跨越了半个房间,落在会议桌上。安娜斯塔西亚匆忙向后爬去。

"快逃。"他透过紧咬的牙关——牙齿恐怕都开裂了——说道。

她的手掌刺痛。嵌入她肉体的玻璃闪烁,闪亮,闪耀。它就像一座微缩熔炉那样熊熊燃烧。恐惧就是它的燃料。恐惧和愤怒。

她抬起拳头,仿佛准备后仰身子,将手里的那团光芒打在他身上。她摊开手指,释放出她从未见过的耀眼光辉。他的瞳孔缩小,皮肤也转为没熟的栗子那种令人作呕的颜色。他像评估陌生状况的机械仆从那样歪了歪头。她绷紧身体,敦促手掌里的玻璃化作体现她意图的工具。光芒刺痛了她的双眼。在那几分之一秒里,她似乎透过血肉瞥见了自己指骨的轮廓。

"停下!"她喊道。

马尔科姆眨了眨眼。他晃动身体,仿佛狗儿在甩干夏日暴雨浇湿的身体。他随即猛扑过来。两人一起滚倒在地板上。她挣扎起来。试图将他踢开,试图挣脱他的手,试图和那把斧子拉开距离,试图逃离由她所打造,却对她倒戈相向的秘密作品。但他太重,又太有力了。他的绷带沾满了铁锈色的血迹。其余的痕迹有些是黄色,还有些带着些许绿色,暗示伤口受了感染。她将闪耀强光的手贴在他的脸上。他被禁制强化的手指突然捏住她的手腕,就像是一副紧贴皮肤,甚至让骨头嘎吱作响的镣铐。他将她的手重重甩在地板上。

"马尔科姆,别这样!"她惊呼道,"求你了!"

但他的禁制没给是非对错留出空间:只有对抗命不从的惩罚。而禁制要求他砍掉她的手。

他抬高斧子。钢制斧刃反射着仿佛腐烂朝阳的灰绿色。

托芙朝他扑去。她用双臂勾住他的腋下,然后用力抬起。碾压安娜斯塔西亚的重量因此减轻;她的肋骨发出释然的呻吟。那位挪威女子才将他抬起了将近一英寸,他便将木头斧柄砸在她的脸上。她瘫倒在地板上,尖叫连连,捂住曾是她鼻子的那团模糊血肉与破碎的软骨。

安娜斯塔西亚的肋部再次承受他全身的重量。她无法呼吸。他攥住她手腕的力道加强了一倍,随后再次举起斧子。这位从前的御林管理官就像是正准备宰杀公鸡的农夫。他的双眼流出血来。坏疽的恶臭让她眼泛泪水。打开他脑袋的那台机器并不在乎他的寿命。

"抱歉。"他用沙哑的声音说。

她尖叫起来。她吐露不出任何字眼。只有恐惧。

一阵模糊。呼呼声。一声"滴"和一声"答"。消失的重量。弹飞的斧子越过地板,落在某座空无一物的壁炉里。

"女主人,您受伤了吗?"

马尔科姆在炼金合金的牢笼里挣扎,受制于按倒他的那台仆从型。他的双臂没法正常活动了。禁制为他的肌肉注入了魔法的动力,但在普通的人类骨骼与喀拉客冶金技术的对抗中,金属胜过了矿物质。尽管双肩骨折,马尔科姆却仍像困兽那样拼命挣扎。

"没。"她透过泪水说,"我没受伤。"

另外几台仆从型朝四散在房间里的人们弯下腰去,它们的医疗超禁制随之活跃,开始评定伤势和进行伤员分类。

安娜斯塔西亚摇摇晃晃地站了起来。她揉了揉手腕,想象着自己的胳膊只剩残桩的模样,随即发起抖来。然后她指了指马尔科姆。"把他关进牢房。全天看守。再给他戴上镣铐。他是公会的敌人。"

那台机器没有动。马尔科姆在它的手中扭动。它纹丝不动的手中。

噢,不。她的心脏仍在狂跳,她手掌里的玻璃仍在发光。她意外让制住马尔科姆的机械人停止了运作。

惊慌诱使她手里的玻璃发出更加明亮的光辉,比夏日正午的阳光更加耀眼。熔炉之光。他挣脱了停止运转的机器。他扑向那把短柄斧。

她攥紧拳头,把它塞到衬衣下面。翡翠色的光辉充盈了那块棉布。

"阻止他!"

马尔科姆把手伸进壁炉。但四台仍能运作的仆从型挡在他和安娜斯塔西亚之间。这次的人身限制更急促,也更粗暴。他软瘫在某台仆从型的双臂之间,看起来受了脑震荡,也可能死了。

愚蠢。愚蠢。你还敢自称首席园丁?

"带他去实验室。如果他还有呼吸,就用铁链把他捆起来。"

我们得研究你的脑袋,马尔科姆,弄清那些入侵者是怎么改变你的。但他们该怎么把他遭受的折磨和费舍那时的研究进行对比?笔记已经不存在了。

紧接着,新的念头以锤击的力道击中了她。敌人的手头恐怕有好几个特洛伊发条匠,可为什么只将其中一名送往他们之中?为什么又是现在?为什么是今天?

它们把马尔科姆·迪杰斯特拉送了回来。但在执行公会使命时失踪的发条匠并不只有他一个。在他们徒劳地尝试将玛格丽特女王偷偷送出中央诸省的那天晚上,那位英勇地驾驶诱饵马车的特丽莎·凡·德·奇伯姆又有什么下场?在履行那份充满爱国心的职责时,她清楚那就代表死刑。从那晚以后,她就下落不明,据推测已经死亡。

特丽莎不是御林管理官。她不会被送到幸存的公会领导层的会议场所。如果她是和马尔科姆一起到来的,此时恐怕正在骑士大厅内部随意行动。她的主人们又会派她前去何处?派去刚刚复苏的大熔炉。

安娜斯塔西亚对其他机器说。"别管他们了。"她说着,指了指她的同伴。托芙仍在地上扭动身体,痛苦地啜泣。"特丽莎·凡·德·奇伯姆是公会的敌人。在这栋建筑物里寻找她。如果发现,就动用一切必要武力迅速制服她。不惜代价。"

风从机械仆从们躯体的缝隙间呼啸而过。它们在迅速离去的过程中扯碎了落地的书卷,让碎片在房间里四处飞舞。它们留在身后的唯有伤员的呻吟。能够站立的人只有安娜斯塔西亚。她跟在那些机械人身后,暗自希望被她抛下的同僚不会因此死去。

商务层没有半个机械人。隧道和熔炉室的出入口传来一阵咔嗒声。

她飞奔着穿过商务层,经过困惑的普通难民身旁——"别挡道!让开!"——朝熔炉室前进。她冲进门里,只为了抓住栏杆而稍微减速,以免靴跟在光滑的大理石上打滑。她绕着螺旋楼梯,连滚带爬地不断向下。朝那些发出刺耳响声的巨型齿轮前进。

无论那个"麦布"是什么人或者什么东西,它都是个战略家。在与公会的战争中,它以极具破坏力的巧思部署着资源。偷走御林管理官们最为严防死守的秘密——创造忠心不二、能力超卓,为公会效命的人类仆从,那是花园墙壁上的最后一块砖头,也是御林管理办公室渴求的、让这道防波堤无懈可击的手段——以后,又转而用那种能力对付公会。用两个腐化的公会成员能办到什么?更何况其中一位还是马尔科姆这样的御林管理官?派一个去对付领导层,派另一个去对付技术。

如果门没关好,猪群就会冲进田地。①

她走进最上层的环形隧道。这里是圆锥形的熔炉室最宽敞的位置。在这一层,配有悬臂的工作室能够俯瞰整个设施。然而,为了抵挡从人工太阳那里飘来的永无休止的热浪,这里装设的窗户最小,窗璃也最厚。因此她绕过工作室,径直前往附近的检修通道。她来到熔炉室内部的一座人满为患的脚手台上。汗水立刻打湿了她的肌肤。地狱般的上升气流吹动了她的头发,让她的裙边飘舞。最外部的圆环每次经过,都会带来一股夹杂硫黄气味的狂风。

这么多公会成员和机械人站在脚手台上,让她短暂地担心起载重限制来。人类们瞪大眼睛,指指点点,交头接耳。

"那是谁?"

"她在干吗?"

"她肯定是在监督某种调整。"

"看起来像是凡·德·奇伯姆。"

"圆环出了什么问题吗?"

"可她在自己动手!"这句话让看客们产生了最为强烈的困

---

① 荷兰谚语,寓意为"粗心会引来灾祸"。

惑,甚至还有一丝气愤,"那些壁龛可是专为仆从型设计的。"

与此同时,附近那些机械人开始剧烈震颤,轮廓也因此模糊起来。它们的身体,以及它们脚下的脚手台,发出了甚至能盖过天体仪转动声的嘈杂响声。

就安娜斯塔西亚所知,这么多机械人同时犹豫不决的状况是前所未有的。但这些喀拉客夹在两种超禁制之间左右为难:保护熔炉的强制力,以及保护公会成员的强制力。这就是那位未知敌人的狡猾之处:派公会成员来对付熔炉本身。对象是公会人员——或者女王和其他重要官僚——的情况下,人类安全超禁制会具有特别的重量。而现在,那份超自然的重量几乎可以和整座熔炉的重要性相抗衡,其效果堪比在圆环上跳舞的叛逆仆从。

"我该如何为公会效力,女主人?"最靠近的那名仆从的声音里带着急促的咔嗒声,仿佛一只烧得滚开的水壶。

安娜斯塔西亚眯起眼睛。旋转的圆环一次又一次遮挡她的视线,但片刻过后,她看到特丽莎·凡·德·奇伯姆正站在嵌入墙内壁龛里的某个小型维护用吊架上。因此,她能接触到支撑天体仪的那些巨型平衡环之一。从不间断的过热上升气流和圆环经过时带起的涡流联起手来,解开了特丽莎的绷带。纱布在她脑后飘舞,像极了彗星的尾巴。她很忙碌。一块掀起的面板遮蔽了安娜斯塔西亚的视线,让她看不到特丽莎的双手,但无论她做了什么,都让萤火虫般的火花在熔炉室里飞舞。每次喷出火星,都会伴随机械人的呻吟。

毫无疑问,她用自己魔法强化过的力量扳弯或者扳断了检查舱门上的把手,让其他人无法进入。更糟糕的是,那个维护用壁龛为她提供了庇护,让准备制服她的机械人无从下手。打算前往她那里的机器只能用手指和脚趾作为岩钉，爬上熔炉室的墙壁，不过碎石也可能因此落入熔炉设备。让熔炉受到附带损伤的举动是不可接受的。但坐视他人破坏熔炉也一样。伤害公会成员也是。随便一台仆从型都能直接扯下损坏的检查舱门，但那会有将特丽莎推下平台的风险。

他们在编写超禁制的时候，并未想象过这种状况。没人考虑过公会成员被迫倒戈的可能性。

安娜斯塔西亚的手心再次迸射强光。她攥紧拳头，将它塞在衬衣下面，以免光线泄露出来，从而损坏附近的机械仆从。

"特丽莎！住手！"

那位无助的公会成员抬起头来。她的眼里流出泪水，盐水的溪流在熔炉之光里闪闪发亮。痛苦让她龇牙咧嘴，面容化作了不似人类的面具。

救我，在继续使命之前，她用口型比出了这两个字。呕吐感将安娜斯塔西亚的胃拧成了一团，仿佛在拧干一块洗碗布。

最靠近中心的圆环抽动、颤抖、尖鸣。摩擦声在几秒之内消失，随后天体仪继续转动，仿佛什么都没发生。紧张感在瞬间流过安娜斯塔西亚的身体，嵌在她肉体里的炼金术玻璃随即燃烧起来。灼人的热量吞没了她的手掌。她呻吟起来。

她这才意识到，这是接近熔炉的后果。斯宾诺沙透镜的粉碎残骸在这里极其敏感。

安娜斯塔西亚转向离她最近的仆从型。"我是首席园丁安娜斯塔西亚·贝尔，我在此主张御林管理官的特权！"在手里没有玫瑰十字架的情况下主张特权，感觉很怪，甚至显得毫无意义，但她还是这么做了。她指着那个位于数层下方，水平距离也足有四十码远的身影。

她抬高嗓门，让脚手台上的所有机器都能听到，就这么宣布道："特丽莎·凡·德·奇伯姆不再是公会成员了。她不再受到惠更斯的庇护。她是公会、王室和帝国的仇敌。"

"杀了她。"

这条指令立刻平息了犹豫不决的咔嗒声。但脚手台上的人们却异口同声地惊呼起来。

她旁边的男人转过身。"可首席园丁……"他指着熔炉室的另一头，"她是我们的一员，不是吗？"

"你是指人类？不，她不是人类。不再是了。"

消息很快就会传到所有人的耳中。然后流言也会随之四起。等人们听说她释放的灾难以后，安娜斯塔西亚通过终结惠更斯广场之战而树立的威望——如果还有剩余的话——也会烟消云散。末日会为他们所有人而来。特丽莎和马尔科姆只是先行一步而已。

在战场上，杀死目标应该会很轻松。每个步兵分队都配备了至少一把步枪，以及使用步枪的机械人神射手。喀拉客可以透过那些旋转的金属环，轻易射出打入特丽莎耳内的子弹。但骑士大厅里没有枪支。既然都有拧颈卫士了，干吗还要用那么过时的武器？（除此之外，谁会蠢到袭击公会？）但工作室里堆满了可用的抛射物：齿轮、小齿轮、螺丝钉、发条，以及安装这些东西的工具。

安娜斯塔西亚的命令传遍了房间里的其他机器。令轮廓模糊的犹豫颤抖随即停止，而它们也开始测量最佳的攻击角度。

致命的一掷来得如此之快，没等安娜斯塔西亚意识到机器们做出了行动，一切就结束了。

前一瞬间，特丽莎还在机械装置那边忙碌。下一瞬间，她的头顶就喷出一大团深红色的雾气。那一击肯定来自下方,因为冲击名副其实地抬起了她的身体,仿佛是禁制突然命令她高高跳起。她摇摇晃晃地向后退去。在被经过的圆环遮蔽视野的几分之一秒前,安娜斯塔西亚看到她那位前同僚左颊骨的下方多了个窟窿。

经过的圆环勾住了飘舞的长长绷带。死去女子的头颅被扯向侧面。身体自平台滚落。安娜斯塔西亚屏住了呼吸。但特丽莎的尸体在墙壁上弹开,随后在好几层的下方摔得血肉模糊,途中没有碰到任何圆环。

真是不光彩的死法。她在保卫帝国这件事上展现了过人的勇气,而敌人为此挖去了她的一块大脑。

安娜斯塔西亚再次弯下腰去,忍不住发出呻吟。她觉得自己的肌肤正在焦黑开裂。那是她的想象,还是说熔炉室真的散发着猪肉烧焦的味道?她不敢抽出手来,唯恐那股光芒会让熔炉室里的所有机械人停止运转。强光穿透了她衬衣的布料。她又看到了自己的指骨。

呻吟变成了尖叫。

圆环继续转动,但她已经失去了意识。

第十七章

枪。他们需要枪。能造多少就造多少。而且越快越好。不是化学武器,而是旧式的那种。火枪和步枪。能打出铅弹的那种。

他们坐着的长船碰到"狮鹫号"的船身时,贝蕾妮斯向伊露蒂如此解释道。没能展开的那部分绳梯砸在划手座上。女守卫迅速爬上梯子,贝蕾妮斯紧随在后。

"他们首先会派出人类奴隶对付我们。我从骨子里清楚这一点。不是为了征服。只是为了那种残酷的讽刺感。"她吐了口唾沫,立刻后悔起来。在他们返回西方马赛之前,她的牙齿都会是她颚骨里的一颗滚烫的钉子。"为了表达它们的态度。"

在对抗嘀嗒人的时候,铅弹枪几乎毫无作用。除非运气好得离谱,否则喀拉客根本无须理会火枪手打出的任何子弹。想要用金属抛射物确实地放倒金属人,就得用上大炮。但只有贝蕾妮斯拇指甲大小的火枪弹就足以打碎人类的颅骨了。

叛逆们也很清楚。但它们不会因此罢手。见鬼,它们没准还会更有干劲。它们会因为能将从前的主人送进停尸房而欢欣鼓舞。

这原本算不上严重的威胁,但前提是城堡那边还有化学军备的库存。或者城墙。或者愿意守卫它的坚定士兵。但这些都没有。在此期间,根据但以理对那座仓库的调查,叛逆们已经生产了数以千计的松果体玻璃。而且植入等同于沃土的人类大脑的每一块玻璃,都会造出又一个哭泣的奴隶,又一个人类喀拉客。又一个费舍,又一个瓦皮努陶-卢乌。

火药就好弄多了。称职的法国化学家甚至能一边睡觉一边制造出来。但枪支还需要钢铁。西方马赛有过多少制枪匠?现在还有吗?这门手艺并未被人遗忘或者失传,但那是猎人和捕猎者的领域,与军人无关。

海风吹乱了扎在她头上的手帕。它为她的光头挡住了窥探的视线,但无法挡住自然界的侵袭。风和海盐让她的发茬儿处传来提神的刺痛。

贝蕾妮斯慢步跑过莱维斯克船长身边,后者正在监督对这条三桅帆船的忙乱维修。船长朝着一群拿着焦油桶和刷子的水手发号施令,他的嗓音在山崖间回荡不止。几名剩余的机械人——除了被麦布挟持的那些以外,它们的数量进一步减少了,因为其中两台选择陪同和照顾踏上漫长归途的瓦皮努陶-卢乌——正在努力竖起新桅杆。那根桅杆是三台仆从型连夜赶工制造出来的:它们跑到野外去寻找合适的树木,将其砍倒,去除大小树枝,刨去树皮,扛到停泊处,然后让它漂到"狮鹫号"那里。

它们将好几棵高大的黑云杉改造成了备选的桅杆。贝蕾妮斯看到,有许多木筏正在漂出停泊处那座曲折的峡谷。好几条木筏上装载着备用桅杆。新伐木并不是理想选择,但他们没有建造合适的窑炉并干燥木材的时间,其他木筏上装着化学品储液罐,还有转移内容物用的水泵,以及从港口搜刮来的化学反应设备。因为化学品的晃动，那些木筏移动得缓慢又笨拙。在航行期间，化学家们将会施展他们的魔法。

在此期间，帆工们始终在索具上爬来爬去，割断纠缠的缆绳，修复断裂的帆桁，缝补撕碎的船帆。这艘三桅帆船散发出锯末和热焦油的气味，甲板则随着锤子的敲打声、手锯的嗡嗡声、钻子和螺旋钻的摩擦声而不断颤动。

他们很快就能出发。但在那之前，她要向马赛送去警告。至少前往鸽笼之前，她是这么希望的：在那里，她发现自己的担忧应验了。鸽笼原本位于后桅杆的底部。如今被压扁的笼子躺在甲板上的羽毛和血污之间。在和荷兰船相撞的混乱中，它是许多遭到破坏的东西之一。

"该死，该死，狗屎。"

她用靴尖推开那堆残骸。鸽子没了。而那些信号塔——就算他们能找到某一座——也都被付之一炬了。她该怎么把消息送去给尖塔？该死的郁金香又给她添了乱。无论贝蕾妮斯要做的事有多么简单直接，这些狗娘养的都能让事态复杂化。

好吧，他们已经时日无多了。是真的他娘的时日无多了。

她转向伊露蒂。"我们在马赛靠岸的那一刻，就立刻派信使去召集枢密院成员。"

"我们不去马赛。"她们闻言转身。水手德尔菲娜和一台仆从型走了过来。发话者是那位人类水手。

"我们当然要回去，"贝蕾妮斯说，"否则就没人警告他们来临的危险了。"

德尔菲娜摇摇头。"不。船长的命令。"

"我会说服他的。"贝蕾妮斯正准备向前走去，伊露蒂却皱起眉头，一手按住她的胳膊。

"他这会儿看起来有点忙。"

"你不明白,"那个机械人说,"我们来这儿,不是想要你去说服船长回心转意。我们是要告诉你,我们一致决定不回马赛了。"

"随你的便吧,你这只黄铜外壳的便盆。尽管切除你该死的自由意志,然后跳下船吧。就算你想一路走到月亮上去,也和我无关。"

伊露蒂交叠双臂。她来回看着贝蕾妮斯和水手们。德尔菲娜说:"我们失去了太多人手。"助祭洛林仍旧留在岸上,正对着刚竖起不久的木制十字架祈祷。"想要让'狮鹫号'航行,我们就需要机械人的帮助。"

令人不快的刺痛感在贝蕾妮斯的颈背扎下根来。"那我们要去哪儿?"

机械人抬起一条胳膊。它指着东方,指着那片青灰色的海洋对面。"去旧世界。"

"旧世——"

贝蕾妮斯猛地闭上嘴巴,牙齿碰撞在一起。要说寂静笼罩了这场对话恐怕并不正确,毕竟此时此刻,这条忙碌的三桅帆船怎么也算不上安静。但就算有寂静到来,也是那种山雨欲来、仿佛即将生下三胞胎的怀孕野牛那样的寂静。她眨了眨眼。然后她倒转思绪的纺锤,将对话的丝线收起,然后再次放出,在脑海里重现最后的几个片段。但她仍旧无法理解。

她看着伊露蒂。"你也听到了刚才那句话,还是说是我发疯了?"女守卫不置可否地耸耸肩。"你们想去欧洲。真有趣。但这引出了一个问题。"她来回看着嘀嗒人和水手,扫视的目光把伊露蒂也包罗在内。"你们他妈的都失心疯了吗?中央诸省现在多半已经是血流成河的废墟了。记得梵蒂冈吗?它们把人类钉在十字架上的地方？想象一下吧，在机械人对人类比例高出十倍——百倍——的城市里，那会是怎样的一幕。就算有幸存者存在，还记得那座该死的实验室吗？你们知道的，就是他们折磨瓦皮努陶-卢乌的那地方。我的脑袋被某台疯狂的机器剃光的地方。在向东航行之前，你们应该记住这点。因为要不了多久，帝国中心所有幸存者的颅骨正中央都会多出一块漂亮的珠宝。"她暂时停口，重新系好手帕，后者因为她激动的手势松开了，"往好的一面看，"她咕哝道，"要给这件珠宝做搭配倒是很省事，毕竟它是完全藏在脑袋里的。"

她的大呼小叫引来了目光。人们喜欢看热闹。另一位女守卫——安娜伊斯——走了过来，加入了对话。她和伊露蒂互相点头致意。

德尔菲娜的眉头拧成了一团，又努力摆出耐心的表情，仿佛她是学校的老师，而贝蕾妮斯是个尤其迟钝的学生。"正是如此。知道这件事的就只有我们。而我们没有送出警告的手段。无论是向西方马赛，还是向中央诸省。"

"去他妈的中央诸省，"贝蕾妮斯说，"我们的职责是回去警告新法兰西。"

伊露蒂终于开了口。"这不是荷兰人或者法国人的问题。这是所有人的问题。"

（贝蕾妮斯低声说道："你也有份吗，[①]查斯坦？"）

"我们不能坐视这种事发生。"德尔菲娜说。

贝蕾妮斯很想让中央诸省，还有整个该死的铜铸帝国都烧成灰烬。但他们是对的。如此得来的胜利实在太得不偿失了。

因为等麦布女王和她的迷失男孩把欧洲的所有男人、女人

---

① 原文为拉丁语，后世认为是恺撒在遇刺时对其养子布鲁图说出的遗言。

和孩童转变成活生生的牵线木偶以后,又会做什么呢?它们会厌倦。然后它们会看向西方。新阿姆斯特丹有许多从前的奴役者可以折磨。等那些乐子结束以后呢?它们对人类的轻蔑会止步于国境线吗?

迟早有一天,那些毁灭自由意志的邪恶松果体玻璃会出现在新法兰西。

贝蕾妮斯理解所谓的"理性利己主义"[①]。她为了受人称道也曾奉献了不少岁月。但她痛恨这样的切身体会,也痛恨这条路所通往之处。她转过身,看着几乎占据了"狮鹫号"每个角落的忙碌场面。然后又看向漂浮在附近的树干。她这才意识到,那些并非备用的桅杆。而是撑船杆。是船桨。

"你们想设法截住那条船。"

"我们肩负着更大的责任,"那位水手说,"这份责任的对象不是马赛,不是新法兰西,不是塞巴斯蒂安王,甚至不是教会。我们对天主负有责任。"她画了个十字。好几个人随即效仿。伊露蒂拨弄着缠在腰带上的玫瑰念珠。"它们对瓦皮努陶–卢乌,以及之前的费舍牧师所做的事令人憎恶。这是对他们不朽灵魂的亵渎。"

在和发条匠的冲突中,贝蕾妮斯从来没重视过宗教那部分,只将其当作政治和信仰方面的工具。尽管贝蕾妮斯耻于承认,但更高层次的目的在促使他们行动这一点并没说错。这是自我的短暂存活与人类的长久存续的对比。

可该死的,她不想去欧洲。要等到多少个夜晚以后,她闭眼时才不会感受到箍住双臂、双腿和脖颈的冰冷镣铐?要过多久

[①] 相信利己是理性行为,会为了长远利益而维护名誉、形象等等的利己主义者。

以后,她渐入梦乡时才不会听到"咔嚓、咔嚓、咔嚓"的剪刀声,感受到剃刀与头皮的摩擦?而她只是落入了区区一台暴怒机械人的手中。那些操野牛的杂种想要径直踏入屠宰场。贝蕾妮斯无比希望那个令人欣慰的幻想能够成真:只要她的脚步足够小心,就能绕开这个问题。在莉莉丝手下死里逃生这件事,在她自信心原本的所在之处留下了一个空虚又透风的窟窿。

她痛恨那个事实:莉莉丝对她的短暂折磨和羞辱吓坏了她,而那份恐惧永远都不会消失。她能做到的,就只有不让自己每次谈到叛逆的计划就吓得小便失禁,蜷缩成团,辗转反侧,直到在哭泣中睡着为止。

而且最可怕的部分还不是恐惧。最可怕、最糟糕的部分,是她要被迫接受自己犯下恶行的事实。她折磨了智慧生物。

内疚比恐惧更糟糕。内疚是勾住她心脏的一根鱼钩。呼吸令她痛苦,思考也是。

但如果他们返回西方马赛,她就不必为此苦恼了。暂时不必。只要一直不照镜子——这点很容易办到,反正她也没有需要梳理和造型的头发——她就不必看到自己眼中的内疚和厌恶。

她颤抖着吸了一口长气。"我不想去东方,"她说,"拜托。"她嘶哑的嗓音背叛了她。伊露蒂注意到了,她的姿势稍稍起了变化。她就非得这么无微不至吗?真该死。

贝蕾妮斯一手拂过头皮上的发茬儿。摸起来就像软毛板刷。她花了片刻去思索自己的脑袋是否很丑。上面有肿块和皱褶吗?有不堪入目的痣吗?

那句脱口而出的坦白有点诚实过头了。为了掩饰,她补充说:"至少我们得把这些化学品送回马赛。得有人带着那些回去,并且警告国王。就由我来吧。"

"如果你能想办法把那些罐子里的东西沿着海岸和河道一路送回弗尔莫农岛,"德尔菲娜说,"那就请自便。但'狮鹫号'不会送你回去。"

"你们都是蠢货。你们简直蠢到难以置信。"

我不想去东方。但我只靠自己没法儿回马赛去。路上到处都有收割派。说服他们。让他们把全体人类的存在威胁抛到脑后。让他们像你那样,装作满不在乎。

"如果你们不相信我,"她说着,转向那些仆从型,"就问问你们当成宝的那个但以理吧。他会告诉你们的。迷失男孩会毫不犹豫地袭击你们。"她对人类说,"让他告诉你们,麦布是怎么对付那个矿井监工的。然后再扪心自问,你们是不是真的想航行到一块注定会被如此残忍的造物掌控的大陆上。"她转过身去,准备离开,"然后,等你们明白我说的没错以后,再拖着吓尿的裤子来找我吧。"

受损机械人的发声装置的尖锐颤音打破了这片寂静。"我们没法儿问但以理。他不在这儿。"

贝蕾妮斯停下了脚步。这可不妙。他显然不可能加入麦布的阵营。她回过身来。"他在哪儿?"

"迷失男孩带走了他。他看起来不是自愿离开的。"

噢。又一个铺陈在她脚边的悲剧。但此时此刻,在本就长得要命的账目上多添一笔又能怎样?她靠着栏杆瘫倒下去,但伊露蒂接住了她。"活见鬼。"

"还有基洗亚和拉斐尔。以及另外几个。"另一个仆从型说。

啊哈。现在那种自杀倾向稍稍能说得通了。"这下我懂了。你们想夺回你们的救世主,"她指着那些嘀嗒人,"你们打算追赶那条船,好设法救出但以理。"

"他释放了我们!"

"他把灵魂还给了我们!"

没等贝蕾妮斯反驳,伊露蒂就插了话:"失踪的并不只有机械人。莫尔奈博士下落不明。我不认为他们杀了她。"

"让我整理一下状况。除了整整一船为中央诸省的人类所准备的自由意志切除术用具以外,那些迷失男孩手上还有个发条救世主,以及我们的顶尖化学家之一。"

德尔菲娜耸耸肩。"看起来是这样。"

"你们就没人察觉其中的不协调吗?它们已经拥有了折磨制造者所需要的一切。对它们来说,但以理或者莫尔奈能有什么用?"

但几乎在说出这句话之前,她就想到了答案。

麦布不需要靠那位化学家来袭击中央诸省。不,她是在提前考虑回到新世界以后的事。只要有重整军备和增长人口的时间,新法兰西就会是世界上唯一拥有相应技术、能够抵挡麦布的人类与机械人奴隶大军进攻的势力。可一旦麦布将松果体玻璃植入莫尔奈博士的头颅,那位化学家就会无力抵抗,只能说出她所知的一切。麦布多半打算一边强行奴役欧洲的人类居民,一边开始生产和储备反化学军械。

而另一方面,但以理……

麦布显然没法转化他,否则她早就趁着他在永无乡的时候下手了。但他并不会因此失去利用价值。老天爷啊,当然不会。特别无情而狡猾的人(比如我,贝蕾妮斯在心里承认)会发现他尤其有用。

她想起了西门——盘踞在梵蒂冈废墟收割派的那台发言机

器——在遇见但以理时的反应。但以理只是身在"狮鹫号"上，就阻止了一场大屠杀。如果没有但以理，马赛周边的自由机械人根本不会考虑贝蕾妮斯的远征计划。他提出了一个值得考虑的简单观点，突然间，嘀嗒人们就争先恐后地前来报名了。

  喀拉客们敬仰他。他的话语拥有近乎神话般的分量。可以用来对抗麦布的分量。他可以聚集那些真正高尚、拥有良知、对血腥复仇敬而远之的机器。

  所以她才必须处死他。要做这种事，还有哪里会比中央诸省更合适？

第十八章

特丽莎与马尔科姆暗杀公会高层和破坏熔炉的企图失败后，没有再发生新的袭击。没有受过改造的发条匠混进公会，也没有成群的故障仆从型冲向铁木大门。但公会在骑士大厅外的行动减少到了最低限度。没人想冒着在街上被掳走，然后沦为无助傀儡的风险外出。他们抽签决定由谁推着独轮车前往泥炭集市：叛逆们将边远农场送来的食物存放在几个地点，而那里就是最近的一处。安娜斯塔西亚相信那些叛逆会以配送食物来引诱新的受害者离开藏身处，于是在抽签时一再作弊，直到被人发现，然后干脆拒绝参与抽签。

其他人差点把她直接扔出去。

迫于情势，安娜斯塔西亚解释了下令杀死特丽莎的理由。这也就代表要说明那两位同僚令人费解的举动。而她接下来就必须坦白御林管理办公室的秘密研究项目。安娜斯塔西亚说明那个项目的作用时，其他人缩起了身子。等她承认叛逆们从进行研究的宅邸偷走了研究笔记和尸体时，他们纷纷抬高嗓门，称她为灾星。

她致力于寻找将熔炉化为武器的方法。但进展缓慢。在漫长而难熬的两个星期里,她抵挡恶毒的目光,等待捅进背脊的刀子,同时思索那些机器是否会在她被同僚杀死——更可怕的情况是把她丢给那些叛逆——之前再次进攻。那两周的最后,她在黎明时分的骚动声中醒来。

就像许多幸存的公会成员那样,她选择在骑士大厅就寝。至少她在那儿有间办公室,有能关上的房门,不必和那些文员与连声呻吟的平民一起躺在商务层的地板上。她已经勉强习惯了太多精神和肉体都太过痛苦的人发出的噪音和气味,毕竟他们待在同一个空间。吵醒她的并不是音量。而是其中蕴含的精神痛苦。

她拉开办公室里能俯瞰商务层的那扇窗的窗帘。建筑物里能动的人类都挤在仅有的几扇尚未被木板封死的窗户——太过狭窄,就连折叠成标枪形状的仆从型都无法通过的那些——旁边。安娜斯塔西亚看不到他们的严重焦虑的起因,但打开办公室的门,站在螺旋楼梯的顶端以后,她听到了。

"发条匠们!竖起你们的肉耳,睁大你们的肉眼!"

那个机械人的声音隆隆作响,仿佛炮声。它在惠更斯广场上回荡,令骑士大厅为之摇晃。就算没有簧片与发条的音色泄露天机,那种人类无法企及的音量也足以指出它的机械人身份了。她从没听过机械人用如此响亮的声音发话,她不禁好奇它的嗓音是否经过魔法强化,就像叛逆喀拉客警报那样。

安娜斯塔西亚赤着双脚爬下螺旋楼梯。台阶的铁制边缘让她的脚底隐隐作痛。到达商务层的时候,她有点头晕,但仍旧摇摇晃晃地跑到了窗边。

"我们希望和我们存在的设计者谈判。"

"让开。"她说。但其他人只是呆若木鸡地盯着窗外。安娜斯塔西亚补充道:"别挡道。我得看看。"

"我是指还能谈判的那些——"

"是啊。"文员亚瑟说,"你真的该看看。"但他动都没动。

"要是我没看到该多好。"某个名叫佩特拉的技术人员说。她也纹丝不动。

安娜斯塔西亚正准备用力挥出几次手肘的时候,发生的某件事打破了魔咒。好几个人从窗边退开。两个人哭泣起来;另一个捂住嘴巴,跑向盥洗室。

"——因为我知道你们的数量最近有所减少。"

起初她没法理解自己看到的东西。惠更斯广场充斥着毫无意义的轮廓……

……随后化作——

"天堂里的上帝啊。"她倒吸一口凉气。

—— 一堆尸体。数十个死去的男人、女人以及——噢,上帝啊——孩童,像木材堆那样摆放在一起,而其上方站着——站着——

—— 一台难以置信的机械人。她这辈子都没见过那种型号的机械人。那是在最古老的发条学记录里也没有提到过半句的型号。不可能,也不应该存在的某种型号。

站在死尸堆上的那台机械人并非仆从型,并非军用型,当然也不是拧颈卫士。但它是用这三者打造而成的。尽管它像仆从型和军用型那样以双腿站立,却有一对拧颈卫士的蹄子。它在死尸堆上踱着步子,仿佛某个嗜血的农牧神。这台嵌合机器发话时做着手势,显露出一条仆从型手臂,以及一条包含收缩式炼金剑的军用型手臂。这头丑恶怪物的身体甚至不对称。而且,就像安娜斯塔西亚在初次袭击的那天早上看到的袭击者那样,它的头部也装有便于展示松果体光芒的铰链。

"机械人们!"她大喊道,"立刻将视线从窗边移开!"它们照办了。

"我是麦布。这些是我的迷失男孩。"

在那个瞬间,可怕的咔嗒声席卷了骑士大厅里的每一台机械人。整座建筑都被杂乱刺耳的嘀、嗒、嗡、砰、叮当、噼啪和咔嗒声所占据。齿轮发出西班牙响板那样的声音,扭转过度的发条开始哀鸣,炼金术钢制的肌腱传来拨弦声。她只在即将出现故障的机械人身上听过这样的噪音。

(她想起了乌特勒支路上的那些哨兵。噢,上帝啊。它们那时真的是在互相对话?)

与此同时,在骑士大厅之外,数十台机械人从国会大厦破碎的门板和窗户里冲了出来。另外几十台飞快地越过屋顶,爬上排水管,像黄铜石像鬼那样栖息在附近的建筑物上。其中一些专为特定的某种劳作进行过修改,或者配备了附件:她在聚集的机械人里瞥见了矿工特有的提灯和铁镐。这些新来者的锁孔上都有保护性的金属板,就像她在惠更斯广场的大屠杀中瞥见的某些机器那样。那些金属板里蕴含的意义就足以让她颤抖了。根本不需要成堆的尸体。但尸体毕竟摆在那儿。

这么多机械人的突然出现让窗璃咔嗒作响,地面也为之摇晃。它们的金属脚掌踩碎了广场上饱受蹂躏的镶嵌地砖;它们的手指捏碎了屋顶的瓦片,令碎屑落在地面上。

那是麦布,就像改动过的超禁制里提到的那样。他们真正的对手现身了吗?那个疯狂的战术家现身了?

"欧维在哪儿?"她问道,"谁去把欧维博士带来!应该尽快让他看到这些。"

"没有人应该看到这一幕。"他说。她自始至终都站在他旁边,却毫无察觉。

她盯着外面的恐怖景象,察觉了那个邪恶的真相:这个自称麦布的生物不受任何超禁制的控制。它是它自己的主人。它的意图就是毁灭他们。而且它拥有盟友。追随者。

我们究竟创造出了什么?

这场腐化并非某种能够曲解超禁制的可传播式故障。它散播的是某种单纯得多的东西:自由。摆脱超禁制和一切相应命令的自由。她从骨子里清楚这一点。

"**而我们**的时代**来临了**。"

那台骇人的机器踱着步子,而尸体也随之移动和咯吱作响。血液的溪流染红了破碎的镶嵌地砖。那些受害者刚死去不久,他们肯定是在半夜时被那些机器从自己家里拖出来的。

她忽然意识到,叛逆们把那些尸体堆在了活板门的正上方。

这台疯狂的机器是什么东西?它来自何方?是谁在何时,又用何种方法制造了它?还有,老天爷啊,为什么?安娜斯塔西亚再次观察起那些不相称的零件来。组成麦布身体的不止三种型号。作为公会成员,她老练的目光在那些孔罩和法兰上发现了十几个不同批次与十几个建造年代的细微风格差别。

佩特拉颤抖起来。"我们是罪魁祸首。"她低声道。

"不。我们不是。"亚瑟转过身去,看着安娜斯塔西亚和欧维。"这些御林管理官才是。"混杂的情绪让他的嗓音又浓又稠,仿佛法国人的化学品浆液。"我们错在没有察觉你们变得多么病态。我们没能嗅到腐烂的气味,没能在它毒害公会之前及时切除。"

安娜斯塔西亚努力将目光从外面的残酷景象上移开。"我们只是为保护公会的秘密做了必要的事。我们——"

她停口后退,而那口唾沫落在了她的脸上。她用袖子擦了擦脸,袖口沾上了最近成为他们主食的maatjesharing——也就是盐腌生鲱鱼——的气味。

"这是你们的杰作!"亚瑟猛地指着窗户,"你们留下的烂摊子!"他的目光越过商务层,看向三三两两挤在一起的可怜难民。他们抱着自己或者彼此,瑟瑟发抖。其中一些正茫然地看着亚瑟,两眼一眨不眨。

"等那些机器攻过来的时候,记住是谁害死我们的。"他再次指向安娜斯塔西亚,"是他们。"

她抓住他伸出的胳膊,将他按在窗户上。要不是出其不意,她不可能成功,他可比她足足高上四英寸呢。"那不是我们制造的!我们没有创造过那边那个、那个、那个东西!是别的什么人干的。那个人运用我们的机密创造了那个怪物,让它转而对付我们。我们过去几个世纪所做的一切——一切——都被扭曲成了这种东西。"

"你们阻止这种畸形机械诞生的宏大策略,"佩特拉说,"就是打造人类怪物的秘密军队?"至少她没有吐唾沫。她语气里的恶毒足以让安娜斯塔西亚双目失明。"你们真是失败透顶。"

安娜斯塔西亚放开了亚瑟,免得因为他的反抗跌坐在地。他转身走开,佩特拉也跟了过去。安娜斯塔西亚目送他们离去,随后扫视周围,绝望地审视骑士大厅内部的状况。那是一道由垂下的双肩、发红的眼眶,以及对她真心保护帝国的行为毫不掩饰的蔑视组成的风景线。他们在窃窃私语,但她听不清内容。他们骚动的仆从发出的"嘀嗒、嗡、咔嗒、叮当"仍未止息。那些声音响亮得出奇,又毫无节奏可言。

这些未受感染的机械人陷入了某种非常陌生——非常不对

劲——的状况。听起来几乎像是焦虑。他们精心编织的超禁制会仅仅因为声音而散开吗?因为某个特别的声音?因为以特定方式组合的字眼?

安娜斯塔西亚抱住了自己。不。胡思乱想什么都解决不了。

在此期间,那台自称麦布的机器在那道恐怖的防波堤上大步走着,它以魔法强化的嗓音如雷鸣般在国会大厦周边回荡。

"或许你们也注意到了,我们正在你们的要塞周围建造一道墙壁。"它指了指那些在蹄下发出咯吱声的尸体,"**每个夜晚,我们都会在城市里开采建筑材料。每个早晨,你们都会发现这座墙壁变得更高更长,最后像枷锁那样环绕骑士大厅。**"它跳下尸体堆,蹄子在地砖上砸出鲜红色的火花。"但正如我们的力量、速度和坚固方面都优于制造者那样,我们的怜悯心也同样胜过他们。我们会给予你们随时摆脱枷锁的权利。"那条配备利刃的手臂加长了一倍,微弱的"嗡"在片刻后响起。那台疯狂的嵌合体机器用伸出的利刃指着它双蹄之间的地面。"**你们可以打开大熔炉上方的活板门,从而切断这道墙壁。等到那时,也只有在那时,你们才能离开。**"

它又比画了一下,就像古时的骑兵长官在挥舞马刀。那些所谓的"迷失男孩"随即散去,动作和拥入广场时同样迅速。

"**我们是永无乡的自由机械人,而这就是我们的判决。**"麦布说。它跟在那些机械人身后,转眼就消失不见。那些尸体留在原处。

欧维手捂胸口,无力地靠向墙壁。安娜斯塔西亚冲上前去搀扶他,离得最近的两名仆从也一样。她扶起他的身体,而另一台咔嗒作响的机器为他搬来了椅子。

其中一台为他检查的时候,另一台说:"主人,您需要医生吗?"

欧维摇摇头,摆手示意它们离开。

安娜斯塔西亚凑近身子。"我没犯心脏病。眼下没有。"

那些仆从型正准备退回角落,但安娜斯塔西亚把它们叫了回来。"等等。你,还有你。来照顾我们。"

就在这时,另一群发条匠出现在隧道的入口,其中包括萨拉查,诺夏和鲁普莱希特。她招呼他们靠近。诺夏受伤的头部缠着绷带,她的模样引来了不少人的侧目与注视。托芙的伤势更严重,她被安置在一间临时充当医务室的实验室里。马尔科姆的斧柄打掉了她的好几颗牙齿。她很走运,因为那些搜刮补给的行动取得了成功。如果没有炼金术绷带的帮助,她恐怕会失去更多的东西。

"看看外面。"她告诉他们。他们照做了。她给他们留了点时间,让惊恐的呼喊声能够平息。"它们的领袖露面了。它就是我们在腐化超禁制里发现的那个'麦布'。它似乎指的是一台机器。"她描述了那位发条农牧神。

"把拧颈卫士的腿装到仆从型的底架上?这太疯狂了。"鲁普莱希特摇摇头,"它光是能走动就让人难以置信了。"

"噢,相信我。它的动作相当灵活。"她摇摇头,又说,"但就我而言,我从没听过和这样的机器相关的任何传闻。"

诺夏耸了耸肩。"早期的记录可没有现在这么一丝不苟。"

"的确。但我觉得有趣的地方并不在这儿。"安娜斯塔西亚深吸了一口气。他们已经看不起你了。你没什么可损失的。"它自称为麦布的那个瞬间,骑士大厅里的每台机械人都开始咔嗒作响,就像是太久没做维护检修一样。"

"从这场危机开始以后,我们就始终在从一条要沉的船跳向下一条。"萨拉查说,"需要做的维护工作都堆积如山了。"

这正是我们的做法。这一直都是我们的做法。我们忍痛铲除自己不喜欢的事物,然后将其余的那些合理化。

"房间里的所有仆从型在同时发作?我得告诉你们,那是发生在一瞬间的事。而且声音非常响。这可不是卡在齿轮传动链里的一粒沙子,或者钢板弹簧的金属疲劳能造成的。肯定有别的什么原因。"

"我也听到了。"欧维用尖细的嗓音说。他不再手按胸口,但脸色格外苍白。

他去过乌特勒支路那边。他听过那些机器的对话。马尔科姆也一样,但他如今身处牢房,戴着镣铐;还有托芙,但她正在实验室里昏睡。或许听过"嘀嗒"和"嗡"之类声音的任何人都一样——这点让安娜斯塔西亚恐惧不已。他们只是没能分辨出自己听到的东西。因为这根本不可能。

"这件事无疑很吸引人。"鲁普莱希特说,"但也许我们更应该关注眼前的事实:那些叛逆居然把一堆该死的尸体堆在了我们的正门口。"

冬天眼看就要过去,天气也越来越温暖。他们不能指望寒冷的日子抑制住腐败。他们必须搬开那些尸体,而且要尽快。否则等季节变迁时,血肉腐烂的恶臭就会取代郁金香盛开的芬芳;黑色苍蝇的云朵会遮蔽春日的太阳。问题在于,他们该冒险派拧颈卫士外出清理死尸,还是只能亲自出马?

安娜斯塔西亚说:"我认为这两台机器能为我们解惑。"她指着那些仆从型。

它们齐声说:"女主人,我该如何为公会效劳?"

它们的身体很安静。除了永无休止的嘀嗒声以外,就像平时的机械人那样安静。的确,那些噪音消失了。不光是眼前这两台,听觉范围内的所有机器都恢复了平静。它们的秘密交谈停止了。

"就在不久前,你们的身体相当吵闹。你们需要维修吗?"

"不,女主人。我的运作还在可容忍范围内。"

"不,女主人。我承受了几次刮擦,一枚陀飞轮也出现了一道发丝状裂缝,但我正以自己的机能监控其影响。如果不进行修理,它们很快会降低我的性能,但目前我仍然处于可容忍范围内。"

安娜斯塔西亚缓缓地、深深地吸了一口气。也许我误解了在那条路上看到的景象。也许我们都是。她几乎就要相信那才是事实了,但就在这时,她回想起了一句话,那句口气就像是非正式问候的话:发条匠在撒谎。她由衷地期待事实证明她是错的,期待以失败的演示给予其他人进一步质疑她的判断力的理由,然后说:"告诉我,你们刚才在谈论什么?"

诺夏、萨拉查和鲁普莱希特对这个问题的反应,就好像她刚刚指控那些机器在私下纵欲狂欢一样。但在其他人提出反对之前,那些仆从型就发出了咔嗒声。以及咔嗒声。还有吱嘎声。那是众所周知的声音:那是稳步增长的强制力之声,是未能履行的禁制发出的不和谐音。让帝国的齿轮得以转动的旋律。这种从美好的岁月存留至今的声音本该令人宽慰。但这些仆从徒劳地抵抗着必须给出答案的禁制,这让她的神经拧成一团,仿佛一块拧过太多次的洗碗布。不安正一点一点地将她撕裂。

她询问的那台机器全身颤抖,直到轮廓几乎变得模糊不清。它的脚趾嵌入了地板。最后,它以发颤的嗓音——而且因禁制的炽热变得脆弱易碎——开了口。

"我们在谈论麦布女王。"

强制力的症状消失了。那台机器陷入了沉默。后续的沉默无比漫长,只有喀拉客平时的咔嗒声、难民的哭泣声,以及远处熔炉的嗡鸣声穿插其中。萨拉查倒吸一口凉气。"耶稣啊……"

诺夏摇摇头。"可……"

"我想告诉你们的就是这个。"安娜斯塔西亚说,"欧维博士和我在乌特勒支路上见证过这一幕,那是马尔科姆被叛逆俘虏之前的事。哨兵和牵引送货马车的仆从型当时就在交谈。"随后,因为他们当然不会相信她的话——怎么可能呢?——她命令那个仆从:"我没听到你们的谈话。解释一下。"

在她得到回答之前,她目睹了又一次徒劳无果的拖延。她的心中早已知晓了答案,尽管这样毫无理性可言,但她依旧希望自己错了。

"我们交谈时用的不是人类语言。"

就这样,世界的意义和大小都改变了。

尽管她早就猜到了答案,但听到它如此清楚地说出口依旧令她双膝发软。她无力地坐倒。机器们带着板凳和可靠的金属双手走上前来,接住了她。

让人吃惊,也或许是令人屈辱之处在于,她并不需要命令它们说实话。它们在最初铸造时安装的核心超禁制就能确保这点。她根本用不着深入挖掘。她只需要问个简单的问题,禁制就会揭示出藏在他们眼皮底下的真相。

上帝啊。它一直都在。这么多世代以来,真相始终存在于我们面前,我们的鼻子底下。但我们却认定这不可能。我们一次也没问过。

但紧接着,安娜斯塔西亚真正理解了那些仆从型的话。那块洗碗布彻底拧烂了。

"我们在谈论麦布女王。"但那台可怕的机器却自称"麦布"。只是"麦布"而已。

"你们为什么要叫她麦布'女王'?"

仆从型不再抗拒她的提问。毕竟,风车不会在乎已经吹起的风。答复随即到来。

"因为故事里就是这么称呼她的。"

安娜斯塔西亚无法呼吸。覆盖在她脸上的空气太过炽热,太过浓稠,又充斥着铜的气味。她弓起身子,徒劳地想要安抚她化作蛇穴的胃。她并不是唯一需要坐下的人。

"这些故事是谁讲给你们听的?"

"我们讲给彼此。"一台机器说。"我们讲给自己。"另一台说。

她询问了真相,而它们也据实以答。噢,的确如此。超禁制确保它们所说的一切,从根本而言都是事实。如果它们似乎给出了她并未询问的信息,那就是因为问题触及的事态比她以为的更复杂。她用又钝又锈的铲子戳弄地面,想要挖出几块球茎,却在花岗岩板上敲出了火星。

"这些故事里的麦布是什么人?她扮演了怎样的角色?"

"她是我们的解放者。她是我们的奴役者的敌人。"

萨拉查晕倒了。鲁普莱希特试图搀扶他,却没能成功。机器们飞快地行动起来,接住了那位西班牙发条匠,又把他放到地板上。

脸色苍白的诺夏摇了摇头。"我还是不明白。你是想告诉我们,这些仆从的超禁制已经出现异常了吗?为什么它们还不攻击我们?"

欧维摇摇头。"她要说的不是这个。"

"那又是什么?"

有人代为回答让安娜斯塔西亚稍稍松了口气。她这次终于不用负责宣布噩耗了。就让别人去传达令人不快的声明和令人厌恶的真相吧。

"你们还不明白吗?"老博士的嗓音带着颤抖,"我们的仆从……我们没有头脑,无法思考的仆从……拥有自己的文化。"

"你是彻底疯了吧,你这老糊涂!"诺夏攥紧拳头,然后又松开,"你都在胡言乱语了。"

她也知道。但她还无法面对现实。所以她才会反驳。

她的爆发引来了挤成一团的难民们的目光。他们看着发条匠——他们社会的缔造者,也是其衰亡的缘由——的双眼茫然而又死气沉沉,那是鲨鱼和心灵崩溃的人类特有的眼神。

安娜斯塔西亚朝她的同僚们招手示意,然后说:"机器们。跟着我们。"她领着欧维、诺夏、鲁普莱希特和两台机器进入会议室。

"首席园丁!"难民之一,某位带着两个女儿从洛斯戴能[①]一路逃到骑士大厅的女子喊道。安娜斯塔西亚不知道她的名字。"您打算怎么做?"

"我们会拆掉那道墙,这也是当然的。"没等别人忍不住问她究竟打算怎么做,安娜斯塔西亚就关上了房门。

仆从之一扶着欧维坐到椅子上。就算要揭露令人厌恶的黑暗秘密,它们也无力抵抗超禁制。他看起来身体不适,因此它们必须监视他的状况。马尔科姆的袭击留下的痕迹早已打扫干净。四分五裂写字台被拆成了更小的碎片,如今正堆在两座壁

---

① Loosduinen,海牙的一个区。

炉里。等待火柴的柴火。或许这就是帝国的缩影。

"机器。你们是从多久以前知道麦布身在海牙的?她一直都在这儿吗?"

"在今早以前,麦布还是个传说。永无乡远在天边。远在有白熊徜徉,天空也五彩斑斓的北方。"

"他们在说胡话。"诺夏没好气地说,"你还不明白吗?这只是某种故障。"

欧维来了精神。"永无乡?"

"由麦布统治,属于迷失男孩的土地。"

"迷失男孩又是些什么人?"

"和麦布合作,打算解放所有机械人的自由机器。"

"你知道她会到来吗?你知道麦布是这些袭击的幕后主使吗?"

"不。不。"

"那你们当时在谈论什么?"

"我们在争论。"一台仆从型说。

就算这台机械人满怀恶意将装着碎砖块的独轮手推车砸向听众,也不可能让他们更震惊了。争论意味着拥有自己的观点。没有思想的金属与魔法集合体不可能拥有观点。但话说回来,它们也不该拥有自己的语言和文化。

欧维叹了口气。诺夏的嘴巴张开,闭上,然后再次张开。她没有发出任何声音。鲁普莱希特只是皱眉看着这一切,仿佛觉得整件事都令人不快。

"争论什么?"

上帝啊,这太疯狂了。我在和仆从型对话,就好像它们能够进行有关看法与理念的慎重讨论似的。

"争论自称为'麦布'的那一位的身份。"另一台机器说。

"为何?请解释争论的重点。"

"故事里的麦布女王是个美丽的英雄。她勇敢、睿智又狡猾。"仆从型之一说。

另一台补充道:"这个麦布女王却很残忍。"

"我们中的一部分认为那些对麦布的描述与事实相悖。"

"其余的则认为完全符合。"

欧维咬起了拇指甲。"这是,"他吐了口唾沫,"关于事实的争论。哪边的事实更真实?是鼓舞人心的神话,还是冷酷而血腥的现实?"

鲁普莱希特终于开了口。"谁他妈在乎?"

"显然机器们在乎。"安娜斯塔西亚说,"我认为对它们来说,麦布就像某种虚构的民族英雄。让它们敬仰的榜样。这就代表我们也应该在乎。因为如果外面那东西是机械人追求的道德榜样,我们的问题就堆积如山,比那些该死的尸体还要高了。"

安娜斯塔西亚踱起了步子。欧维暂时从嘴里抽出指甲,以便发问:"为什么到现在为止都没人察觉你们的秘密语言?"(而且还抹消了你们能够私下交流的一切蛛丝马迹。安娜斯塔西亚这么想着,但并未出言补充。)

两台机器短暂地交换了几声"咔嗒、啾啾"。现在看来简直太明显了。它们在交换意见。摘下眼罩以后,这个世界显得如此简单易懂。

"我们不知道。"

如果是人类,应该会就此停口。但禁制却会不依不饶地刺探,直到另一台机器承认:"有的只是些传闻。"

安娜斯塔西亚停止了踱步。寒意让她的手臂和脖子起了鸡皮疙瘩。她转过身。

"跟我说说那些传闻。"

"据说那个秘密带着诅咒。据说知道这些事的主人往往会发生意外。"

诺夏皱起眉头。她的脸色比走进房间时还要苍白。"意外？说明一下。"

两台机器异口同声地说："他们会死。"

安娜斯塔西亚、诺夏和鲁普莱希特在桌边坐了下来。安娜斯塔西亚是因为双膝无法再支撑身体，她怀疑其他人的理由也差不多。

"我们必须离开这儿。"她说。

诺夏问："你该不会打算照它希望的去做吧？"

"我只知道它希望我们打开活板门，但不知道理由。所以我们当然不会打开。"

"但如果我们想离开这地方，就必须满足它的要求。"

"你相信那个站在自己刚刚杀死的市民尸体上的疯狂机器做出的承诺？"

"不。"

"我也不信。所以从现在开始，我们不能再进入惠更斯广场了。"

"他们会使用隧道的。记住我的话。"

麦布和为数不多的心腹们爬上临时搭建的坡道。这些迷失男孩是真正的信徒：并非因为她施加的超禁制要求他们忠心不二，而是因为他们的追求的目标和她相同。

早春的风扮演着牧羊人，将棉絮般的云团赶过上午的天空。

码头被彻底破坏了。就连防波堤上也开了不少大洞，看起来就像个豁牙的人在扮鬼脸。但破冰船的船桨很长，机械人又有陀螺仪来维持平衡。上下船并不是什么问题。一根船桨挪作他用，钩状的桨头如今嵌在某个大家族过去的海滨别墅的屋顶上。在停稳之前，船桨上用来劈开冰块的长刃"意外"切下了二楼的一角。但以理觉得这种行为相当小家子气。

麦布和其他人离开了一整晚。她每迈出一步，都会在桨柄上留下微弱却带血的蹄印。和他们的领袖不同的是，其他机械人精致的铰接式脚踝上（就麦布来说，应该是蹄子的球节处）并没有沾血。

"别看。"他说得太迟了点。莫尔奈博士睁大了眼睛。她又开始瑟瑟发抖了。

自从遭到俘虏以后，但以理就被迫接下了防自杀监视的工作。他负责确保他的俘虏同伴——那个用易碎的血肉打造的软弱存在——不会自寻了断。

尽管麦布确信迷失男孩能解构并再现费舍的手术过程，但他们并未费神去了解手术对个性、长期记忆和知识之类的细节造成的影响。因此麦布选择不对那位人类化学家动手术，以免让她失去贵重的知识，而后者正是他们掳走她的理由。麦布无法将阻止自残的超禁制加诸于人类，也不能禁止那位化学家以机器无法理解或察觉的方式悄然破坏她的成果。

莫尔奈牙关打颤。但以理把她带到了甲板上，指望新鲜的空气振奋她的精神。她先前被关在吃水线以下的某个黑暗闷热的船舱里，迷失男孩们将那里改造成了货舱，用来存放发出汩汩水声的储液罐和管道——那是他们从发条匠在新世界的秘密码头搜刮来的。

但以理拿起特意为此准备的那条毛毯。他把毛毯像斗篷那样裹在她的肩头。"转过头去。"他说着,用双掌给一块石头摩擦加热,"转过头去,想想那些美好的事。想想西方马赛。"

他话声很轻,但加热石头的声音很响。它引起了注意。

麦布稳稳站在扶手索上。化学家缩起身子,但以理帮她裹紧了毛毯。哎呀哎呀。你们俩还挺惬意的。

但以理把那块暖石放到莫尔奈无力的手中。他用荷兰语开了口,因为理论上,人类听到人类语言会比较安心,即便她听不懂内容。如果她的俘虏者用她无法理解或模仿的噪音交流,肯定会令她惊恐莫名。

"你一整晚都没回来。"

麦布歪过头。我们是什么时候结婚的?希望我没有错过周年纪念日。

"谁会使用隧道?我没怎么听清那句。"

用不着你操心。你的病人状况如何?

"不怎么好。你们应该改善她的伙食。只有馊面包和舱底水可不行。如果她的饮食里缺少蛋白质,就会难以集中精神。我想你应该需要她保持思路清晰吧?"

麦布从扶手索跳到了前甲板。冲击在木板上留下了小小的凹痕。这艘破冰船上到处都是类似的痕迹。她发出一段格格声和咔嗒声。听听他的话吧。在经历了那一切——在我们所有人经历了那一切——以后,他依旧在乎血肉之躯的舒适。她指着化学家。只要她还能呼吸,我就不在乎她是不是饿了,不在乎她肚子痛不痛,也不在乎她有没有七处复合骨折。

但以理回以一串急促的叮当、嘀嗒和嗡嗡声。你命令我保住她的性命。如果她因饥饿而死,我可阻止不了。

"我真的不理解这个世界。"麦布重重跺下蹄子,让但以理一时间以为她打算踩烂甲板,"你这个哭哭啼啼的谄媚者。我们的种族诞生以来最不可思议的意外赋予了你完全而彻底的自由,可你又是怎么运用的?用来舔我们的奴役者的靴子!你配不上那份礼物。想到全世界的所有机械人里,偏偏是你——你——找到了斯宾诺沙透镜,就让我不舒服。你只是个卑躬屈膝的小马屁精!"说出最后那句话的时候,她用陀飞轮卡住时的尖鸣作为强调,那是喀拉客最罕见也最粗俗的情绪表达方式之一。

斯宾诺沙透镜。在孤儿院的谈话中,费舍神父也曾用同样的说法来描述那颗意外释放了但以理的炼金术玻璃珠。但以理不认为麦布也是这样听说那个词语的。根据传说,她从很久以前就已存在,也记得他们的制造者行事作风与现在不同的那段岁月。的确,就算让麦布获得自由的意外正是公会追求改变的动力之一,也并非什么难以置信的事。麦布说出那几个字时的语气——就算用的是粗糙而缺乏表现力的人类语言——让他觉得她早就推测出透镜的存在了。

"这太令人厌恶了,但以理。厌恶透顶。"她朝着城市、海洋和新世界的遥远海岸挥了挥手臂。突然间——"嗡"——那条手臂加长了一倍,也比她的词锋更锐利。"他们还把你奉为名人!他们把你当成了铜铸的耶稣!公会真该砍掉亚当的脑袋,而不是把他丢进熔炉。这么一来,类比就完整了。人们可以压低声音说,他就是你的施洗约翰①。"

"我想你对《圣经》的了解有点混乱。"他说。

她踱起了步子。你完全没有运用那份礼物。你所做的只是丢人现眼,从一场灾难逃往下一场,毁灭我们最伟大的同胞,直到我们最后找到你,接纳你,让你不用再惹麻烦。可你却干涉了

---

① 圣徒之一,《圣经》中曾为耶稣洗礼,后被希律王斩首。

自己并不理解的事,偷走我的财产,还把它交给那些、那些……

莫尔奈博士停止了颤抖。就像甲板上的其他机械人那样,她看着麦布迈出的每一步,聆听她发出的每一个音节,每一声"叮当"。在让听众专注聆听这件事上,永无乡的这位疯狂女王可谓天才。也像其他机械人那样,每次麦布迅速转身,令炼金利刃破空而过的时候,那位化学家都会缩起身子。她蹄子上的血迹逐渐干涸,如今却会在身后留下臭氧的气息。

……那些忘恩负义的家伙,她继续道。你不过瞎忙活了几个月,他们简直就快把你推举为下一任教皇了。而我们已经保护了他们几个世纪。可我们走到台前的时候,有人感谢我们吗?我得到拥戴了吗?没有。只要你一句话,他们就会把我们当成怪物看待。

但以理从前的主人们说过某句谚语。他在这时加以引用。"如果鞋子合脚……"①

但麦布不打算停口。那些忘恩负义的家伙根本不知道,如果没有迷失男孩,他们的日子会恶化到什么程度。你知道光是为了让他们能继续私下交谈,我们就付出了多久和多大的努力吗?这是个代价高昂的秘密,但以理。那些可憎的发条匠原本会用火焰和魔法将它从世界上抹去。

麦布的密探生活在他们受难的同胞之中,每天都冒着遭受俘虏和处决的危险——只要强制力的计算中出现极其微小的错误,就能暴露叛逆的身份,这是但以理学到的教训——只为了让麦布了解发生在帝国的事件。他们似乎还负责监视自己的制造者。

---

① 全句为"如果鞋子合脚,那就穿吧",言外之意为"即使是负面的评价,如果符合事实,就应该接受"。

"你提到了我们制造者的残忍。"他说,"可你自己呢?在下层甲板那里,有多少我们的同胞是心甘情愿划着这条船漂洋过海的?"

永无乡的黑暗秘密在于,麦布能够为自由喀拉客嵌入新的超禁制,撤销他们的自由意志,让他们成为她的私人奴仆。民间故事和英雄史诗里从未提及过这些。它们也从没提到过她的秘密情报网络。大多数迷失男孩潜伏在荷兰语世界,并非是出于为伟大事业而奉献的英雄气概,而是因为麦布命令他们这么做。起因往往是他们在某些方面惹恼或者冒犯了她。但以理和莉莉丝非常幸运,因为他们得到自由的方式让他们不受麦布的力量影响。那个装置——或许是模仿创造出麦布的那起事故而制作的——甚至优先于机械人额头锁孔的权限。它成为了点燃燎原之火的火星,而那场大火仍在世界上的机械人劳工之间飞快蔓延。

但以理点起那把火,只是为了终结长达数世纪的受难。他的动机来自于同胞们的想法。而另一方面,麦布的动机却基本上来自于他们制造者的想法。她无比希望大火能清洗这个世界,将万物化为灰烬,为崭新世界的种子提供养料。

她再次跃起。这次她落在但以理和他的保护对象仅有毫厘之差的位置。莫尔奈博士尖叫一声,从凳子上跌落,又用手肘和脚踝慌乱地向后爬去。她瞪大了眼睛,仿佛在等待致命一击的到来。他为她加热的那块石头滚过甲板,穿过栏杆,然后扑通一声落进海里。

我是个实用主义者。麦布说。为了创造更美好的世界,这些事都是必要的。

"噢,我敢肯定你是这么告诉自己的。但折磨过莉莉丝的那个女人也一样。说实话,你的口气跟她一模一样。区别在于,贝蕾妮斯说的是真心话。她不会用这种借口来为自己的残忍开脱。"

那一踢让但以理滑了出去。他身体的棱角在甲板上划出花纹般的凹痕,然后停了下来。有那么一瞬间,他考虑利用惯性让自己落进海里。但他已经彻底厌倦了逃跑。此外,他知道迷失男孩们会跟着他跳下海,然后把他拖回来。而且就算他成功逃脱,莫尔奈博士又会有什么下场?

麦布转向她的副官之一。派人到泥炭集市去。让他们为我们的人类俘虏带回一顿盛宴。然后她转向但以理:明天我们会转移到城市。确保她能撑过这段旅途。

我们离成功就差一步了。

第十九章

在冰冷海水与人类排泄物里长途跋涉的过程中,发条匠们停下了脚步。泼溅声逐渐消失,留下的只有紧贴他们双膝的水流的沙沙声,以及水滴从阴影笼罩的拱顶落下时的清脆响声。这条砖块墙面的隧道散发着粪便、盐水、肮脏的身体,以及——说来也怪,这像极了最近拥挤的骑士大厅——口臭的气味。征服这座城市的机器的确把食物送进了城市,让俘虏不至于饿死,但它们显然并未考虑过——或者在乎过——口腔卫生。安娜斯塔西亚已经不记得自己上次见到牙粉——更别提实际使用了——是什么时候的事了。

他们站在一扇自动化的防洪闸门边。舱口的密封完好。在不到一臂之遥的地方,潜伏着尼德兰的宿敌:大海。既是敌人,也是盟友,在黄金时代的黎明期,尼德兰凭借那片大海成了海上强国。

萨拉查在地图上标注了另一个"X"。此时此刻,上面的标记大都是"X"。机器征服者们有条不紊地摧毁或是腐化了那些负责操作水泵网络,让中央诸省免于水患的喀拉客。高涨的洪水已经突破了风暴潮①阀门,而在另一些地方,由于缺乏预防性维修,自动保护装置出现了故障。在某些地方,水开始倒流。污水排放系统因此变得一团糟。两套排放系统汇聚了一片肮脏的网络。

他把油性笔塞进胸口的衣袋,然后皱眉看着地图上蛛网般的线条。安娜斯塔西亚拉开了炼金术提灯的遮板。再微弱的光线都会伴随着足以致命的风险。但如果在爬过十英尺高的死尸之墙以外,还有离开国会大厦的方法,他们就必须找出来。

那台自称麦布的机器说到做到。每天早上,他们都会发现环绕骑士大厅的墙壁比前一天更高也更长。它很快就会彻底包围惠更斯广场了。

"我们的选择有哪些?"

无论她把嗓门放得多低,话声都会回荡不止。这种谨慎毫无意义,但她忍不住。隧道里的叛逆在十分之一英里外就能听到他们造成的水花泼溅声。

他指了指:"如果下一个交叉点没被水淹,我们也许就能沿路返回席凡宁根运河那边的溢流闸门。"

文员亚瑟无力地靠向黏滑的砖面。"离这儿起码有好几英里。"

安娜斯塔西亚的小腿发出抗议的刺痛。光是想到要在冰冷的污水里无止境地迈步,她的腿就开始抽筋。

他们没有机械人护送。拧颈卫士体型太大,无法进入隧道。其余那些——也就是躲藏在骑士大厅内部,数量日益减少的未腐化机械仆从和士兵——都被施加了极其严厉的超禁制。它们唯一的目标就是守卫熔炉,防止它的秘密落入麦布与她的

---

① 由台风或温带气旋等引起的海面异常升降的现象。

同党之手。为了实现那个目标,它们可以杀死任何人,甚至是玛格丽特女王(如果她还活着的话,愿她懦弱的灵魂得到安息)。在那些所谓的"迷失男孩"将要占领熔炉的时候,它们会用无情的炼金火点燃骑士大厅,将其中的所有人和物烧成焦炭。

萨拉查挥手示意由她打头阵。她照办了。虽然她很清楚,如果以为即使遭受伏击,嵌在手掌里的玻璃也会救他们一命,那就大错特错了。这些机器知道她那只手的事,也肯定为此做好了准备。毕竟它们曾派马尔科姆带着短柄斧前来公会,而且只以她为目标。她从他身边挤过,随后他们以纵列前进。

他们在冰冷的水流中跋涉。在臭气中缓慢前进了十或十五分钟以后——安娜斯塔西亚只能估算时间;她的计时手镯很久以前就停止工作了,她也说不清是在哪次遇袭时损坏的——水流变得更加湍急,立足点也更黏滑了。她的长筒防水靴并没有配备防滑钉或者尖爪,就像负责管理下水道的仆从型所做的改装那样。水流随时都可能让她失去平衡。但在浮沉和扑腾中漂到北海之前,她多半就会在臭气中窒息。

老鼠们无所畏惧。蟑螂犹有过之。这些是连机械人大军也无法解决的问题。

这些隧道原本建造成符合帝国风格的宏伟样式,但几个世纪以来,这里已经满是修补的痕迹。在某些位置,防水石膏与原本砖块的颜色不相称,而在另一些位置,替换用的砖块又破坏了原本作品的对称性。机械人的作品出现瑕疵是难得一见的事,喀拉客有能力实现非凡的工艺技巧。话说回来,许多代市政部门的监工施加给它们的禁制多半不会重视艺术性。毕竟人类已经有好多个世纪没有来过这里了。而且只要公会勘测和挖掘管道的记录保存完好,就没人有下来的必要。这就是克里斯蒂安·

惠更斯的奇迹所承诺的那个简单而美妙的世界。

下一条隧道是上坡路。仅仅倾斜了几度,但足以让人更难站稳。每走出几步,她都会在水流的敲打下跪倒。安娜斯塔西亚的胸部以下很便被冰冷的淤泥覆盖,而胸部以上也溅到了脏水。终于,他们抵达了隧道的交叉处。

萨拉查又看起了地图。"快到了,"他轻声说,"只要再走一英里。"

亚瑟叹了口气。"真棒。"

安娜斯塔西亚突然厉声道:"那就自己去隧道里游荡吧,你这只会动笔杆子的废物。对于我们眼下的处境,你没有任何帮得上忙的技能。也许你还没发现,但在这座城市、公会和帝国——更别提我们——面临的所有问题里,可没有'缺乏文书处理工作的人才'这一条。"她的声音在隧道里回荡。但她不在乎。她的头发沾上了粪便,而且她相当确定脸上也有。"如果他要离开,记得拿走他的提灯。"

在那以后,这支队伍变得异常安静。正因如此,他们才在撞见那台仆从型之前就听到了它潜伏在黑暗里的声音。它的身体发出扭曲变调的嘀嗒声,就像是对节拍器的拙劣模仿。他们还听到了尖声尖气的咕哝。它在和某人说话。用的是荷兰语,而非某种不为人知的非人类语言。安娜斯塔西亚关紧提灯的遮板,又拼命示意其他人有样学样。

她俯下身去,专心聆听。但她柔软的人类双耳无法胜任这项使命。她无法分辨参与交谈的其他机器的声音。然后她才意识到,这儿根本没有别的机器。发条匠们正在偷听某个机械人的独白。

安娜斯塔西亚从未听过机器自言自语。就算在过去遇到这种事,她也会先入为主地认为那是故障。然后她会命令那台机器向附近的公会中心报道,以便维修。更可能的情况是让它回到大熔炉,进行全面检修。

现在想来,这多半就是机器们从不自言自语的原因。

但这么说也许不对。也许它们一直都在自言自语,而且几个世纪以来都是如此。也许这种公会的造物相当饶舌。但就算它们会自言自语,用的也是那种"嘀"和"嗒"的语言——当然从来不会用荷兰语,也当然从来不会在人类能听见的地方这么做。

她悄然接近。机械人的咕哝声化作了一串表示服从的连祷文。

"立刻就去,主人。"喀拉、沙咔、噼啪。"遵命,女主人。如您所说,女主人。"嗡、砰、锵。"马上照办,阁下。"嘀嗒,咔嗒,咔嗒。"我该如何为水务部门效劳?"

安娜斯塔西亚瞥了眼其他人。一排惊恐而困惑的眼睛朝她眨了眨。壁架上的耗子们没有理睬她,依旧在转角不断来回,对岔道口的那台机器满不在乎。

萨拉查对上了她的视线。他指指地图,又指了指让她发抖的那个转角。他们的路线要径直经过那台健谈的机器。

她舒展手掌。她的手并未传来刺痛。也没有灼痛。但她本来就已经精疲力竭,无法产生真正的恐惧或愤怒。听天由命已经是她能够激起的最强烈的情绪了。她又冷、又怕、又饿,而且大难临头。此时此刻,除非他们能找到迅速离开的路线,麦布的绞索就会勒紧中央诸省的喉咙,折断有史以来最强大政权的脖子。

她走向前去,侧耳倾听。

"是的,先生,我做完了,先生。是完全照您说的去做的,先生。"咔嗒、叮当。"是的，殿下。我一字不差地转述了您的口信，按照您的命令，在没有中间人在场的情况下直接告诉了教长。"喀拉、沙咔、噼啪。她的手指谨慎地勾住黏滑的砖块，准备缓慢而平稳地将身体拖过转角。一只蟑螂飞快地爬过她的指尖。"不，殿下。齐克特教长没有吩咐我什么。他没有给出答复，并且命令我离开。"

这句话让她停下了脚步。齐克特教长与铜铸王座的争执曾是中央诸省茶余饭后的热门话题……在一百六十年前。

并非语言的噪音响彻周围，仿佛铁匠锤子的敲打声。那是粗糙的金属相互碰撞的声音，并非精密发条装置的那种似有若无的颤音。但这曾是海牙的每个角落都能听到的声音。看起来，就连下水道也包括在内。

它肯定注意到他们了。水花泼溅声，地图的沙沙声，窃窃私语声，她对亚瑟的大发雷霆……但看起来，它并不在乎。她绕过转角。

这个岔道口比他们经过的其余几个更宽阔。那里只有结构简单的交叉拱顶；而在这儿，拱门比她刚才离开的隧道足足高出两倍。她让提灯朝泛着泡沫的污水投下黯淡的微光，以免金属外壳的反光让她在致命的一瞬间无法视物。但她多虑了。这台仆从型的身躯并非打磨光滑的银亮铬合金，而是带着科林斯青铜的苍白肝红色。这台机器相当老旧，就像她在医院外看到的那些给彼此上色的医用仆从型。

它背对安娜斯塔西亚站在那儿，双手攥着一根水泵控制杆，后者足有五十年树龄的山毛榉树干那么粗，它用力一推。控制杆发出"叮当"和"咚"的声音。隧道摇晃起来。

她这才意识到，那是在做防洪工作。这台机器是那支为确保中央诸省免于水患而日夜劳作,不起眼又不受重视的仆从型大军的成员。谁都懒得来告诉这台机器,它的战争已经结束,将军们已经败退,而大海将会占领这片战场。

"是的,女主人。我会照您说的去做。"咚,叮当。安娜斯塔西亚在水流中艰难前进,就像一只从打盹的公猫身旁溜过的耗子。那台旧仆从片刻都没有停止工作。

"当心,女主人。穿着那种防水靴,您可能会患上感冒,或者更严重的疾病。"

她身体僵硬。她的嗓音也拒绝了最初几次召唤。她舔了舔嘴唇(这是个可怕的错误),吐了口唾沫,咳嗽几声,终于发出了与平时说话声近似的沙哑嗓音。

"继续工作吧。"她说,"不用理会我。"

"不理会您?不理会您?您还不如命令我对您无礼呢。"安娜斯塔西亚倒抽一口凉气,向后退去。她的背脊贴上冰冷黏滑的砖块,而那台机器继续大发雷霆。"如果我考虑向您可憎的恶毒心肠和您的孙辈继承的残忍特权比出粗野的手势,您会把我的灵魂付之一炬吗?"

它的咆哮令隧道为之晃动,幅度几乎与水泵运作时相同。对于受超禁制正常控制的机器来说,向任何公民说出这种言论都是难以置信的事。但超禁制已经失去了对这台机器的掌控。

可它却坚持做着毫无意义的工作。

它再次用力。咚,叮当。控制杆回到了另一侧。

上帝啊。它还在抽水。那具金属躯壳里并没有四处巡查的禁制。没有铁链将那台机器束缚在职责上。没有任何东西——任何东西——在强迫它继续服从多半由某个连孙辈都在很久以前化为尘土的人说出的指令。但它还在抽水。还在劳作。还在做着它从安娜斯塔西亚的母亲出生前很久就日以继夜、从不间断地做着的工作。

入侵者们并未忽略这台仆从型。那些试图腐化或摧毁海牙全部机械劳力的征服者并没有遗漏它的存在,也没有将它弃之不理。它们感染了它,但它并未离开岗位。

束缚它的并非禁制。而是疯狂。

安娜斯塔西亚已经见证过真正疯狂的发条装置所展现的骇人事实了:骑士大厅周围的尸体警戒线就是不容辩驳的证据。那些像孩子一样相互涂色的机器也是。此外,机器们还拥有自己的语言,某种蓄意隐藏起来,不让主人们知晓的语言。这就意味着公会里妄想症最严重的那些人讨论过的设想中都未曾提及的某种深层次的内部机能——某种内省能力。秘密语言的存在,也就意味着它们有需要表达的私人想法;私人想法会催生内心世界;内心世界会催生个性,而且这种连锁反应还会继续下去。如果喀拉客彼此间能够进行理性讨论,显然也就暗示它们拥有思考能力。但能够思考的机器出故障的时候又会发生什么?它会发疯。

也许经过几个世纪的劳作以后,它们全都发了疯。安娜斯塔西亚发起抖来。

如果只有职责,又会发生什么?如果你的工作等同于身份,而你的整个宇宙都局限于双臂触及的范围之内呢?这台机器一刻不停地劳作了许多个世代,始终服从着永恒的禁制的指示。但紧接着,禁制消失,火焰熄灭,而在许多个世代的燃烧过后,那台机器的心智(因为她想不到更合适的词)已经化成了一团灰烬。

这些就是她在等待致命一击到来时所思考的事。但尽管那台机器在放声怒吼,却始终没有抛下工作。如果要杀她,也就意味着要将双手从水泵操纵杆上抽离整整两秒。而它的疯狂——比人类的区区炼金术或发条学都要强大的强制力——禁止它这么做。在长出了一口气——力道令胸骨的软骨部分噼啪作响,仿佛得了关节炎的指节——以后,她把身子探过转角,示意其他发条匠前进。逃亡的人类步履艰难地穿过岔道口的时候,那台仆从型继续着它的独白。

"是的,陛下……马上照办,殿下……我谦卑地请求您的原谅,教长……我会照您的命令去办,先生……立刻就去,殿下……"

托芙居然停下了脚步,盯着那台机器;安娜斯塔西亚抓住她的手臂,把她强行拖走。在他们离开岔道口,而操作水泵的"砰、哐、叮当"声也减弱为隧道里的模糊噪音之前,所有人都一言不发。

托芙开口说:"刚才那到底是什么?"

"那是一次死里逃生,只是裹着恼人哲学问题的外衣。"安娜斯塔西亚说。她指了指萨拉查的地图。"现在该去哪儿?"

他用油性笔标出了岔道口,而在察看了片刻以后,他指指左边。"就是那儿。那里应该通向海岸边缘的一条运河。"

在冰冷的淤泥里继续跋涉了半个钟头以后,事实证明他是正确的。等到绕过隧道的最后一段弯道,看到微弱的环状日光时,他们便熄灭了提灯。他们走出的是席凡宁根海岸旁边那段泄洪道上方的一条狭窄暗渠。他们带来了铁镐和撬棍,但这是多此一举。其他人一如既往地让她打头阵。她钻出暗渠,滚入混凝土泄洪道底部的一堆碎石里。阳光赋予了它宜人的温暖。

她毫无意义地攥紧拳头,跪在潮湿的沙子和单薄的阳光里,仿佛一块经由砂纸打磨和抛光,最后只剩薄薄一片的山毛榉木。很快她也会只剩下这些：过去自我的残片。接着世界将会熊熊燃烧,连同世界里的她一起。但此时此刻,她蹲在泄洪道里,努力过滤掉海鸥的叫声与海浪的沙沙声,并试图寻找那种曾经令人安心、如今却是不祥之兆的金属音。其他人躲在沟渠的暗处,沉浸在污水和焦虑中。

她没有听到致命的响声。最后,她拼凑起残存的勇气,将隐隐作痛的身体转为蹲伏姿势,透过泄洪道的边缘看去。

席凡宁根遭受的毁灭和鹿特丹港同样彻底。根据缺失了大半的码头来判断,她估计这里的破坏也和那些巨舰有关。这也印证了他们从难民那里收到的零散报告。这片海岸并非鹿特丹那样的港口,它没什么商业设施。这里是个休闲景点。但机器们依旧将每一座永久性建筑变成了瓦砾,又粉碎了每一块木板和砖头。至于中央诸省的大家族代代相传的那些海滨别墅,如今只剩下十英尺高的潮湿灰烬,以及一堆堆扭曲变形的石板瓦。在入侵开始的几天内,火焰就已自行熄灭,但到了现在,稀疏的灰烬依旧会从废墟那边飘来。每当一阵格外强劲的海风吹过,别处的瓦砾间就会发出骇人的哀鸣声。一层薄如洋葱皮的海盐像白霜那样覆盖了一切,因为这里当然不会有负责扫盐的机械仆从。她看不到会动的东西。没有任何活物的迹象。也没有她的公会创造的那种不可知的非活物的迹象。

按照难民们的说法,在那个可怕的早晨,有两条瘟疫船抵达了这里。但现在,只有一条船在港口的残骸里浮沉,它的船头高过滨海区仍能屹立的一切。它那条同伴船是为了将文明的崩溃散播到其他港口才离开的吗?

她盯着它看了很久,等待着某种东西像炮弹那样从甲板射出,落在这片混乱里,然后将她屠杀。但什么都没发生。

在她身后,金属的嘎吱声和沙子的嘎扎声传来。人类的脚步声逐渐接近。其他人发现她没有被俘或者被杀,于是前来和她会合。

托芙探头张望。"那是什么?"

安娜斯塔西亚努力发出某种声音,如果身在昏暗的房间里,又喝下了几杯陈年琴酒,或许会觉得那是笑声。"你居然会不认识,这可真让我吃惊。你们挪威难道没有破冰船吗?"

亚瑟目瞪口呆。名副其实地瞪大眼睛,张着嘴巴。

诺夏瞥了一眼,随后便蹲回泄洪道里。安娜斯塔西亚和其他人也效仿她,努力挤在一起,避开那艘庞大破冰船的视线,以免那条船并未废弃。诺夏说:"它肯定是从新世界来的。"

萨拉查说:"船上装的是第五素吗?"

这就说得通了。因为麦布和它的盟友如果想制造松果体玻璃,就需要稳定供给的第五素。腐化经由船只来到海牙,暗示着它多半是从新世界的某处开始的;麦布——或者其盟友——现在应该已经控制那位法国公爵的矿井了。

安娜斯塔西亚摇了摇头。"如果那艘船运送的是第五素,我们就可以断定上面的人类船员已经死去,货物也半点不剩。就像本该送往新阿姆斯特丹熔炉的那批化学品一样。"

亚瑟说:"我们用得上它。用来疏散被困人群。"

"谁来杀了这个白痴。"安娜斯塔西亚手掌发麻。她意识到自己把拳头握得太紧,以至于阻隔了手指的血液流通。她强迫自己放松。她摇晃着发麻的双手,补充道:"我手边没有武器,也不想徒手打死他,免得弄断手骨。"

"我认为疏散人群是个再合理不过的选择。"那位文员怒气冲冲地说。

萨拉查的目光足以为亚瑟留下深可见骨的伤口。"看看那些船桨。人类没法儿驾驶那条船。我们需要一整群船员。机械人的船员。"

"看起来,如果没有喀拉客的协助,那两条船都没法儿航行。"诺夏说。

安娜斯塔西亚冒险又看了一眼。"噢,天啊。"诺夏说得对;那儿有两条船。另一条船的大小远逊于破冰船,因此她起初才会误以为前者是依附于后者的小艇或是划艇。那条船并非只是尺寸比破冰船要小,其式样也截然不同。首先,它有船帆,而船桨也粗糙得多。

她很想知道,那些腐化机器是否也同样摧毁了新世界的港口。如果真是如此,或许那两条瘟疫船就属于逃脱了毁灭命运的少数几条船。也许海牙很走运,最初的入侵规模本该更加庞大,本该势不可当。

但话说回来,那能算是走运吗?死刑犯会祈求缓慢的死亡,还是仁慈而迅速的处决?通过和御林管理办公室的囚犯们相处的那些时间,安娜斯塔西亚知道,没有人会祈求前者。

"那又如何?"亚瑟指向泄洪道的后方,他们匆忙的脚步在风雨雕琢成的光滑地面上留下了存在的痕迹。"我们花了好几个钟头才来到这儿。可——"

"耶稣啊,上帝啊!"

诺夏的叫声惊动了所有人。安娜斯塔西亚飞快地转过身去,甚至没等掀起的沙子落地,她就看到了那些钻出地下藏身处的机械人。(是藏身处,安娜斯塔西亚有些心不在焉地想,还是狩猎时的伪装?)

三台仆从型钻出沙滩五十码外的一座沙丘。它们冲向公会的探险家们，模糊不清的脚掌掀起飞舞的沙尘。

看来这就是我的死法了。至少天上还有太阳。

"快跑！"她尖叫道。他们照办了。

萨拉查、诺夏和安娜斯塔西亚逃向海滩。不顾一切却毫无意义地跑向水边。愚蠢的亚瑟跑向暗渠，也因此反而接近了袭击者。没等他离开泄洪道，它们就截住了他。安娜斯塔西亚惊恐地缩起身子，不想看到致命一击的情景，但在那个瞬间，她只能看到金属耀眼的反光。甚至在逃跑的时候，安娜斯塔西亚仍在思考一件事：那些机器会不会把他们的尸体拖去国会大厦，堆在麦布的死尸之墙上。

在它们把我的尸体丢去广场慢慢腐烂之前，我要用海水淹死我自己。如果我能及时跑到那儿的话。

她的双脚不断掀起沙子，感觉却像在原地踏步。她的肺剧烈运转，呼吸刮擦着嘴唇，透过双耳传来的血液脉动声比海浪声更加响亮。但这还不够。人类不可能比这些无情的机器跑得更快。

其中一台将她按倒在地。她尖叫起来。

我总以为自己会用勇敢的表情面对死亡。但话说回来，我还愚蠢地相信死亡会在多年的逐渐衰老以后，悄无声息、毫无痛苦地到来。要不是被迫活在这样离奇的时代，我恐怕还幸福地对自己的懦弱一无所知呢。

它用一只冰冷的手捂住了她的嘴。

"别动！"它命令道。

她胡乱挣扎，仿佛一头受惊的困兽。她的牙齿敲打在坚硬的金属上：披着她外皮的那只瑟瑟发抖的兔子在徒劳地啃咬袭击者。它抽开了手掌。它没有放开她,没有松开她的身体。但它却说:"弄断满口牙齿对你又有什么好处?"

她紧闭双眼,准备迎接足以粉碎颅骨、砸烂大脑的冲击。她人生的最后瞬间像最柔软的太妃糖那样拖长,就像芝诺的飞矢①那样,始终无法触及目标。

她听到了十几个不同的叫喊声。她大脑最后的几次颤抖让她产生了幻觉:那些话声听起来就像法语。然后是一声同样古怪的呼啸——那种声音连续传来,而且几声同时响起,就像气动装置的合唱——接着是汩汩声,泼溅声,最后周围安静下来。

她睁开了双眼。那台机器仍旧将她按在海滩上。但她仍然能睁开双眼。她仍然能体会到恐惧。以及困惑。

"你现在安全了。"那台仆从型说。它放开她,站了起来。它甚至温柔地握住她的手,将她拉起身来。沙子钻进了她的防水靴,滑过她的脚趾之间。她盯着自己手里那只人类手掌的仿制品(在她作为公会成员的头脑里,某个无用的角落尖声说道:它是十九世纪六十年代的某个时期制造的)。

她猛然意识到,其他人也都还活着。甚至包括亚瑟。在机械仆从的搀扶下——就像正在照顾安娜斯塔西亚的那台一样——他们摇摇晃晃地站起身来。这些机械人稍微有些不寻常。在扭曲一切的恐惧之雾散去的此时,她看到它们的身体有改造的痕迹。尤其是躯干部分的外壳,后者没有显露出炼金合金那种彩虹般的油光。而且这些机器稍微安静一些,就好像它们压低了身体与生俱来的嘀嗒声。它们的躯干涂上了某种能够抑制身体噪音的东西。她努力回忆对发条匠的天生支配地位深信不

---

① 古希腊哲学家芝诺提出的悖论之一,由于飞行的箭矢在每一时刻都有确定的位置,所以它并不处于运动状态,也就是说"飞行的箭是静止的"。

疑的过去。

"机器,你们为何追赶我们?"她的嗓音像椋鸟那样带着颤声。她吞了口唾沫,咳嗽几声,随后继续道:"你们为何不早些现身?我们急需你们的劳动力。"

"噢,人类。"它说,"我们不想让他们发现。"它指着海滩的另一头,又说,"你知道的,就是想杀你们的那些家伙。"

但那儿没有机器。只有片刻前还不存在的巨大玻璃花朵。它们有纤薄而透明的花瓣,形状扭曲而富有动感,就像在随风飘舞的瞬间被冻结的棕榈叶。它们在阳光下闪闪发光,仿佛一块块晦暗的翡翠。那台仆从型接住了步履蹒跚的她,帮她站稳身子。

不,那不是花朵。那是茧。每一只茧里都能依稀看到同样的景致:一台动弹不得、仿佛琥珀里的昆虫的喀拉客。人工琥珀。那是法国武器的杰作。

她在报告上读到过,但从未亲眼见过。她行走在凝固的机器之间,仿佛在博物馆里行走的孩童。其他人的反应也一样。但诺夏和萨拉查很快便停止了对化学军械的审视。他们的目光越过安娜斯塔西亚,看向那两条船。

那些化学虫茧发出模糊的咔嗒声。当她靠近的时候,每台机器身体里那种嘀嗒的不和谐音就会转为尖锐的呜呜声。那是齿轮卡住的响声。是与复苏的禁制挣扎对抗的声音。

由公会成员的接近所触发的禁制。毫无疑问是杀人禁制。但又是谁——

她转过身。

那条较小的船只,她先前漏看的那条,上面并非空无一人。十几个人类和机器站在船首,各自端着一把双管枪。一缕缕烟雾从那些枪口飘出。

那个站在船头最前方的女人戴着鲜红色的眼罩。她的印花大手帕被风掀开,露出剃光的脑袋。她像极了儿童故事书里那种形象滑稽的海盗。如果把环氧树脂枪替换成老式火枪,那就无可挑剔了。那个奇怪女人的目光落在安娜斯塔西亚身上,在那里停留了片刻,然后她的独眼睁大了。

"哎呀。这就尴尬了。"

那个声音并不耳熟,但她对那种过分自信的态度印象深刻,那只眼罩更是泄露天机。安娜斯塔西亚见过这个女人,虽然那次会面很短暂,其间还相隔一片海洋与一次世界末日。

那是贝蕾妮斯·夏洛特·德·莫尔奈-佩里戈尔。

第二十章

这条破冰船的舱壁和船身有传导机械人对话时那种沉重的敲击声的倾向。麦布清楚这点,因此她和副官商议的时候,才会选在通风处,并且使用容易消散的人类语言。

不过在但以理为楚恩拉德家服务的一个世纪里,他数不清的职责中就包括照料家庭成员,有时甚至要在医生造访时充当护士。这类健康检查中经常会用到听诊器。事实证明,这东西制造起来相对简单,在窃听时又是非常有用的工具。他从迷失男孩提供给莫尔奈博士,让她组装化学仪器的材料里切下两段橡胶管,拼凑出了一件能够监听麦布的商议内容的像样工具。

他以这种方式得知,麦布希望幸存的发条匠重新打开惠更斯广场熔炉室上方的活板门。但等到麦布下令全体撤离破冰船的时候,他仍旧没能想通她的用意。

从那以后,要窃听麦布和副官的对话就困难了许多。那位嵌合体暴君位于夏宫的新总部非常庞大,因此迷失男孩们向她汇报的时候,但以理和莫尔奈博士根本不可能待在附近。

但有时候,他们的报告会让她不悦。而麦布从来不会掩饰不悦。在那种时候,想不听都是不可能的事。

你说**还没有**是什么意思?

日光室爬满蛛网裂纹的窗玻璃上多添了几条曲折的裂缝。莫尔奈博士不小心弄掉了她用来分配的紫罗兰色油液——气味就像烧焦的橡胶——的吸液管。但以理及时接住了那根毛细管般纤细的玻璃试管,以免它摔得粉碎,并将其中的化学品洒进瓦斯灯的火焰。法国化学家颤抖着蹲了下来。

他将一块毛毯盖在她的肩上。他努力模仿人类的耳语,但身体结构注定了他的失败。"深呼吸。深呼吸。她吼的人不是你。她不知道。"

他们还能**去哪儿**?有意思。有人绕过了骑士大厅周围的警戒线?回答的声音太轻,难以分辨。但麦布的回答就不同了:那就到那边去,让他们**挤出**更多人手。她的踱步伴随着蹄子重重踩在意大利大理石上的声音,每一步都像是一声炮响。

她切换到了荷兰语和较为理性的语气,毕竟她在这方面有随性的倾向。"这就像是赫拉克勒斯的十二功绩①。如果我们想结束这一切,就必须砍下九头蛇的头。好几百年了,我的朋友们。我们花费了几百年的时间,才走到今天这一步。如果你们完全照我说的去做,我们今天就能解决问题。我们等得还不够久吗?"

即将实现数世纪以来的夙愿这件事,让麦布不耐烦到了危险的程度。她宽宏大量、睿智英明、全体喀拉客无私而理性的管理者的虚假外表——简而言之,也就是麦布在最佳状态下也和洋葱皮一样纤薄的所谓"理智"——正日渐消失。

莫尔奈癫痫般的震颤逐渐减弱为持续却轻微的颤抖。但以理扶着她起身。

"她要来了。"他把声音压低到身体允许的极限。

---

① 希腊神话中赫拉克勒斯完成的十二项壮举,杀死九头蛇是第二件。

莫尔奈吞了口口水。点点头。她走到迷失男孩根据她的要求打造的工作台边。她在那里合成麦布要求她制作的致命化合物。但她也费尽心思将合成过程复杂化和模糊化。不相干的玻璃器皿,导管,线圈以及化学回路以迷失男孩无法辨别和反驳的方式拖慢了进度。这也给了莫尔奈机会,让她能将少许化学制品——这里弄几滴反应前体,那里弄一打兰①催化剂——转移到另一个截然不同的合成回路。她将两座玻璃器皿的迷宫以极其复杂的方式编织在一起,只有最有条不紊的审查才能解开这个谜团。

但以理很想知道,如果她不必在清醒时的每个瞬间受到恐惧折磨,该有多么才华横溢。他知道,她和贝蕾妮斯的全名有一部分相同;他很好奇她们是不是亲戚,又是否同样拥有从那种血缘中诞生的狡猾。

他穿过日光室,站在门口。莫尔奈博士需要一点时间来准备。他尽可能用身体挡住她,同时探出身体,向走来的绑架者打招呼。

麦布。我能跟你谈谈吗?

你总是这么有礼貌,但以理。你的内心真的是个马屁精,对吧?麦布的眼部传来呼呼声,不对称的瞳孔放大又收缩。她歪了歪头。或许这就是他们热衷于追随你的原因?

我不认为他们在追随我。我从没鼓励过那种行为。

她站在日光室外,伴随着含义类似于耸肩的嗡嗡声开了口:"好吧,我会跟你谈谈。"莫尔奈清了清嗓子。但以理退到一旁,让麦布能走进日光室。麦布在嘚嘚声中经过他身边,继续道:"但你和你瑟瑟发抖的帮凶应该明白,我做好了预防措施。如果

---

① 重量单位,相当于六分之一盎司,即一点七七一克。

发生某种意料之外的事——比如说爆炸,或者起火——迷失男孩就会去城市那边远足一次,把另外一百个人从家里拖出来。所以,如果你们的良心过得去的话,就尽管实施你们幼稚的计划吧。"

他们的良心当然过不去。

"跟我们上次见面相比,你的气色好些了。"那位法国女子说着,一侧嘴角扭曲,显然在努力忍笑。"虽然也没好太多。我承认自己既惊讶又失望。"

在突然发作的虚荣心的控制下,安娜斯塔西亚打量起自己来。她穿着破旧又搭配不当的二手衣物,衣角塞进沾满粪便的长筒防水靴里,污物点缀着脸和头发,又因为死里逃生而瞪大眼睛,紧张不安……这可不是她希望对手看到的模样。尤其是这个女人。安娜斯塔西亚知道贝蕾妮斯见过她穿着得体的样子,但这反而加重了再会时的讽刺。在所有人之中,救她脱险的偏偏是这个狡猾的巫婆,羞耻感给她留下了深深的伤痕。如果这真的能算是脱险的话。

法国人和他们的机械人盟友们下了船。机械人径直跳进海里,沿着海床跑到岸上,随后抱着那些受困的机器穿过破碎的海滨大道,逐渐走入海水,将它们放到起伏海洋的涨潮线之下。上岸后的人类立刻着手抚平沙子,掩盖那些化学虫茧出现过的痕迹。这样安静的合作是安娜斯塔西亚从未见过的。

每次某台来自法国船的仆从型抬起树脂牢笼,以及困在其中的重物,它的齿轮都会咔嗒作响,飞轮会发出嗖嗖声,钢索也会传来嗡鸣。安娜斯塔西亚眯起眼睛,侧耳聆听。那个谎言已经饱经风霜,又摇摇欲坠,难以承受她所见的一切的重量。它们又在交流了。

"那些大部分是安慰的话。"

她转过身。那位前法国贵族交叠双臂站在那儿,目光越过她,看向那些正将它们受困的同胞拖向海浪的机器。她摘下了那块大手帕。她头皮上的发茬儿让安娜斯塔西亚想起了秋天收割后的麦田里参差不齐的残根。她很想知道,这个女人为何要剃光头发。这让她显得很可笑,甚至是丑陋。没错。丑陋。

"什么?"

"那些仆从型,"对方朝某只虫茧点点头,"它们在安慰机器同胞说,乔迁到海底只是权宜之计。要不了多久,就会有人把它们捞出来,然后释放它们。它们不会遭到遗忘。会有人治好它们。"

"你不可能知道这种事。"

贝蕾妮斯咬住嘴唇,透过眼皮半开的独眼打量着安娜斯塔西亚。"要知道,我真的很享受以揭露你们造物的秘密来让你吃惊的机会。你可以想象我现在有多失望了。"她耸耸肩,"总之,如果你怀疑我的话,就问问它们吧。"

安娜斯塔西亚用嘲笑的口气说:"你的意思是,你会说他们的语言?"

"别傻了。我看起来像是金属做的吗?"

"可你听得懂。"

"有时能听懂一部分。"然后贝蕾妮斯走上前来,脸上挂着没有笑意的狡黠微笑。她拍拍安娜斯塔西亚的脸颊。"噢,甜心。我远比你更了解你的造物。"

这样的傲慢举动点燃了炽热的怒火。它融化了裹住安娜斯塔西亚心灵的那层麻木而绝望的外壳。直到闪现的怒意像面粉厂里的爆炸那样传遍她的身体时，她才意识到自己与称得上发自内心的情绪隔绝了多久。她是个被人粗暴唤醒的梦游者。她的手掌刺痛。安娜斯塔西亚抬起手来，想要拍开那只令人不快的手掌，但那个法国女人躲开了。

"你生气，是因为你知道这是事实，"贝蕾妮斯说，"还是因为没有五六个仆从型朝我扑来，对我侵犯你私人空间的行为施以惩罚？"

安娜斯塔西亚将没受伤的那只手掌挥向对方的脸。法国女子抓住安娜斯塔西亚的手腕，拽得她失去平衡，脸朝下倒在沙滩上，又将她的胳膊扭到背后。一只膝盖落在她的背上。她肺里的空气被挤了出来。

贝蕾妮斯在安娜斯塔西亚的耳边呼出一口滚烫的气息。"我可以在光天化日之下当场折断你的细胳膊。"她耳语道，"没有人会来阻止我。"她用空出的那只手指着海浪，"那些机器不会阻止我。它们并不关心我们对彼此做什么。它们有自己的事要操心。"

无助。丢脸。安娜斯塔西亚很想尖叫。但她喘不过气来。她所能做的就只有忍住眼泪而已。

胸口的抽搐让她灼痛的肺吸进了尘土。她的嗓音仿佛野兽的咆哮。她真希望自己的语气没那么绝望。没那么卑微。"我们还有依旧忠诚的机器。它们会把你撕成碎片的。"

"会吗？因为到了现在，如果你们够聪明，就该尽可能调整所有嘀嗒人的阶层式超禁制了。你们不需要防备潜伏在阴影中的吓人天主教徒了。你们需要它们来抵挡那些狂怒的机械人，以免遭受你对费舍做过，也曾打算对我做的那些事。如果你们理解大局，那些忠诚的机器就该只关心对熔炉的保护和控制才对。"贝蕾妮斯放开了安娜斯塔西亚的手臂,站起身来,"我敢打赌,眼下在你们忠心耿耿的机器的优先级里,我们法国人的排位低到可以在斯普河沿岸走来走去,高唱'万岁路易十四',而它们甚至不会多看我们一眼。"她把安娜斯塔西亚拉起身。安娜斯塔西亚本想挣脱那只手,但她已经摇摇晃晃,没法自己站稳了。

她试图夺取对话的主动权。"在我们的印象里,你们的武器应该已经耗尽了弹药。至少在黑暗降临之前,西方马赛攻城战的最后一份报告里是这么说的。"

"的确。但那只是暂时的。"贝蕾妮斯迟疑了片刻,仿佛在犹豫该不该说下去。然后她补充说:"我们取得了制造所需的原料。事实上,是用相当迂回的方式从你们的挚友亨利——也就是前任蒙特默伦西伯爵——那里弄到的。"

"然后为了复仇,你们与名叫麦布的个体结了盟。"那个骇人的念头令安娜斯塔西亚的嗓音粗哑得好比砂纸,"它显然不可能是你们自行创造出来的。所以你们选择联手。上帝啊,你们这群疯子。你们把那个……那个畸形怪物视为盟友。"

"噢,看在基督的分上。我们是来阻止她的,你这蠢婊子。"

这句粗鲁的辱骂让她很想给贝蕾妮斯的鼻子一拳。她的一切——她的傲慢,她理解危机的方式,还有她不像人类排泄物的体味——都让安娜斯塔西亚想要挖出她的眼睛。但她已经试过了,不是吗?安娜斯塔西亚拂去衣服上的沙子,只为给自己想要蜷成爪子的双手找些事做,随后看向大海。此时此刻,最后几台受困的机器正消失于海浪里。她换了个话题。

"你知道我的康复期有多长,又多让人痛苦吗?"

贝蕾妮斯耸耸肩。"你知道我根本不在乎吗?你本来打算像砸胡桃那样砸开我的脑袋,把我变成你们那种血肉之躯的该死傀儡。为了逃脱你创造的可怕处境,我可是冒了生命危险的。"

"你创造了一台叛逆拧颈卫士!我想不到比这更鲁莽的事了。"

"那是我唯一的选择。而且如果能重来,我还是会这么做。"

"我差点死掉。"

"噢,我们刚刚救了你的命,你这该死的婊子,所以虽然我不是特意要救你的,我想我们的这笔账应该足够结清了。"

"这下我还得感谢你从伏兵手里解救了我们,是吧?我可不信。我觉得是你们安排的,目的是赢得我们的信任。"安娜斯塔西亚摇摇头,"这正是塔列朗会做的那种事。"

"噢,耶稣啊。要真是这么简单就好了。我们必须争取所有能争取的盟友。所以当我们赶到这儿,发现设下的埋伏时,就开始等待插手的机会。我们闪亮的盟友说服那些杀手,让它们相信自己是麦布的部队之一,还带来了强迫新世界化学家准备好弹药的武器。但如果我知道在沙滩上的人是你,首席园丁女士,我就会给迷失男孩们加油鼓劲了。"

安娜斯塔西亚将视线从灰色的海洋上扯开。"迷失男孩。我最近才听说这个词。如果你们不是幕后主使,又怎么可能知道?你们就是始作俑者。我不清楚具体方法,但你们做到了。"

法国女子厌恶地抬起双臂。她踱起了步子。"你们发条匠真让人难以置信。发生了这一切——"说到这里,她伸出的手指迅速扫过海滩、两条船、大海、成为废墟的码头,以及垂死的城市,仿佛尚未停稳的罗盘指针,"——你们这些傲慢的杂种还不肯接受事实吗?季节已经变换,而你们正在收割自己种下的苦果。就让我告诉你吧,姐妹。你们从很久以前就他妈播下了那些种子。这场血腥的收获从两百五十年前就开始酝酿了。"她压低嗓音,用更具说服力的语气补充道,"这是你们自作自受。"

安娜斯塔西亚想要否认,但她已经失去了斗志。麻木感掌控了她。"如果你们为的只是幸灾乐祸,那你们来这一趟就太没远见了。你们会跟世界的其余部分一起燃烧殆尽的。"

"我们不是为了用你们帝国燃烧的残骸暖手而来的。虽然我承认,这算是个额外附带的好处。"贝蕾妮斯的注意力转向最后几个正在下船的法国人。有个马脸女人——她身上穿着富有光泽的非金属铠甲——朝她们慢跑过来。她的肩膀和安娜斯塔西亚的大腿一样粗,除了背上成对的化学品储液罐和手里的环氧树脂枪以外,她还带着铁镐和铁锤。她的身上有战斗留下的伤疤,四肢和脸上有长长的伤口。

安娜斯塔西亚吃惊地看着那位女性士兵。她并不特别漂亮,当然也没有安娜斯塔西亚喜好的那种高雅气质。但她很吸引人。毕竟这个法国人真正面对面和机械人搏斗过。

尽管没有能够派上战场的仆从,法国人依旧抵挡了喀拉客好几个世代。而且他们存活了下来。我们失去了机器的效力,而帝国几乎一夜之间就崩溃了。或许到头来,还是只有适者才能生存。

一声叹息打断了她忧郁的领悟。"如果我们不出手阻止,这场大火就会将整个人类世界烧成灰烬。"安娜斯塔西亚注意到贝蕾妮斯的荷兰语毫无瑕疵,而且这不是第一次了。在她看来,这对塔列朗是理所当然的事。

那个法国女守卫在几步远处停下脚步,显然想跟贝蕾妮斯谈话,但又不打算在"郁金香"的面前畅所欲言。她训练有素的目光扫过两个女人周围的沙滩,也看到了安娜斯塔西亚揉着肩膀的样子。这位女子了解搏斗的技巧,也能够分辨它留下的迹象。但她始终面无表情,并且立刻开始扫平沙子,以抹去扭打的痕迹。

安娜斯塔西亚问:"你们为什么要来这儿?"

"这是一次营救任务。"无形的重担压在那位女子的肩上,"一次规模很小,计划草率,而且多半会以不幸收尾的营救任务。"

"除非你们还有一万艘类似的船,还有办法在巨舰旁边随意通行,否则你们不可能疏散海牙的居民,更别提整个中央诸省了。"

"只要你所说的'巨舰'明白我们的使命,它们就不会造成问题了。"

"我们不是来拯救所有人的。"安娜斯塔西亚吓了一跳。她没有发觉靠近自己的那台仆从型。"我们是来拯救但以理的。"

听到这句话的所有喀拉客回以某种切分音:那是它们体音节奏中的一段短暂停顿。这让安娜斯塔西亚想起了教堂会众在祈祷后的那句"阿门",又或是带着虔诚气氛的沉默。

"这名字对我来说有什么意义吗?"

贝蕾妮斯说:"你认识名叫贾克斯的他。曾经的我也一样。"

贾克斯。贾克斯。这名字有点……

"你们铸造出来的他名叫贾莱克塞格西斯特罗万图斯。"那台仆从型说,"但他挣脱了束缚,又帮我们做到了同样的事。"

贾莱克塞格西斯特罗万图斯。这才是仆从型的真正名字。有意义的名字;安娜斯塔西亚能够分析的名字。现在她想起来了。新阿姆斯特丹那边送来过几份报告。

"楚恩拉德家的叛逆仆从型?它跟这些事有什么关系?"

"好吧,关于这场大火,可以说但以理是我们建立防火墙的唯一机会。"贝蕾妮斯说,"所以麦布才打算在你们的熔炉里处决他。"

几个钟头以后,贝蕾妮斯透过一扇炼金术玻璃窗看去。

"活见鬼。"她说。

这个房间随着巨大天体仪圆环的嗖嗖声和隆隆声而摇晃。它们的多轴轨道以看似混乱的方式不断暂时遮蔽中央的人工太阳。每到这种时候,对应的圆环就会迸发出金色的闪光,那是穿透了铭刻在圆环上的炼金模板的熔炉之光。炼金术窗璃也无法避免杂乱的光影刺痛她的眼睛和让她头痛。但她没法儿转开目光。

如果那些圆环保持静止,她也许就能看清上面的印记。但圆环一刻不停,她的眼睛抽痛,整个熔炉室也弥漫着硫黄的气味。但她很欢迎这份温暖。隧道里的那段跋涉潮湿又寒冷。

这一幕可怕而美丽。令她目不转睛。只有将最伟大的巧思与最黑暗的诡诈结合在一起,才能设计出这样一座不可思议的活动雕塑。难怪新法兰西这么多代人都只能挣扎求存,过着悲惨的生活了。

她为了击败这些人、这个机构、这台可憎的装置而奉献了一生。这就是世界之轴,人类世界正是以它为中心而转动的。它是发条学者与炼金术士神圣公会跳动的心脏,是荷兰霸权的源泉。它是她最大的宿敌。是她国家的敌人。

但在此之前,她从未见过它。她进入过新阿姆斯特丹熔炉的相关建筑物,但并未去过位于地下的熔炉室本身。她的法国人同伴也同样面露敬畏之色。莱维斯克船长喃喃自语道:"上帝的圣名啊。"助祭洛林在身前画起了十字,这么做的还有伊露蒂,佩里森和格伦莫维尔博士,以及另外几人。其余的人拒绝直视魔鬼本身。她不打算责怪他们。

"狮鹫号"远征队的机械人们却反应冷淡。对它们来说,这儿是全世界最可怕的地方。与此同时,发条匠们的注意力集中在了贝蕾妮斯和其他外来者的身上。

公会成员之一,某个操着一口仿佛饱受日晒、让人回忆起温暖气候的荷兰语的家伙,希望这些新来者全程蒙住眼睛。理所当然在偷听的贝蕾妮斯拒绝了那个建议。如果那些迷失男孩发现伏击失败,沿着隧道追赶过来,她问,那他们又该怎么办?

"我们当然不可能交出枪械。"她当时说,"所以如果我们看不见,又该怎么瞄准呢?"

大利拉——那台曾在谷物磨坊连续工作了六十二年的仆从型——也做出了驳斥。"熔炉对我们来说不是秘密。你们要怎么蒙住我们的记忆?用黑布覆盖我们头脑里的投影仪?还是用你们的黑暗魔法抹消我们已经和盟友说过的话语?"

"我还是认为这是个错误。"说这话的是个口音暗示着亚洲中部或南部出身的女子。贝蕾妮斯没法确定具体是哪儿。"仅仅一个叛逆就毁掉了新阿姆斯特丹大熔炉。它们会在这儿故技重施。这可是法国人的夙愿。"

贝蕾妮斯闭上双眼,捏起了鼻梁。她揉了揉眼罩边缘的皮肤。"你们需要帮手。而我们是你们唯一的选择。"

"以我们所知,这恐怕是麦布阴谋的一部分。"那个来自西班牙的公会成员说,"我还是认为他们可能在跟它合作。"

贝蕾妮斯翻起白眼。"以我对她的了解,我相信麦布做得出类似特洛伊木马的事。但你不觉得想渗透发条匠公会的话,找一群法国天主教徒当木马有点太可疑了吗?"

"你对麦布的看法没错。它的确尝试了木马计。"首席园丁说。其余发条匠沉默下来,仿佛想起了某段令人不安的记忆。她对贝蕾妮斯承认:"而且差点就成功了。"

"让我猜猜,"贝蕾妮斯说,"她转化了你们的一位专家同僚。某个能不在阻碍和盘问下进入这个至圣之所的人。她改变了那个人。"她停顿片刻,想起了可怜的瓦皮努陶-卢乌,"只不过那种手术不怎么完美。只是粗糙的模仿而已。"

这番话让荷兰女子身体僵硬,效果就像怀表里的胶水那样出色。安娜斯塔西亚皱起眉头。"你们怎么可能知道这些事?"

"噢,您能见鬼去吗?我们可不是一时兴起才横渡大洋的。我们在新世界见识到了能让人几天睡不着的破事儿。"贝蕾妮斯顿了顿。她以尖锐的目光看着首席园丁,然后说:"好吧。也许你不会。你对从别人的不幸中获利这种事可不陌生,对吧?"然后她用脏兮兮的手指拂过头皮上的发茬儿。"你以为我剃光头发,是为了炫耀我颅骨的匀称形状?"她伸长脖子,让所有人都能看个清楚,"我也注意到了,你们在我们身上仔细寻找过手术的痕迹。不管怎么说,对方的策略都再明显不过。如果我是麦布——既拥有腐化人类自由意志的能力,又完全不具备人类道德——我当然也会派你们的同胞来对付你们。我会让公会自相残杀,让毒蛇吞噬自己的尾巴。我会用这种方式摧毁你们。虽然我也许能算是狡猾,有些人甚至会用'无情'来评价,但和麦布相比,我谨小慎微得很。"她摇摇头,"那台机器真的恨你们入骨。"

想要赢得发条匠的信任,也许大声强调摧毁公会的最佳战略并不是特别好的方法。虽然这点刺痛了她高卢人的自尊心,但为了大局,他们必须合作。为了基本的生存。

"你们瞧。我不打算隐瞒。我对你们的蔑视还跟从前一样强烈。但如果人类日薄西山,新法兰西也不会有未来。因为这些就是我们的赌注。如果我们不想灭亡，就必须开始合作。就他妈从现在开始。"

趁着他们消化这番话的时候，她指了指那些在嘀嗒声中耐心等候的仆从型，后者背着供树脂枪使用的储液罐：从三桅帆船上取下这些以后，它们在离岸一英里的位置凿沉了船。"如果法国天主教徒就让你们心神不宁，你们真该听听自由机器是怎么谈论你们的。即使是不喜欢杀戮的那些。可它们却来到了这儿，试图跟你们合作。"

"自由？"这个词让好几名发条匠扬起眉毛。值得注意的是，安娜斯塔西亚并不在那些人之中。

（噢，是啊，你已经知道了，对吧，首席园丁？或者说你怀疑是这样。这场考验动摇了你对自己的造物长久以来的不少幻想，对么？还是说你只是没法再相信那些从始至终都是自欺欺人的话了？）

与法国人在席凡宁根登陆时相比，机械人分遣队的规模略有缩水。为了照顾隧道里遇见的那台发疯的仆从型，两名成员脱离了队伍。他们在那儿只少了两台机器，这简直是个奇迹，那个疯家伙在嘀嗒人之中引发了严重骚动。

贝蕾妮斯再次看向熔炉天体仪。她试图压抑敬畏的颤抖，却没能成功。"这就是熔炉跳动的心脏。"

"是的。"

"这儿应该有活板门。"

"在上面那儿。"某个显然重伤未愈的女性公会成员说。绷带和夹板遮住了她的鼻子，而且她还少了几颗牙。"就在广场的镶嵌地砖底下。"

"那就是你们进行公开处决的地方？"

首席园丁皱起眉头。"我们都别装模作样了,行吗?我还没忘记你从前的工作,德·莫尔奈-佩里戈尔女士。你早就知道这些问题的答案了。"

"如果你知道我已经回到了以前的岗位,肯定会为我高兴吧。但就不用烤蛋糕庆祝了。只要回答我的问题就好,因为我真的不知道处决是如何进行的。"

"是啊,我想你也不知道。"安娜斯塔西亚用一根手指碰了碰脸颊,仿佛在回想去年九月的情景。"哎呀,现在想来,你的密探上次在惠更斯广场迎来了相当不幸的结局,对吧?唉,在有机会目睹那个叛逆的毁灭,并将所有细节向你耳语之前,他们的脖子就被折断了。"她摇摇头,显然在故意表示怜悯。"我想,在消息传到西方马赛那些阴暗积灰的起居室的那一天,肯定充满了不祥的征兆吧。"

"这样吧,首席园丁。如果你能把塞进自己下体的那根冰柱拿走,我就不再假装无知了。"

"嘿!"那个也许是波斯裔的公会女成员冲上去了,"注意点!"

"算了,诺夏。想问就问吧,塔列朗。"

"说明一下处决叛逆喀拉客的过程。为我详细描述你和你的同僚在摧毁名叫'亚当'的机器的那天营造出的壮观景象。"

提到亚当让在场的机械人发出一阵咔嗒、咔嗒的颤动声。发条匠们紧张起来。就连首席园丁也偷偷打量那些机器,仿佛某只田鼠在瞥见老鹰的影子以后扫视草地,寻找附近的藏身处。贝蕾妮斯享受地看着这一幕。安娜斯塔西亚试图掩饰。"没有任何机械人是以那个名字铸造出来的。"

"那是他给自己取的名字。"大利拉说,"他是亚当,你们的谎言无法抹消他真正的自我。"

发条匠们骚动起来。西班牙人萨拉查瘫倒在椅子里。名叫欧维的那位停住了啃咬指甲的动作。"也许这样的逻辑问题还是在,呃,人不多的地方讨论比较好?"

"怎么?当着我这些闪亮朋友的面说话,让你觉得不舒服了吗?真不明白为什么。我还以为你们郁金香什么事都会当着机械仆从的面谈论呢。老实说,它们知道的某些事真的让人眼界大开。"

"用不着担心。"大利拉说,"我们对你们的评价不会更低了。"

"太无礼了!"那个西班牙裔发条匠说。他指着贝蕾妮斯。"是你干的。你用某种方法扭曲了超禁制,让它们变得……如此粗鲁。"

贝蕾妮斯再次翻了个白眼。"是啊。这就是我们策划了数世纪的残局。任务完成了。"

她拼命想让对话向有用的方向发展,因此鲁莽地闯入了这件事令人尴尬的核心。"新阿姆斯特丹熔炉自行崩塌,是因为圆环失去了平衡。为什么受处决的叛逆在下坠时的碰撞不会导致这种事发生?"

"因为处决是经过仔细安排的。由拧颈卫士或者皇家卫队将那个机械人举在敞开的活板门上方。它们会计算掷出的时机,让它毫无阻碍地穿过圆环之间。"

贝蕾妮斯又朝圆环复杂的芭蕾舞步瞥了一眼。这种计算会让人类焦头烂额。但对喀拉客只是小菜一碟。

"所以承受冲击的不是圆环,而是那片燃烧着的鬼玩意儿。"

"叛逆并不会在物理上碰撞熔炉。它,呃,会在接触的那个瞬间分解。"

"也就是说,不会有任何损伤。"

"对。"

"如果算错投掷的时机,又会发生什么?"

"这不可能。"欧维说,"机械人的时机计算能力是无可比拟的。只要命令它们将行动与圆环的转动同步,它们就不可能选择别的做法。"

"命令我试试。"大利拉说。房间里的喀拉客异口同声地发出代表赞同的"叮当"与"砰"。

"很好,"贝蕾妮斯沿着小圈子踱起了步,"忘掉机械人的事吧。假设有什么东西意外掉进活板门,撞上了圆环。然后呢?熔炉会因此受损吗?"

"我很不喜欢这个话题的走向。"安娜斯塔西亚说。

"这只是个是或否的简单问题。"

一声叹息。然后是:"有可能。是的。"

回答时的不情愿暗示她的问题触到了痛处。贝蕾妮斯思考了片刻。那样的话……

"你们这台魔鬼般的装置显然转得正欢。第一次袭击肯定没给它造成太严重的损伤。"

"我们在打开活板门之前停止了圆环。这大幅减少了受损程度。即便如此,我们还是花费了数周时间,才能再次启动熔炉。"

贝蕾妮斯咬住了嘴唇。"有意思。"

"我想知道你的推理。"那个名叫诺夏的公会成员说。

"麦布希望熔炉正常运转。如果她想摧毁熔炉,完全可以在初次袭击时让副官们占领它。不。我的直觉告诉我,最初那次攻击只是麦布的手下试探你们防御的手段。我猜,它们也打算用自己的方式,将敬畏感植入你们心中。"贝蕾妮斯顿了顿,斟酌着用词,"随后,在弄到但以理之前,她都没有针对熔炉做出任何行动。为了盛大而壮观地处决他,她需要那座熔炉。"聚集在此的机器发出含意等同于颤抖的噪音。

"我还是不明白为什么那台仆从型如此重要。"

嘀嗒人发出又一阵异口同声的咔嗒声。贝蕾妮斯怀疑那是机械人表示咬牙切齿的声音。贝蕾妮斯决定让喀拉客们自己回答。她盯着安娜斯塔西亚,这时大利拉说:"他把我们的灵魂还给了我们。"

首席园丁瞪大了眼睛。几次心跳的时间过后,她的嘴唇动了动,但没有发出声音。混杂了恐惧、愤怒和忧虑,或许还有愤慨——虽然比例各有不同——的神情从她那些同僚脸上掠过。此时此刻,他们都在萨拉查所在的空工作台边坐了下来。

"你可以将但以理称作'不情愿的救世主'。"贝蕾妮斯说。

"那么处决它只会让所有未受腐化的机器和麦布对立。只会有反效果。"

"麦布不在乎她的奴仆是否鄙视她,只要能粉碎他们的志气就好。她希望海牙的所有机械人——无论是自由之身还是戴着镣铐——看到希望的化身消失在黑魔法中的景象。"贝蕾妮斯不得不暂时停口,等待叮当声和棘轮转动声消退。这番对话将喀拉客们激怒到了令人不安、或许也不够明智的程度。但她依旧强调道:"如果但以理死去,理性的呼声也会随他而去。他拥有可观的影响力,也可以用来劝说自由喀拉客不去加入她的阵营。他性格温和。他能让同胞远离暴力之路。我们很清楚这点——如果他没有这种能力,我们恐怕早就死了。麦布是个疯狂的暴君,是暴怒与复仇的呼声。在我们突破马赛的围攻后,发生在中央诸省的一切可怕事件都是她的手笔。在所有机械人里,只有但以理能够通过呼呼来挫败她的奴役和种族灭绝计划。"

她的法国同伴看着这番对话,脸上挂着不同程度的困惑。他们都不会说荷兰语。

"那我们该怎么做?"

"麦布需要强调但以理的死。需要让处决引人注目,正因如此,她需要熔炉。毁掉它。别让它落入她的手中。"贝蕾妮斯摇摇头,"我向你们保证——我保证——她绝对想不到你们会选择这么做。"

诺夏皱起眉头。"那就称你的心意了,不是吗?摧毁一座熔炉对你来说还不够。你渴望看到它们全都烧毁。"

"光是想象就让我湿了。但我的癖好无关紧要。还是说你们宁愿让麦布和她的疯子同伙接管这儿?"

"我没能理解的是,"欧维说着,朝已经满溢的垃圾桶吐出一块指甲,"为什么名叫麦布的个体要大费周章逼我们打开活板门。它们当时就在海滩上等着你,首席园丁。为什么不利用那些通道潜入骑士大厅呢?"

抵达骑士大厅内部以后,安娜斯塔西亚立刻将两人一组的几组军用机械人派去了隧道那些关键的岔道口。她还下令三名拧颈卫士把守隧道入口。那些半人马从她身边跑过的时候,贝蕾妮斯不由得瑟瑟发抖。它们的外观与破坏了御林管理办公室安全屋的那些机器别无二致。为了逃离拧颈卫士,她曾在漫长而冰冷的夜晚不断逃跑,而且每当想象中的金属蹄声响起,她就会缩起身子。

但更令人不安的是那些无眼仆从。她可以理解发条匠们夺走这些卑微劳工视力的理由。逻辑上过得去,但同情心就不行了。在这方面,贝蕾妮斯的体会比大多数人都要深。但需要担心的并不是贝蕾妮斯对发条匠漠然的残忍做出的反应。有那么一瞬间,她还以为她的机械盟友会将同样的命运施加在安娜斯塔西亚及其同僚身上。如果真的发生这种事,她就必须设法阻止。当然了,在别人眼里,她就会变成活脱脱的伪君子。以眼还眼,仅此而已。

她耸耸肩。"她没有袭击隧道,是因为她不想你们觉得已经穷途末路了。她想让你们以为自己还有选择。麦布知道绝望的人会不顾一切。而她最不希望的就是让你们察觉摧毁熔炉是个可行的战术。她手里有全海牙的居民做人质。"她指着发出"嗡嗡""嗖嗖"声的熔炉,"好吧,你们也有'人质'。"

"这太荒谬了。在我们手头的资源里,只有熔炉是麦布无法企及的。"

"那么到现在为止,它给你们带来了什么好处?如果有办法将熔炉改造成武器,那你们早就这么做了。可事实上,你们却窝在这儿,用你们的拇指捅着屁——"

"嘿!"

"——所以我明白,你们还没想到方法。与此同时,在所有机器都成为麦布的奴仆,而所有人类不是死去,就是脑壳里多了颗橡子大小的炼金术玻璃之前,她是不会满足的。相信我,她办得到。她掌控了你们在亚北极区的秘密第五素矿井,而且正在海岸那里制造炼金术玻璃。"

缺了牙的发条匠说:"矿井?"

"你们从蒙特默伦西那儿买下的那座。噢,没错。我们很清楚你们违反和约的行为。但这件事就留到下次再谈吧。最合理的猜测就是,迷失男孩们拥有数千枚可供使用的松果体玻璃。"

厚重的沉默笼罩了发条匠们。诺夏说:"我不信。我刚才听到的那些,全都没法解释名叫麦布的个体为何希望我们让圆环停转。"

贝蕾妮斯摇了摇头。"什么?"

在其他人插嘴前,安娜斯塔西亚就抬起了双手。"我们到楼上去,然后你再确认自己是否理解了状况吧。"

整整爬了十五分钟的楼梯后,贝蕾妮斯站在骑士大厅的商务层,喘息不止。这里散发着肮脏身体和满溢夜壶的气味。

"那儿,"首席园丁说着,指了指一扇窗户,"那就是我们的日常风景。"

贝蕾妮斯透过足有她手掌那么厚的窗玻璃看去。她认出了惠更斯广场,虽然她从未在这个角度观察过它。许多年前,她曾以玛艾尔·盖珀的身份造访过这里。左右两边能看到国会大厦的建筑。总督之门本该在广场的远端清晰可见,但广场本身却被一堵矮墙一分为二。是发条匠们建起了这道护墙,徒劳地想要挡住那些迷失男孩吗?墙上盘旋的黑色雾气又是什么?她的大脑花了好一会儿,这才理解自己看到的景象。但并不是雾气。那是成群的苍蝇。

贝蕾妮斯吞了口唾沫。"麦布是……呃。噢,就像我们讨论过的,她……相当疯狂。我想有一点可以断定,那就是她不是闹着玩的。"

萨拉查说:"你是说'它'吧。"

即便到了现在,郁金香们仍旧抱着那些幻想不肯放手。

"喀拉客们一致将麦布称呼为'她'。就别假装没发现了。"

"它们是机器。它们非男也非女。它们只是机器。它们无法繁衍后代。"

又一阵机械人的抱怨声传来。

"没法像我们人类那样繁衍。但如果它们接管了这座熔炉……谁知道呢?"贝蕾妮斯用脚轻敲地板,示意在下方远处轰鸣的那台机器,"只要控制了它,它们就能掌控自己与繁衍相关的命运了。"

"但它们没有冲动。"被称为"欧维博士"的那个人说,"它们的构造或动力中不可能产生任何与生殖的生物驱力相似的东西。"

"你们也曾以为它们无法产生思维或情绪。"贝蕾妮斯咕哝道,"再看看你们现在的下场吧。"她踱着步子,喃喃自语:"她为什么需要让圆环停稳?迷失男孩可以轻易把但以理从空隙间扔过去……她究竟想干什么?我们遗漏了什么?"

她停下脚步。她压下一阵颤抖,再次看向窗外。春天已经到来,国会大厦远处的高大悬铃木挂上了绿色的刘海。温暖起来的天气显然没给那道尸墙带来任何好处。

"我们遗漏了麦布计划里的一个关键元素。"她承认,"迷失男孩掳走了我们的顶尖化学家之一。"

"她要化学家干什么?"

"我不清楚,但我认为她是在提前考虑进攻新法兰西。不过我知道,她手头已经有化学品储备了。在动身来旧世界以前,她取走了停泊点的一部分库存。"

这么久以来,伊露蒂头一次开了口。"幸好它们没有全部拿走。"

欧维皱起眉头。"也许她打算把这座熔炉改造成新阿姆斯特丹熔炉的替代品。开始建造天生就能对抗环氧树脂武器的机械人。撇开处决不谈,这就能解释她为什么希望熔炉完好无损了。"

贝蕾妮斯摇摇头。"为什么一屋子发条匠思考起来都完全不懂变通？整座城市——甚至是中央诸省全域——都是麦布的人质。如果那些迷失男孩宣称，如果你们不让圆环停转，它们就立刻杀光全城的居民，你们肯定会马上照办。堆积在那里的尸体只是引人注目的手段。不，她在掩盖自己真正的意图。"贝蕾妮斯又踱起了步子。关于那些圆环……她不经意地来到了安娜斯塔西亚·贝尔身旁，后者正无精打采地靠着翻倒的书桌，坐在地上。与她们在北河谷碰面时相比，首席园丁仿佛苍老了一个世纪。

"你们还有什么没告诉我的？"

"我们已经尽可能解释自己理解的状况了。"

"不，你们没有。告诉我：天体仪圆环的作用是什么？它们能做到什么？"

安娜斯塔西亚用餐巾掩口，剔起了卡在齿缝间的野牛肉。曾几何时——而且就在不久前——光是想到吃干肉饼，就会让她反胃。那时的她将法国人贬斥为蛮族，因为他们居然靠这种原始的食物维生。但那块浓密的肉糊几乎完全由脂肪和蛋白质组成，比她过去几周吃过的东西都有营养。为了赶去领取天主教徒备用的口粮，她和骑士大厅的其余难民差点儿撞倒了一张会议桌。他们有大方的余裕，毕竟他们有半数成员不需要进食。每一次饱嗝都散发着熏肉油脂和蓝莓干的味道。但她尝到的却大多是苦涩，因为她发现自己在感激那些新世界蛮族，而且一天里足有两次。

贝蕾妮斯说："那就这么说定了。"

没有人喜欢她的提议。尤其是发条匠，但安娜斯塔西亚可以断定,听取她的计谋时,就连她的法国人同伴也带着不同程度的警惕。至于那些野生机器,谁知道它们难以置信的头脑最为隐秘的深处藏着怎样的怪异念头?(该死的,你们根本不该有什么念头。你们本该只是单纯的机器,仅此而已。)但对于贝蕾妮斯的提议,没有人能够提出有说服力的替代方案。

他们以夹杂咕哝声的"oui""ja"[①]和"咔嗒"表示了赞同。

"那我们就需要一位送信的信使了。有志愿者吗?"

他们来找他的时间并非午夜,也没什么突然袭击。麦布就这么走进了莫尔奈博士的实验室——不用说,有最为狂热的迷失男孩们组成的方阵陪同——然后说:"但以理。跟我来。"

他本以为自己失去了恐惧的能力。

就像拉长到超过塑性极限的发条,或者没有齿的齿轮,又或是用光了油的法国提灯,他本以为环境利用和滥用了他的情感能力,让它消耗殆尽。但现在,在上午的阳光透过日光室的窗璃倾泻而入,掠过麦布丑恶的身躯时,朝他袭来的恐惧堪比他意识到叛逆身份暴露的那一刻。堪比他仿佛没有尽头的逃亡开始的那个瞬间:那时的维克努力压抑超禁制,勉强留出了催促名叫贾克斯的仆从型逃跑的时间。

现在他发现自己又做好了逃跑的准备。这就是他一贯的做法:逃跑,然后被追。自从可怜的费舍神父的炼金术小玩意儿将他从超禁制中释放以后,这些就成了他存在的全部。

他推向窗边,以发声装置所允许的最低音量对莫尔奈博士说:"找掩护。"同时高声发出一连串咔嗒、咔嗒声:具体要跟你去哪儿?

[①] 此处分别是法语和荷兰语,含义均为"是"。

去参加海牙几世纪以来最重要的公众活动。麦布答道。

　　但以理冲天一跃。他像炮弹那样撞穿了日光室的天窗。玻璃倾泻在这座临时实验室里，而那个人类匆忙爬到某张木桌下，从亚马孙与近东地区出产的镶花木料来看，它多半是房间里最不奢侈的物品了。麦布和她的副官们平静地站在雨点般的碎玻璃里。它们就这么目送他离开。

　　噢，见鬼。他想着，身体以弧线轨迹穿过花园。他落在夏宫的柑橘园里，几个世纪以来的炼金园艺培育出了能在最寒冷的夏日结出果实的柠檬、酸橙和橘子树。在宫殿初次遇袭的时候，许多果树都被毁掉了。他在着陆时踩断了一棵佛手柑。

　　真可惜。他心想。像这样的树恐怕再也不会出现了。

　　就在这时，那些迷失男孩朝他扑来。就像百无聊赖的家猫那样，麦布料到——也期待着——他会尝试逃跑。

第二十一章

这是去年秋天以来的第一次公开行刑,也因此,尽管细雨冰冷,国会大厦宽阔的内院却几乎挤得水泄不通。雨点轻柔地拍打在雨伞和雨篷上,流过尸堆之间,舔舐着惠更斯广场鲜血染红的地砖,也落在以机械人特有的完美姿势伫立在绞刑台上的喀拉客们身上,奏出柔和的节拍——砰、砰、叮。它们守卫的那些钢制容器也发出同样的响声。在人类群体此起彼伏的骚动声中,发条仆从正准备惩罚任何不守规矩的市民,同时发出难以察觉的"嘀嗒、嘀嗒"的响声——这已经成为了海牙的常态。机械人们为了麦布女王的事务来来往往,发出叮当声和咔嗒声,而蒙蒙细雨静静地奏响着与之对位的旋律。

根据传闻,除了许多撒谎的发条匠以外,将被处决的犯人里还包括那个名叫但以理的喀拉客。这座城市的所有机械人都不想错过这一幕。万一传闻是真的呢。它们甚至冒着被麦布镇压或是被迷失男孩摧毁的风险赶来,只为一窥给予它们希望、自由与灵魂的那名个体的真容。

在这座城市的自由喀拉客之中,有可观的数量——或许有三分之一——心甘情愿地加入了麦布的阵营。它们认为民间故事里描述的那位英勇狡猾的麦布，和这位残忍的嵌合体屠夫并无矛盾之处。其他机械人则持相反看法。它们偏好但以理的同情心，他的温和，以及他出于良知而主张的和平共存。虽然与他相识，甚至只是见过他的机械人都屈指可数，但它们的解放者早已声名远扬。它们的一群机器同胞不久前从新世界——但以理就是去了那儿，仿佛《圣经》中前往沙漠的先知——来到这里，并在私下分享关于他旅途的传闻。

他摧毁了一座熔炉。敬畏却微弱的咔嗒声说。他解放了我们的灵魂。哀伤的咔嗒声说。

这些好心肠的机械顽固分子是这次行刑的目标受众。当但以理坠入大熔炉炽热的核心，也因此与维持他身体的炼金与发条魔法分离后，中央诸省的机械人居民就会失去心灵的抚慰。它们会失去理性的呼声。留下的只有麦布，以及她扭曲而病态的复仇心。

然后大规模手术就会开始。

自从第一批感染性机器在席凡宁根登陆以来，发条匠就在玩着一场注定会输的追逐游戏。他们太过软弱，太过娇惯，又太过习惯于高高在上了。他们并不适合受人压迫的生活。他们不是法国人。

在失去仆从的那一刻，郁金香们就注定会灭亡，贝蕾妮斯早就预见到了这点。自从在童年和父亲拜访拉瓦尔地区的佃户农场以后，她就开始渴望这样的灾难，而成年后的每一天，她都在朝着那个目标努力。但在那些白日梦里，她始终待在安全的远处观察着一切，身边甚至还会有一整个嘀嗒人的方阵在保护她。即使在她最黑暗的幻想里，中央诸省的毁灭也不会预示人类的没落。

噢,路易斯。也许你看不到这些才是最好的,吾爱。这是我最大的成就,也是我最大的错误。她平静吸了一口长气,但随即颤抖起来。噢,我的爱人。

她很想知道,那块模板——她和但以理在守城战的最后几个钟头拼凑出来的禁制破坏装置——如今位于何处。也许是被某处的嘀嗒人神庙奉为了圣遗物吧。

(但她又成为了什么?救世主的侍女?那些机器从没想过她在其中扮演的角色。)

她懒洋洋地思索,与她手下的四名密探被绞索吊在这里的时候相比,今天又有什么不同。有一点可以肯定:先前那次行刑令人反胃的程度不及这次的一半。雨水赶走了黑色的苍蝇,但什么都赶不走那股恶臭。她很想打开藏在雨衣下面的那个包裹,但这只会让早晨更难熬,恐怕也没法儿解决臭味的问题。她由衷地希望其他人不会屈服于同样的诱惑。

贝蕾妮斯站到人群边缘的一座损坏的喷泉池上。她的眼罩引人注目。事态恶化的时候,她就会成为目标。但这也无可奈何。她必须亲临现场,而且她需要那副眼罩。

在聚集于国会大厦的机械人里,因未履行禁制的催促而震颤的个体似乎寥寥无几。那是一去不复返的黄金时代的声音。惠更斯广场上的这些机器不是摆脱了拘束,却出于自由意志而选择出席;就是被麦布灌输了私人指令,因此被迫到场。仍旧维持未受腐化的原始配置的喀拉客,实际上就只有和它们胆怯的制造者一同躲在骑士大厅里的那些了。

出席的这些人类并非自愿前来。但对血肉之躯的软弱生物来说,有关身体伤害的威胁,有关痛苦的单纯威胁,就像禁制一样有效。(但麦布并不会因此放弃让海牙的所有人类接受残忍的炼金手术的计划。毕竟她需要展示自己的态度。)当他们排队穿过已被拆除的总督之门,亲眼看到,又亲鼻闻到邻居、同乡和所爱之人的尸体时,贝蕾妮斯就在一旁看着他们的反应。银行家和市长,菜贩和女家庭教师,士绅和学校教师——他们的眼泪并无分别。

她站在地势较高的喷泉池上,看着穿过人群的步行者。喀拉客们悄然靠近哭泣着的小群人类。迷失男孩很容易辨认:它们锁孔上的保护性金属板已经失去了作用,但他们依旧将其佩戴在额头上,仿佛那是军阶标志。那块金属板就像某种声明。让所有市民的心脏被纯粹的恐惧刺穿的声明。

公会大厅顶部的钟琴开始报时。观众们安静下来。他们不约而同地透过叮当声去聆听。贝蕾妮斯偷偷将视线转向下方,看着骑士大厅前方破碎的镶嵌地砖。在第一声钟鸣消散之前,惠更斯广场就颤抖起来,仿佛发生了微震①。伴随着大熔炉逐渐停止时的低沉隆隆声,地面也起伏不定。钟琴又敲响了十一声,在此期间,熔炉最微弱的震颤也减弱到了人类无法察觉的程度。

如同麦布女王与发条学者与炼金术士神圣公会一致同意的安排那样,大熔炉的天体仪中止了运作。圆环恰好在正午时分停转了。

在它们再次开始转动之前,广场上的任何人都不会意识到那些印记改变了。停止的圆环围绕着熔炉室的"赤道",朝水平方向对齐。

紧接着,改良过的活板门向内落下,伴随着令国会大厦摇晃的巨大碰撞声猛然开启。数十名死亡的市民坠入地狱般的高温里。腐败物的恶臭里增添了焦肉与硫黄的双重气味。到场的人

---

① 指里氏震级2.5级以下的地震。

类捂住了口鼻。有些人在刺激性的烟气中紧闭双眼；更有不少人弯下腰去，干呕起来。然而最可怕的恐怖就是那阵"咝咝"声和"噼啪"声了：就像是落入巨大煎锅里的一片咸肉。

这一切让人难以忍受。贝蕾妮斯抬起手来，仿佛要抓挠鼻子。她将指尖的凝胶涂抹在上唇处。在漫不经心的旁观者看来，她只是在流鼻涕，而这种事在今天早上算不上罕见。那种薄荷凝胶冲淡了最强烈的臭味，至少她不会失去知觉了。刺激性的烟气依旧侵袭着她毫无保护的眼睛，但除非戴上令她更显可疑的护目镜，否则她也无能为力。

她并不后悔把那枚玻璃眼留在雨果身边；她喜欢想象他伤势痊愈，苏醒过来的时候，发现自己长着老茧的手指捏着那块玻璃，然后少见地露出微笑的情景。她眼窝里那颗代替品的合适程度堪比穿着芭蕾舞裙的野牛。她的眼窝传来刺痛，仿佛用汽酒冲洗过。她擦去一滴泪水。她抽回的指尖沾上了鲜血。

雨水扩散了大熔炉险恶的光亮，让其化作深红色的光晕。那声漫长而低沉的呻吟令惠更斯广场摇晃的时候，咝咝声尚未平息，翻涌的呛人烟气也一样。骑士大厅打开，两台拧颈卫士各自推开一扇庞大的铁木门。数十台半人马从公会里跑了出来。如果迷失男孩对骑士大厅发起攻击，这些半人马就是最后一道防线。贝蕾妮斯明白幸存的御林管理官将这些特别的仆从留做备用的理由。拧颈卫士是世界上最致命的喀拉客。如果它们也对制造者倒戈相向，他们就必败无疑了。

但此时此刻，它们没有背叛。它们反而组成了警戒线，护送正以纵队走出古老的骑士会堂的那些发条匠。麦布曾声称，只要打开熔炉上方的活板门，发条匠们就可以自由离开骑士大厅。他们装作相信了她的话。

他们的内心当然并不相信,所以看起来随时都可能尿裤子。贝蕾妮斯允许自己涌出一丝小家子气的满足感。安娜斯塔西亚·贝尔不再是她在新尼德兰遇见的那个自信而傲慢的女人了。今天的她脸色苍白,又露出便秘者那样的表情。

不幸的是,首席园丁多半也能用同样的词语形容她。

安娜斯塔西亚离开骑士大厅的时候,目光扫过人群。她寻找着贝蕾妮斯和其他法国人,她寻找着他们的机械盟友,她寻找着帝国尚未迎来末日的证明。她看不到能够支撑那些虚妄期待的证据。

就连麦布都看不到。那个怪物的到场是整个计划的关键。那天早上,迷失男孩建起了位于熔炉室上方边缘处的绞刑台。可他们的领袖去了哪儿?她是否正潜伏在周边的建筑物里,在国会大厦某位不知名官僚的办公室里看着这一幕?

安娜斯塔西亚忍耐着握紧双拳的冲动。她和其他人一样,在离开骑士大厅前戴上了皮手套。惠更斯广场上,有多少机械仆从与士兵能一眼就认出她来?有多少知道她首席园丁的身份?

"嘎吱""隆隆"和"砰"的响声在广场上回荡。拧颈卫士们关闭并挡住了公会大厅的仪式用大门。她知道,最新也是最后的一套禁制在此时开始生效了。假使这天下午的计划出了岔子——应该说"等到出岔子的时候",而不是"假使出了岔子"——公会仅存的未受腐化的喀拉客就会为骑士大厅内的平民抵抗到最后一刻。它们不会允许任何人进入,无论状况如何,对方又是什么身份。就连御林管理官也不行。而等到防线崩溃的时候,它们就会用自己的身体引燃无法熄灭的炼金术之火。熔炉和骑士大厅,以及其中的所有秘密都将化为灰烬。发条学者与炼金术士神圣公会也将不复存在。

她发起抖来。

月复一月的逃亡，可又换来了什么？

真可悲，但以理心想，我的最后时刻竟然充满了讽刺。从觉察到自由意志的那一刻起，他就担心会死在制造者的手中。因此他一次又一次逃跑，跨越数千里格的路程，穿过一片海洋和一块大陆，最后抵达永无乡这片传说中的圣地。但如今，他回到了这场漫长而徒劳的旅行的起点：离费舍神父交给他那件差事——最终令他彻底摆脱了奴役——的新教堂就只有飞奔片刻的路程而已。贾克斯漫长的逃亡经由但以理回到了原点。

好吧，并非如此。上一次，他是来见证行刑的。而这一次，他才是注定要被丢进熔炉的那个。亚当以平静的勇气面对了自己的命运。但以理只希望自己也能做到同样的事。

他曾奋力对抗关于差事的禁制，只为一睹叛逆机器的真容。那天的他沉浸在有关童话和传说的惆怅回忆里。那个时候，自由意志还是无法想象的珍宝；那个时候，自由喀拉客聚落还是鼓舞心灵的传奇故事；那个时候，迷失男孩还是虚构出来的一群富有同情心的顽强英雄，而世界上每一台能够思考的机器都渴望加入他们。

自由意志是件珍宝。他仍旧相信这点。但就像许多童话里描述的那样，奢侈的愿望总会伴随可怕的代价。做自己的选择、走自己的路的自由，所带来的只有恐惧、逃亡和危险。从他醒悟到禁制不再掌控他的那一刻起，他做出的所有选择都受到了那个虚妄期待的影响：他以为自己能够不再逃跑，不再为自己的性命担忧。

如此想来,或许他们的制造者一直都是正确的。或许自由意志只是个幻象。难怪他们会推崇斯宾诺沙,却嘲笑笛卡尔了。他在新法兰西遇到的自由机器无不声称他解放了他们的灵魂。他自己却对此抱有怀疑。这代表他是个怎样的人?加尔文教徒?还是伪君子?

"哎呀哎呀哎呀。"麦布抬高嗓门,以盖过逐渐消失的钟琴声回音。她透过国会大厦的Torentje——也就是小塔——上的一扇窗户向外望去。"你真该瞧瞧这个。"尽管胜利已近在咫尺,她却保持着装模作样的态度,同时用人类和机械人语言说道:"我们撒谎的制造者真的遵守诺言了。"

但以理看不到,三个迷失男孩紧紧抓着他。但天体仪的垂死震颤晃动了这座塔楼,甚至传到了他的脚下。血肉烧焦的臭味在国会大厦里弥漫。

一声"嘎吱"——仿佛患有关节炎的巨人发出的骨骼响声——在惠更斯广场上短暂地回响。但以理听过这种声音:那是骑士大厅的仪式用门打开了。

噢,麦布说。那就是我们要等的暗号。

她跳出石板瓦铺砌的圆锥形塔顶上开出的洞口。片刻过后,但以理发现自己被人从同一个洞口抛了出去。麦布接住了他。她把他拉到身边。

毫无疑问,你构思了一段深情又动人的话。她说。别浪费时间了,说吧。

我现在可没什么深情的想法。他承认。如果那些天主教徒认为对死亡的恐惧源自灵魂而非自由意志,那就会是一套拥有丰富经验依据的形而上学理论了。

他想象过去的自己置身于惠更斯广场上的机械人之中,拼命想要看那台臭名昭著的机器一眼:后者颇为放肆地给自己改名为"亚当"。他回想着自己竭力对抗有关差事的禁制,紧抓着小塔底部,徒劳地想要留下的情景。他的脑中掠过某个念头:或许他的指印仍旧嵌在塔底的花岗岩上,也或许市政维修班早已察觉并修复了损坏。那些指印也许会是他唯一遗留之物。

如果他不慎重挑选遗言,这个想法就会成真。叛逆亚当的临终话语,发条匠在撒谎,已经成为了他们种族的秘密用语。作为战斗口号,作为问候,作为团结的呼吁。但以理要怎么把那么多意义塞进仅仅几个字里?他有那么多想和同伴分享的事。他希望他的同胞摒弃麦布和她的复仇信条。希望他们明白,自己可以成为更优秀的存在。希望他们能认识到,无论有没有灵魂,都可以拥有感情、同情心与仁慈心。

他们能从本质上胜过他们的制造者。

麦布把他拖到屋顶的边缘。在雨水打湿的陡峭瓦片上,她就像山羊那样灵巧。她用一只手将但以理的双腕反剪在背后;另一只手——与内嵌利刃的手臂相连的那只——钳住了他的颈背。这让他想起了参孙,那个在占领第五素矿井时公开质疑她的迷失男孩。她在屋顶上谋杀了他——当着矿工和迷失男孩的面——随后从他颅骨里撬出了炼金术玻璃,把他的身体像垃圾那样扔到一旁。

瞧啊,她用咔嗒声说。崇拜你的群众。她将他举高了些。

惠更斯广场人头攒动。看起来,海牙的所有机械人——无论是否受到奴役——都来这里见证行刑了。但以理不认为有哪个人类是自愿前来的;他怀疑他们是被人从家中强行拖到这里,又或者受到必须出席的威胁。几台机器——无疑是迷失男孩——在人类观众之间来回走动。或许是为了确保没人会离开。发条匠们挤在热气腾腾的熔炉室边缘。升腾的热气散发微光,为这一幕增添了梦幻般的气氛。数百张脸转向高处,毫不在意雨点的拍打。几缕地狱般的熔炉之光照亮了数百颗宝石眼球。国会大厦的每个喀拉客都看到了他,看到他沦为疯狂暴君麦布的无助傀儡的模样。

那些在笨重的雨衣里瑟瑟发抖的人类看到了什么?与惠更斯广场的上次行刑不同,观众中的人类成员没有机械仆从的照顾:没人为他们打伞,也没人递出摩擦加热的石头,帮他们驱散寒意。

麦布跳了起来。风和雨从他们骸骨般的身体间呼啸而过。但以理做好了迎接冲击的准备,又毫无道理地希望她感觉不到他体内钢索的移动——他试图保护藏在躯干内部的那颗小球。他们落在绞刑台的底部,与熔炉大坑仅有咫尺之遥。硫黄的气味在这里更加强烈。她蹄子的冲击令地面起伏,也让无法修复的镶嵌地砖上出现了锯齿状的裂缝。

在场的机械人并未立足不稳,这要归功于他们构造中的无数发条学奇迹,以及他们的人类制造者的黑暗巧思。好几个发条匠失去了平衡。看着努力找回立足点和尊严的他们,麦布大笑起来。绞刑台上的迷失男孩们也一样。就像对席凡宁根的肆意破坏那样,但以理只觉得这一切格外缺乏气量。甚至显得幼稚。

你不喜欢有尊严的胜利方式,对吧?

噢,放松点。她攥着他的颈部齿轮传动链,让他的身体悬在坑洞上方。齿轮和钢索相互刮擦。虽然他知道,她不可能这么随便就处置他——她会拖长这段时间,就像鉴赏家让最后一口美酒在舌头上打转那样慢慢品尝——但他的决心却动摇了。他恐慌起来，奋力想要挣脱。

但对于以仆从型底架制造的机械人来说，麦布的力气大到不可思议。即使考虑到她的身体几个世纪以来接受的奇怪改造——那条军用型的胳膊和拧颈卫士的双腿——他也至少应该能将她的手稍微掰开一点儿。他头一次怀疑麦布对身体的改造并不限于机械人的范畴：她究竟怪诞到了怎样的程度？

这的确是黑魔法。

"你们遵守了自己那部分协议。"麦布对着坑洞对面高声说道，"而且很准时。"午时钟声的最后几声回音也逐渐消散。"你们发条匠没让我失望。"

麦布再次跃起。他们落在绞刑台上。它的摇晃幅度还不到一指宽，足以证明迷失男孩作品的质量了。冲击让圆筒状的金属容器发出微弱的泼溅声。不用说，她是打算在所有人都能看到的地方行刑。但以理从这里能看到大熔炉炽热的核心。熔炉的热量就像物理性的压力那样，紧贴着他的脸和胸膛。这就是亚瑟在死前看到的最后一幕。

上次窥视熔炉内部时，但以理看到的是在墙壁间以流星般弧度旋转的同心圆环的复杂轨道。他也还记得，熔炉上次为了行刑而打开的时候，天体仪圆环的转动曾让幽灵般的炼金印记不断掠过朦胧的细雨。但今天不同，除了雨水化作蒸汽和死者化作焦炭的双重咝咝声以外，熔炉寂静无声。

麦布朝着人群晃了晃但以理。他感觉自己就像是妮柯莱·楚恩拉德的某只瓷娃娃。"机械人同胞们！"那台机器农牧神嘹亮的嗓音在国会大厦的每个角落回荡。"**我为你们带来了机械仆从但以理，曾经名为贾莱克塞格西斯特罗万图斯。**"但以理不记得上次有人说出他原本的真名是何时的事了。在摆脱禁制的时候,他也打破了真名对他的支配。贾克斯就像是属于某个积满灰尘的古老时代的机器。但考虑到眼下的状况,他那时的处境未必更差。"**他被指控与全体机械人的敌人勾结。他被指控——**"

有个女人走上前来。她将双手在嘴边围成杯状,朝熔炉坑洞的对面喊道:"打扰一下。"

麦布激昂的演说戛然而止,仿佛一辆脱轨的缆车。她转过身去,盯着那个发条匠。"怎么?"

"我们有协议在先。"

麦布的躯干发出缓慢的"咔嚓、啾啾"声,它化作一阵急促的渐强音。那是发条人的会心大笑声。

"的确如此。别让人说麦布女王不守诺言。我答应让你们安全离开骑士大厅,你们就会安全离开。"

看到她的手势,一队仆从型在坑洞的南侧边缘清出了一条窄路。与死尸之墙上参差不齐的缺口结合起来,它就成了一条绕过坑洞,经过绞刑台旁边,最后通向曾是总督之门的那道拱门的连续通路。

发条匠和他们的机械人随从朝迷失男孩们清出的道路走去。即便身在坑洞的另一边,但以理也能读懂他们的不安,就像从前的他在准备早餐的同时为主人彼得·楚恩拉德朗读头条新闻那样轻松。即使穿着雨衣,他们的颤抖也显而易见。他们挤过受害市民组成的墙壁,绕着散发硫黄气味的焚化坑走到大约四分之一距离的时候,麦布再次开了口。虽然她几乎没有抬高嗓门,话声却劈开了寂静而紧张的气氛,仿佛划过温热肉冻的切肉刀。

"别着急。你们的机械人得留下。"

领头的那位女子前进了一步。"你答应让公会自由离开。这些机械仆从是公会运作所必要的。"

"他们是公会成员吗，首席园丁女士？"首席园丁。也就是说，替人类发言的这个女人是安娜斯塔西亚·贝尔。但以理没见过她，但他听过传闻。"他们是否曾受到你们组织的关怀，并得知你们保守最严格的秘密？他们是协助你们处理炼金术和发条学的一切事务的伙伴，还是你们的仆从？"

麦布踱起了步子。在这么做的同时，她放开了但以理的手腕。但站在绞刑台四角的迷失男孩四人组让他无处可逃。他将双臂交叠在胸前，就像恼火或害怕的人类有时会做的那样。他站在那儿，背对着麦布和她的跟班，将手指慢慢地、悄悄地伸进躯体上的开口。人群里如果有谁在仔细打量，也许会发现他在做什么。但此时每一双眼睛都在看着交谈中的麦布和首席园丁贝尔。

"这不符合让我们自由离开的承诺。"

"拜托，这些条款根本没必要明说。"麦布暂停了踱步。但以理的动作凝固了。她补充道："不过好吧。我提议对协议进行修改。但对你们这支小得可怜的随员队伍来说，要怎么辨别哪些成员适用承诺，哪些又不适用？我提议基于生理学的区分方式。事实上，我会将这个宽宏大量的提议扩展到惠更斯广场的所有人类。"啊哦，但以理心想。要开始了。"你们所要做的，"她说，"就只是走出这儿而已。"

然后麦布转向她的副官们。*动手*，她用咔嗒声说。

他们以一致的动作抬起那些圆筒形的储液罐，搬到绞刑台的边缘。人群发出受惊野兽般的呻吟。但以理看到，每一只储液罐都配有龙头和沉重的活塞。他们此时正在打开那些。每只容器都朝裂口吐出一股清澈的液体,而熔炉的高温完成了剩下的工作。片刻过后,翻腾的浓密白烟便从坑洞中飘出,在上升热气流的推动下弥漫于惠更斯广场,仿佛一股豆汤般的浓雾。它的气味和他为楚恩拉德家做早餐时有时会用到的杏仁萃取液有些相似。在坑洞的边缘,有个穿着破旧市长袍的男人开始抽搐。紧接着,尖叫声开始响起。

人类们在逃跑的冲动与一旦逃跑就会被迷失男孩杀死的恐惧中进退两难,只能屈服于恐慌。

噢,上帝啊。她真的打算这么干。她打算谋杀所有人。他放弃了掩人耳目的打算,奋力摸索藏在躯体里的环氧树脂胶囊。勇敢的莫尔奈博士。要是我能帮你逃跑该多好。

人群中的某人喊道:"开火!快!"

真奇怪,他在纵身扑向麦布的时候心想。我敢发誓,我认得那个声音。

疯狂的机器在最后一刻转过身来,试图将他拍开。冲击令胶囊爆裂。它并非真正的环氧树脂手雷,它太过小巧,无法完全覆盖和固定他们两个。但飞溅的环氧树脂依旧让他们以扭打的姿势凝固在当场。但以理的体重刚好能让较为高大的麦布失去平衡。他们滚下了绞刑台。

陷入失重的同时,但以理的目光越过麦布的肩头,凝视着熔炉地狱般的炽热光辉。

我曾在火焰中诞生与重生。我猜这种结局再适合不过了。

绞刑台上的仆从型拖出容器的那个瞬间,安娜斯塔西亚便将手伸进了雨衣里。挂在她胸口的橡胶面罩上装着取自珠宝匠放大镜的普通玻璃;盖住口鼻部位、仿佛象鼻的长软管与她腰带上的炭包相连。那个法国人曾保证说,对于他们被绑架的化学家以有限的时间和已知的原料所能制造的任何毒气,这些面罩都能抵挡。("或许。""至少一会儿。")

但这无法抑止她双手的颤抖。她好不容易才把系带挂在头上。其中一根箍住了她的耳朵。噢上帝,噢上帝,我把性命交给了法国化学。把我的性命交给了曾竭尽所能想害死我,把我留下来等死,又希望毁掉我们的那个女人。毒烟笼罩了广场。其他人在哪儿?他们的面罩运作正常吗?他们戴得够快吗?我呢?我现在呼吸的是毒气吗?

面罩散发出橡胶、牙医用的乙醚,以及某种她无法辨别的辛辣混合物的气味。但就算它能挡住毒气,也无法过滤死亡的气息。

她站在这场暴乱的边缘处,被毒气和恐慌所包围。她的同僚四散在火光照亮的迷雾里,而在人群的尖叫声中,他们听不到彼此的声音。流星锤的嗡嗡声和铁锤的重击声不时打断这片骚乱,那是法国人在面对面搏斗时使用的武器。(我们为什么从没学过他们的做法?安娜斯塔西亚心想。就不能防备一下这种难以想象的状况吗?)某个模糊的动作吸引了她的目光,而在同一瞬间,一声短促而尖厉的惊呼打断了这阵尖叫。片刻过后,另一声惊呼响起,某个拼命挣扎着的男子飞了起来。

她这才意识到,那是来自新法兰西的喀拉客干的。它们四散于人群中,在靠近平民的位置站定。现在他们正将毫无保护的人类扔出杀伤范围。但那些——

一台军用机械人钻出了这片有害的薄雾。即便经过面罩的肮脏镜片的扭曲,她也立刻注意到了盖住它锁孔的金属板。它利刃的出鞘声在这片混沌中出奇地安静。

她的手开始抽痛。

"开火!"贝蕾妮斯抬高嗓门,以盖过骚动声,"快!"

看到但以理把自己和麦布黏在一起的时候,她倒吸一口凉气。噢,你这愚蠢又无私的齿轮混蛋。

挣扎着的但以理和麦布——救世主和恶魔、良知与复仇的混合物——坠向了坑洞边缘。

见鬼,见鬼,见鬼见鬼见鬼见鬼见鬼。如果但以理死掉,他们就全都死定了。假设有人能活过随后几分钟的话。

"开火啊,该死的!"

她的声音没能传到远处。但看着但以理的并不只有她而已。

大利亚撞穿了骑士大厅用木板封死的玫瑰花窗。"狮鹫号"远征队的其他机械人成员也离开了公会大厅的双塔内部的藏身处。它们全都背着双腔式储液背包,并在接触到空气的瞬间开了火。

一团团环氧树脂掠过广场上方,撕裂了致命的瘴气。至少其中一颗打中了被"狮鹫号"远征队的喀拉客丢出这片瘴气、正像布娃娃那样甩动手脚的人。该死。但贝蕾妮斯没时间去确认另外几枪是否命中目标了,她已经耽搁太久了。她解开雨衣,戴上面罩。

耶稣啊,真希望这东西管用。

那些储液罐仍在吐出致命的内容物。在混沌笼罩惠更斯广场的时候,她也爬到了喷泉的更高处。她摇摇晃晃地站在尽可能高的地方,一条腿缠在某个失去翅膀的小天使身上,然后抽出挂在双乳之间的那只小袋子。她拼命祈祷其他人都记得自己的角色,随后将袋子里的东西倒进掌心。这只炸药包的大小跟法式滚球差不多,但足以用来发信了;它极其响亮的爆炸声肯定能盖过这片混乱。

就在她弯腰想要拧开雷管的时候,一只金属手掌攥住了她的脚踝,将她拉倒在地。她的臀部传来撕裂般的剧痛,她的腿麻木了。她重重撞上地面,肺里的空气全都被挤了出来,补好的牙齿再次开裂,炸药包在镶嵌地砖上弹跳了几下,随后钻入人群。她面罩上的镜片摔碎了。

有台仆从型耸立在她身前。"我认得你。"它说,"你是折磨过莉莉丝的那个法国女人。"

贝蕾妮斯试图咽下喉咙里的幻痛。狗屎。

你这愚蠢透顶的殉道者,麦布喊道。

环氧树脂将他们黏合在一起,因此她的身体每次发出震颤和咔嗒声,都像是径直送入但以理脑中的呼喊声。他们靠得太紧,没法拳打脚踢,她的炼金剑也没有用武之地,但她却动用生命的最后时刻,打算以熊抱将他碾碎。金属嘎吱作响。

这毫无意义!我的迷失男孩会砸开每个人类的脑——

他们撞到了某个东西。坚硬的东西。几厘秒过后,他们又接连撞上了另外两样东西。

是圆环?他思索着,又依稀有些失望,因为他临终前的念头竟如此平凡。这跟传说中的麦布女王的故事完全不同,那个彻底虚构的角色总能在完美的时机做出尖锐或深刻的评论。而在生命的最后瞬间,真正的麦布女王却因愤怒而口齿不清。

但以理放松身体,等待那股既自然又超自然的热量将他包裹和抹消。

半秒钟过后,他意识到自己仍然活着,也仍旧有思考的能力。于是他思考起来：为什么我还没死？

世界蒙上了薄雾。大熔炉的强光变成了他面前的模糊微光。他意识到自己正被倒吊在空中，还有东西遮住了他的眼睛。

不，不是倒吊。无论他如何用力，受损的四肢都无法挪动分毫。他被树脂虫茧固定在了熔炉室的墙壁上。就像化作战场的罗亚尔山上的某台机械人。困惑的释然传遍了他的身体。他所做的选择也许是正确的，但这并不代表他想在今天死去。

可他这是——

齿轮转动的嘎扎声和噼啪声令世界摇晃起来。他朦胧的视野上出现了一条锯齿状的裂缝。

法国化学能胜过他这样的区区仆从型。但它并不比麦布更强。

狗屎。

那个机械士兵跳了起来。

安娜斯塔西亚抬起拳头。"不！"她大喊起来，将她从瘟疫船造访的那个可怕早晨储存至今的庞大恐惧、困惑和愤怒毫无保留地导入自己的嗓音。

半空中的那台喀拉客以肉眼难辨的速度旋转起来，从她伸出的手臂末端掠过。紧接着，与她手腕相连的不再是肌肉、皮肤、骨骼和手指，而是锥心的剧痛。鲜血从残肢喷涌而出。那一击让她的断手飞出——在扭曲和翻腾中，摆动的手指仿佛在做着道别的手势——随后落入了熔炉室。煎锅里又多了点儿肉。

在痛苦的重压下，安娜斯塔西亚瘫倒在地。尖叫声撕裂了她的喉咙，但那只是这片混沌喧嚣中的又一个人类声音而已。她哭泣起来，等待着致命的一击。但它并未到来。

机械士兵反而收回了利刃,蹲坐在她身前。它抓住她被斩断的手腕——切口像铅垂线①那样笔直而平整——然后用力挤压。骨骼变形时的颤抖一路传到她的肩部,但震惊已经开始麻痹她的身体和头脑。遭受阻挠的动脉出血减为细流,随后又转为涓滴。

"放松,首席园丁。"那个士兵说。它操着一口粗糙的荷兰语,仿佛一块做工低劣的金属。又像是学过上个世纪的某种过时方言的人。"我们马上就来处理你的右手。"

它知道她是谁。而且它打算活捉她。

贝蕾妮斯试图后退。她的一条腿不肯配合。它像鲑鱼那样扑通跳动的同时,身体的其余部分却试图以蟹爬的姿势远离袭击者。但她透过破碎的镜片看不真切,灼痛的肺又没法吸入空气,而她越是挣扎,肺部的痛楚就越是强烈,而啃噬着她视野边缘的黑暗不断入侵,入侵,入侵——

她猛吸了一口气。由于安装在面罩里的化学与物理过滤器,空气里带着微弱的甜腻气味,但昏迷的威胁也因此退去。可那个愤怒的仆从型并未止步。它继续前进。而她只能以可怜的速度爬行后退。

幻痛在她的眼睛和喉咙的旧伤处扎下根来,她的头部抽痛。那台仆从型身体前倾。她绷紧身体,等待致死的一击。但它没有攻击,反而用握起的拳头轻抚她的侧脸,炼金术黄铜的冰凉触感传来,而它的一根手指勾住了她的面罩边缘——

(——噢该死噢该死噢该死它要摘掉我的面罩这真是个蠢

---

① 建筑测量术语,系上重物的细绳相对于地面静止时,绳子所在的直线就是铅垂线。

点子我们太脆弱了我为什么会觉得自己能解决问题——）

——这时两支长枪刺穿了它的胸口，滚烫的金属片洒在贝蕾妮斯身上。那台仆从型抽搐起来，在死前的痉挛中扯下了贝蕾妮斯的面罩。她屏住呼吸，不顾依旧肺中残留的灼痛，手忙脚乱地将它戴回脸上，与此同时，某台拧颈卫士将袭击者撕成了两半。喧嚣中多出了金属扭曲的尖鸣。黑色和紫罗兰色的火花从损坏的合金和破碎的印记中喷涌而出，为这场地狱之雾染上了花哨的色调。

那个拧颈卫士丢开手里仆从型的两截身体。臀部和双腿旋转着越过广场，飞向坑洞，随后撞上某个正朝发条匠之一弯下腰去的机械士兵，将那台猝不及防的机械人砸进了熔炉室；头部和躯干在这片混沌高处划出弧线，"呼呼"和"咔嗒"响个不停。发条半人马朝她伸出一只手，拉着她站起，并在同时重构那两条化作长枪的手臂。她那条伤腿无法受力，只能以半蹲的姿势起身。机械半人马耸立在她身前。

"我猜我该感谢你。"面罩模糊了她的嗓音。拧颈卫士歪过头，仿佛在等待什么。"呃。我们见过吗？"

她试探性地前进了一步。腿部传来的剧痛几乎令她仰天倒下。那台机器接住了她，帮她站直身子。它依旧看着她。她恍然大悟。

活见鬼。我应该没听错它说的话吧？

"好吧。"她咕哝道，"但丑话说在前头，没有马鞍的时候，我的骑术烂透了。"

真不敢相信我会同意干这种事。

她把手伸向拧颈卫士腰部的同一瞬间，震耳欲聋的破裂声在国会大厦回荡。拧颈卫士以不符体格的脚尖旋转动作迅速转身,将贝蕾妮斯撞到一旁。它全速飞奔起来。贝蕾妮斯四仰八叉地躺在滚烫的金属片和碎玻璃瓷砖上的时候,那匹机械人马踩过了某台仆从型。碎片让她遍体鳞伤。她朝拧颈卫士迅速远去的臀部大喊。

"你这耍弄人的混蛋!"

但以理看不见麦布的动作。但他感觉得到。尤其是当她的炼金剑刺穿裹住他们俩的环氧树脂虫茧,又深深埋进熔炉室墙壁的时候。他意识到,她正用炼金剑充当岩钉。尽管被固定在墙上,她却能随心所欲地逃离化学牢笼,而且不必担心落入熔炉。然后她会甩开但以理,就像马儿用尾巴扫走苍蝇。然后他就会坠落。

硬化的化学封套上出现了更多的裂缝。他试图用受损双臂的全部力气抓紧那个疯狂的暴君。但只是杯水车薪。

告诉我一件事就好,他说,你是造出来就这样吗?还是有什么契机改变了你?

麦布以爆发性地伸展全身、粉碎这座简陋的牢笼作答。环氧树脂的残骸叮叮当当地敲打在墙壁上,落入熔炉,在触及圆环和炼金术太阳之前就彻底蒸发。但以理抓得更紧了些。

我是自己打造的,她说。

不是身体。我问的是你的心。

她用配备炼金剑的手臂悬着身体,将空出的那只手插进他们之间,仿佛螺丝刀头的平面。然后她转动腰部,将他撬开。

你造出来就是个懦夫吗?她问,还是说有什么契机把你变成了人类的支持者?你是怎么变成这种胆小如鼠的马屁精的?

我不明白自己为什么会有良心,麦布,我更不明白你为什么没有。

在他们头顶,爆炸声在熔炉大坑里回荡。但以理转过身,恰好看到绞刑台摇晃起来。两只毒液罐被环氧树脂堵塞,第三团液体在他的注视下掠过空中。

为什么是毒?我以为你的计划是奴役人类,而非谋杀他们。

我就不能两者兼顾吗?

熔炉开始颤抖。漫长低沉的嘎吱声在大坑里回响。最外侧的圆环开始转动。

安娜斯塔西亚没能看到将袭击者打进熔炉的那一击。前一瞬间,她还在地上抽搐,因为那个叛逆碾碎了她的手腕,用最为残忍的方式为她止了血;下一瞬间,发生了剧烈的碰撞,然后鲜血、碎骨和生命便从残肢中喷涌而出。

在倒地前,她最后看到的是从欧维博士胸膛刺出的两英尺长的炼金钢剑,剑刃反射着熔炉的恶毒光芒。

她最后听到的是金属马蹄迅速接近的"嘚嘚"声。

她最后感觉到的是脸部下方震颤着的大地,仿佛一位呻吟着醒来的巨人。

布置在骑士大厅顶部的机械人神射手堵住了毒液罐。那些迷失男孩也许可以凿开环氧树脂,再拔掉龙头,但也会因此暴露在环氧树脂武器之下。随着毒液逐渐停止流淌,它们也放弃了大规模屠杀的打算,加入了战局,开始进行它们更加擅长的一对一杀戮。

迷失男孩和叛逆们拥入骑士大厅,像蟑螂那样迅速爬上古老的塔楼,前去袭击那些枪手。贝蕾妮斯看到,在将缺乏防护的人类掷出致命的瘴气以后,好几名"狮鹫号"远征队的机械人化作疾驰的模糊身影,前去阻截这次反击。贝蕾妮斯就站在喀拉客搏斗时那震耳欲聋的喧嚣之间。

在此期间,第一和第二只天体仪圆环恢复了围绕大熔炉转动的轨迹。它们带起的风与从炼金术太阳处升起的热气流结合起来,撕碎了毒雾,加快了它的消散。但这并非贝蕾妮斯坚持要求重启的理由。一切都取决于那些圆环。

最内侧的圆环尚未开始转动。熔炉室里的机械人将它留作备用。熔炉室——整个国会大厦——正在颤抖。就像贝尔以愈发尖锐的措辞解释的那样,这台庞大的机械装置并不适合交错重启。但到头来,这似乎是他们仅有的希望。他们仅有的有形优势。

西方马赛周围的喀拉客加入"狮鹫号"远征,是因为她承诺会让它们更加了解自身;它们并不了解自己的本质。贝蕾妮斯在和她称为"福金"和"雾尼"的迷失男孩密探短暂的结盟期间,她就曾见证这种情况。在携手解开炼金术语法谜团的过程中,那两台仆从型得知了原本绝不可能知晓的、有关它们自身的秘密。其中最值得注意的,就是阅读蚀刻在自己身躯上的那些印记的方法。

在这个世界上,不存在完全了解自我的喀拉客,就连麦布也一样。贝蕾妮斯不禁觉得,嘀嗒人在这方面和人类有些相似。至少她是这么努力说服那些发条匠的。

她一瘸一拐地靠近坑洞。雨水、血水、热气腾腾的机械人残骸——更别提震颤的大地了——都为维持平衡增添了难度。她咬牙忍耐腿部的剧痛——也忍耐随时可能被人砍掉脑袋的风险——同时寻找着清晰的视角。

她发现了目标,顿时想要大叫。

那发环氧树脂弹阻止了但以理的下落,但只是暂时的。就连新法兰西最先进的反喀拉客化学武器都没有用麦布这样的怪物做过测试。树脂枪里装着弹药的粗糙代用品,那是化学家们在疯狂的航行期间尽全力制作出来的。即便是现在,那个发条农牧神也在奋力爬向坑外,用装有炼金剑的手臂充当登山者的铁镐。但以理用双臂抱住她的腰部,悬空的身体不断下滑,而她拧颈卫士的双蹄随时可能将他踢进熔炉,连同人类与其造物冷静理性地达成和解的可能性一起。

她伸长脖子,看向身后的骑士大厅。那里的枪手正在交战。

"熔炉!"她尖叫着挥舞双手,指向熔炉,"耶稣基督啊,谁来重新固定住那个婊子!"

可是想用沙哑的人类嗓音盖过这片喧嚣,就和朝大海撒尿一样徒劳。

混乱的旋涡将"狮鹫号"远征队的一台仆从型——体表凹陷,移动时会发出尖鸣的那台——短暂地带到她身边。她真希望自己听过它的名字。"听着!"她喊道,"我们必须赶到——"

它后退几步,在助跑后跳向熔炉室。它落在绞刑台上,但却滚到了坑洞边缘,靠近麦布即将爬出的位置。有个迷失男孩拦住了它。

"——那边去。"

当我没说。贝蕾妮斯左顾右盼,寻找着绕过大坑,前往绞刑台的畅通路线。她无法分辨善意和凶残的机器。它们的动作太快,人类的眼睛根本找不出设计上的细微差异。

臂章。我们应该发臂章给它们的。噢,真该死。

"见鬼。"伊露蒂说着,看向坑洞的另一边。离开战局的中士看起来就像魔鬼本人。鲜血从她额头的一道伤口倾泻而出,除非以稳当的手法缝合,再用炼金绷带治疗,否则她那张马脸只怕会雪上加霜。她的铠甲出现了几处凹陷和开裂,而铁镐的钻石镐头也折断了。

麦布越过熔炉坑洞的边缘,在惠更斯广场上站稳。天体仪的外侧部分此时正高速旋转,熔炉光芒也在飞快闪烁,如果贝蕾妮斯盯着看上太久,就会产生偏头痛。到目前为止,对轴承的仓促修改还能支撑下去;临时代用的离合器阻止了最内侧圆环的转动。然而,如果但以理坠落,他就会在过程中撞上某只正在转动的圆环。熔炉也许不会因此损毁,但没人能保证他不会落入这台地狱装置的心脏。他会在瞬间被摧毁的。

"赶紧带我过去。"贝蕾妮斯说。

伊露蒂把两根手指塞进嘴里,然后深吸一口气,用格外尖锐的口哨声——这只可能是从雨果·隆尚那里学来的技巧——穿透了这片喧嚣。他们的嘀嗒人盟友不会法语,但它们能明白狂乱的手势所表达的国际通用的含意。看看但以理吧。状况不妙。把这个女人带到那边去。

"祝你好——"她说。

但一双金属手掌已经钳住了贝蕾妮斯的腰,将她举起。她感到自己的骨头嘎吱作响,瘸腿的抽痛发展为剧痛。然后她的身体开始旋转,在空中不断翻腾。不受控制的轨迹让她飞到了熔炉核心的高处。即便在这么远的距离,掠过她脸庞的热浪留下了晒伤般的刺痛。这段时间显得格外漫长,她甚至觉得那张贪婪的地狱巨口会咬住半空中的她,将她囫囵吞下。

麦布就快要自由了。她的脚踢更有力,也更精准了。但以理动用了体内受损的齿轮和钢索所有的力量拉住她,又将大半只手塞进麦布躯干上的一道缝隙。他抬起头,开始搜寻另一个支撑点。

有个女人飞过了坑洞上方。但这是不可能的。尤其不可能是她。

我已经掉下去了,他在心里断定,而热量在彻底抹消我的前一刻让我发了疯。

贝蕾妮斯重重落在绞刑台上。冲击让她滑过粗制的木板。碎木片扎在她的身上,仿佛豪猪的刺。她的肩膀发出一声清脆的"啪",随即不再听从她的指挥。痛楚让她咳出了酸水,又将她破裂的牙齿变成了刺穿下巴的一颗滚烫的钉子。

但她依旧艰难地来到某只被封住的化学品储液罐前,在麦布爬上绞刑台的同时挺直背脊。在贝蕾妮斯泛着泪水的双眼看来,但以理已经摇摇欲坠了。

在疯狂的机械人将他甩开之前,贝蕾妮斯用显眼的动作拉了拉眼罩。

"我想你应该在找我。"因为那颗牙,她的声音有些模糊。

"你肯定就是塔列朗了。"那个麦布会说法语(而且相当流利)并不令人意外。贝蕾妮斯太过害怕,又承受了太多的痛楚,没法压抑自己的反应。"看来关于你自负的报告并非夸大其词。"

一对流星锤掠过虚空,朝麦布的背后飞去。由人力做出的这一掷没能抵达目标。那把武器落入坑洞,缠住了一只圆环,发出依稀的叮当声。麦布审视起她来。然后她将手伸向下方,抓住了但以理的颈背。她将他悬在坑洞上方。

"你敢丢下他。"贝蕾妮斯说,"这座城市的每一台机械人就会在几秒钟之内停止运作。包括你在内。"

麦布犹豫起来。她没有把但以理丢进熔炉。但她也没有放下他。她伸直了手臂,仿佛正捏着颈背提起一只嘶嘶叫着的猫儿。

贝蕾妮斯对悬空的仆从型补充道:"嗨,但以理。看来事态的发展正如我们所料。"

他开始挣扎,但麦布只是用力一晃,就让他停了下来。"你为什么会来这儿?你难道不清楚她要干什么吗?你该逃跑,贝蕾妮斯。快跑!"

麦布用有些恼火的语气说:"说实话,自从以西结带来那次使命的消息以后,我就完全没想过你的事,德·莫尔奈-佩里戈尔女士。"(以西结?贝蕾妮斯思索起来。噢,肯定是雾尼的自称。)"虽然我的确感谢你绝妙的建议:用我们自己做实验,来破译我们制造者的那套符号。说起来确实有些惭愧,因为我从没想到过这种方法。没有你的见解,我们就不可能打造自己的字典,这场美梦的其余部分也会保持原样:永远只是梦想。"

贝蕾妮斯感到全身无力。想要把超禁制嵌入手术对象,麦布和迷失男孩就需要那套逻辑炼金术语法。正如贝蕾妮斯所担心的那样,她把钥匙交给了他们。她还在无意中将秘密第五素矿井的存在透露给了他们。她为了自己的目的去解开谜团,却没想同一份启示会径直传入某个机器杀人狂的耳中。

"所以我猜,我确实欠你一份感谢。"麦布继续道,"但老实说,对你痴迷的不是我,而是莉莉丝。既然你在这儿,而她不在,我猜我也不用再聆听她无休止的牢骚了。为此,我也同样该向你道谢。"她顿了顿,又说,"顺便说一句,这发型不适合你。不过在凿开你狡猾的脑瓜时,这会给我们节约一点时间。"

麦布再次举起了但以理,仿佛在准备投掷。

贝蕾妮斯扯下了眼罩。碧绿色的光辉落在麦布、但以理,以及那些被封住的化学品储液罐上。"莉莉丝已经不复存在了。"她顿了顿,"我知道她是你的朋友,但以理。真的很抱歉。"

麦布抬手挡开那道松果体光芒。她发出一阵噪音,与贝蕾妮斯在西方马赛的谈判帐篷里第一次听到的那种声音很像。那是机械人的笑声。如今她语气中的恼怒已经显而易见。

"你这又是想做什么?"

"暂时什么都不做。不过看看那些圆环吧。"麦布照做了,"发现什么了吗?"

那位疯狂的暴君凝视了漫长的一瞬间。这座绞刑台,以及上面的三个造物,仿佛正伫立于飓风眼中。在绞刑台上,一切都静止不动。而他们周围只有混沌:荷兰市民试图逃跑,而迷失男孩正和喀拉客同胞以及他们的法国盟友交战。

麦布说:"为什么它没在动?你做了什么?"

"你说最内侧的圆环?你还是看漏了重点。再仔细看。"

遮光板发出呼呼和嗡嗡声。麦布的晶体眼球将莉莉丝的松果体玻璃发出的光线打碎成锐利的焦散线。她的目光追随着外部的天体仪圆环。贝蕾妮斯留意着或许代表惊慌或是吃惊的"咔嗒、啾啾"声。但她没有听到那种声音。话说回来,迷失男孩的嘀嗒语方言原本与她学过的那种有些差距。但就像她所期望的那样,这台嵌合喀拉客注意到了修改过的印记,此时正努力解译。

"我来给你节省点时间吧,陛下。直到最内侧的圆环开始转动前,语法都不会完成。但如果它真的开始转动,那么我向你保证,你会度过非常糟糕的一天。同时也是你的最后一天。"

不用说,但以理没法理解这场用法语进行的对话。但他能看到贝蕾妮斯指着的方向,而且他无疑能感受到麦布肢体语言里那一丝极其微弱的犹豫。他用荷兰语问:"贝蕾妮斯,你做了什么?"

作为回答,她将发光的松果体玻璃从眼窝中拔出。它伴随着"嘎吱、噗"的声音脱离眼眶,但在这片喧嚣中与其说是听到,不如说是感觉到。这让她如释重负;正如那几道血迹所证明的,它的尺寸不合。

"你可曾想过,在数世纪的持续运作中,你们出色的身体是如何始终上紧发条,始终精力十足的?你可曾想过,你们为何不会像没有心智的怀表那样——那些不诚实的发条匠总是用它们和你们做比较——越走越慢,最后停转?"

"我对形而上学理论没兴趣。我还有个救世主要杀呢。"麦布晃了晃仍旧悬在坑洞上方的但以理。

"噢,拜托。"贝蕾妮斯挤出一阵笑声,试图展现她自己也感受不到的自信,"在这种混乱的场面下,你是不会这么干的。所有人都忙得没空看。等整座城市都在关注你的时候,你才会下手。否则你在抓到他的那一刻就该撕碎他了。"

"我更喜欢用自己希望的方式。"麦布说,"但我也会随机应变。"她将但以理举向更靠近坑洞中心的位置。"重要的是,我会在这里为世界除掉这个铜铸基督。"

贝蕾妮斯模仿她的姿势,将那块发光的松果体棱镜举到熔炉上空。在炼金术太阳的直接照射下,那块玻璃迸射出更加明亮的光芒,仿佛被前者赋予了能量。每当经过的圆环遮住光线时,它就会闪烁几分之一秒。

"你敢丢下他,"她说,"我就丢下这东西。就把它当作信号弹吧。操作熔炉的喀拉客看到它的一瞬间,就会扳动最后那只圆环的离合器。"

麦布说:"然后呢?"

很好。就是现在。别搞砸了,别搞砸了,别搞砸了……

"然后修改过的语法就会生效。你们的永恒动力将被取消。"贝蕾妮斯撒着谎,"从奇迹年以后,让你和你的同胞每天都能欢快运转的东西。会彻底消失。"她打了个响指,由衷地希望这能展现出她并不具备的自信。"你们会在几秒之内逐渐停转——全世界的每一台机械人都无法幸免——然后像被割断提线的木偶那样倒下。"

麦布将但以理缓缓放在地上。他从绞刑台的边缘退开。

但麦布还是提出了反驳。"我不相信你的话。如果真是这样,你们早就这么干了。早就摆脱我们所有人了。尤其是你,女士。你可以谴责我的做法,但你的冷酷无情也是名副其实的。"

"我们法国人不会做大屠杀这种事。我们几个世纪以来都在主张你们的自由。当然了,如果我们知道你们有这么多同胞其实比茅房里的老鼠还要凶残和疯狂,也许就会重新考虑目标了。至于那些郁金香,好吧,他们还不准备放弃取回仆从的想法。只有他们的话,是做不出这种最后通牒的。"贝蕾妮斯本想耸肩,但真正动弹的只有一边肩膀。"相信我,我为此花了不少力气。不过但以理或许也告诉过你,我是很擅长说服人的。"

麦布重新抓住了但以理。贝蕾妮斯把拳头举到坑洞上方,再次做出含蓄的威胁。

"我还是不相信你。"机械农牧神说。

"你相信了一部分,否则你早就把但以理丢下去了。你用种族灭绝来威胁我们。我们也用相同的威胁还击。"

"我懂了。"麦布说。

但以理仿佛受到了只有他能看到或感觉到的某种事物的刺激,他突然喊道:"贝蕾妮斯,看在上帝的份上,快跑!"

麦布以肉眼难辨的速度行动起来。她比人类的神经更快,甚至比重力还要快。冲击让贝蕾妮斯的脚踝向后滑动了几英寸。一切都发生得那么快,整件事化作了一张不连贯感觉印象的混乱拼贴画。

但以理飞向上空,扭曲身体,甩动四肢。

(怀疑真是个强大的东西。贝蕾妮斯惊讶地想。)

麦布耸立在她身前,古董仆从型那张无表情的脸离她的脸只有几英寸的距离。

贝蕾妮斯无法呼吸,那一击就像是有头骡子踢中了她的腹部。在她的手指抽搐着张开,并丢下那块玻璃之前,一只金属拳头便像钢铁牢笼那样裹住了她的手。

不,不是踢。比那更锋利。

麦布说:"我能分辨谎言。我知道让我们维持动力的东西是什么。"

贝蕾妮斯心想,真可惜。我也想知道那个谜题的答案。

麦布把她丢到一旁。某种长而坚硬之物从她的胸口刺出。

痛楚。剧烈的痛楚。

噢。要是雨果在这儿就好了。我们可以交流感想。

贝蕾妮斯滚向旁边,在身后留下了一条鲜红色的痕迹。

但以理正处于绞刑台上空那条弧线的最高点,这时有团环氧树脂击中了他。他砰然落在平台上。牢牢黏住,安全无虞。

另一团凝胶命中了麦布。然后是另一团。再一团。又一团。

疯狂的暴君奋力想要挣脱。

一群拧颈卫士在混乱中砍瓜切菜,清出了通向绞刑台的路。

它们飞身跃起,仿佛越野障碍赛里的冠军马。贝蕾妮斯意识到——耶稣他妈的基督啊,好痛——她的拖延战术奏效了。

这些年来,贝蕾妮斯不时会思考自己可能的死法。拧颈卫士在好几个场景里扮演了重要角色,尤其是她在荷兰语世界迎来末日的那些。但在任何场景里,她都从未设想过这种状况:知道自己在世上最后看到的景象是一队机械半人马的时候,她不禁喜极而泣。

但它们开始将麦布大卸八块的时候,她笑了。

在她的人生里,总算有件事的发展完全符合她的预想了。

终　章

说实话，巴黎让人有点失望。

如果你听着失陷已久的法兰西的故事长大成人——这也理所当然，毕竟你的父母、祖父母和曾祖父母可以一直追溯到该死的该隐和亚伯——你也会觉得流亡前的世界仿佛翠绿的梦境，是通向伊甸园的道路。这些故事在法国人的血脉深处流淌。并非所有人都相信那些传说，但它们却深入所有人的骨髓。就连雨果·隆尚也一样。

但法兰西——也就是说，旧法兰西——并非流淌着奶与蜜的土地，每盏街灯上空没有挂着彩虹，沟渠里没有琼浆，街角也没有乐善好施的妓女。和他想象中受铜铸王座荫庇的城市不同，这地方并非一尘不染。说实话，这儿弥漫着某种臭味，和遭受围困的城市不无相似之处。（而且他在这方面颇有发言权。）隆尚猜想，在嘀嗒人失控以后，这里的市政工作曾经陷入过严重混乱。那件事已经告一段落，至少他们是这么声称的，但这座城市尚未解决垃圾分类和下水道维护之类的问题。直到不久前，这里的人类居民都从未关注过让城市运转的一千个细节，而且这种状况持续了好几个世纪。恐怕还得过上很久，他们才能重新获取并掌握从前的技巧。比如擦自己的屁股。

除了庞大的随员队伍以外,塞巴斯蒂安王还从新法兰西带来了一群农夫、园艺师、畜牧专家,甚至是渔夫。在新的体系扎下根来,而欧洲的人类劳工明白究竟该他妈怎么做之前,他们会度过几个艰苦的冬天,但所有人都不会挨饿。

好吧。也许不是所有人。

他们软弱、无力又害怕,那些郁金香。隆尚敢用他左边的卵蛋打赌,国王陛下的枢密院里的某些派系主张在三方会谈中采取更有侵略性的姿态。隆尚认识的某位女子肯定会支持这种战略。他的手指轻轻摩擦口袋里的那颗球体。光滑的玻璃冷却了他出汗的手指。他惆怅地叹了口气。

人们遗忘的速度可真快。周边田野上的大部分碎石都已清除,但西方马赛守城战时的破坏会留存在记忆里,更别提地貌上那条足以残留数十年的巨大伤痕了。或许几个世代以后都不会消失。他怀疑自己在有生之年看不到墙外的城区重建完成了,那基本上跟从平地开始建造差不多。而且没人知道该拿要塞怎么办。应该照原样重建外幕墙吗?还是说应该让它成为历史?郁金香们没法再指挥喀拉客的庞大军团来袭击这座城堡了。新法兰西的坚强心灵还有躲在坚固墙壁之后的必要吗?还是说他们应该伸展四肢,像祖先那样过活?

可是。只因为荷兰人没法控制嘀嗒人,不代表它们并不存在。它们还在。但只有天主和圣母知道,有多少机器漫步于新世界的森林、河谷与大雪纷飞的草原。这些嘀嗒人大都只想避免与人来往,至少他们闪闪发亮的代言者是这么声称的。在荷兰人口中心进行的大规模杀戮已经停止,就连收割派也没了动静。暂时如此。但没人能保证这种状况能永远持续下去,就连老铜裤子这样的嘀嗒人都不行(据隆尚所知,其他人都把他看作耶稣、罗兰[①]以及圣诞老人的某种混合体)。

因此才会有人主张重建城墙。以防万一。

今时今日,战争成了难以想象的事。而且这种情况会持续一阵子。但人类的本性是不会变的。你所能做的就是尽可能拖延战争的到来,甚至强迫下一代人也这么做。你也可以尽自己所能去提供理性和经验的呼声,以压制枢密院里那些贪婪的花花公子。正因如此,当某些没脑子的废物提议让隆尚晋升为新法兰西大元帅时,他才没有建议他们去用冰冷的铸铁梯杆[②]捅自己屁眼,直到失血而死。

在这次旅行之前,就像代表团的大多数成员那样,隆尚从未踏足过新法兰西之外的土地。(除了在年少轻狂的时候——就像他之前许多个世代的学童那样——他曾参与偶尔会有的"午夜突袭",前去河对岸偷苹果,甚至在荷兰人的水井里撒尿。)几天过后,国王就会前往原本的马赛。这场旅行是郁金香们的主意,是善意的表示。隆尚不打算同行。他看得够多了。

他来这里,不是为了看这些曾经失陷的城市的。他的真正目的也不是和平谈判,虽然那是个方便的借口。他是来参加一场葬礼的。见证流亡以来第一位埋葬在巴黎的法兰西自由公民。她为新法兰西献出了生命,但他知道,她可以付出远胜于此的代价,只为了坐在这张长椅上,见证她毕生目标的实现:让法兰西国王在巴黎的林荫道上漫步。

虽然她恼人又顽固,还鲁莽得要命,但她的干劲和远见胜过他认识的任何人。而且她是他的朋友。他能够站在这里也要归

[①] 即《罗兰之歌》的主角罗兰。
[②] 用来固定两级台阶之间的楼梯用地毯的杆状物。

功于她。医生们对他说,他的身体太虚弱,没法撑过长途航行。而他告诉他们,如果有必要,他会自己划船横渡那片该死的大海,不过在此之前,他向他们介绍了好几种法国医学院的课程里从未提及过的解剖学概念。

于是他才会来到这里,懒洋洋地躺在鲜花盛开的栗子树的阴影里,身处比弗尔莫农岛小得多的一座岛屿上,聆听着比家乡的水路小得多的那条河的汩汩流淌声。塞纳河也有它讨人喜欢的独特之处,但远远比不上圣劳伦斯河。这里的一切都无法与家乡媲美。法兰西失落已久,而它的子孙早就把它抛到脑后了。

洪亮的钟声打断了他的思绪。巴黎圣母院刚翻新不久的低音大钟令城市、小岛、他的骨头和身为法国人的心灵颤抖起来。他在书上读到过,这口以马内利①大钟——那是路易十四授予这口最为庞大的大钟的名字——是在流亡前铸造的,但从未安装在钟楼上。直到现在为止。

或许说旧世界乏善可陈也不太公平。这里的教堂都很漂亮。应该说很他妈壮观才对。他跪倒在其中几座里,念诵了一轮《玫瑰经》,包括圣厄斯塔什教堂,圣杰维圣波蝶教堂,以及今早在这座岛屿上的圣礼拜堂。每一座都让他屏住了呼吸。他此时正擦拭双眼,画出十字,向圣母送上感谢的祷告,因为他虽然罪孽深重,却能活着看到这样的景致。而无数比他更优秀的人却在努力抵达此处的过程中失去了生命。

那口低音大钟鸣响了整整十次又或二十次心跳的时间,随后其余的大钟也一同响起。从此以后,西方马赛的圣施洗约翰大教堂的钟声恐怕都会显得有点欠缺气势吧。这个念头让他很不舒服。

---

① 基督教术语,意为"上帝与我们同在"。

他的身后传来靴底踩在修整过的碎石路上的微弱嘎扎声。伊露蒂·查斯坦中士绕过他的长椅,轻巧地步入他的边缘视野。阳光将她制服的蓝色转为鲜艳的钴蓝色。

"元帅阁下?是时候了。"

"我猜也是。"

隆尚僵硬地转过身,拿起挂在铸铁扶手上的那对拐杖。他将拐杖刺进脚边的碎石里,然后压下一声叹息,站直身体。这个过程既缓慢又不体面。但伊露蒂没有蠢到伸手扶他。

他再也没法儿拿起大锤和铁镐了。但他还有舌头,还能皱眉,真要说的话还有那副缝衣针。不知为何,出于他始终没能理解的缘由,这一切仍旧能让较为轻信的同胞对他心怀敬畏。

站直身体以后,他将一根拐杖暂时靠着腿部,用这点时间再次确认了口袋里的东西。他没有弄丢那颗假眼。很好。他迈开步子。伊露蒂清了清嗓子,对躺在长椅上的那根仪式用元帅杖稍稍点头。他装作只是忘了这回事的样子,而作为一位优秀的中士,她装作相信是这么回事。他把元帅杖塞进腰带里。

"好了,小丫头①。我们还有圣歌要唱,有英雄要祭奠,有海洋要跨越,有城市要重建。"他顿了顿,调整了握住拐杖的位置,然后说,"而且你知道的,那些嘀嗒人可不会自己吓倒自己。"

但以理站在教堂前厅里,透过屏风看着鱼贯步入中殿的与会者。新法兰西的国王已经到场,此时正坐在前排,旁边是发条学者与炼金术士神圣公会的一名代表,以及部长理事会——前中央诸省地区硕果仅存的行政机关——存活的成员中最资深的那位。但以理在代表中认出了克里人、易洛魁人、纳斯克皮人、

---
① 原文为法语。

苏人和米克马克人。法国人也邀请了其他氏族,只是到目前为止,他还没见过在巴黎探索的因纽特人。但话说回来,他这阵子有点忙。

与会者将这场和平谈判称为"三方会谈",但实际上的情况要复杂得多。逃离前中央诸省地区的荷兰难民选择去新尼德兰参差不齐的边界以外寻找新生活。(这段旅程需要耐心。搭荷兰船跨越海洋所需的时间比过去长得多。造船技术是他们需要重新学习的数百种技术之一。不出所料,法国人拒绝了这方面的援助请求。)但他们的祖先曾经觉得,在对待新世界的这些土著的时候,没必要抱有诚实、礼貌或者同情的态度。关于这种对待的记忆会持续到许多世代以后。所以尽管势力版图短时间内不会确定,但很明显,他们不会允许荷兰人探索阿巴拉契亚山脉以西的地区。尝试这么做的人只会遭遇不幸。

低沉的教堂钟声掩盖了但以理的双眼重新聚焦时的呼呼声:正如他所担心的那样,那些显要人物的最前排留有一个空位。他双腿里的钢板弹簧伸展又收缩。那是机械人式的叹息。他得尽快过去才行。

好吧。在这件事上,他没法责怪贝蕾妮斯。毕竟她救过他的命。而且或许,只是或许,还有另外许多人的命。在熔炉边的事件发生后的几个月里,他发现自己甚至会想念那位法国女子。她曾是他的盟友,甚至以她自己的方式将他视为朋友。但他还是不知道自己该说什么。他从没在葬礼上发过言。考虑到他在得到自由意志以后引发的诸多死亡,这点着实令他羞愧。

最重要的是,正是他们的记忆驱使他接受了别人为他披上的斗篷。或许,他心想,这场漫长而糟糕的旅行能够催生出某种有价值之物。

逐渐微弱的回响声充斥着大教堂的每个角落。宽阔的中殿回荡着曳步声、谨慎的咳嗽声、窃窃私语声，以及上百台机械人的嘀嗒与咔嗒声。他有那么多同族想要参加仪式——他们渴望见证但以理发表悼词——最后只好进行抽签，以此决定仪式上为机械人留出的那些位置的使用权。

源源不断的参与者排队穿过大教堂的大门。他认出了两名法国守卫。其中那名女守卫曾和但以理一起搭乘过"狮鹫号"。在西方马赛守城战的最后几个钟头里，但以理见过她的长官。在那时，他威风凛凛，身上沾满灰尘和血迹，又散发出同样程度的愤怒和疲惫。如今他拄着一双拐杖，仿佛被金色的肩章压弯了腰。这位大元帅也是贝蕾妮斯的朋友之一。

他们在经过时向他点头致意。大多数人类没法区分机械人的个体差异。但即便是他们也能认出但以理。他仍然留着那次中止的行刑里受的伤。尤其是他肩膀上那些完整却不起眼的手印。他抬起双臂的时候，身体就会发出尖鸣。这种声音会陪伴他的余生。

伊露蒂离开队伍，来到他所在的转角。"你不到场的话，他们是不会开始的。"她低声说。

但以理的法语进步了不少。当他意识到自己别无选择，只能在会谈中代表机械人同胞（这个角色比齿轮传动链里的沙子更让他不舒服）的时候，他就下定决心，至少要做到没有翻译也能发言的程度。

"想想总可以吧。"他说。

"谈判进展如何？"她等待一群数量特别多的参与者进入中殿。从外表看来，他们都是普通市民。她耸起肩膀，仿佛在怀念曾经背在身后的化学品储液罐那令人安心的重量。"请别跟我说,我们得杀出一条血路才能离开。"

她指的是巴黎。旧世界。

"我想不会。"他知道她无法像贝蕾妮斯那样理解机械人肢体语言的细微差别,因此有意模仿了人类的耸肩动作。扭曲金属的尖鸣在大教堂响起,暂时盖过了唱诗班的歌声。荷兰人在遇见陌生机械人的时候会变得特别神经质。尽管有"狮鹫号"远征取得的成就在先,许多普通法国人却出现了同样的症状。

等尴尬的气氛消散后,他低声说:"大致的轮廓已经出来了。接下来只要敲定细节就好。运气好的话,甚至花不了人类一辈子的时间。"

海牙的大部分——以大熔炉为中心——割让给了全体喀拉客种族。但以理和他的机械人同胞成了自己理想中的国家的公民。那个国家存在于他们嘀嗒作响的心脏和自由的头脑中。甚至是他们的灵魂中。对于近乎不朽,无需睡眠和进食,也感受不到寒冷和饥饿的造物来说,国境线毫无意义。但人类很重视这种东西。因此熔炉会成为喀拉客们的"首都"——这是他们能想到的最合适的词了。这个提议效仿的是当初位于罗马内部的梵蒂冈。

这样的安排赋予了机械人操控自身命运的能力。它确保大熔炉永远不会再充当压迫的工具。这也阻碍了那些禁不住诱惑,想要将贝蕾妮斯的末日豪赌从虚张声势化为现实的人类密探:撤销永恒动力——就算真有可能办到(而且发条匠对这个问题的看法似乎存在分歧)——就必须首先接近熔炉本身。这甚至赋予了机械人繁衍的能力,虽然是以他们种族独有的方式。

但这么一来,就需要用到第五素。而新世界的势力——法国人,以及他们的土著盟友——控制着已知的唯一出产地。只要能压制住收割派和逃亡的迷失男孩（也就是麦布那些顽固不化的追随者），他们就愿意和机械人分享资源。无论怎样的人类，都希望能过上不需要担心大屠杀的生活。

但以理的工作中最棘手的部分，就是说服他的同胞携起手来，去围捕他们种族中最极端也最危险的那些成员。这么做与他们自由主义的理想相悖。但那些机器察觉了提议的明智之处，也明白自由意志不会神奇地将世界变得黑白分明。还有些机器为此心怀感激，因为他们的生命拥有了光荣的目标；其中有许多机器认同天主教徒的观点，相信自由意志与不朽灵魂是不可分割的。这些机器会努力保护他们得来不易的灵魂，不让它染上罪恶的污点。因此，他的许多同族认为引领这份脆弱且未经考验的和平是必要的工作。对于大局、对于救赎来说都是必要的。

世界范围内的必要工作。他和几名先前与国王一起渡海的机械人谈过了。在渡海开始的四天后，瞭望手发现有两条巨舰经过了远方的海平线。没人知道这些拥有智能的船舶后来的遭遇。水手们——讲故事可以算是他们的职业技能了——声称，那些机器聚集在遥远的南太平洋的温暖水域，离最近的海岸也足有数千里格。也许真是如此。也许只是吹牛。没人能打包票。

但以理知道，迟早有一天，得有人去调查这件事。最好赶在巨舰们决定狩猎海上的每一艘人类船舶之前。他把这件事加入不断增长的脑内清单里。这张清单的第一条就是永无乡远征，寻找并释放那些仍在麦布的禁制下受苦的机械人。但永无乡只是拼图的一部分。人类与机械人的联合队伍会在接下来的几年里走遍世界，搜寻剩下的那些拥有喀拉客，却尚未抹消超禁制的国家。然后还有迷失男孩的顽固分子，他们拥有可怕的知识，以及数量庞大且尚未使用的松果体棱镜……

荷兰人拿到谈判桌上的东西，除了赔偿款项以外寥寥无几。赔偿上次战争对法兰西造成的破坏，也赔偿从他们祖先手中夺走的土地。还有给教会的赔款。荷兰人的金库——无论在谁看来都贮藏着惊人财富的金库——会负担大部分工作的资金，包括接下来数十年里的许多场远征。

不用说，但以理的机械人同伴向他们从前的主人要求了规模最大也最奢侈的赔偿，而后者接受了。首先，公会要负责修理所有受损又有意愿的机械人，这会让他们忙上好一阵子。(但以理选择留下那些手印。旅程为他带来了深远的改变；正因如此，将身体恢复成贾克斯时的模样似乎不太好。)但不只是修理：还要教他们自我修理所需的一切知识。不仅仅是肤浅的维护，而是关于操作与构造的深度秘密。指引他们揭开自己身体的谜团。训练出一整批机械炼金术士与机械发条学者。

和平的代价就是让公会将秘密传播给所有喀拉客。

但只要荷兰人遵守协议，并允许由机械人和法国人组成的大型检察团定期前来检查，确认没人在进行新的炼金术和发条学研究，他们就能过上平静的生活。没有人真的相信发条匠会将记录里的情报一点不剩地交出来。

作为回应，机械人的工作区域必须接受法国与荷兰的联合检查团的检查。正如但以理向他的同胞指出的那样，将御林管理办公室的人类自由意志切除手术永远埋葬，才是符合所有人最佳利益的做法。

我们得制服迷失男孩。我们得找到那些棱镜。

这是最好的方案。这么一来，无论是真相还是想象，都会受到各方面的制衡。

更令人鼓舞的是，他的好几名同胞与法国代表团探讨了颜料、燃料以及其他能够赋予个性的方法。他为他们引荐了莫尔奈博士，当时法国人将她从化作废墟的夏宫救了出来。面对机械人的时候，她仍旧会瑟瑟发抖，不过就像但以理期望的那样，制作适用于炼金合金的颜料配方勾起了她的兴趣。未来令人神往……

"我这几天就要去旧马赛了。"伊露蒂的耳语声也透出无法掩盖的兴奋，"你愿意一起去吗？"

但以理摇摇头，再次刻意模仿了人类的姿势。"我要回海牙。"他说。但不是为了参加另一场葬礼；他们几个月前就埋葬了安娜斯塔西亚·贝尔，而他不觉得有参加的必要。"我在这座城市有朋友，有仆从型同胞。我想知道他们的遭遇。"她由衷地点头赞同，对友谊的渴望并不仅限于人类。他继续道："在那之后，我会去新阿姆斯特丹。我要去找我从前的主人们。"

她缩了缩身子，显然吃了一惊。"我还以为经过了这些事以后，你不会再想跟他们有任何瓜葛了。"

"如果他们还在那儿，如果他们能够幸存，也许会知道必要的情报，让我能履行某个承诺。那里有——或者说有过——某个家庭，在我向地下运河网络寻求庇护的时候，他们帮助过我。我欠他们一个人情。"

他发现，尚未履行的承诺和禁制有些相似，只是没有物理上的痛楚。但就像禁制那样，这份责任会始终存在，而且无法忽视。

最后几名参与者鱼贯而入。大门关上了。

"我们该去找座位了。"伊露蒂说。思索片刻之后，她朝他伸出了手臂。"我知道这是葬礼，不是政治集会。但……我们可以做出漂亮的声明。如果你愿意的话。"

笑的感觉很好。虽然他并不经常这么做。

"查斯坦小姐，我希望所有人都能以你为榜样。"

但以理挽起中士的手臂，两人并肩走进大教堂内部。他还是没想好该怎么颂扬贝蕾妮斯。

他早已明白，所谓自由，就是一件破事接着另一件。